# Rote Jagd

Christian Boochs

# Rote Jagd

SAGA Egmont

Originalausgabe

im Vertrieb bei Egmont Verlagsgesellschaften mbH



Dieses Buch wurde vermittelt von der Literaturagentur erzähl:perspektive, München (www.erzaehlperspektive.de).

Covergestaltung: Karol Kinal
Coverabbildungen: Shutterstock
Satz aus der Minion Pro: Karol Kinal
Druck und Bindung Mazowieckie Centrum Poligrafii, Marki

978-3-98750-060-2


SAGA Egmont www.saga-books.com

Dieser Titel erscheint auch als E-Book und Hörbuch.

Alles, was ich dir verdanke, brennt gut.

# Kapitel 1

Ihr Herz schlägt zu schnell. Ihr Puls hämmert erbarmungslos. Das Geräusch der eigenen Atemzüge, unstet und hastig, klingt überlaut in ihren Ohren.

Äste peitschen ihr ins Gesicht. Dornen schneiden tief ins Fleisch.

Ein rascher Blick nach unten. Blut. Das Bild dringt kaum bis in ihr Bewusstsein vor.

Ihre Beine schmerzen, als wäre jeder weitere Schritt zu viel, als könnte sie ihn nicht mehr bewältigen.

Aber sie muss.

Sie kann *ihn* nicht hören. Über die Schulter zu sehen, wagt sie nicht. Sie weiß nicht, ob er sie verfolgt.

Das spielt auch keine Rolle.

Weiter. Sie muss weiter.

Irgendwo muss dieser Wald enden. Er muss.

Sie stolpert durch einen Busch, zerreißt ihre Unterwäsche noch mehr. Warmes Brennen. Blut, das aus den Schnitten tritt. Der kalte Wind streicht darüber.

Durch das spärlicher werdende Laub erkennt sie etwas.

Die Straße.

Das muss sie sein. Sie liegt da wie ein mattes graues Band. Das ist die Rettung, oder nicht?

Es muss so sein, es muss.

Sie läuft weiter, taumelt. Fällt auf die Knie, keucht. Es stößt die Luft aus ihrer Lunge. Sie rappelt sich wieder auf.

Dumpfe Schmerzen in den Handgelenken.

Das ist jetzt egal, der Schmerz wohnt überall in ihrem Körper.

Noch ein paar Bäume, wenige Sträucher, die sie hinter sich lassen muss.

Sie stolpert vorwärts. Ihr Blut rauscht in den Ohren. Ihr Körper ist eine Maschine. Er muss funktionieren.

Ein paar Meter.

Die Straße windet sich bergab. Oben dröhnt etwas.

Ein Motor.

Das ist die Rettung, ganz sicher.

Gleißendes Licht, ein Knall. Den Schmerz, den Aufprall nimmt sie nicht mehr wahr.

Ihr Körper schaltet einfach ab.

# Kapitel 2

Langsam versenke ich den Löffel in der Sahnehaube meines Milchkaffees. Vanillearoma steigt mir in die Nase.

Im Hintergrund spielt Klaviermusik. Große Fenster, umrahmt von Grünpflanzen. Alles wirkt lebendig. Eine Oase im Zentrum von Wiesbaden.

Regen klopft beständig ans Glas. Es gibt keinen Zweifel, dass der Herbst Einzug gehalten hat, aber hier ist er ausgesperrt.

Ich wünschte, man könnte das auch von der Person auf der anderen Seite des Tisches sagen.

„Netter Ort, den Sie ausgesucht haben, Frau Wolf. Ist es in Ordnung, wenn ich Nessa sage? Schließlich dürften wir nun häufiger miteinander zu tun haben."

Ich lege den Löffel beiseite. Die Lust auf mein Lieblingsgetränk ist mir schlagartig vergangen. „Sie nutzen diese Situation gnadenlos aus, oder?"

„Was für eine Situation?"

„Unsere gemeinsame Vergangenheit."

„Was für eine Vergangenheit?"

„Sie wissen genau, wovon ich rede, Frau Grimm." Es ist kaum ein halbes Jahr her, als ich in ihrem riesigen sterilen weißen Wohnzimmer saß und dieser kalten, unnahbaren Frau mitteilen musste, dass sie ihre Tochter verloren hat.

So ist das mit Verlust. Manche zerbrechen daran. Für andere wird er zum Schild. Und wieder andere nutzen ihn als Waffe.

„Nennen Sie mich doch Marlene, Nessa."

„Sie lenken ab."

Ihre Lippen formen ein Lächeln, das den Rest ihrer perfekt geschminkten Visage unberührt lässt. „Und Sie werden nicht umhinkommen, Ihrer Mutter ins Gesicht zu sehen."

„Ich kann warten, bis sie stirbt. Dem Tod kann selbst sie nicht entrinnen."

Wenn es um meine Mutter geht, kann ich bockig werden. Wie ein Teenager. Ich weiß das. Vielleicht liegt es daran, dass sie für mich wie eingefroren ist in dieser Zeit.

In den letzten zwei Jahrzehnten habe ich nie daran gedacht, wie sie jetzt aussehen könnte. In meinen Verstand eingebrannt ist das letzte Bild, das ich von ihr habe, das alle von ihr haben: Killer-Angie. Eine verurteilte Mörderin. Der Klotz an meinem Bein und der Grund, warum ich tue, was ich tue – jagen. Menschen wie sie.

In all den Jahren war ich so damit beschäftigt und damit, anders zu sein als sie, dass ich nicht gemerkt habe, wie lang ihr Schatten an der Wand hinter mir noch immer ist.

Vielleicht bin ich selbst ein Stück weit gefangen in dieser Zeit.

Marlene Grimm kann das nicht wissen. Sie war nicht dort. Sie war nicht dabei. Sie kennt nur Angela Wolf, lebenslänglich, ihre Mandantin. Eine Person, die mir, abgesehen von dem, was sie getan hat, völlig fremd ist, und das soll so bleiben.

Marlene Grimm nippt an ihrem Kaffee. „Mag sein. Dann werden Sie nie die Wahrheit zu hören kriegen."

„Wahrheit ..." Ich schiebe den Becher von mir weg. Nicht einmal den kleinen Keks habe ich angerührt. Dabei weiß ich, wie gut diese Dinger sind. „Was für eine Wahrheit sollte das sein?"

Marlene Grimm sitzt völlig aufrecht. Wir haben uns mehr als einmal so gegenübergesessen. In anderen Umgebungen, unter wechselnden Vorzeichen. „Das kann ich Ihnen nicht sagen. Anwaltliche Schweigepflicht, Sie verstehen das sicher."

Ich verstehe viel zu gut. „Also gibt es nichts zu sagen."

„Ihre Mutter hat einiges zu sagen, Nessa. Und das erfahren Sie, wenn Sie sich mit ihr treffen."

„Dieses Gerede über Wahrheit können Sie sich sparen, Marlene. Wie steht es um Ihre eigene Wahrheit?"

Ich weiß nicht, was ich erwartet hatte. Irgendeine Art von Reaktion. Einen Riss in der Fassade. Irgendetwas.

Aber da ist nichts, gar nichts. Sie sitzt da, wirkt leicht gelangweilt und trinkt einen weiteren Schluck, ehe sie die Tasse abstellt und mit einem Mundwinkel ein halbseitiges künstliches Lächeln aufsetzt.

Ich frage mich, ob sie manchmal nachts aufwacht und hofft, dass alles nur ein böser Traum war. Ob sie in das leere Zimmer ihrer Tochter geht und ihre Hand auf die kalte Decke legt.

Und ich verachte mich für den Gedanken, doch er ist da.

Es ist das Vibrieren meines Telefons, das mir erlaubt, ihn loszulassen und meine Aufmerksamkeit von Marlene Grimm zu nehmen. Ich hatte es auf den Tisch gelegt, gleich neben den erkaltenden Milchkaffee. Sonst ist das nicht meine Art, insgeheim hatte ich gehofft, dass ein Anruf mich erlösen würde von diesem Gespräch, das ich so lange von mir weggeschoben hatte, bis Charly mich endlich überzeugt hatte, es hinter mich zu bringen.

Auch wenn ein Anruf meist das bedeutet, was er jetzt bedeutet: Es gibt Arbeit für mich. Ein weiterer Gedanke, ein weiterer stiller Wunsch, für den ich mich verachte.

Ich greife nach meinem Smartphone. Es ist die Nummer meiner Chefin. „Da muss ich drangehen."

Das Schnauben von der anderen Seite des Tisches klingt beinahe belustigt.

Ich berühre die Schaltfläche auf dem Display, um den Anruf anzunehmen. „Helene? Was gibt es?"

„Ich hoffe, du bist nicht mit etwas Wichtigem beschäftigt, Nessa."

Ich schieße einen Blick über den Tisch hinweg. Marlene Grimm betrachtet die Grünpflanzen am Fenster oder die Schlieren auf dem Glas. Uninteressiert-interessiert. Demonstrativ. „Nichts, was nicht warten könnte."

„Gut, ich denke, es ist ohnehin nichts Großes. Der örtliche Chef", im Hintergrund raschelt Papier, „Bernward Jäger hat da vielleicht etwas, bei dem er Hilfe braucht. Er hat beim LKA angeklopft, und die haben auch jemanden geschickt."

„Aber?"

„Kein Aber, Nessa."

Ich beuge mich vor, stütze einen Ellenbogen auf der Tischplatte ab. „Wenn das LKA schon dort ist, was soll ich noch da?"

„Mehr weiß ich gerade nicht, Nessa. Alles Weitere schicke ich dir in einer Mail. Es sind zusätzliche Informationen, die womöglich gar nichts mit der Sache zu tun haben. Fahr einfach hin und schau, was los ist. Und tu mir einen Gefallen, tritt nicht auf zu vielen Zehen herum. Wie gesagt, es sollte keine große Sache sein."

Meine Stirn legt sich in Falten. „Der örtliche Leiter ruft beim LKA und BKA an, und du nennst es keine große Sache?"

Helene Roth seufzt. „Ich weiß, ich weiß. Es ist, wie es ist. Fahr hin, tu deine Arbeit, und vielleicht bist du morgen wieder zu Hause. Wir wollen kein Risiko eingehen, okay?"

„Hm", mache ich.

„Noch etwas, Nessa. Ich bin den Rest der Woche nicht im Büro. Ich besuche ein Retreat und werde nicht erreichbar sein. Dass du Bescheid weißt."

„Nicht erreichbar? Bei einem Retreat?" Ich lache leise. „Was ist mit meiner Chefin passiert?"

„Wenn ich zurück bin, haben wir noch etwas zu besprechen. Bis dahin kümmere dich um diese Angelegenheit, und falls etwas sein sollte, halte dich an meinen Stellvertreter oder den Vertreter vom LKA vor Ort. Arbeite bitte mit den Leuten dort. Du bist alt genug, eigene Entscheidungen zu treffen, Nessa, und ich hoffe, du triffst die richtigen. In Ordnung?"

Meine Brauen heben sich. Kaum jemand würde so mit mir sprechen, jedenfalls nicht ohne einen Konter zu riskieren. Mit Helene ist das anders. Sie ist meine Chefin und mehr als das. Meine Mentorin. Diejenige, die oft genug die Wogen für mich glättet und die Hand über mich hält. Mein Weg war steinig, aber ohne sie vielleicht unmöglich. „In Ordnung."

„Du hast mich verstanden, Nessa, ja?"

Ich atme tief ein und in einem langen Zug aus. „Natürlich."

„Bis nächste Woche."

Der Anruf ist beendet. Ich zögere, presse das Telefon noch ein paar Herzschläge lang gegen mein Ohr.

Dieses Gespräch war seltsam. Helene ist seltsam.

Ich weiß nicht, was ich getan habe, ob sie gestresst ist oder ihr jemand Druck macht, den sie an mich weitergibt, doch mir gefällt das alles nicht.

Vielleicht interpretiere ich auch zu viel in diese Sache hinein.

Verstohlen blicke ich auf, spüre, wie die Frau gegenüber mich anstarrt.

Marlene Grimm wartet. Nach diesem Telefonat kann sie das noch länger tun – und ebenso meine verdammte Mutter.

„Ich muss gehen", sage ich und lasse das Telefon sinken.

Marlenes Lippen zucken, als könnte sie ihr Grinsen kaum unterdrücken. „Ein neuer Fall, schätze ich."

„Das kann ich Ihnen nicht sagen, und das wissen Sie, Marlene."

„Wie praktisch, dass immer jemand stirbt, wenn es eng wird für Sie, was? Halten Sie sich eigentlich für eine von den Guten, Nessa?"

Meine Kiefermuskulatur verkrampft. Eine von den Guten, was immer das heißt. Ich versuche es, im Gegensatz zu meiner Mutter. Das binde ich Marlene nicht auf die Nase. Sie hat ihre Geschichte. Ihre Version. Ich habe meine. „Zumindest stehe ich auf der richtigen Seite der Gitterstäbe."

Marlene lächelt kühl. „Das ist wahr, Nessa. Genau wie ich. Sie bringen schlechte Nachrichten, nicht wahr? Es klebt an Ihnen wie ein schlechter Geruch."

Ich umschließe das Smartphone fest, die Kanten des Geräts schneiden in meine Handinnenfläche. „Meine Mutter hat

Leid auf diese Welt gebracht. Ich tue das nicht. Ich bin nicht sie."

„Oh nein, das ist wahr", sagt Marlene.

„Wissen Sie, es ist wirklich passend, dass ausgerechnet Sie die neue Anwältin meiner Mutter sind. Auf Wiedersehen, Marlene."

„Darauf können Sie wetten, Nessa. Ich lasse nicht locker, bis Sie sich bereit erklären, Ihre Mutter zu treffen."

# Kapitel 3

Die Tür des Cafés lässt ein Klingeln ertönen, sie schließt sich mit einem dumpfen Laut.

Ich bin draußen. Marlene Grimm ist drinnen. Meine Mutter sitzt in ihrer Zelle. So ist es, so soll es sein und bleiben.

Wenn es so einfach wäre.

Meine Chefin Helene hat einmal gesagt, ich müsse mir eines abgewöhnen – das Verlangen, alle retten zu wollen. Es würde nicht funktionieren und ich mir daran die Finger verbrennen. Ich weiß, dass sie recht hat, ich habe niemals kalte Hände.

Was ich nicht weiß, ist, wie ich mich selbst rette.

Das lernt man nicht bei der Kripo, erst recht nicht beim BKA und, soweit ich weiß, auch in keinem Studium.

Es hat aufgehört zu regnen, wenigstens für den Augenblick. Das hält nicht lange an. Die Wolken hängen tief und dunkel am Himmel. Sie sind noch nicht fertig mit diesem Tag.

Ich schließe den Reißverschluss meiner Jacke vollständig und schlage den Kragen hoch. Es ist ein kalter, feuchter Herbst. Wir haben nicht einmal Ende Oktober, fühlt sich aber an wie November. Der Wind ist unangenehm.

Die verdammte Grimm.

Begegnungen wie diese bringen mich zu nah an die Frage, weshalb ich irgendwann angefangen habe zu tun, was ich tue.

Es ist wie so oft, man beginnt bei einem Warum, einem klaren und deutlichen Warum. Es ist laut und präsent. Im Lauf der Zeit zieht es sich zurück, ein wenig. Es ist da, immer noch, doch der Nebel der Routine legt sich darüber.

Ich mag mich diesem Warum nicht stellen. Nicht jetzt. Nicht an diesem regenfeuchten Herbsttag irgendwo in der überfüllten Innenstadt von Wiesbaden.

Deshalb ist ein leiser, schuldbewusster Teil in mir ein wenig dankbar, dass es einen neuen Fall zu geben scheint, auf den sich mein Verstand stürzen darf, wenn auch nur für eine Weile.

Doch die Fragen greifen nach mir. Nasskalte Klauen, die aus dem Nebel ragen.

Würde ich meine Mutter heute erkennen? Sehen, was in ihr lauert? Die Dunkelheit, das Monster, das Böse. Eine Mörderin? Killer-Angie?

Ich weiß es nicht.

Das ist eine Frage, auf die es keine Antwort gibt.

Es existieren genetische Faktoren, ob jemand zum Mörder wird. Spielt das eine Rolle bei dem, was ich tue?

Vielleicht will ich wirklich bloß sicherstellen, dass ich auf der richtigen Seite der Gitterstäbe stehe.

Vielleicht bin ich deshalb gut in dem, was ich tue.

Ich weiß, wie es sich anfühlt. Diese Dunkelheit im Inneren, die immerzu lauert auf den einen falschen Schritt, die eine falsche Entscheidung.

Oder ich versuche immer wieder, diejenigen zu retten, die verloren sind.

Wie ein Albtraum, in dem man rennt und rennt und nicht vom Fleck kommt, weil sich etwas an die Füße klammert. Man sieht es nicht, hört es nicht. Aber es ist da.

Trotzdem höre ich nicht auf zu rennen.

Der Wind frischt auf, fährt durch den Stoff und unter meine Jacke. Es fröstelt mich, die Härchen im Nacken richten sich auf. Ich biege vom Bürgersteig auf einen schmalen Kiesweg ab, der zum Parkplatz führt. Jeder Schritt knirscht.

Renne ich weg? Vielleicht. Doch welches Recht hat jemand wie Marlene Grimm, darüber zu urteilen?

Oder meine verdammte Mutter?

Ich bleibe stehen. Das Knirschen unter meinen Sohlen bleibt aus. Es ist völlig still – bis mein Handy vibriert.

Ich scrolle das Display hinauf und hinab, lese die Nachricht.

Neben mir fährt ein Mercedes an. Ich weiche dem aufspritzenden Wasser einer Pfütze aus, packe den Türgriff meines Audi und öffne die Wagentür. Mit einem Seufzer lasse ich mich in die Sitzpolster sinken.

Ich habe ein paar wenige Zeilen der Nachricht gelesen, will noch gar nicht darüber nachdenken.

Das ist ein Problem.

Wenn ich versuche, nicht zu denken, dreht mein Gehirn erst richtig auf. Es flutet meinen Verstand mit Gedanken und Ideen. Ich werde unruhig.

Dieser Job hat seinen Preis. Schlaftabletten oder Albträume. Kurze Nächte und zu viele Stunden auf den Beinen.

Ich starte den Motor, versuche, eine Lücke zu finden. Also beobachte ich den Verkehr, die vorüberziehenden Autos.

Wiesbaden ist nicht gerade die Welt und um einiges gemütlicher als Berlin oder Frankfurt. Gerade jetzt ist es mir hier zu kalt, zu nass. Zu hektisch und schnell.

Bis auf die kleinen Besonderheiten ist es überall das Gleiche. Stress. Alle sind immer in Bewegung.

Jede Menge Verrückte, von denen glücklicherweise nur ein verschwindend geringer Anteil wirklich gefährlich ist.

Rote Stecknadelköpfe auf einer Landkarte. Genau dieser Teil zerstört Leben, und das macht mir Sorgen und gleichsam Arbeit.

Dabei flirrt mein Verstand längst wie die Luft über einer spanischen Landstraße im Hochsommer. Der Fall, der auf mich wartet.

Ich drücke das Gaspedal nach unten, presse den Audi in eine Lücke, die womöglich nur ich gesehen habe, jedenfalls wenn man dem Urteil der wütenden Hupe hinter mir vertraut.

Wer hier recht hat, weiß ich nicht und werde es nicht erfahren.

Manchmal fällt es mir schwer, das zu akzeptieren. Ich mag keine ungelösten Fragen.

Manchmal darf man eben keine Antwort erwarten.

# Kapitel 4

Die Wärme, die mich in den eigenen vier Wänden empfängt, ist um einiges angenehmer als der kalte Regen und der Herbstwind draußen, vom unterkühlten Lächeln der Anwältin meiner Mutter einmal abgesehen.

Charly lehnt im Türrahmen. „Was ist los?"

Ich streife meine Schuhe ab und hänge die Jacke an den Haken. Zu schade, dass sie nicht lange genug dort hängen bleiben wird. „Die Grimm ist los, aber ich will nicht daran denken und nicht darüber reden."

Er presst kurz die Lippen aufeinander. „Du hast einen neuen Fall, hm?"

„Wo sind eigentlich die Katzen?"

„Du kennst ja die kleinen Fellmonster, Nessa."

„Meinst du, sie tauchen auf, wenn ich rufe?"

Ein Lächeln zeigt sich auf Charlys Gesicht. „Es sind Katzen, Nessa."

Ich seufze.

Charly lacht, dann wird er ernst. „Brauchst du etwas? Oder soll ich dich packen lassen?"

„Ich muss nur ein paar Sachen mitnehmen. Vielleicht bin ich morgen zurück."

Charly pfeift durch die Zähne. „Okay, ich lasse dich mal machen."

Ich trete ans Fenster, rolle meine Schultern, um vielleicht so die Schwermut und diese Gedanken loszuwerden.

Wolken, die sich auftürmen. Graue Burgen am Himmel.

Draußen wirkt es dunkel, dennoch sorgen die Lichter der Großstadt dafür, dass es niemals wirklich dunkel wird. Es bleiben immer Schatten. Und niemand weiß, was dort lauert. Oder wer.

Ich atme tief ein und wieder aus, wende mich vom Anblick draußen ab, gehe hinüber zum Schrank, in dem mein Laptop liegt, und nehme ihn heraus.

Ich setze mich damit aufs Bett. Der Rechner fährt hoch, der eingebaute Lüfter surrt einige Sekunden lang hochfrequent, bis das Gerät einsatzbereit ist.

Mit einem Klick starte ich das E-Mail-Programm und warte auf das charakteristische Klingeln.

Tief sauge ich Luft in meine Lunge, und die einzige Hoffnung, die ich mir gestatte, ist, dass es stimmt, was Helene sagt. Man will kein Risiko eingehen. Vielleicht bin ich am Abend oder morgen schon wieder zurück. Hier. Bei Charly und den Katzen. Zu Hause.

Ich lese die Nachricht rasch. Eine Frau ist verschwunden – und wiederaufgetaucht. Offenbar gab es einen Unfall, sie ist nicht vernehmungsfähig. Ein seltener Zufall, überaus praktisch, wenn keine Fragen gestellt werden sollen.

An Zufälle glaube ich nicht, und Menschen verschwinden nicht einfach so. Sicher, manchmal geschieht das. Die alte

Geschichte vom Partner, der Zigaretten holen wollte und nie zurückkehrt.

Menschen brechen aus. Aus ihrer Umgebung, ihrem Alltag. Aus ihrer Routine, ihren unglücklichen Beziehungen und aus ihren ungelebten Leben.

Aber wenn Menschen verschwinden, gibt es einen guten Grund. Meistens liegt es daran, dass jemand verhindert, dass sie wiederauftauchen.

Wenn Menschen verschwunden bleiben, dann weil jemand dafür sorgt. Manchmal findet man sie in Wäldern, in irgendwelchen Gärten, Kellern. Zerstückelt in Mülleimern oder in großen Regentonnen.

All das passiert.

Wenn Menschen verschwinden und wiederauftauchen, ohne dass klar ist, was geschehen ist, wirft das unweigerlich Fragen auf.

Fragen, die mein Interesse wecken.

Im Anhang der E-Mail finde ich Fotos zweier Frauen und Dokumente ihres Verschwindens.

Beide Fälle liegen einige Jahre zurück. Der eine vier Jahre, der andere beinahe sieben.

Auf den ersten Blick scheinen der aktuelle Fall und die alten Vermisstenmeldungen nichts miteinander zu tun zu haben.

Die Frauen entstammen unterschiedlichen Milieus. Die Frauen von damals blieben bis heute verschwunden. Die andere, aus dem aktuellen Fall, ist wiederaufgetaucht.

Sie kann nicht sprechen, ist nicht bei Bewusstsein, und niemand kann sagen, ob sich das noch einmal ändert.

Was ist da passiert?

Ein Unfall? Ein seltenes Ereignis? Möglich wäre es. Oder sagen wir, es ist nicht unmöglich.

Ich schaue mir die E-Mail noch einmal an. Die Fakten, Daten, Bilder.

Noch ist mir nicht klar, worum es genau geht oder was meine Aufgabe sein soll.

Helene ist mit allen Wassern gewaschen, ihre Spürnase funktioniert bestens.

Kein Risiko eingehen, heißt hier möglicherweise, das Risiko, dass die anderen etwas übersehen, zu vermeiden.

Die Vermissten von damals ähneln der Frau, die im Krankenhaus liegt, erst auf den zweiten Blick.

Haarfarben, augenfällige Merkmale, unterscheiden sich. Mal braun, mal blond, mal dunkelblond.

In Körpergröße, Maßen gibt es dagegen Übereinstimmungen. Übereinstimmungen der Art, dass sich meine Alarmglocken melden. Nicht mit voller Lautstärke, aber es ist ein leises Klingeln zu vernehmen. Meine Neugier ist definitiv geweckt.

Was noch wichtiger ist, sind die geografischen Auffälligkeiten. Die Orte, an denen diese Frauen damals verschwanden, und der Ort, an dem man die verletzte Frau vorfand, passen in einen Radius, der nicht größer ist als dreißig Kilometer.

Mehrere Frauen, die in einem so kleinen Umkreis verschwinden, und nur eine davon taucht wieder auf. Um schließlich einen Unfall zu haben, der dafür sorgt, dass sie nicht reden kann?

Die Sache riecht nach einem vorsichtigen und organisierten Täter, und falls es einen Täter gibt, hieße das, es handelt sich um einen Serientäter. Das wäre nicht gut, weil diese Typen erst nach Jahren, manchmal Jahrzehnten geschnappt werden. Wenn überhaupt.

Vielleicht irre ich mich auch. Vielleicht ziehe ich vorschnell meine Schlüsse aufgrund der Erfahrungen, die ich gemacht habe.

Ich weiß nichts, nicht genug. Die Aktenlage. Deshalb schickt meine Chefin mich hin.

Ich lege mich aufs Bett, während meine Beine noch über dem Matratzenrand baumeln und meine Fußsohlen gerade eben den Teppichboden berühren.

Es gibt keine Leichen. Nur Vermisste. Verletzte. Frauen, nach denen offenbar niemand mehr sucht.

Bis jetzt ist es schlicht ein Vorkommnis. Bedauerlich, tragisch, sicherlich. Es klingt kalt, doch Ressourcen, Zeit und Energie sind begrenzt. Man kann nicht alle retten. Das habe ich viel zu früh lernen müssen.

Ich erhebe mich vom Bett, durchquere das Zimmer, betrete das Bad. Der Geruch frischer Handtücher, ein Hauch von Sommer, steigt mir in die Nase.

Ich berühre den Lichtschalter. Weiches, warmes Licht flutet den Raum.

Ich schaue in den Spiegel, sehe, was ich immer sehe, trotzdem ist mein eigener Anblick nichtssagend. Ich drehe den Wasserhahn auf, spritze mir kaltes Wasser ins Gesicht.

Ich habe das Gefühl, gerade erst angekommen zu sein, und muss schon wieder los.

Mir entfährt ein Seufzer. Dann tue ich, was nötig ist.

Ich sammle meine persönlichen Gegenstände ein, kehre zurück ins Zimmer, nehme meine Reisetasche aus dem

Schrank und packe meine Habseligkeiten hinein. Ich beeile mich nicht, und doch ist es binnen drei Minuten erledigt.

Ich setze mich wieder auf das Bett, schnappe mir meinen Laptop und schiebe ihn zur Seite, als es an der angelehnten Tür klopft.

Ich lächle in mich hinein. Es sind die kleinen Dinge. Charly ist viel zu höflich für einen Kerl.

„Komm rein", sage ich.

„Alles okay?", fragt Charly und macht kaum mehr als anderthalb Schritte ins Schlafzimmer.

„Sicher", sage ich und zupfe an einer Haarspitze.

„Was hat sich denn nun beim Gespräch mit der Anwältin ergeben?"

Ich zwinge mich zu einem matten Lächeln. „Gar nichts. Aber ich schätze, sie wird nicht lockerlassen."

Er nickt. „Was soll ich machen, wenn sich die Grimm hier meldet?"

„Auflegen, Charly, einfach auflegen."

„Es ist immer noch deine Mutter. Vielleicht will sie wieder Teil deines Lebens sein."

„Ein Teil meines Lebens? Das hat sie weggeworfen." Ich seufze. „Nein, sie ist nicht meine Mutter, selbst wenn sie mich in diese Welt gepresst hat. Sie hat das Recht, meine Mutter zu sein, aufgegeben, als sie zu Killer-Angie wurde. Sie hat ihre Entscheidung getroffen. Eigentlich war sie nie Teil meines Lebens, nur Teil meines Dramas. Das Ganze ist mir eh zu mutterlastig."

Charly schiebt die Hände in die Taschen seiner Jeans. „Ist schon komisch, dass ausgerechnet diese Grimm die neue Anwältin deiner Mutter ist."

„Genau, das ist auch …"
„Weißt du, was interessant ist, Nessa?"
„Was?"
„Deine Mutter scheint die einzige Frage in deinem Leben aufzuwerfen, auf die du keine Antwort suchst."
„Was sollte das für eine Frage sein, Charly?"
„Was sie will. Gerade jetzt, nach all der Zeit."
Ich stoße in einem langen Zug die Luft aus meiner Lunge. „Es interessiert mich herzlich wenig, was sie will. Weißt du, Charly, eigentlich bin ich auch ein Opfer meiner Mutter."
„Stimmt", sagt er. „Bloß dass du noch lebst, und das ist auch gut so."
Ich schüttle den Kopf. „Charly …"
„Du bist ein guter Mensch, Nessa. Was deine Mutter getan hat, definiert dich nicht. Du hast es trotz allem zum BKA geschafft. Das bist du."
„Auch dank Helene", sage ich. „Ich hätte nie studieren können. Allein hätte ich es nicht geschafft, und das verdanke ich dieser Frau, die als Killer-Angie im Knast sitzt. Nur das."
„Das weißt du nicht, Nessa. Du bist gut in dem, was du tust. Du jagst diese Täter. Das ist genau, was du wolltest. Deine Mutter kann dir nichts anhaben."
Ich starre auf den Laptop. Irgendwie muss ich auf das Touchpad geraten sein. Eines der Fotos aus der E-Mail scheint auf dem Bildschirm auf.
„Der neue Fall?"
Ich schweige.
Er hebt die Hände. „Schon klar. Wir reden nicht darüber. Aber da ist noch etwas anderes."

Ich ziehe den Laptop wieder auf meinen Schoß, spüre die Wärme am Oberschenkel. „Da ist Geld für Katzenfutter in der Küche, Charly."

„Das ist es nicht. Es …" Er fängt meinen Blick auf. „Schätze, es kann ein paar Tage warten."

„Du bist ein Schatz, Charly." Und das ist er wirklich. Ich sehe ihm nach, als er das Zimmer verlässt, und ertappe mich bei dem Gedanken, dass er wohl angefangen hat zu trainieren. Seine Schultern füllen sein Shirt stärker aus. Das ist seine Sache, und mein Job ist meine.

Deshalb funktioniert das Ganze hier, weil jeder seine Grenzen kennt. Na ja, Charly zumindest. Ich gebe mir Mühe.

Und die Katzen sind einfach Katzen.

Ich erledige meinen Job. So war es von Anfang an. Darüber sprechen wir nicht. Ich halte ihn raus. Es gibt keinen Grund, ihn zu belasten oder gar zu gefährden. Er muss für die Katzen da sein.

Ich fahre mit dem Finger über das Touchpad und scrolle die Nachricht rauf und runter.

Etwas sagt mir, dass da mehr ist. Etwas, das ich noch nicht erkenne – und die anderen Ermittler übersehen.

Das vermutet auch Helene. Daher schickt sie mich dorthin, und wir wissen, was das bedeutet. Ich werde mir keine Freunde machen.

Seltsam, dass sie ausgerechnet jetzt in ihr Retreat geht. Das passt nicht zu der toughen Chefin, die ich kenne.

Ich reibe das Armband am linken Handgelenk fest über meine Haut. Der Laptop surrt friedlich vor sich hin. Die E-Mail verschwimmt vor meinen Augen.

Ich seufze. Langsam beschleicht mich das Gefühl, dass mehr hinter der Sache steckt. Die Vermissten, dieser Unfall. Alles auf viel zu engem Raum. Das allein ist kein Fakt, keine Realität. Aber Instinkt kann man nicht lernen oder unterdrücken. Ich muss dieser Sache auf den Grund gehen.

Ich muss los.

# Kapitel 5

Es erstaunt mich immer wieder. Man fährt auf die Autobahn, es dauert kaum eine Stunde, und wenn man anhält und aussteigt, landet man in einer anderen Welt, gefühlt in einer anderen Zeit.

Es ist nur eine kurze Autofahrt entfernt, doch dieser Ort scheint so weit weg von zu Hause.

Es ist ein überschaubarer Ort mit netten Häusern, engen Straßen, die dennoch nicht verstopft sind. Eine Polizeidienststelle.

Der Raum riecht nach Mensch und schlechtem Kaffee.

Eilig hat man Tische zusammengeschoben, um ein kreisähnliches Gebilde zu schaffen, das in seltsamer Weise an eine moderne Tafelrunde erinnert, mit Polizisten statt Rittern. Am Kopf der Tafel steht Artus, der allerdings Bernward Jäger heißt und die Ermittlungen vor Ort leitet.

Ein Blick auf den Mann enthüllt, dass er mehr der Typ Sammler zu sein scheint, als seinem Namen gerecht zu werden.

Was der andere Mann in Schwarz neben mir hier tut, erschließt sich mir noch nicht. Er sieht aus wie ein Priester, und ich vermute, er wurde hinzugezogen, weil er Land und Leute kennt.

Fluch und Segen kleiner Orte. Jeder kennt jeden – und vor allem der Pfarrer kennt alle.

Oder irgendjemand ist auf die irrsinnige Idee gekommen, dass es bei dieser Sache um irgendeine Form von Kult gehen könnte.

Ich weiß, dass es in dieser Gegend uralte Hügelgräber gibt, und ich weiß, welches Publikum sich davon bisweilen angezogen fühlt.

Wenn Presse oder Öffentlichkeit anfangen, wild zu spekulieren, ist das ärgerlich, aber es ändert nichts. Es hat keine Auswirkungen auf den Fall. Zumindest sollte es so sein.

Wenn die ermittelnden Beamten in die falsche Richtung galoppieren, ist das ein Problem.

Menschen glauben viel zu gern an scheinbar mystische Phänomene. Denn an wahre Teufel will man nicht glauben.

Man verweigert sich dem Gedanken, dass das Böse hinter jeder Stirn lauert.

Wenn Ermittler so denken, haben sie ein Problem.

Sie suchen die falsche Person, und sie suchen am falschen Ort.

Das Böse ist nur ein Mensch, und es ist gar nicht so selten, dass der gleich nebenan wohnt.

„Wir warten noch auf Herrn Kern“, sagt Jäger.

Ich nicke abwesend, starre in meinen Kaffeebecher.

Es ist ein Klischee, dass Polizeikaffee immer schlecht ist.

Leider ist es wie mit vielen Klischees, sie haben einen wahren Kern, und die schwarze Brühe vor mir schlägt diesem Klischeefass den Boden aus.

Immerhin ist der Kaffee heiß, und das ist das Einzige, was dafürspricht, ihn herunterzuwürgen.

Die anderen Polizisten beäugen mich skeptisch. Ich bin eine Außenstehende, und die Methoden der Fallanalytik erscheinen ihnen oft seltsam. Oder meine Methoden. Bei anderen ist es Neid. Manche scheinen zu glauben, ich nehme ihnen etwas weg.

Außerdem habe ich einen Ruf, der mir, Google sei Dank, meist vorauseilt. Nessa Wolf. Die Wölfin. Berufsbekloppte beim BKA. Außenstelle Wiesbaden. Tochter von Killer-Angie.

Eine Person im Raum ist anders. In ihrem Blick schwelt vor allem Neugier.

Sie passt nicht hierher. Sie ist jung, dynamisch. Passt auch farblich nicht in den Laden und bildet einen interessanten Kontrast im fahlen Licht dieses sehr weißen Büros.

Das wird meine Kontaktperson für den Fall. Und sie ist ein Er. Mein neuer Partner auf Zeit. Betreuer. Kindermädchen für die Irre vom BKA, damit die nicht zu viel zertrampelt.

Einer zieht immer diese Karte.

Die Tür öffnet und schließt sich. Ein breitschultriger Mann betritt den Raum. Leises Quietschen, neue Schuhe. Graues Sakko, schwarze Hose. Keine Krawatte. Kurz geschnittenes graues Haar.

Er nickt mir zu. Ich erwidere das Nicken.

Harald Kern. Altgedienter Ermittler des LKA. Er weiß schon, dass ich hier bin. Er wusste es bereits, bevor er diesen Raum betrat. Natürlich.

Kern ist alte Schule. Die typische Polizistenlaufbahn. Streifendienst. Mordkommission.

Er hat alles mitgemacht. Den ganzen Weg zum LKA.

Er und Helene, meine Chefin, kennen sich ganz gut.

Wir hatten schon früher miteinander zu tun. Dabei waren wir nicht immer einer Meinung. Das muss auch nicht sein. Manchmal ist es nicht einmal sinnvoll. Wenigstens respektieren wir einander. Und das ist etwas, bei dem ich mir nicht sicher bin, wenn es um Jäger und seine Bande geht, die mich verstohlen über die Ränder ihrer Kaffeebecher hinweg anstarren.

Es ist, wie es immer ist.

Ein neuer Fall bedeutet neue Leute. Kollegen auf Zeit, wie ich sie nenne.

Jeder hat seine Agenda, und das beinhaltet nicht unbedingt die schnelle Auflösung des Falls. Ehrgeiz ist eine Bestie.

Die beiden Kollegen, die zu Jägers Team gehören, tuscheln eifrig miteinander. Der Typ am Rand glotzt geradewegs ins Nichts, während Kern in einer Aktentasche kramt.

Alle scheinen beschäftigt. Ich sitze da, halte meine Kaffeetasse in der Hand und frage mich, wann die Herrschaften endlich mit der Besprechung beginnen wollen. Diese Warterei ist mein Verderben und möglicherweise nicht nur meins.

Der Pfarrer steht auf, kommt gemächlich auf mich zu, räuspert sich.

Ich sehe ihn an, stehe aber nicht auf. Soll er sich ruhig ein wenig überlegen fühlen – oder mich für unhöflich halten. Ich trinke einen weiteren Schluck Kaffee, ehe ich dem Mann meine ungeteilte Aufmerksamkeit schenke.

Er ist ein kleiner Mann, knapp über eins siebzig. Linkisch in seinen Bewegungen und ein wenig eitel. Sein Haar ist grau, dicht und kurz geschnitten. Kontaktlinsen, keine Brille.

Irgendetwas stimmt nicht mit ihm. Oder er ist schüchtern. Unmittelbaren Blickkontakt vermeidet er.

Er räuspert sich noch einmal. „Erlmann."

„Wolf", sage ich, „Nessa Wolf."

Er nickt. „Vom Bundeskriminalamt in Wiesbaden, richtig?"

Offenbar wusste er das bereits. Damit hat er mir etwas voraus, und das gefällt mir nicht. Außerdem bin ich neugierig.

„Richtig", sage ich. „Und was tun Sie hier?"

„Ich bin nicht in offizieller Funktion hier", sagt er hastig.

„Aha", sage ich. „Was ist passiert?"

„Wie meinen Sie das?"

„Es gibt keine Toten, nicht wahr? Entführt wurde nach meinem Kenntnisstand auch niemand. Es gibt keinen Anlass, seelischen Beistand zu leisten. Was tut jemand wie Sie also hier?"

Er befeuchtet seine Lippen, steckt die Hände in die Taschen. „Manche Wege neigen bisweilen dazu, in seltsamen Bahnen zu verlaufen, schätze ich. Es gab und gibt gewisse Nachrichten. Das führte zu gewissen Besorgnissen."

„Nachrichten?", frage ich stirnrunzelnd. „Was für Besorgnisse?"

Er nickt, öffnet den Mund. Weiter kommt er nicht.

„Wenn ich um Ihre Aufmerksamkeit bitten dürfte?", dröhnt die tiefe Stimme des Oberhäuptlings durch den Besprechungsraum. „Wir haben lange genug gewartet."

Und da muss ich ihm zustimmen.

# Kapitel 6

Bernward Jäger nickt in die Runde, sein Blick bleibt an mir haften. „Ich freue mich, dass wir so illustren Besuch in unserer bescheidenen Dienststelle begrüßen können."

Seine Abneigung ist unverhohlen.

Jäger greift in die Hosentasche, zieht ein Tuch hervor und tupft seine Stirn ab. „Ich wünschte, es wären andere Umstände, unter denen wir uns begegnen, Frau Wolf."

Sicher.

Es gibt keine Umstände, unter denen Kerle wie Jäger mir begegnen wollen. Meine Anwesenheit bedeutet nichts anderes, als dass jemand da ist, der Typen wie ihm und seinen Jungs auf die Finger schaut.

Das ist eine Feststellung, eine Tatsache.

Ich verspüre ein elektrisierendes Kribbeln in meinen Schläfen.

Ich muss mich zwingen, mich zusammenzureißen, darf mich von der schlechten Stimmung im Raum nicht anstecken lassen. In ein paar Tagen, vielleicht schon früher, ist dieses Spielchen vorbei und ohne jede Bedeutung.

Es geht um den Fall. Ein Fall bedeutet Opfer. Tot oder lebendig. Nur sie zählen. Dafür zu sorgen, dass es nicht noch mehr gibt. Deshalb bin ich hier.

Ich lasse das gelbe Gummiband gegen meine Haut am Handgelenk schnalzen.

Freunde brauche ich keine. Feinde sammle ich ohnehin, während ich meine Arbeit tue. Typen wie Jäger überzeuge ich nicht mit schönen Worten und auch nicht mit unschönen. Taten allein zählen.

Atmen, Nessa.

Das Kribbeln flaut ab.

Ich nicke höflich. Man muss nicht gleich mit der Tür ins Haus fallen, wenn man nicht weiß, ob die Wände stehen bleiben. Eine Weile kann ich dieses Spiel mitmachen. Diese Leute werden mich vermutlich früh genug lieber von hinten sehen wollen.

Jäger deutet auf die beiden Männer, seine Ermittler. „Das sind Jens Sauer und Wilfried Koch. Sie ermitteln in dem Fall von Beginn an."

Die Männer nicken mir zu, was ich abermals erwidere. Sie können mich nicht leiden. Ihre Körpersprache verrät sie. Das tut sie immer.

Mir ist das egal. Ich bin daran gewöhnt, und in meinem Kopf nenne ich Sauer und Koch jetzt Sig und Sauer oder Heckler und Koch.

Es mag respektlos wirken, ist es aber nicht. So bewahre ich mir den Gleichmut. Ein gewisses Phlegma schadet nicht. Es ist ein Trick, wie sich den Chef in Unterhosen vorzustellen.

„Herrn Kern vom LKA kennen Sie sicher", sagt Jäger. „Und Herr Erlmann hat sich Ihnen bereits vorhin vorgestellt, nicht wahr?"

Nicken.

„Dann wäre da noch …“

„Tony Yamamoto“, sagt der junge Typ am Rand und schneidet seinem Chef das Wort ab.

Der verkniffene Mund und der Gesichtsausdruck verdeutlichen, dass das nicht zum ersten Mal geschieht – und Jäger steht nicht besonders darauf. Yamamoto scheint das gleichgültig.

Er mustert mich unverwandt aus diesen wachen dunklen Augen. Ein attraktiver Typ, was mir nicht wichtig ist, mit einem scharfen Verstand. Das ist es, was zählt.

„Herr Yamamoto wird Sie ständig begleiten und unterstützen“, sagt Jäger. „Das kennen Sie ja schon.“

Abermals ein Nicken. Inzwischen komme ich mir ein wenig vor wie einer dieser alten Wackeldackel.

Mein Blick wandert zurück zu Tony Yamamoto, erwidert seinen. Der Kerl wird mir noch Spaß bereiten. Er verströmt den Anflug einer brisanten Mischung aus Arroganz und Ärger aus jeder Pore. Ungemütliche Menschen sorgen für Reibung, und die tut einem schwierigen Fall gut.

„Kommen wir zur Einweisung in den Fall“, setzt Jäger an.

Dieses Mal bin ich diejenige, die ihm ins Wort fällt. „Sind Sie sich sicher, dass Herr Erlmann hierbleiben soll? Ein Zivilist?“

Jäger räuspert sich. „Er ist vertrauenswürdig und wurde belehrt. Herr Erlmann wurde als Vertrauensperson hinzugezogen und vereidigt. Sozusagen. Die Geheimhaltung ist gewährleistet. Der Staatsanwalt ist im Bilde.“

Erlmann lächelt. „Sie dürfen mir glauben, in meinem Beruf bin ich mit Verschwiegenheit bestens vertraut.“

„Vereidigt. Wie schön." Ich lasse den Blick schweifen. Für eine halbe Sekunde sehe ich ihnen in die Augen. Jedem von ihnen. „Tja. Warum auch immer Sie glauben, dass Sie hier einen Priester brauchen."

Jäger hebt beide Hände vor die Brust. „Frau Wolf, Sie …"

„Oder weiß der Herr Pfarrer etwas über das Verschwinden der Frauen von vor vier und sieben Jahren? Nichts für ungut."

Erlmann starrt mich an, Jäger ebenso. Mit offenem Mund.

Ich habe mich verdammt weit aus dem Fenster gelehnt. Ob das klug war? Ich weiß es nicht. Das wird sich zeigen. Sicher ist jedoch, jetzt habe ich ihre Aufmerksamkeit.

# Kapitel 7

„Sie wissen doch noch gar nicht, worum es geht", sagt Jäger. Die Entrüstung steht ihm ins Gesicht geschrieben. Er sieht mich aus geweiteten Augen an. Seinen Mund bekommt er auch nicht mehr zu. Der Schnauzbart darüber zuckt unentwegt.

„Das ist richtig", sage ich ruhig. „Und ich möchte mir möglichst unvoreingenommen selbst ein Bild machen und nicht unbesehen Ihre äußerst praktisch daherkommenden Theorien übernehmen."

Aus den Augenwinkeln bemerke ich ein feines Grinsen, das Tony Yamamoto über die Gesichtszüge huscht.

„Sie sind sich Ihrer Sache ja ganz schön sicher", sagt Jäger und tippt mit den gespreizten Fingern beider Hände auf der Tischplatte herum. „Aber sind Sie nicht diejenige, die mit diesen neuen Informationen vom wunderbaren BKA hier hereingeschneit ist?"

„Mag sein", sage ich. „Da frage ich mich, wieso sind Ihnen diese Informationen neu? Waren die Frauen nicht wichtig genug, um nach ihnen zu suchen?"

Jägers Kopf schwillt an, sieht aus wie ein knallroter Ballon. „Vielleicht waren wir für diese Fälle gar nicht zuständig? Haben Sie einen Moment lang daran gedacht? Oder sind Sie zu beschäftigt, uns an den Karren zu pinkeln?"

Tja. Zumindest hat mein Vorstoß seine Wirkung nicht verfehlt.

Das hat nicht lange gedauert. Zwar bin ich nicht darauf aus, mir Feinde zu machen. Es passiert einfach. Möglicherweise liegt das an meiner geringen Toleranz für Unsinn.

Kern räuspert sich, steht auf. „Vielleicht könnten wir uns nun beruhigen und Frau Wolf die Informationen des aktuellen Falls nahebringen, die uns bislang vorliegen."

Ich runzle die Stirn, nicke.

Die Art, wie Kern seine Worte abwägt, gefällt mir nicht. Sofort fühle ich mich, als stünde ich mit dem Rücken zur Wand. Allein. Mir gegenüber eine andere Wand. Aus Männern. Andererseits ist das nicht neu, und ich werde vielleicht nur paranoid.

„Gut, Harald, schießen Sie los."

Kern holt tief Luft. Er wirft einen knappen Blick zurück zu Jäger, der hält ihn nicht auf. „In Ordnung. Vor zwei Tagen wurde in einem nahen Waldstück eine nackte Frau aufgefunden. Sie war verwirrt und wurde offenkundig misshandelt. Ihr Körper weist Schnitte auf, wie eingezeichnete Linien, die zum Teil bereits verblasst sind. In der Nähe des Fundorts wurden Symbole entdeckt, eine Art Altar, wie es scheint. Es erinnert an Okkultismus. Diese Symbole lassen an …"

„… umgedrehte Kreuze oder Pentagramme denken", sage ich. „Deshalb ist Erlmann hier, an den vermutlich Herr Jäger selbst in seiner Weitsicht dachte. Ein schöner Zufall, dass

Erlmann auch gleich ein guter Freund aus dem Kegelklub ist, nicht wahr? Er ist schließlich der Dorfpfarrer, der alles und jeden ganz genau kennt."

Kern presst die Lippen aufeinander und nickt. „So in der Art."

Ich schnaube. „Selbst wenn an dieser teuflischen Geschichte etwas dran ist, brauchen wir dazu einen Pfarrer?"

Jägers Blick wandert zu Boden.

„Was ist mit der Frau? Lebt sie?", frage ich.

„Im Moment befindet sie sich in ärztlicher Behandlung", antwortet Jäger mit einer Stimme, die rauer klingt als bisher.

„Ich will mit ihr reden."

„Das geht nicht", entgegnet Jäger. „Sie wurde von einem Auto angefahren. Der Fahrer konnte noch nicht ermittelt werden. Frau Lauen liegt im Koma."

Ich kneife die Augen zusammen. „Fahrerflucht?"

Kern und Jäger tauschen einen Blick, nicken.

„In Ordnung", sage ich. „Und warum bin ich hier? Sie haben keine Leiche. Keinen Mörder. Gut, die Frau war nackt, und es gibt diese Symbole. Vermutlich haben Sie bereits einen Verdacht. Irgendeine Jugendgang, nehme ich an. Irgendwelche obskuren Typen, die Schwarz tragen, zu laute Musik hören und irgendwie immer schon für Ärger gesorgt haben, nicht wahr? Ehrlich, dafür brauchen Sie mich nicht. Was ist wirklich los? Weshalb bin ich hier?"

„Das war meine Idee", sagt Kern ausdruckslos.

Ich hole Luft, runzle die Stirn. Vielleicht bin ich gerade übers Ziel hinausgeschossen. Ich weiß es nicht.

Wenn es so sein sollte, deutet nichts in Kerns Gesicht darauf hin.

Auf seiner Miene erkenne ich nichts. Keinen Spott, keinen Zynismus, keinen Sarkasmus. Es war eine Bemerkung. Ausschließlich Fakten.

Wie es Kerns Art ist.

Doch etwas ist komisch. Die ganze Sache. Helene, meine Chefin, die so knapp angebunden war. Dieser seltsame Fall, der auf den ersten Blick nicht einmal meine Anwesenheit erfordert. Oft genug sind das die schlimmsten Fälle, die unscheinbaren, von denen man annimmt, alles würde ganz schnell gehen und man wäre zum Mittagessen zu Hause.

Ich zupfe am Gummiband an meinem Handgelenk.

Da ist noch etwas anderes. Ich bekomme es nicht zu fassen, aber ich fühle mich, als stünde ich auf dem Prüfstand.

„Okay", sage ich. „Und, Harald, was halten Sie davon?"

Er breitet die Arme aus, faltet die Hände vor dem Körper.

„Ich weiß Ihre Hilfe stets zu schätzen, Nessa. Und ich glaube, Sie werden hier gebraucht." Kern macht eine Pause, holt hörbar Luft. „Eine Einschätzung, die Helene Roth durchaus teilt, wenn ich richtig im Bild bin."

Eine diplomatische Antwort. Das ist ebenfalls etwas, das ich an Kern schätze. Er redet nicht lange herum, kommt immer auf den Punkt. Der Mann ist gut.

Ich nicke. „Warum sind Sie hier, Harald? Wer hat Sie angefordert? Und weshalb? Es hat jemand diese Leute zusammengetrommelt. Sicher nicht wegen Fahrerflucht."

„Das war ich", sagt Jäger. Seine Stimme lässt die Worte durch den Raum poltern. „Dieser Fall ist rätselhaft, und ich denke, es braucht diese Taskforce. Diese Dinge … passieren nicht einfach so."

Irgendetwas ist hier faul. Ich kann den Finger nicht darauf legen, mein Instinkt meldet sich allerdings. Er glüht kurz auf wie eine Hundert-Watt-Glühlampe.

Jäger hat ein größeres Problem, doch rückt er nicht mit der Sprache heraus. Dieses Gefühl ist auch der einzige Grund, weshalb ich den Raum nicht längst verlassen habe.

Es gibt einen Fall. Ganz sicher. Er liegt in der Luft. Ich kann ihn nur noch nicht sehen.

„Nun gut", sage ich. „Wir haben keine Leiche, wir haben keine Zeugen. Keine Verdächtigen. Dafür einen Priester und eine angefahrene Frau, die nicht zu befragen ist. Irgendwelche Symbole und einen Altar. Interessanter wäre der Fahrer des Wagens, der Frau Lauen angefahren hat. Entweder weiß der Kerl etwas, oder es steckt mehr dahinter."

Und, verdammt, es steckt fast immer mehr dahinter.

„Wir haben einen Zeugen", sagt Kern. „Einen Mann, offenbar ein Spaziergänger. Er hat Frau Lauen gefunden."

„Gut", sage ich. „Dann will ich mit dem Spaziergänger reden, aber erst schaue ich mir diese Stelle im Wald an. Wenn wir schon keinen anderen Anhaltspunkt haben, will ich diesen 'Unfallort' sehen."

Kern nickt. „Das habe ich mir schon gedacht."

„Sie fahren mit Yamamoto, Frau Wolf. Ich und Herr Kern begleiten Sie in einem zweiten Wagen", meint Jäger.

Der Esel nennt sich immer zuerst, geht es mir durch den Kopf. Dagegen kann ich nichts tun.

Ich werfe einen knappen Blick auf Koch und Sauer. Offenbar hat Jäger das bemerkt.

„Sauer, Koch, Sie bleiben hier."

Die beiden dürfen also den Kaffee bewachen – und wehren sich nicht dagegen.

„In Ordnung“, sage ich. „Fahren wir.“

Wortlos folge ich Tony Yamamoto durch den Flur hinaus auf den Parkplatz, wo er auf einen metallicblauen BMW zuhält.

Er betätigt die Fernbedienung, die Blinker leuchten auf. Mit einem Klacken öffnen sich die Türen, und Yamamoto gibt mir mit einem Nicken zu verstehen, dass ich einsteigen kann.

Ich ziehe eine Braue hoch, zucke mit den Schultern und wende mich ab, um geradewegs zu meinem silbergrauen Audi zu gehen. Das gleiche Spiel mit der Fernbedienung, doch irgendwie wirkt mein Auto freundlicher, wenn er mit den Blinkern zwinkert.

Ich öffne die Tür, lasse mich mit einem Seufzer in den Sitz sinken. Wenn ich schon nicht im eigenen Bett schlafen kann, will ich wenigstens das Auto kennen, in dem ich unterwegs bin.

Im Rückspiegel sehe ich Tony Yamamoto, der von seinem BMW gejoggt kommt, die Beifahrertür öffnet und irgendetwas murmelt, während er sich im Sitz zurechtrückt.

„Also, Yamamoto, richtig?“, frage ich, kaum dass die Wagentür hinter ihm zugezogen ist. „Kennen Sie den Weg?“

Sein Blick schweift umher, erfasst alles, obwohl es nicht viel zu sehen gibt. Mein Auto entspricht nicht unbedingt dem Klischee des genialen, aber chaotischen Profilers. Denn das bin ich nicht, auch wenn ich gelegentlich mehr zum Chaos als zum Genie neige, meinem Auto muss man das nicht anmerken.

Der Innenraum des Fahrzeugs ist aufgeräumt. Kein Staub, erst recht keine Fast-Food-Verpackungen oder leere Chipstüten. Nichts von alldem.

Es riecht nach Minze und Cockpitspray, wobei das Charly zu verdanken ist. Die Sitze knacken, als ich es mir bequem mache. Fast so gemütlich wie eine Couch.

Yamamoto zeigt nach draußen, auf einen anderen BMW, der sich gerade in Bewegung setzt. „Das ist der Wagen vom Chef. Folgen Sie ihm. Und nennen Sie mich bitte Tony. Einfach Tony, okay?"

„Nessa", sage ich, was er mit einem knappen Nicken zur Kenntnis nimmt. Ich starte den Motor, fahre los und steuere den Wagen auf eine breite, überraschend gut ausgebaute Landstraße. Wir folgen dem dunkelblauen BMW, in dem Jäger und Kern sitzen, mit einigem Abstand. Ich trete das Gaspedal nach unten. Der Motor brummt tief und satt. „Was haben Sie ausgefressen?"

„Ausgefressen, wieso?"

„Kommen Sie", sage ich. „Es gibt immer jemanden, der Kindermädchen für mich spielen soll. Bei jedem Fall. Meistens ist das ein Kerl. Irgendein Kerl, der irgendetwas angestellt hat, was seinem Chef nicht gefallen hat. Also darf er bei der ersten Gelegenheit Händchen halten bei der Verrückten vom BKA. Dieses Mal sind Sie es. Ergo haben Sie etwas ausgefressen, oder es gibt einen anderen Grund, weshalb der leitende Ermittler Sie auf dem Kieker hat." Ich grinse. „Also?"

Er streift mich mit einem Seitenblick und schaut wieder auf die Straße, als wäre das die wichtigste Aufgabe des Beifahrers.

Ich sehe in den Rückspiegel. Feuchtes Laub wirbelt hinter dem Auto durch die Luft.

„Ich habe nichts ausgefressen", sagt Tony ruhig.

„Hm. Sie sind wie alt? Achtundzwanzig, neunundzwanzig?"

„Dreißig", antwortet er. „Na ja, nächsten Monat. Was hat das damit zu tun?"

Ich nicke. „Sie sind jünger als Ihre Kollegen, cleverer und ein wenig vorlaut. Sie unterbrechen Ihren Chef in einer wichtigen Unterredung, und das nicht zum ersten Mal. Sig und Sauer haben Ihnen nichts entgegenzusetzen. Nichts außer Mobbing, Tuscheleien und Gequatsche. Sie sind nicht von hier, und das sage ich nicht, weil Sie aussehen, wie Sie nun einmal aussehen, um das vorwegzunehmen. Nein, Sie sprechen ohne Akzent oder Dialekt. Völlig neutral. Jäger klingt ganz anders. Er stammt aus der Gegend. Genauso dieser Pfarrer. Sie nicht."

Tony schweigt einen Moment lang. Schließlich zuckt er mit den Schultern. „Wer sind Sig und Sauer?"

„Sie wissen, wen ich damit meine."

Er zögert, dann zucken seine Mundwinkel.

„Sehen Sie? Sie wissen es genau. Also, kommen Sie, Tony. Es ist immer irgendetwas. Sie haben die Arschkarte gezogen, weil Sie klüger sind, als diese Leute jemals sein werden."

„Ich betrachte es nicht als Arschkarte", sagt er.

„Sondern?"

„Es ist eine Chance. Eine Möglichkeit."

„Eine Ausstiegsmöglichkeit? Oder eine Aufstiegsmöglichkeit?"

„Beides", sagt er. „Irgendwie. Ein bisschen was von beidem."

„Gut, damit kann ich arbeiten."

„Was hat es mit diesen alten Fällen auf sich, die Sie vorhin erwähnt haben?", fragt Tony.

„Das sind Informationen von meiner Chefin Helene Roth. Vor ein paar Jahren wurden bereits zwei Frauen in der Gegend entführt. Etwas weiter weg. Es scheint, es will sich niemand daran erinnern oder einen Zusammenhang herstellen. Lieber verfolgt man diese Theorie rund um religiöse Rituale und sucht nach Kultisten."

„Sie stehen dieser Theorie sehr ablehnend gegenüber."

Ich schieße Tony einen raschen Blick zu. „Ach ja?"

„Wann waren diese Fälle? Vor vier und sieben Jahren?"

„Ja", sage ich.

„Sieben Jahre, das war vor meiner Zeit. Da war ich gerade zum Studium, denke ich. Aber vor vier Jahren, ich erinnere mich an einen Fall in einem anderen Landkreis. Da waren wir tatsächlich nicht zuständig."

„Soll das eine Entschuldigung sein?"

„Nein", sagt Tony. „Das ist schlicht eine Tatsache."

„Okay. Noch etwas?"

„Sie sind wirklich kein gern gesehener Gast auf Partys, oder?"

„Ein Problem damit, Tony Yamamoto?"

Er schüttelt den Kopf, verkneift sich ein Grinsen. „Ich wünschte, Sie würden die beiden Kollegen nicht mit ihren Spezialnamen belegen. Ich meine, nicht dass sie es nicht irgendwie verdient hätten, doch genauso gut könnten Sie mich den Japsen nennen, oder?"

Ich atme ein, schaue auf die Straße. Es dauert, bis mir klar wird, dass er recht hat. „Punkt für Sie, Tony. Ich stimme zu und gelobe Besserung."

„Hm. Und jetzt?", fragt er.

„Jetzt bin ich froh, dass wir uns ausgezeichnet verstehen werden. Jedenfalls ist mir mit Ihnen wohler als mit den

Schützenkönigen auf der Dienststelle. Ich hoffe nur, ich kann Ihnen vertrauen."

„Das Gleiche könnte ich sagen", erwidert er und beißt sich flüchtig auf die Unterlippe.

Ich schweige. Eine Sekunde. Zwei, drei. „Mit Vertrauen ist das so eine Sache. Um welches erwarten zu können, muss man erst welches geben."

„Ja", sagt er. „Aber das macht verwundbar."

Ich blicke aus dem Fenster, in den Seitenspiegel, betrachte das im Fahrtwind tanzende Laub, das einer zerrissenen Fahne gleicht. „Ja, so ist es."

# Kapitel 8

Ich lenke den Audi in eine schmale Parkbucht und stelle das Fahrzeug hinter dem BMW von Jäger ab. Das Motorengeräusch verstummt, ich stoße die Seitentür auf.

Frische Waldluft, feucht und erdig, strömt mir entgegen. Eine willkommene Abwechslung zu Großstädten und miefigen Büros. Allerdings nur für einen Moment, dann kriecht mir die nasse Kälte unter die Kleidung und in die Knochen.

Der Wind peitscht Nieselregen und bunte Blätter über die Fahrbahn. Hinter mir erstreckt sich rasch dichter werdender Wald aus hohen, alten Laubbäumen.

Auf dem Asphalt sind dunkle Bremsspuren und aufgesprühte Linien, weiß und pink, der Umriss eines Menschen.

Die Straße führt leicht bergab. Etwas oberhalb erkennt man eine Kurve. Möglich, dass der Zusammenstoß ein Unfall war. Möglich, dass der Fahrer eine schlechte Reaktionsfähigkeit hatte oder abgelenkt war.

Die Fahrbahn ist längst wieder freigegeben. Es ist kein Tatort. Schließlich ist hier kein Mord geschehen. Lediglich ein Unfall mit Fahrerflucht.

Dennoch beschleicht mich ein seltsames Gefühl. Ein Kribbeln in der Magengrube.

Instinkt. Intuition. Man kann es nennen, wie man will. Dieses Gespür findet seinen Weg.

Eines ist mir klar, die ganze Geschichte habe ich noch nicht gesehen. Noch lange nicht.

Außerdem stimmt etwas nicht mit den Bremsspuren auf der Straße und den Linien, die von den Beamten aufgezeichnet wurden. Wenn das ein Unfall war, ist der aufgemalte Körperumriss an der falschen Stelle.

„Dort ist es passiert", sagt Jäger und deutet auf die Fahrbahn.

„Ja", sage ich lakonisch und verkneife mir eine schnippische Erwiderung, die mir auf der Zunge liegt. Tonys Gesicht spricht Bände. Unsere Blicke begegnen sich flüchtig. Er mag ein cleverer junger Polizist sein, einen guten Pokerspieler gibt er nicht ab.

„Die Frau kam aus dem Wald", sagt Kern und zeigt auf eine Schneise im Unterholz.

Der Kollege vom LKA schaut verkniffen drein. Fragt sich, ob ihm das kalte Herbstwetter zu schaffen macht oder ob er ahnt, dass hinter der Sache mehr steckt, als es den Anschein hat.

Harald Kern ist ein alter Hase. Fast bin ich mir sicher, dass es ihm ähnlich geht wie mir.

Ich folge seinem Fingerzeig, erkenne abgebrochene Zweige. Es ist deutlich zu sehen, wo sich die Frau ihren Weg gebahnt hat.

Sie muss in großer Eile gewesen sein, hat nicht darauf geachtet, wo sie entlangläuft. Vielleicht war sie auf etwas anderes konzentriert.

Auf etwas, das hinter ihr war. Etwas? Oder jemand?

Ein normaler Waldlauf war das nicht.

„Die Spurensicherung hat dort hinten Fußspuren gefunden. Blut und Fetzen von Kleidung", sagt Kern.

„Kleidung?", frage ich. „Von ihr?"

Kern nickt. „Unterwäsche wäre der treffendere Begriff."

„Sie war also nicht ganz nackt?"

„Nicht ganz oder nicht von Beginn an", antwortet Kern.

Tony räuspert sich. „Frau Lauen trug einen Slip. Das heißt, viel war davon nicht übrig."

„Zeigen Sie mir die Stelle", sage ich.

Tony wechselt einen Blick mit Jäger, nickt. Er gibt mir einen Wink, ihm zu folgen.

Ein kurzes Stück halten wir uns auf dem Weg, dann bleibt Tony mitten auf dem Pfad stehen, deutet in das dichtere Unterholz.

Dornen und Sträucher.

Ich nicke. „Danke, Tony."

„Keine Ursache", sagt er.

Ich betrachte die Spuren, stelle mir vor, wie es passiert sein könnte.

Sandra Lauen lief durch diesen Wald, sie kreuzte diesen Pfad, stolperte durch das Unterholz.

Sie ist auf der Flucht. Jemand folgt ihr. Sie ist fast gänzlich nackt. Ihre Füße schmerzen, bluten. Dornen und Zweige packen sie, stechen durch ihre Haut.

Aber sie muss weiter, darf nicht stehen bleiben.

Weg. Einfach weg.

Sie schlägt sich durch das Gestrüpp, stolpert vorwärts. Mit den Händen fängt sie sich ab, stürzt weiter durch die Sträucher und rafft sich wieder auf, dabei brechen Zweige ab.

Sie schaut nicht nach hinten. Nur nach vorne.

Erahnt die Straße. Die Kurve ist nicht einsehbar.

Sie erkennt kein Licht. Das Geräusch des Motors hört sie zu spät.

Der Zusammenstoß, der Aufprall. Geruch von verbranntem Gummi. Jäher Schmerz.

Dunkelheit.

Ich atme ein, blinzele und finde mich am Rand der Straße wieder.

Sandra Lauen hat die Straße gesehen, sie zumindest durch die Sträucher und Bäume erahnt. Das Geräusch des Motors mag sie gehört haben oder nicht. Geräusche können trügen. Vielleicht hat sie es auch für die Rettung gehalten.

Ist sie deshalb auf die Straße gerannt?

Oder war es so, dass sie das Licht nicht gesehen hat? Hätte sie es nicht sehen müssen? Das Fahrlicht des Autos?

Es sei denn, es gab kein Licht – und der Unfall war Absicht.

Das ist spekulativ. Aber wir sind alle nur Menschen. Im Kern ticken wir irgendwie gleich, so unterschiedlich wir scheinen mögen. Instinkte sind eine Macht für sich.

Tony sieht mich an. Jäger starrt.

Mir ist das egal.

Ich zupfe mir ein welkes Blatt von der Hose, richte meine Jacke, fahre mir flüchtig durchs Haar. „Erzählen Sie mir etwas über das Opfer, Tony."

Er wirft einen Blick in die Runde. Niemand sagt etwas. Tonys Kehlkopf zuckt. Er holt Luft. „Sandra Lauen ist achtundzwanzig, sportlich, fit. Sie ist verheiratet, war abends mit dem Hund unterwegs. Das Tier kam allein nach Hause. Das war drei Tage, bevor sie aufgefunden wurde."

Ich kneife die Augen zusammen. Mein Bauchgefühl verdichtet sich. „Drei Tage? Sie galt als vermisst? Hat der Mann sie als vermisst gemeldet?"

„Allerdings", sagt Jäger.

Ich hefte meinen Blick auf Tony.

Er nickt. „Der Ehemann hat sofort selbst nach ihr gesucht, als man ihm den Vorschlag, noch abzuwarten, machte. Er ist sogar mit dem Hund losgezogen. Er hat wohl gehofft, das Tier könnte sich irgendwie an etwas erinnern und sich bemerkbar machen."

Ich ziehe eine Braue hoch. „Wie Lassie?"

Tony zuckt mit den Schultern. „Vielleicht."

„Haben Sie mit dem Mann gesprochen?", frage ich.

„Selbstverständlich", höre ich Jäger sagen.

„Tja", sagt Tony und beendet seinen Bericht mit einem knappen Nicken. „Das ist, was wir wissen."

„Hm", mache ich. „Eine junge Frau, allein im Wald. Noch dazu mehr oder weniger nackt, und das im Herbst bei diesem Mistwetter. Wo ist sie während dieser drei Tage gewesen?"

„So ist es", sagt Jäger. „Deshalb haben wir ja alles abgesucht. Und wir haben diesen Ritualplatz gefunden. Schließlich haben wir um Hilfe ersucht und die Taskforce gebildet. Deshalb sind Sie und Herr Kern hier."

Ich habe alle Mühe, nicht mit den Augen zu rollen. Einen Seufzer kann ich nicht verhindern. „Ihre Taskforce."

Er nickt und zuckt gleichzeitig mit den Schultern.

„Mehr haben Sie nicht gefunden? Haben Ihre Leute nicht weitergesucht?", frage ich.

„Natürlich", sagt Jäger. Er wirkt ein wenig pikiert, streicht sich über den Schnäuzer. „Wir konnten die Dame ja noch nicht befragen."

„Das ist so nicht richtig“, sagt Tony. Seine Stimme klingt leise, aber nicht ohne Anflug von Schärfe.

Ich runzle die Stirn. Mein Herz schlägt schneller. „Was heißt das?“

„Sie hat gesprochen, ganz kurz, bevor sie das Bewusstsein verlor. Mit dem Spaziergänger hat sie gesprochen.“

„Der Spaziergänger. Und was hat sie zu ihm gesagt?“

„Dass ihr jemand folgt“, antwortet Tony. „Dass jemand hinter ihr her ist.“

Einen Moment lang herrscht Stille, wenn man vom Rauschen des Windes in den wenigen verbliebenen Blättern absieht.

„In Ordnung“, sage ich. „Fahren wir zu diesem Spaziergänger. Und Ihre Leute sollen den Wald absuchen.“

„Noch mal?“, fragt Jäger und betrachtet mich aus großen, runden Augen.

Ich nicke. „Noch mal. Und dann noch einmal. Sie sollen alles untersuchen. Jeden verdammten Stein, jedes Blatt. Holen Sie sich Hilfe. Eine Einsatzhundertschaft. Beamte aus der Stadt. Die Bundespolizei. Von mir aus die Bundeswehr, den örtlichen Schützenverein oder die Feuerwehr. Egal. Lassen Sie sie den Wald durchkämmen. Jeden Tümpel, jedes Loch.“

„Und was soll das bringen?“, fragt er.

„Hoffentlich nichts“, sage ich leise. „Hoffentlich nichts.“

# Kapitel 9

Mit dem Auto sind es wenige Minuten bis zum Haus von Albert Wawert. Zu Fuß dauert es sicher um einiges länger.

Das Wohnhaus des Mannes ist klein und in die Jahre gekommen, wirkt dennoch gepflegt. Der Rasen vor dem Haus wurde kürzlich erst geschnitten. Ein Vogelhaus ist frisch lackiert. Den Blumen hat der Herbst zugesetzt, ein Dornbusch trägt rote Beeren, die ein wenig Farbe in dieser tristen Jahreszeit verbreiten.

Es dauert fast eine Minute, nachdem Tony Yamamoto geklingelt hat, bis sich die Tür öffnet und ein schüchtern wirkender, annähernd siebzigjähriger Mann, der mir gerade bis zum Kinn reicht, im Türrahmen erscheint. Er hat lichtes graublondes Haar, akkurat gescheitelt. Der Hemdkragen unter seinem braunen Pullover ist geöffnet, die passende Hose, die er trägt, gebügelt.

Verhaltenes Lächeln spielt um die Mundwinkel. Ein ordentlicher, höflicher Mensch, dem die Befürchtung ins Gesicht geschrieben steht, dass er nicht weiß, was ihn erwartet.

Körpersprache ist ein mieser Verräter, die nur die besten Lügner zu manipulieren wissen – bis zu einem gewissen Grad.

Wawert ist kein guter Lügner. Oder er hat nichts zu verbergen.

Ich höre kein Gebell, bemerke auch sonst keine Spuren eines Hundes, abgesehen von der großen stilisierten Pfote auf der Fußmatte.

Auf dem Weg hierher hat Tony mir alles erzählt, was es zu erzählen gibt, soweit es das Auffinden von Sandra Lauen durch Albert Wawert angeht. Viel war es nicht, vage dazu.

„Herr Wawert?", frage ich und lächle ihn freundlich an. „Nessa Wolf, ich möchte gerne mit Ihnen sprechen."

Sein Blick wandert von mir zu Tony und wieder zu mir. Offenbar erkennt er den Kollegen.

„Sind Sie auch von der Polizei?"

„Gewissermaßen", sage ich. „Ich bin beim BKA. Man hat mich als Beraterin zu dem Fall hinzugezogen."

„So wie den Pfarrer", sagt Wawert und nickt. „Verstehe."

Eine Sekunde lang sehe ich den Mann an. „Nicht ganz wie der Pfarrer."

Wawert schmatzt leise, öffnet die Tür ein Stück weiter. „Möchten Sie nicht hereinkommen? Es ist nicht festlich da draußen heute. Mit dem Regen und dem Wind, meine ich."

Ich nicke dankbar. „Das wäre schön. Es wird auch nicht lange dauern."

Wawert öffnet die Tür weit, bittet uns mit einer Handbewegung hinein.

Wir folgen ihm durch einen dunklen Flur. Ein abgetretener, trotzdem sauberer Teppichläufer auf beigefarbenen Fliesen führt durch den Gang. An den Wänden hängen alte Bilder. Fotografien.

Wawert in jüngeren Jahren. Mit einer Frau, dann mit einem Hund, eine struppige Promenadenmischung. Nett. Es ist die Art von Hund abgebildet, von dem Menschen gerne behaupten, dass sie lächeln, auch wenn das nicht stimmt. Und wieder Bilder von der Frau oder von dem Hund und Fotos von erwachsenen Kindern in verschiedenen Phasen ihres Lebens bei unterschiedlichen Aktivitäten. Windsurfen. Urlaub in Thailand.

Der Flur führt in ein Wohnzimmer. Es ist gemütlich und warm. Ein ausladendes braunes Ledersofa beherrscht den Raum, davor ein niedriger Tisch.

Wawert schaltet den Flachbildfernseher ab, der auf einem Schränkchen in einer Ecke steht.

Bücher, fein säuberlich aufgereiht in einer Regalwand. Nichts Weltbewegendes. Enzyklopädien, ein paar Krimis und mal mehr, mal weniger anspruchsvolles Zeug. Literatur, die man in vielen deutschen Wohnzimmern findet.

„Die Kinder haben mir den Fernseher geschenkt", sagt Wawert, als er meinen Blick bemerkt. „Zum Geburtstag. Ein wahres Monstrum."

Ich lächle unverbindlich. „Sie leben allein?"

„Ja." Er befeuchtet seine Lippen. „Meine Frau ist vor einigen Jahren gestorben. Danach hatte ich einen Hund." Er deutet vage auf eines der Bilder, die auch in diesem Raum die Wände pflastern. „Sie ist inzwischen gestorben. Jetzt bin ich allein und alt, und was mehr bleibt mir als das Lesen und ab und an etwas fernsehen, nicht?"

„Und das Spazieren im Wald", sage ich und lächle mild.

„Tja, ja", sagt er. „Eine alte Angewohnheit aus der Zeit mit Cindy, meiner Hündin. Bewegung tut gut, meint der Arzt.

Ohne Begleitung ist es manchmal etwas langweilig, aber für einen neuen Hund bin ich inzwischen zu alt."

„Diese Woche war es alles andere als langweilig", sage ich.

„Das kann man wohl sagen." Er tut einen Schritt, breitet die Arme aus. „Wo sind meine Manieren? Setzen Sie sich. Möchten Sie vielleicht einen Kaffee?"

Tony lehnt dankend ab.

„Ich nehme einen", sage ich, und es ist nicht nur eine Geste, um das Eis zu brechen. Ich brauche wirklich einen Kaffee. Koffein, um mich wach und frisch zu halten. Es gibt fast nichts Besseres.

„Einen Augenblick", sagt Wawert. „Ich hatte ohnehin welchen gekocht."

Er verlässt den Raum. Ich setze mich auf die Couch. Tony nimmt in einem von zwei Sesseln Platz.

„Was machen Sie, Nessa?", fragt er mit gedämpfter Stimme. „Wir haben keine Zeit, hier ein Plauderstündchen abzuhalten."

„Tja", sage ich. „Irgendjemand muss sich mal die Zeit nehmen, mit dem Mann zu reden. Außerdem brauche ich einen gescheiten Kaffee, der mir kein Loch in die Magenwand brennt und die Geschmacksnerven absterben lässt."

Tony verdreht die Augen, schweigt jedoch. Ich grinse. Er lehnt sich im Sessel zurück, wirkt dabei dennoch wie eine Katze, die jederzeit zum Sprung bereit ist.

Eine Minute später kehrt Wawert zurück, balanciert ein Tablett mit zwei Tassen und einem Teller, gefüllt mit Keksen.

„So", sagt er, als er vorsichtig das Tablett auf dem Tisch abstellt. Er reicht mir eine Tasse. „Bitte sehr."

„Danke", sage ich und greife danach. Der Kaffee ist heiß und verströmt ein angenehmes Aroma. Es ist zwar ganz normaler, dafür ein guter. Ganz anders als die grausame Hexenbrühe, die man mir in der Polizeidienststelle serviert hat.

„Langen Sie zu", sagt Wawert und deutet auf die Kekse. „Sie sind nicht eben selbst gebacken, aber schmecken wirklich gut, auch wenn sie denen meiner Frau nicht das Wasser reichen können." Traurigkeit schwingt in seinem Lächeln mit. Wawerts Gesicht, die tiefen Falten und Linien darin, verraten jedes seiner siebzig Lebensjahre. Sein Lächeln, ohne die Trauer, ist das eines kleinen Jungen, den sich der Mann vielleicht irgendwo im Inneren bewahrt hat.

„Danke, Herr Wawert", sage ich. „Lassen Sie uns über den Vorfall im Wald reden."

Er nimmt in dem freien Sessel Platz, beugt sich leicht nach vorne und stützt die Ellenbogen auf den Knien ab. Seine Miene verfinstert sich, als würden sich gerade dichte Wolken vor eine blasse Sonne schieben. „Oje, das war ein furchtbarer Anblick. Die arme Frau. So etwas habe ich noch nie erlebt."

„Was haben Sie gesehen?"

Er wackelt mit dem Kopf hin und her. „Sie hatte jede Menge Verletzungen. Schnitte, auch Prellungen und Blut von dem Unfall, denke ich. Ich habe nicht so genau hingeschaut. Sie war ja nackt, die Arme."

„Hm", sage ich. „Es hat ein wenig gedauert, bis Sie Hilfe holen konnten, oder?"

Er presst die Lippen aufeinander, faltet die Hände. „Ich habe Erste Hilfe geleistet, so gut es ging. Ich hatte ja nichts dabei. Keine Decke. Gar nichts. Inzwischen besitze ich zwar eines dieser neumodischen Dinger, ein Handy. Die Kinder haben darauf bestanden. Lange Zeit habe ich mich dagegen gewehrt. An dem Tag war ich zum ersten Mal froh, eines zu haben. Ich kann nicht damit umgehen. Zum Telefonieren reicht es. Da draußen ist nicht viel los, was den Empfang angeht, wissen Sie?"

Ich nicke. „Leuchtet ein."

Ich warte, ob Wawert anfängt zu reden. Die meisten Menschen tun das. Sie wollen etwas loswerden. Erst recht, wenn sie glauben, etwas sagen zu müssen, weil sie das Gefühl haben, sich herausreden zu müssen.

Und die meisten reden sich dann um Kopf und Kragen.

Wawert nicht.

Der Mann wirkt ehrlich. Es ist keine präzise Analyse, beruht nicht auf Fakten und Beweisen. Manchmal reicht das gute alte Bauchgefühl.

Ich trinke einen Schluck Kaffee, und verdammt, der ist wirklich gut.

„Herr Wawert", sage ich, „wären Sie bereit für ein kleines Experiment?"

Wawert erwidert mein Lächeln vorsichtig. „Ein Experiment? Was sollte das für ein Experiment sein?"

„Eine weitere Befragung", antworte ich. „Aber ich möchte eine spezielle Art der Befragung an Ihnen durchführen. Eine Technik, die Sie zurückführt zu jenem Moment, als Sie die Frau fanden. Die sich weniger darauf konzentriert, was Sie glauben, was Sie gesehen haben, als vielmehr auf Ihre unmittelbaren Eindrücke."

Er atmet tief ein, sein Brustkorb hebt und senkt sich. Er zögert.

„In Ordnung", sagt Wawert schließlich. „Was muss ich tun?"

„Entspannen Sie sich, Herr Wawert", sage ich. „Schließen Sie die Augen. Denken Sie an den Tag im Wald. Was hatten Sie an?"

Wawert schließt die Augen, lehnt sich leicht zurück. „Ich hatte meine Regenjacke an und Wanderstiefel. Es war kalt und windig."

„Wie hat die Luft gerochen?"

„Frisch. Nach Wald. Blätter und Erde. Und ein wenig nach Torf", sagt Wawert.

„Wie fühlt sich der Boden unter Ihren Füßen an?"

„Fest und grob. Ich gehe gemütlich. Gerade so, dass es mich nicht friert."

„Was hören Sie?"

„Der Wind spielt in den Blättern. Rauschen. Irgendwo heult ein Motor auf. Bremsen quietschen. Ein Knall. Ich gehe schneller."

„Kein Hupen?", frage ich.

Wawert schüttelt den Kopf. „Nein, kein Hupen."

Ich atme lautlos ein, halte die Luft an. „Was sehen Sie?"

Wawert beugt sich weiter vor. „Da liegt jemand am Boden. Es sieht aus wie eine Frau. Sie ist nackt. Blut. Oh Gott!"

„Es ist alles in Ordnung, Herr Wawert", sage ich ruhig. „Sehen Sie noch etwas?"

Er nickt. Die Augen hält er immer noch geschlossen. „Einen Wagen. Einen weißen Lieferwagen, der rasch davonfährt."

Ich schlucke leer. „Gut, Herr Wawert. Können Sie etwas erkennen? Das Kennzeichen? Den Fahrer?"

„Nein. Nein, das Fahrzeug ist zu weit weg. Meine Augen sind zu schlecht. Ich kann nicht mal das Fabrikat erkennen."

Ich nicke, beuge mich ebenfalls vor und berühre Wawert vorsichtig am Arm. „Vielen Dank, Herr Wawert. Sie können die Augen wieder aufmachen."

Er blinzelt unsicher. „War das so in Ordnung?"

„Sehr gut, Herr Wawert", sage ich und tausche einen raschen Blick mit Tony. „Sie haben uns sehr geholfen."

# Kapitel 10

Auf dem Weg vom Haus zum Auto wirkt Tony Yamamoto hektisch. Er geht schneller, fährt sich hastig durchs Haar, als ich den Audi aufschließe.

Wir setzen uns hinein, er greift nach seinem Smartphone, starrt darauf.

„Was ist?“, frage ich ausdruckslos.

„Wir müssen Jäger Bescheid geben“, sagt er.

„Was wollen Sie ihm sagen?“

„Wir müssen eine Fahndung ausrufen. Nach diesem Lieferwagen.“

„Vergessen Sie es.“

Tony stiert mich an aus diesen dunklen Augen, die von innen heraus zu glühen scheinen. „Was?“

„Eine Fahndung nach einem weißen Lieferwagen? Ohne Fabrikat, Modell oder Kennzeichen? Vergessen Sie das, Tony.“

„Aber es ist ein Hinweis“, sagt er.

„Das stimmt. Es ist ein Hinweis, ein wichtiger sogar. Nur eben nicht mehr.“

„Glauben Sie …?“, fragt Tony und richtet den Blick durch die Frontscheibe nach draußen. Es hat wieder zu regnen begonnen. Dünne Tropfen treffen auf das Glas und zerlaufen dort, bilden Schlieren. „Glauben Sie, in dem Wagen saß der Täter?“

„Jesus, ich hasse den Herbst.“ Ich atme tief ein und wieder aus. „Entweder das oder ein sehr schlechter Mensch, der eine hilflose Frau verletzt und halb nackt auf der Straße liegen lässt.“

Tony zeigt kaum eine erkennbare Regung.

Ich starte den Motor, wortlos bringe ich den Audi auf die Landstraße, die zurück zur Stadt führt.

Eine Dreiviertelstunde später sitzen wir wieder in diesem Besprechungsraum. Sauer und Koch stecken die Köpfe zusammen, quatschen wahrscheinlich über das letzte Wochenende oder freuen sich auf das nächste.

Diese beiden wären besser Busfahrer geworden oder irgendetwas anderes mit geregelteren Arbeitszeiten.

Tony tippt etwas auf seinem Telefon, Jäger glotzt stumpf Löcher in die Luft.

Erlmann ist noch nicht im Raum, Kern fehlt ebenso.

Ich drehe den halb leeren Kaffeebecher in der Hand.

Das ist der Augenblick, gleich ist er da. Der Moment, in dem ich Sauer und Koch die Hoffnung auf das Wochenende nehme.

Der Augenblick, in dem ich Jäger aus seiner Starre reiße und ihn hoffentlich aufrüttele.

Ich hasse diese Momente genauso, wie ich den Herbst und seinen kalten Regen hasse, aber all das ist notwendig.

Kern kennt das, auf ihn kann ich mich verlassen. Tony wird alles tun, um den Fall zu lösen. Da bin ich mir sicher.

Erlmann? Nun, der Pfarrer sollte lieber gehen. Das wird ein Spiel, bei dem er nichts verloren hat. Priester haben hier nichts zu tun. Noch nicht, und vielleicht lässt sich das Schlimmste verhindern.

Weitere drei Minuten später ist mein Kaffeebecher leer. Alle sitzen auf ihren Plätzen.

Jetzt muss ich es ihnen sagen. Ich hasse diesen Augenblick, dennoch ist er nötig.

Sie sind auf der Jagd. Nach einem Monster. Sie wissen es noch nicht – oder wollen es nicht wahrhaben. So ist es meistens.

Die Menschen können oder wollen nicht glauben, dass das Böse nur eine Tür weiter wohnen könnte.

Der stille Nachbar, der stets freundlich grüßt. Der örtliche Bauunternehmer. Der Typ aus dem Schützenverein. Der Onkel, der die lustigen Witze reißt. Der nette Opa, die eigene Mutter.

Es sind immer die anderen. Woanders.

Das ist ein Irrglaube, der besteht, bis die Realität an die Tür klopft und einem im schlimmsten Fall Leichen auf die Matte legt.

„Also", sagt Jäger und faltet die Hände auf der Tischplatte. „Was denken Sie, Wolf?"

„Ich denke, wir stehen erst am Anfang."

„Wie meinen Sie das?", fragt Koch.

„Wir brauchen mehr Informationen", sage ich. „Das Waldstück ist abgelegen. Wenn Sandra Lauen dort unterwegs war, dann weil sie selbst dorthin gefahren ist. Haben wir ihr Auto gefunden?"

Jäger schüttelt den Kopf.

„Was ist mit dem Mann? Einem Freund? Einem Verwandten?"

„So weit sind wir noch nicht", sagt Jäger. „Der Mann hat sie nicht dorthin gefahren, so viel ist sicher. Nach allem, was wir wissen, ist sie mit dem Hund spazieren gegangen. Aber es ist unwahrscheinlich, dass sie dort laufen wollte, wo wir sie gefunden haben. Das meint ihr Mann. Sicher wissen wir es erst, wenn Frau Lauen vernehmungsfähig ist."

Und das ist ein verdammt großes Wenn.

„Gibt es jemand anders? Eine Affäre vielleicht?"

Jäger schnappt nach Luft.

„Sehen Sie", sage ich und lächle matt. „Wir stehen erst am Anfang."

„Und was glauben Sie?", fragt er.

„Ich glaube, dass es im Oktober noch mal regnet, dass der Winter rasch kommt und Ihr Kaffee mies ist, aber das ist nicht, was Sie hören wollen, oder?"

Er starrt mich an, zieht die Hände vom Tisch.

„Es spielt keine Rolle, was ich glaube. Was Sie jedoch auch nicht hören wollen, ist, dass Sie einen psychisch gestörten Mörder suchen. Sie haben mich nicht geholt wegen einer Fahrerflucht, einem Unfall oder etwas in der Art. Was Sandra Lauen zugestoßen ist, war ein Mordversuch. Er ist schiefgegangen, was entweder daran liegt, dass der Kerl, den Sie suchen, ein Anfänger ist oder jemand, der das schon lange tut und langsam die Kontrolle verliert."

Es platzt aus mir heraus. Mein Hirn läuft auf Hochtouren. Möglichkeit folgt auf Möglichkeit.

Tony sieht mich an, legt die Stirn in Falten. „Noch wurde niemand getötet …"

„Sicher?", frage ich und fasse ihn für eine halbe Sekunde länger ins Auge, als ich müsste. „Vielleicht haben wir nur noch keine Leiche gefunden. Warum schaltet Ihr Chef denn LKA und BKA ein?“

Die entstehende Stille im Raum ist bedrückend. Sie senkt sich von der Decke herab wie ein feuchtes Tuch. Jedes kleine Geräusch ist mit einem Mal hörbar. Fühlbar.

„Das ist eine Theorie“, sagt Kern, und es ist keine Frage, womit der Mann richtigliegt.

Es ist eine Theorie, ich habe keine Beweise, dafür gute Gründe.

„Sandra Lauen war sicherlich nicht in dem Wald, um dort nackt zu joggen“, sage ich. „Auch wenn es das gibt, eher nicht bei dieser Witterung. Das ist ziemlich unwahrscheinlich. Wir suchen nach einer einfacheren Erklärung. Das heißt, entweder ist sie von selbst dorthin gekommen, sodass wir ihr Auto finden müssten, was bisher nicht geschehen ist. Vielleicht wollte sie dort spazieren wie unser Zeuge Wawert. Vielleicht wollte sie mit dem Hund Gassi gehen. Oder sie wollte sich mit jemandem treffen. Jemandem, den wir nicht kennen.“

Jäger sieht mich mit gefurchter Stirn an. Sein Blick eine Aufforderung, weiterzureden. Sein zusammengepresster Mund, die verschlossenen Lippen Ausdruck seiner Sprachlosigkeit.

Eigentlich will er das alles gar nicht hören. Eigentlich will er gar nicht hier sein.

Ein Gedanke zuckt durch meinen Verstand, dass er diese seltsame Taskforce ins Leben gerufen hat, um sein Gewissen zu beruhigen. Der große Mann schlägt die dicke Trommel, alle eilen herbei und erklären feierlich, dass es keinen Grund zur Sorge gibt. Es ist alles getan, alles in Ordnung. Ende der Geschichte.

Eigentlich will er nicht, dass ich da bin und seine wunderschöne Kleinstadtidylle und die Theorie von der harmlosen Fahrerflucht zerreiße.

Eigentlich war sein Plan, dass ich hierherkomme, feststelle, dass es keinen Fall gibt, und wieder verschwinde. Den Gefallen tue ich ihm nicht. Für diesen Job bin ich die Falsche.

Ich hole erneut Luft. „Oder jemand hat sie dorthin gebracht, hat sie laufen lassen oder ausgesetzt und mit dem Auto angefahren. Dieser Punkt ergibt für mich im Augenblick noch keinen Sinn. Vielleicht war es ein Unfall, doch wahrscheinlich ist das nicht. Ich denke, jemand hat seine Meinung geändert oder eine Art von perfider Jagd mit Sandra Lauen veranstaltet, und da kam der alte Wawert und hat diesen Kerl dabei gestört."

„Ein Mann?", fragt Jäger.

„Ja", sage ich, denn es sind fast immer die Männer. Das ist kein Klischee, kein Vorurteil. Das ist Statistik. „Natürlich habe ich keine Beweise. Es ist, wie Herr Kern sagt. Im Moment ist es eine Theorie, und die einzige Person, die uns erzählen könnte, was geschehen ist, liegt im Koma. Wir brauchen mehr Informationen, und deshalb und aus vielen anderen Gründen stehen wir noch am Anfang."

„Was passiert jetzt?", fragt Jäger.

„Jetzt fangen wir an zu arbeiten. Etwas, das längst hätte passieren sollen. Aber erst brauche ich einen Kaffee und einen Ort, an dem ich mich frisch machen kann."

„Wir haben Ihnen ein Zimmer in einer nahen Pension verschafft", sagt Jäger und lächelt verkniffen. „Es ist sehr hübsch dort."

„Ach, und schicken Sie Erlmann nach Hause." Ich sehe den verkappten Seelentröster an. „Nichts für ungut. Das Bild, das Sie von Land und Leuten zeichnen könnten, ist die hübsche Fassade, jedenfalls solange es ein Beichtgeheimnis gibt. Sie können nichts tun. Oder doch. Sie können beten, dass Sandra Lauen erwacht und vernehmungsfähig ist."

„Und Sie glauben wirklich, wir suchen einen Mörder?", fragt Sauer.

Ich nicke.

„Ganz ohne Leiche?"

Der Drang, mit den Augen zu rollen, ist unwiderstehlich. Wenn ich es täte, würden meine Augäpfel vermutlich in meinem Hinterkopf stecken bleiben.

„Ja", sage ich. „Ganz ohne Leiche. Ich bin überzeugt, es wird schon bald eine auftauchen. Gehen Sie Vermisstenfälle durch. Auch solche, die längere Zeit zurückliegen. Vergrößern Sie den Radius. Und hoffen Sie."

„Hoffen? Worauf?", fragt Koch.

„Suchen Sie sich etwas aus. Dass ich mich irre. Darauf, dass Sandra Lauen aufwacht. Dass sie nicht die erste Leiche ist."

# Kapitel 11

„Tony“, sage ich, als wir wieder in meinem Audi sitzen, „tun Sie mir einen Gefallen?“

Er mustert mich mit einem Blick, der fast nicht zu deuten ist, und wiederum ist er viel zu gut zu deuten. Poker ist nicht sein Spiel.

„Und der wäre?“, fragt er. Sein Tonfall ist bemüht neutral. In Wahrheit schwankt Tony Yamamoto irgendwo zwischen Genervtheit, Neugier und der Erwartung, dass diese Tussi vom BKA tatsächlich die Verrückte ist, wie alle meinen.

„Fahren wir ein bisschen durch die Gegend und nicht auf direktem Weg zu dieser Pension, in Ordnung? Führen Sie mich ein wenig herum.“

Er nickt. Dann schüttelt er den Kopf und zieht die Brauen zusammen. „Warum? Sind Sie nicht müde oder hungrig?“

Ich bin beides, und ich brauche eine Dusche. Besser noch ein entspannendes Schaumbad, aber damit rechne ich heute nicht. Allerdings sage ich ihm das nicht.

„Nein“, entgegne ich. „Das spielt auch keine Rolle. Ich will ein Gefühl für diesen Ort bekommen, für die Leute, die hier leben.“

„Und das passiert, indem wir ziellos durch die Gegend fahren?"

„Nicht ziellos", sage ich. „Wir machen einen kleinen Umweg durch den Ort, bevor wir zu dieser Pension fahren, okay?"

„Wie Sie meinen."

Ich greife nach dem Schlüssel, drehe ihn herum. Der Motor beginnt zu brummen. „Also, Tony, wo geht es lang?"

Er seufzt. „Wenn Sie den Weg nicht kennen, wieso lassen Sie mich nicht ans Steuer? Das wäre einfacher, oder nicht?"

„Es ist genauso einfach, wenn ich fahre und Sie mein äußerst intelligentes Navigationsgerät sind, Tony."

„Sie sind ein komischer Vogel, Nessa. Hat Ihnen das schon mal jemand gesagt?"

Ich lächle. „Ständig, Tony, ständig. Wobei die meisten Leute es nicht so offen sagen, sie denken es, und ich erkenne es in ihren Gesichtern. Sie sind also ehrlicher als die meisten."

„Und das ist gut?", fragt er.

„Das werden wir sehen", antworte ich. „Das werden wir sehen."

Ich fahre langsam, lasse den Blick schweifen, während Tony mich durch die Gegend lotst. Er ist zwar ortskundig, aber wortkarg und erzählt kaum etwas über die Stadt. Vielleicht interessiert es ihn nicht, was es über dieses Kaff zu sagen gäbe. Vielleicht gibt es auch nichts zu erzählen.

Überraschen würde mich das nicht. Auf dem Ortsschild steht zwar Kreisstadt, doch wenn man gerade aus einer echten Großstadt kommt, ist dieses bestenfalls größere Dorf ein Kulturschock.

Die Straßen wirken wie ausgestorben. Die wenigen Leute, die unterwegs sind, gehen schnell, halten die Köpfe gesenkt. Das kalte Wetter tut sein Übriges.

Im Innenraum des Audi ist nichts davon zu spüren.

Es ist warm, und was allmählich in meine Knochen dringt, ist die Müdigkeit. Meine Gedanken hingegen verlangsamen sich nicht. Mein Körper ist müde. Mein Geist dagegen hellwach, fast überdreht. Ein unangenehmer Zustand.

„Fragen Sie schon", fordere ich Tony auf.

Er blinzelt, dreht den Kopf. Dann blickt er wieder zum Seitenfenster. „Was soll ich fragen?"

„Was Sie fragen wollen. Sie haben mich gegoogelt, oder nicht?"

Er räuspert sich, und an seiner betreten wirkenden Miene lässt sich ablesen, dass ich ins Schwarze getroffen habe.

„Ich weiß nicht", sagt er. „Im Internet findet man nicht viel über Sie, nicht für die heutige Zeit."

Das stimmt. Wenige Fotos, wenn überhaupt. Meinen Beruf. Ein paar aufsehenerregende Fälle. Diese ASMR-Geschichte, die ordentlich Staub aufgewirbelt hat. Außerdem der Teil meiner Familiengeschichte, den die Öffentlichkeit kennt. Die Tochter von Killer-Angie, die selbst Mörder jagt. Ein gefundenes Fressen für die Klatschpresse, die ihre brutalen Verbrechen schätzt und liebt. Das ist alles, und wenn man mich fragt, ist das mehr als genug.

„Sie sind direkt nach der Uni zum BKA, oder?", fragt Tony, was so ziemlich das Unverbindlichste ist, das er fragen kann.

Ich nicke.

„Weshalb?", fragt er.

Schulterzucken, was nicht mehr oder weniger als die Wahrheit ist.

„Es erschien mir sinnvoll. Ansonsten war ich ziemlich heimatlos", sage ich. Was ich ihm nicht sage: Auch eine

Person, die mir früh in meinem Leben mehr als wichtig war, liegt auf einem Friedhof in einem anonymen Grab, das sie viel zu früh und mit Gewalt fand.

Es gibt mehr als genug Gräber, an denen ich stehen und mich selbst, Gott, das Universum oder wen auch immer vergeblich nach dem Warum fragen könnte.

Die Antwort ist einfach: Weil es niemand verhindert hat.

Seither gibt es meine Arbeit und daneben vielleicht noch meine Katzen und Charly, der sie hütet, wenn ich das tue, was ich gelernt habe. Meine Arbeit. Ansonsten gibt es nichts für mich.

„Heimatlos?" Tony runzelt die Stirn. „Heimatlos wie obdachlos, oder?"

„Nein", sage ich. „Heimatlos wie entwurzelt, was nicht weiter verwunderlich ist, oder?"

Er presst die Lippen aufeinander, was mir fast ein wenig leidtut. Allerdings habe ich etwas früh lernen müssen. Wenn man die einzige Tochter einer verurteilten Mörderin ist, versteckt man sich ein Leben lang – oder man trägt diese Schmach, diese Schande, die Verwundbarkeit wie einen Schild vor sich her.

Tonys Stimme reißt mich aus den Gedanken. „Denken Sie noch an sie?"

„Hm?"

„Denken Sie noch an Ihre Mutter, Nessa?"

Ich zögere, zucke mit den Schultern. „Tony, kann es sein, dass Sie versuchen, Unsicherheit mit Small Talk zu unterdrücken?"

„Wie kommen Sie darauf?"

„Das ist so eine Ahnung", sage ich. Meine Finger lösen sich vom Lenkrad, greifen dann wieder zu. Fester als zuvor, was an meinen Knöcheln zu erkennen ist. „Liege ich falsch?"

Tony Yamamoto schweigt.

„Small Talk ist doch gar nicht Ihr Ding, oder?", frage ich.

„Kann sein", sagt er.

Ich lache kurz und freudlos auf. „Und da wählen Sie ausgerechnet das wohl schwierigste Thema für ein solches Gespräch?"

„Weil ich Sie nach Ihrer Mutter frage?"

Ich nicke.

Fast immer, wenn das Gespräch auf meine Mutter kommt und die Leute die Geschichte kennen oder glauben, sie zu kennen, schauen sie betreten zur Seite. Sie stammeln herum und sagen etwas in der Art, dass ich ja noch ein Kind gewesen sei. Dass ich nichts hätte machen können.

All diese Dinge.

Vielleicht stimmt es ja. Ich war noch ein Kind. Was hätte ich tun können? Selbst wenn ich es gewusst hätte?

Es gibt keine Antwort auf die Frage, und es gibt keine angemessene Reaktion auf das hilflose Gestammel der Leute.

Ich richte mich darauf ein, warte, dass auch Tony etwas in der Art sagt. Dass er sagt, dass es ihm leidtue.

Dass ich noch ein Kind gewesen sei.

All diese Dinge.

Aber er sagt nichts dergleichen. Das ist nicht seine Art.

Er reckt nur das Kinn ein wenig vor. Seine Finger halten den Türgriff fest, seine Augen fokussieren sich auf die Straße.

Ich respektiere das.

Ich mag keinen Unsinn. Es scheint, Tony Yamamoto tickt ähnlich.

„Also?“, fragt er.

Offenbar ist er nicht gewillt, lockerzulassen – und ich bin nicht bereit, ihm mein Seelenleben auf die Nase zu binden.

Vertrauen braucht Zeit. Sogar ein rein berufliches, brüchiges und flüchtiges Vertrauensverhältnis wie dieses. Echtes Vertrauen ist mir fremd.

Auch das hat meine Mutter auf dem Gewissen.

Ich hole Luft. „Jeder ist der Architekt seines eigenen Unglücks, Tony. Meine Mutter hat sich vor langer Zeit entschieden, kein Teil meines Lebens zu sein. Also gibt es keinen Anlass, einen Gedanken an sie zu verschwenden.“

Tony blickt mich an, ich bemerke es aus den Augenwinkeln. „Das klingt ziemlich pragmatisch.“

Da hat er recht, und ich wünschte, es wäre so. Bis vor Kurzem war es tatsächlich so. Dann trat die Anwältin meiner Mutter auf den Plan, und es musste Marlene Grimm sein. Ausgerechnet. Seither haben sich die Dinge geändert, und ich mag nicht, wenn sich Dinge in meinem persönlichen Leben ändern. Insbesondere nicht, wenn es dabei um meine mörderische Mutter geht.

Das sage ich Tony nicht. Nichts davon.

„Mag sein“, entgegne ich.

„Und?“

„Nichts weiter“, antworte ich. „Jeder ist seines Glückes Schmied, Tony. Meine Mutter hat nichts mit meiner Gegenwart zu tun.“

Und tief im Inneren wünschte ich, es wäre wahr. So wie es vor wenigen Monaten noch gewesen ist.

„Hm“, macht Tony, und ich kann förmlich sehen, wie es in seinem Kopf arbeitet.

„Scheiße passiert, Tony“, sage ich und schieße ihm einen Seitenblick zu. „Auch ganz ohne Zutun meiner Mutter.“

Tony schüttelt den Kopf, lächelt stumm. Er versteht, was ich sage, und er scheint zu begreifen, dass das Thema beendet ist.

Wenigstens für den Moment.

Die restliche Fahrt herrscht, abgesehen von Tonys kurzen Richtungsanweisungen, betretenes Schweigen, bis am Straßenrand ein Schild mit der Aufschrift *Pension Rosenhof* auftaucht.

„Das ist es“, sagt Tony. „Wir sind da.“

Zunächst nahm ich an, dass der *Rosenhof* eine im wahrsten Sinne blumige Bezeichnung für einen ganz normalen Gasthof ist.

Es zeigt sich bereits beim Durchqueren des Innenhofs, dass der Name durchaus treffend gewählt wurde. Der *Rosenhof* ist ein zur Pension umgebauter ehemaliger Bauernhof. Vier Seiten, der im Innenraum umschlossene Hof wird umsäumt von liebevoll gehegten Rosenbeeten, die ungeachtet der Jahreszeit, Witterung und Dunkelheit immer noch schön anzusehen sind.

Der Gastraum ist rustikal. Bänke, aus dunklem Holz gefertigt. Gestecke aus Trockenblumen zieren die Tische. Landschaftsgemälde an den grob verputzten Wänden. Es wirkt ein wenig wie aus einem vergangenen Jahrhundert, doch alles ist sauber, ordentlich, gepflegt und sehr deutsch.

Hier gibt sich jemand Mühe, den Laden in Schuss zu halten, was angesichts der schwierigen Tourismuslage sicherlich kein Kinderspiel ist.

Die Pensionswirtin ist eine stämmige Frau, kleiner als ich. Dunkle, lockige Haare, von grauen Strähnen durchzogen. Die

Haut rau von der täglichen handfesten Arbeit. Und sie heißt tatsächlich Rosen. Agnes Rosen.

Die Frau ist ein bisschen mürrisch, weil sie meine Ankunft früher erwartet hat, aber unter der harten Schale steckt ein weicher Kern.

„Sie sind spät dran", sagt sie in einem tadelnden Tonfall. Die Falten um ihre Augen zeigen, dass sie es nicht ganz so eng sieht, wie sie vorgibt. „Sie sind diese Hellseherin von der Polizei, oder? Die Frau Wolf?"

Es dauert einen Moment, bis ich mich an ihren leichten Dialekt gewöhnt habe. „Das stimmt, jedenfalls zur Hälfte. Nessa Wolf ist mein Name, und ich bin bei der Polizei. Beim BKA, genauer gesagt. Hellseherin bin ich nicht. Ich bin Fallanalytikerin. Nicht mehr, nicht weniger."

„Ah ja", entgegnet die Wirtin und nickt. „Wollen Sie denn noch etwas essen?"

„Nein", sage ich. „Das ist wirklich nett, aber, wie Sie schon sagten, es ist spät, und ich habe schon gegessen."

„Hm", macht die Wirtin. „So, da will ich Ihnen mal das Zimmer zeigen, was?"

Agnes Rosen führt mich über eine schmale Treppe, deren Stufen knarren, enge Gänge, die mit weichen Teppichen ausgelegt sind, bis zu einer Tür, die aus dem gleichen dunklen Holz gefertigt ist wie die Holzmöbel im Gastraum.

Sie zeigt mir das Zimmer, geräumig, rustikal und genauso sauber und ordentlich, wie es unten der Fall ist.

Das Bad ist weniger großzügig geschnitten. Es gibt neben Toilette und Waschbecken bloß eine Dusche. Keine Badewanne. Für ein paar Tage werde ich das wohl überleben.

„Frühstück ist um halb acht", sagt Agnes Rosen. „Schlafen Sie wohl."

Ich nicke.

Die Gastwirtin zieht die Tür hinter sich zu.

Ich setze mich auf das Bett. Die rot-weiß karierte Bettwäsche stammt eindeutig aus einem anderen Jahrzehnt, wahrscheinlich einem anderen Jahrhundert, immerhin riecht sie gut. Nach frisch gewaschener Wäsche und einem Hauch von Frühling.

Entfernt höre ich die Schritte der Wirtin auf der Treppe, schließlich ist es still. So still, dass ich ein leises Rauschen vernehme, von dem ich mir nicht sicher bin, ob es nicht nur in meinem Kopf erklingt.

Ich bin allein. Allein in meinem Zimmer, meinem temporären Zuhause und allein mit meinen Gedanken, die unablässig um den Fall kreisen, von dem ich nicht einmal weiß, ob es tatsächlich ein Fall ist.

Der erste Tag war nicht besonders ereignisreich. Es gibt wenige Fakten, viel Hörensagen – und noch mehr offene Fragen.

# Kapitel 12

Sie ist bereit.

Ja, verdammt, das ist sie. Bereit für dieses Treffen. Es wird das erste sein. Wenn es nach ihr geht, nicht das letzte.

Klar, Internet, das ist so eine Sache. Es könnte ein Reinfall werden. Das Risiko besteht. Gott, was hat sie alles schon erlebt …

Dieses Mal ist es anders. Dieses Mal ist alles anders. Sie spürt das.

Sie ist bereit für diesen Mann. Dieses Mal passt es. Ganz sicher. Dieser Typ ist der Richtige.

Ihr Herz schlägt schneller. Verdammt, es pocht wie verrückt. Wie kann das falsch sein?

Kann es nicht, oder?

Ein Rest Zweifel sitzt noch dort, ganz hinten, in einer dunklen Ecke ihres Hirns. Das ist die Erfahrung. Nur die Summe der schlechten Erlebnisse.

Gott, ihr Vater würde ausrasten, wenn er wüsste, was sie vorhat. Sie kann fast schon seine Stimme hören.

Einen völlig Fremden treffen? Einen Typen aus dem Internet?

Ihr Vater kann das nicht verstehen. Er versteht das Internet nicht. Deshalb hasst er es.

Jennifer schätzt, so sind Väter nun einmal. Oder Politiker. Politikerväter, das sind die schlimmsten.

Nicht dass sie ihren Vater nicht respektiert. Nein, das ist es nicht. Sie respektiert ihn, aber Respekt bringt Abstand, und ihr Vater versteht sie nicht. Er versteht seine Tochter so wenig, wie er das Internet versteht.

Vor allem versteht er nichts von ihrer Einsamkeit.

Ja, es gibt ein Risiko. Das gibt es immer. Jeden Moment, in dem man atmet, riskiert man etwas. Das ist Leben.

Oder nicht?

Menschen lügen. Vor allem im Netz. Das ist einfach so.

Dieses Mal nicht. Dieses Mal ist es echt.

Und, verdammt, sie braucht etwas Echtes.

Ihre Fingerspitzen hinterlassen einen dünnen, glänzenden Film von Feuchtigkeit auf der Tastatur.

Sollte sie noch einmal duschen?

Dazu fehlt ihr die Zeit, oder nicht?

Sie hat bereits geduscht. Zwei Mal. Nein, nein, es sind ihre Finger. Feuchte Hände.

Das Treffen ist ja auch erst morgen. Heute kann sie vielleicht noch einmal mit ihm chatten. Dafür müsste sie nicht duschen. Doch sie will ihn nicht verpassen. Also bleibt sie lieber in der Nähe des Computers.

Sie lächelt still in sich hinein, fühlt sich wie ein Teenager. Nicht wie eine Frau, die in nicht allzu ferner Zukunft dreißig wird.

Dreißig. Gott, das ist furchtbar. Aber er ist ja auch nicht jünger. Nur klingt es bei einem Mann weniger schlimm, über dreißig zu sein.

Es klingt überhaupt nicht schlimm, wenn Jennifer ehrlich ist, im Gegenteil. Es wirkt interessant.

Ein gestandener Mann, der sich für sie interessiert. Andererseits, so abwegig ist das nicht. Es gibt keinen Grund, sich kleiner zu machen, als sie ist.

Sie ist nicht mehr Jenny. Die kleine Jenny, die doofe Jenny. Jenny mit Pickeln. Jenny mit Komplexen.

Sie ist Jennifer.

Jennifer mit feuchten Händen und einem Herz, das wie irre trommelt, wenn sie nur an ihn denkt.

Jennifer. Ohne Mann. Allein. Viel zu lange schon.

Das wird sich bald ändern. Nicht bald. Morgen.

Das ist die letzte Nacht allein.

# Kapitel 13

Ein neuer Morgen, und er beginnt im Besprechungsraum. Die gleichen Gesichter, der gleiche Ausdruck in ihnen wie gestern schon. Das gleiche miese Gebräu im Becher vor mir.

Wenigstens hatte ich in der Pension ein nettes Frühstück. Mit ordentlichem Kaffee. Es mag vielleicht nicht stimmen, dass das Frühstück die wichtigste Mahlzeit des Tages ist, aber ich wollte nicht ganz darauf verzichten, auch wenn es mir mehr um eine ordentliche Dosis Koffein ging.

Allerdings haben drei neue Anrufversuche von Marlene Grimm mir gründlich den Appetit verdorben. Immerhin muss ich mir darum in der Besprechung keine Gedanken machen.

Die Sitzordnung hat sich über Nacht geringfügig geändert. Tony Yamamoto sitzt nun neben mir, was von Sauer und Koch kritisch beäugt wird. Sie starren wie neidische Schüler, obwohl ich nicht weiß, worauf sich ihr Neid beziehen sollte.

Es ist ein bisschen wie in der Schule, was die Angelegenheit nicht weniger lächerlich macht. Man sollte meinen, Polizisten hätten andere Probleme als ausgewachsene Minderwertigkeitskomplexe.

Ich seufze, rühre mit einem Löffel in meinem Kaffee herum, weil ich ausnahmsweise zwei Stück Zucker hineingeworfen habe, um ihn halbwegs genießbar zu machen.

Jäger beobachtet mich und bemerkt nicht, dass ich ihn über den Rand der Tasse hinweg ebenso beobachte.

Ich lasse ihn ein wenig schmoren, warte, bis er ungeduldig wird.

Er tritt von einem Bein aufs andere, kratzt sich mit dem kleinen Finger an der Braue.

„Was haben Sie heute vor, Frau Wolf?", fragt er, als er es nicht länger erträgt.

Ich schaue ihn an und nehme mir die Zeit, einen Schluck Kaffee zu trinken, bevor ich antworte.

„Ich will mit diesen 'Satanskids' reden", sage ich gerade so laut, dass er mich versteht.

„Hm", macht Jäger und nickt, ob als Geste der Zustimmung gemeint oder Resignation. „Soll Sie jemand begleiten?"

„Nein", sage ich. „Ich brauche nur Yamamoto."

Hastige Seitenblicke, Getuschel. Keine Ahnung, was Jäger oder die anderen erwartet haben oder was in ihrer Fantasie vor sich geht.

Ich bin versucht zu grinsen, verkneife es mir aber.

Kern nickt mir zu. „Ich fahre ins Krankenhaus, sehe, ob sich etwas getan hat. Außerdem möchte ich dem Mann von Frau Lauen noch einmal auf den Zahn fühlen. Vielleicht ergibt sich etwas in Hinsicht auf ihre Aktivitäten."

„In Ordnung", sage ich. Ich bin dankbar, dass Kern mitdenkt. Es braucht nicht viele Worte, um sich mit dem Mann zu verstehen. Ich weiß das zu schätzen.

Jäger räuspert sich. „Brauchen Sie wirklich keine Unterstützung, Frau Wolf?"

Ich atme tief ein, halte die Luft in der Lunge, ehe ich sie in einem langen, deutlich hörbaren Zug wieder ausstoße.

„Nur Yamamoto", wiederhole ich. „Ich brauche einen Fremdenführer."

„Soll ich Ihnen noch einen Kaffee holen, Madame Wolf? Oder was erwarten Sie von Ihrem 'Fremdenführer' sonst?", fragt Tony mich, nachdem er die Tür zum Besprechungsraum hinter sich ins Schloss gezogen hat.

Wir stehen in einem langen Flur, der geflutet ist von grellem Licht aus Leuchtstoffröhren, von denen eine in einem unangenehmen stakkatoartigen Rhythmus flimmert.

Polizeiposter an den Wänden.

*Die Polizei, dein Freund und Helfer* oder *Keine Macht den Drogen.*

Ein veraltetes Fahndungsplakat, was ich deshalb genau weiß, weil ich zwei der Gesuchten letztes Jahr verhaften ließ.

Tonys Augen sind fast schwarz. Dennoch scheint es, als glühten sie von innen. Sie erhalten diesen eigentümlichen Glanz, wenn irgendetwas diesen Mann beschäftigt.

Ich setze ein unbeholfenes Lächeln auf. „Ach, Tony. Das habe ich gesagt, um die Jungs da drinnen ein wenig zu provozieren."

Er runzelt die Stirn. „Warum tun Sie so etwas?"

„Tja", sage ich, „ich hoffe, das wird sich bald zeigen."

Er öffnet den Mund, setzt zu einer Erwiderung an.

Ich hebe die Hand.

Tony hält inne.

„Immer mit der Ruhe, Tony. Der wahre Grund ist, dass ich diese Kerle ein wenig gegen mich aufbringe, um sie zu motivieren. So arbeiten sie besser, weil sie es mir unbedingt zeigen wollen."

Er schnaubt, schüttelt den Kopf. „Sie sind wirklich seltsam, Nessa."

„Warten Sie es ab, Tony. Sie haben das Beste noch gar nicht erlebt."

„Ich weiß nicht, ob ich das überhaupt will."

„Das Leben ist kein Wunschkonzert", sage ich. „Wissen Sie nun, wo wir diese Jugendlichen finden?"

„Ich dachte, Sie glauben nicht an diese Theorie", entgegnet Tony.

„Tue ich auch nicht", sage ich. „Dennoch will ich jedem Hinweis nachgehen. Das ist richtig echte Polizeiarbeit, nicht wahr?"

Tony schmunzelt. „Richtig echte Polizeiarbeit. Warum fällt es mir schwer zu glauben, dass es nur das ist, wenn es aus Ihrem Mund kommt?"

„Tja", sage ich. Mein Smartphone meldet sich, und selbst das Display wirkt genervt, als es den Namen und die Nummer anzeigt. Marlene Grimm. „Gehen Sie schon vor, Tony. Ich komme sofort nach."

# Kapitel 14

Ich lenke den Audi auf die Straße, schlage wieder Richtung Wald ein und biege auf Tonys Wink hin an einer anderen Stelle ab.

„Sie glauben, diese Kids halten sich im Wald auf?", frage ich.

Tonys Seitenblick streift mich, ehe er auf die Straße sieht. „Diese Jugendlichen sind so gut wie immer im Wald."

„Und was tun sie dort?"

„Sie hängen herum, trinken, grillen, machen Feuer. Manchmal, wenn sie betrunken sind, verunstalten sie irgendetwas. Im Wesentlichen sind sie harmlos, bis jetzt jedenfalls."

„Klingt nicht, als glaubten Sie selbst an diese Theorie", sage ich mit einem Quäntchen Belustigung in der Stimme.

„Abgesehen davon, dass dieser gelegentliche Anflug von Vandalismus lästig ist, gab es bisher keinen Grund, diese Kids für gefährlich zu halten. Es sind Jugendliche, sie sind gelangweilt." Tony zuckt mit den Schultern. „Na ja, hier gibt es sonst nichts. Im Ort sind sie nicht gern gesehen. Manche von ihnen haben Mofas. Um diese Jahreszeit ist es sehr unangenehm, damit in die Stadt zu fahren. Früher gab es ein Jugendheim, Konzerte ab und an. Erlmann ließ es schließen, angeblich aus Budgetgründen. Wahrscheinlich war ihm die Rockmusik ein Dorn im Auge. Na ja. Also bleibt nicht viel mehr als der Wald."

„Verglichen mit Frankfurt oder Wiesbaden hört sich das ziemlich oldschool an."

„Allerdings", sagt Tony.

Ich lächle. „Klingt, als hätten Sie Erfahrung."

Er schweigt, übergeht die Frage, als hätte er sie nicht gehört.

„Die Zeiten könnten sich geändert haben", sage ich nach einem stillen Moment. „Die Kids von heute, das sind nicht die Kids von gestern. YouTube, Smartphones, mobiles Internet, Pornos, Gewalt. Alles einen Klick entfernt. Das macht vielleicht neugierig."

Wieder reagiert Tony nicht.

„Wir sind gleich da", sagt er nach einigen Sekunden.

Und er hat recht, zwei Minuten später steuere ich das Fahrzeug in eine kleine Parkbucht, die unmittelbar am Waldrand liegt.

Ich drehe den Zündschlüssel herum.

Tony pfeift durch die Zähne.

„Was ist?", frage ich.

Er blickt in den Seitenspiegel. „Nicht schlecht, wie Sie das Auto in diese Lücke bugsiert haben. Ich weiß nicht, ob ich das so sauber hinbekommen hätte."

„Überrascht?"

„Nicht wirklich", sagt er und beugt sich nach vorne. Fast wirkt es, als stierte er angestrengt nach draußen in den Wald.

Dort ist nichts. Wald, Bäume. Wind, der Blätter bewegt oder über die Straße tanzen lässt.

Sonst nichts.

„Was ist los?“, frage ich.

Er hebt die Schultern, atmet ein und wieder aus, schüttelt den Kopf.

„Ist das nicht alles Zeitverschwendung?“, fragt er. In seiner Stimme schwingt etwas mit. Ein Anflug von Ungeduld. Er klingt beinahe ärgerlich.

„Nein“, sage ich ausdruckslos. „Nicht völlig.“

„Sie glauben doch gar nicht, dass diese Kids etwas mit der Sache zu tun haben.“

„Das ist nicht ganz richtig“, sage ich. „Ich glaube nicht, dass diese Jugendlichen etwas getan haben, aber vielleicht haben sie etwas gesehen.“

Tony blinzelt und presst die Lippen aufeinander.

„Wenn sie überhaupt mit uns reden. Wobei …“ Ein Schmunzeln huscht um seinen Mund. „Ihr Aufzug könnte vielleicht ein Türöffner sein.“

Ich weiß, was er meint. Ich trage überwiegend Schwarz. Mit Trauer oder Pessimismus hat das nichts zu tun. Schwarz ist gut. Es passt zu allem, und man muss sich keine Gedanken machen, wenn man Wäsche wäscht, wie man die Farben sortiert und all diese Dinge. Außerdem sieht man die Katzenhaare darauf nicht so gut, wenn die Katzen nicht gerade helles Fell haben.

„Tony“, sage ich und lache, „glauben Sie, diese Kids lassen sich von einem schwarzen Shirt und einer schwarzen Jeans beeindrucken, wenn sie tatsächlich diese Satanskiller wären, die Jäger in ihnen vermutet?“

„Hm“, macht er und verzieht das Gesicht zu einer Grimasse, die irgendwo zwischen Belustigung und Beleidigtsein schwankt.

„Kommen Sie", sage ich und greife nach dem Türgriff. „Wenn wir noch lange hier herumsitzen, könnte das wirklich in Zeitverschwendung ausarten. Ich will mich umsehen, diesen Kindern ein paar Fragen stellen. Damit können wir diese ganze Satansjüngertheorie wahrscheinlich gleich abhaken."

„Was macht Sie so sicher, Nessa, dass da nichts dran ist?", fragt er. Auf seiner Stirn zeigt sich eine scharfe Furche.

„Abwarten", sage ich und mache mich daran, die Seitentür zu öffnen, „das werden wir noch früh genug erfahren."

Das Aufstoßen der Fahrertür bereue ich sogleich, denn sie wird mir beim Aussteigen um ein Haar entgegengeschleudert.

Ich hatte fast vergessen, dass der Wind hier draußen recht stark weht. Er lässt ein wenig nach, sobald wir in den Wald und unter die Bäume treten.

Das Laub tanzt verhalten über den Waldweg, der zu Beginn noch aus rauem Kies besteht und sich rasch in festgetretener Erde verliert.

Auch wenn der Wind hier weniger scharf ist, fühlt sich die Luft klamm und schwer an, kriecht unter die Kleidung und lässt mich frösteln.

Es ist schwer, sich vorzustellen, dass sich diese Kids gerne und freiwillig hier aufhalten.

Auf der anderen Seite gibt es einige Dinge, die Menschen tun – und die schwer vorstellbar sind.

Vor allem, wenn ihnen keine Alternativen bleiben.

Wir staksen eine Weile durch den Wald, folgen dem Weg, der sich windet und immer schmaler wird. Nach einiger Zeit ist er nur noch schlecht auszumachen, und es bleibt mir nichts anderes übrig, als Tony zu folgen.

Offenbar kennt er das Ziel.

Der Mann ist schweigsam. Irgendetwas beschäftigt ihn. Es ist ihm anzusehen. Vielleicht etwas, das mit seinem Wankelmut in Bezug auf die Jugendlichen zu tun hat. Einerseits schien er mir nicht erpicht zu sein, diese Kids zu befragen. Andererseits verlangte er geradezu nach einer handfesten Erklärung, weshalb ich die Jugendlichen nicht für verdächtig halte.

Doch die kann ich ihm nicht geben.

Es dauert nicht mehr lange, bis der Pfad scharf nach rechts abbiegt und auf eine Lichtung führt.

In der Mitte steht ein abgetakelter Pavillon aus Holz, der früher einmal weiß gewesen sein muss.

An einigen Stellen sind noch Reste der abgeblätterten Farbe erkennbar.

Im Inneren des Unterstands kauern zwei Gestalten auf der Rückenlehne einer Holzbank. Auf der Sitzfläche stehen Bierflaschen. Eine Wolke aus blauem Dunst sammelt sich unter dem hölzernen Dach des Pavillons.

Die Jugendlichen bemerken uns spät und auch erst, als ich auf einen dürren Ast trete, der daraufhin vernehmlich knackt. Ihr Gespräch, das ich nur als dumpfes Murmeln höre, verstummt. Sie heben die Köpfe, starren uns an.

Einen Moment lang scheinen sie zu überlegen, ob sie die Flucht antreten sollen. Aber die nasse Kälte des Herbstes hat sie vermutlich langsam gemacht, sie bleiben sitzen.

Ich sehe den beiden Jungs an, dass sie Tony erkennen. Es ist nicht einmal der Gesichtsausdruck, vielmehr die Körperhaltung. Steif, geduckt, und doch straffen sich die beiden. Es ist, als hielten sie unsichtbare Schilde hoch. Abwehrhaltung.

Sie wissen genau, wer Tony ist und dass seine Anwesenheit nichts Gutes zu bedeuten hat.

Die Jugendlichen senken den Blick, als er ihnen zunickt. Einen Ausweis braucht Tony nicht. Man kennt sich wahrscheinlich besser, als allen lieb ist.

Schließlich mustern die beiden mich. Neugier flackert in ihren Augen auf. Fremde begegnen ihnen hier nicht oft.

Die Jungs sehen aus wie jedes Metalbandklischee aus den Neunzigern. Sie könnten glatt zu irgendeiner finnischen Black-Metal-Band gehören, die sich verlaufen hat. Der eine hat dunkle Haare, zu einem Pferdeschwanz gebunden, und eine schwarze Lederjacke.

Er unterbricht den Blickkontakt als Erstes, greift nach seiner Flasche und trinkt einen Schluck.

Die Luft unter dem Dach des Pavillons staut sich, riecht wie eine billige Kneipe nach Bier und Zigarettenqualm.

Der andere Kerl, ein Blonder mit langen Zotteln über einem Undercut, hat das Sagen. Sein schwarzer Ledermantel fällt über die Rückenlehne der Sitzbank. Das Alter des Jungen ist schwer zu schätzen. Seine Gesichtszüge sind jugendlich. Danach wirkt er wie ein Sechzehnjähriger. Seine Augen sehen älter aus. Er lehnt sich ein wenig zurück und zieht an seiner Zigarette. Wenigstens besitzt er genug Anstand, mir den Rauch nicht ins Gesicht zu pusten.

Vielleicht fürchtet er auch Tony.

Seine Augen betasten mich von oben bis unten.

„Die liebe Polizei", sagt er und verzieht hämisch das Gesicht. „Was ist das denn für ein Aufzug? Undercoverlook?"

Ich deute ein halbseitiges Lächeln an.

Sein Blick zuckt zu Tony, dann wieder zu mir.

„Wir wollen euch ein paar Fragen stellen", sagt Tony. Sein Ton ist ruhig, aber bestimmt. Er verströmt ein Maß an Autorität, das ich so bislang an ihm nicht bemerkt habe.

Und es zeigt seine Wirkung.

Der Blonde beugt sich ein wenig nach vorne, zieht noch einmal an seiner Zigarette und schnippt sie zur Seite. „Okay, los."

Der erste Punkt geht an Tony. Eindeutig.

Er holt Luft.

Ich komme ihm zuvor. „Ihr habt bestimmt etwas von dieser Frau gehört, die in der Nähe angefahren wurde."

Der Blonde fixiert mich. „Nein. Keine Ahnung, was du meinst."

Mein Blick wandert von einem zum anderen.

„Wie heißt du?", frage ich.

Der Dunkelhaarige hebt die Schultern. Aus der Nähe wirkt er deutlich älter als der andere.

Ich lache auf. „Du weißt deinen Namen nicht?"

„Das ist Sven, und ich bin Steven", sagt der Blonde. „Und jetzt zischt ab und lasst uns in Ruhe. Wir wissen nichts von einer Frau."

„Natürlich", sage ich. „Das ist euch völlig entgangen, wo ja so viel passiert in der Gegend."

„Kann schon sein", sagt Steven. Mit jedem Wort klingt ein wenig mehr Feindseligkeit in seiner Stimme.

Ich atme ein, was ich sofort bereue, weil fast mehr Zigarettenrauch in meine Lungen dringt als reine Luft. Ein paar Schritte gehe ich auf und ab.

Der Boden unter dem Pavillon ist übersät mit Kippen und Kronkorken. Etwas abseits steht ein kleiner, klappriger Grill mit einem verdreckten Rost darauf.

„Habt ihr gegrillt?", frage ich.

„Was geht euch das an?", entgegnet Steven.

Ich zucke beiläufig mit den Schultern. „Ist ungewöhnlich, um diese Jahreszeit zu grillen. Die meisten Menschen machen das im Sommer."

„Die meisten Menschen ...", sagt Steven. Seine Stimme trieft ätzend. Wie Säure. Er hebt eine Hand, zeigt mir den Mittelfinger. „Die meisten Menschen am Arsch."

„Hm", mache ich und sehe mich weiter in dem Pavillon um, auch wenn es nichts mehr zu entdecken gibt. Ich trete näher an Sven heran, den Stillen. „Was grillt ihr so? Steaks? Oder seid ihr Vegetarier und steht mehr auf Tofu?"

„Nein, Mensch", sagt Sven. „Fleisch."

Auch seine Stimme klingt älter. Er spricht deutlich. Akzentuiert. Wohingegen Steven mehr nuschelt, als er spricht. Ihm hört man den gleichen Dialekt an wie all den anderen im Ort.

„Halt die Klappe", sagt Steven.

Tony mischt sich ein. „Du hältst jetzt mal die Klappe, Mann. Ohne dein Gezicke wären wir längst weg. Ihr hättet eure Ruhe, und wir müssten euch nicht mehr belästigen."

Das hat gesessen.

„Gezicke?" Stevens Stimme klingt augenblicklich eine Oktave höher. „Mann, wir sitzen hier rum, trinken Bier und quatschen. Sonst nichts. Wir wissen nichts von dieser Frau."

„Aber ihr habt davon gehört?", frage ich.

Steven zuckt mit den Schultern. „Kann schon sein. Mensch, wir machen uns nichts aus Gequatsche und dem ganzen Scheiß. Wir sitzen hier nur und wollen unsere Ruhe."

„Habt ihr die hier?"

„Was?"

„Habt ihr hier eure Ruhe?", wiederhole ich meine Frage.

Steven kratzt sich flüchtig an der Nase, fährt sich durchs Haar, das ein wenig Pflege vertragen könnte. „Die meiste Zeit schon. Manchmal kommen Spaziergänger vorbei, Jogger, jemand mit Hund oder so."

„Auch Frauen mit Hund?"

„Häh?", macht Steven.

„Nee, hier eher nicht. Die gehen woanders spazieren. Letztens war dieser Typ da", sagt Sven.

„Was für ein Typ?", frage ich.

Sven öffnet den Mund.

Steven schneidet ihm das Wort ab. „Mann, ist doch egal. So ein Typ halt. Hat gesagt, er wäre Jäger, und hat uns ein paar Stücke Fleisch geschenkt. Er hätte zu viel davon, hat er gesagt. Darum haben wir gegrillt. Sonst war keiner hier, und wenn nicht gerade ihr Bullen hier auftaucht, haben wir unsere verkackte Ruhe. Alles klar?"

„Hm." Ich atme ein, dieses Mal flacher. „Habt ihr den Mann vorher schon mal gesehen?"

„Keine Ahnung", sagt Steven. „Ich gucke mir die Leute nicht an."

Sven schüttelt den Kopf, schweigt.

„Das war ziemlich nett von ihm", sage ich.

„Und du bist ziemlich nervig. Was bist du eigentlich für eine? Von hier bist du nicht. Du siehst verdammt nach Bulle aus."

„Ich bin kein normaler Bulle“, sage ich und greife in meine Tasche, ziehe eine Visitenkarte hervor.

„Und?“, fragt Steven und streift die Karte mit einem verächtlichen Blick. Er runzelt die Stirn. „Bundeskriminalamt?“

„Das ist meine Karte mit meiner Nummer darauf. Falls euch noch etwas einfällt.“

Demonstrativ lehnt er sich zurück und verschränkt die Arme vor der Brust.

Es ist Sven, der Stille, der nach der Karte greift. „Wir denken noch mal nach.“

„Schon gut“, sage ich und wende mich an Tony. „Gehen wir. Das wird jetzt wirklich Zeitverschwendung.“

# Kapitel 15

Auf dem Weg zurück zum Auto schweigen Tony und ich. Blätterrauschen, unsere Schritte auf dem feuchten Waldboden. Sonst ist es still.

Es ist, wie ich vermutet habe, diese Teenager zu befragen, war eine Sackgasse. Wenigstens sollten alle zufrieden sein mit dem Ergebnis. Wir können diese abwegige Theorie vergessen, Erlmann nach Hause schicken und uns dem tatsächlichen Fall zuwenden. Ganz ohne Priester.

Ich ziehe mein Smartphone aus der Tasche. Kein Empfang. Nicht weiter verwunderlich.

„Haben Sie eigentlich ein Signal, Tony?“, frage ich.

Er zieht sein Telefon hervor, wirft einen Blick darauf, hält es mir entgegen. „Nein, aber das ist eigentlich klar. Man kann sich kaum weiter von irgendwelchen Sendemasten entfernen als in dieser Gegend.“

Ich nicke. „Irgendwo nah am Arsch der Welt und dennoch mitten in Deutschland.“

Tony lächelt verhalten. „So ist es.“

„Seltsam, dass diese Kids hier draußen rumlungern, oder? Heutzutage hängen die doch pausenlos am Handy.“

„Die nicht", sagt Tony. „Sie verweigern sich allem, was hip oder angesagt ist, und ziehen ihr 'cooles Ding' durch. Dorfjugend eben. War schon immer so. Man pflegt seine Traditionen. Sogar diese. Oldschool."

„Klingt schon wieder, als hätten Sie Erfahrung."

Sein Blick trifft mich, dann muss er grinsen.

„Jedenfalls brauchen diese Jugendlichen keinen Empfang. Also stört es sie nicht, dass es keinen gibt. Das dürfte sich am Auto geben", sagt er.

Einige Minuten später erreichen wir den Audi, und es ist, wie Tony gesagt hat. Es gibt wieder Empfang. Ein schwaches Signal. Zwei Balken, aber immerhin.

Ich halte das Telefon in der einen Hand, greife mit der anderen nach der Wagentür und bediene die Verriegelung. Die Lichter des Wagens blinken auf, die Türen sind entriegelt.

Gerade als ich einsteigen will, klingelt Tonys Handy.

*Mondscheinsonate.* Ein geschmackvoller Klingelton.

Tony hält sich das Telefon ans Ohr, sieht mich über das Wagendach hinweg an. Etwas in seiner Miene ändert sich. Ein harter Zug um die Augen wird sichtbar, der Mund ist nur noch ein schmaler Strich.

„Ist gut", sagt er und lässt das Smartphone sinken.

„Lassen Sie mich raten", sage ich. „Ich hatte recht."

Er nickt, schluckt. Ein Herzschlag vergeht, zwei.

Tony befeuchtet seine Lippen. „Sie haben eine Leiche gefunden. Am anderen Ende des Waldes."

# Kapitel 16

Die Stille im Besprechungsraum gleicht der in einer Totenhalle. Ich gehe hinüber zu meinem Stuhl, lasse unauffällig den Blick schweifen.

Die Anwesenden geben vor, mit irgendetwas zugange zu sein. Einer prüft den korrekten Sitz seiner Krawatte, der Nächste spielt mit seinem Kugelschreiber oder ordnet Papiere.

Jeder ist mit sich beschäftigt. Mit sich, seinen Gedanken und der Frage, was wäre, wenn.

Eine Antwort darauf wird es nicht geben. Die gibt es nie. Dafür neue Fragen. Gleichwohl sind Fragen ohne Antwort irgendwie unbefriedigend. Sie lassen einen schalen Geschmack zurück.

Ich rücke meinen Stuhl zurecht. Die Stuhlbeine schaben über den Boden. Dennoch erscheint das Geräusch vor der Kulisse der Lautlosigkeit viel zu laut.

Ich atme ein, sauge die Luft tief in meine Brust. Sie schmeckt nach nichts, riecht nach nichts.

Bis vor einer Minute hatte ich das Gefühl, noch den Zigarettenqualm dieser Jugendlichen in der Nase zu haben.

Jetzt ist da gar nichts.

Stille und Nichts.

Ich stehe vor meinem Stuhl, setze mich jedoch nicht. Alle anderen haben bereits Platz genommen, und langsam, ganz langsam heben sie ihre Köpfe und fokussieren sich auf mich.

Alle schweigen. Jeder wartet. Wartet darauf, dass jemand etwas sagt. Dass ich etwas sage.

Vielleicht, dass ich ihnen sage, es ist nicht ihre Schuld. Doch das ist sie.

Es ist ihre Schuld – und meine.

Der Tag, an dem dieses Gefühl der Schuld von mir abfällt, wird vermutlich der Tag sein, an dem ich sterbe.

Genauso geht es ihnen. Zumindest wenn sie auch nur einen Funken von diesem Feuer abbekommen haben, das in mir lodert.

Was geschehen ist, ist nicht zu ändern.

Ich weiß das. Jeder hier weiß das.

Das macht es nicht besser.

Ich räuspere mich vernehmlich. Ich habe ihre Aufmerksamkeit. Von jedem, sogar die des Priesters. Ich weiß nicht, wieso er immer noch oder schon wieder da ist. Vielleicht glaubt jemand, vielleicht glaubt er, dass seine Anwesenheit jetzt besonders vonnöten ist. Soweit es mich betrifft, stimmt das nicht. Sogar Erlmann schaut mich an.

Man könnte auf die Idee kommen, ich genieße diesen Moment, koste ihn aus. Das ist falsch.

Ich hasse es.

Ich hasse diese Augenblicke. Diese Sekunden, in denen das Ticken des Uhrzeigers wie Trommelschläge in meinem Verstand nachhallt.

Ich hasse diese Momente, und ich erlebe sie zu oft.

„Okay“, sage ich gerade laut genug, dass jeder mich verstehen kann. Ich sehe alle an, einen nach dem anderen. „Wir können die Köpfe hängen lassen. Wir können hier sitzen und traurig aus der Wäsche gucken.“ Ich schweige wie alle anderen. Diesen Moment lasse ich ihnen – und mir –, ehe ich fortfahre. „Oder wir packen das an. Wir gehen es Schritt für Schritt an, setzen das Puzzle zusammen und schnappen den Kerl.“

Wieder Schweigen, Stille.

Kern sitzt am Rand, beobachtet das Trauerspiel. Dann ein knappes Nicken. Tony ist der Erste, der reagiert. Schließlich auch Jäger und die anderen.

„Gut“, sage ich und nehme Platz. „Was wissen wir also?“

Wieder herrscht Schweigen.

Ich nicke. „Genau. Wir wissen vor allem viel zu wenig. Wir wissen lediglich, dass eine Tote im Wald liegt. Bevor wir nicht einen Blick darauf geworfen haben, lässt sich nichts sagen. Es bringt nichts, herumzusitzen und Worte auszutauschen. Wir müssen raus. Sofort.“

Betretene Mienen.

„Die Spurensicherung ist schon informiert“, sagt Jäger. „Sie kommen aus der Stadt und …“ Er hält mitten im Satz inne. „Ich …“

Ich ertrage sein Gestammel nicht weiter.

„Das Ganze hat auch etwas Gutes“, sage ich.

„So?“ Jägers Augen flackern. Immerhin, es scheint noch etwas Leben in ihm zu stecken. Etwas von dem Bullen, der er vielleicht einmal war. Er hebt die Stimme leicht an, versucht, es zu überspielen. Er ist redlich bemüht, sich die Erregung nicht anmerken zu lassen. „Ist das Ihr Ernst?“

„Wir haben nun einen Ansatzpunkt – und eine Handschrift."

Jäger legt die Hände an die Schläfen, massiert sie. „Ja, natürlich. Aber …"

„Jeder Mörder macht Fehler", sage ich. „Jeder. Und wenn sie noch so klein sind, jeder macht Fehler. Das ist menschlich, das ist unvermeidlich."

Jäger seufzt. „Kommen Sie zum Punkt."

„Sie haben mich hierhergeholt, um genau diese winzigen Fehler zu finden, oder nicht?"

Jäger sieht mich einen Moment lang an. Er bläst die Wangen auf und nickt abwesend. „Ich kümmere mich um die Obduktion, dass sie Vorrang hat."

„Wer wird die Obduktion vornehmen?", frage ich.

Jäger wischt mit der flachen Hand imaginäre Krümel von der Tischplatte. „Wir haben nicht die Erfordernisse wie etwa in Frankfurt oder Berlin. Es gibt kein Rechtsmedizinisches Institut, wie Sie es wahrscheinlich kennen, oder dergleichen. Die Obduktionen werden üblicherweise im Kreiskrankenhaus vorgenommen. Wieso?"

„Wie viele Obduktionen haben Sie im Jahr?"

Jäger überlegt, seine Brauen zucken, dann seine Schultern. „Keine Ahnung. Ein paar. Nicht besonders viele."

„Hm, okay", sage ich und beuge mich ein wenig vor.

Jäger faltet die Hände auf dem Tisch, hebt sie an und lässt sie wieder fallen. „Worauf wollen Sie hinaus, Frau Wolf?"

„Wissen Sie, ob die Leute in Ihrer kleinen Rechtsmedizin wirklich wissen, was sie tun? Vielleicht sollten wir jemanden hinzuziehen. Jemanden mit mehr Erfahrung."

Jäger seufzt. Er denkt einige Sekunden lang nach, nickt. „Kümmern Sie sich darum. Finden Sie heraus, ob Ihnen unsere Leute gut genug sind, oder schaffen Sie einen Spezialisten heran. Ist mir recht. Sie machen sowieso, was Sie wollen. Nur klären Sie dieses Verbrechen auf."

Damit habe ich nicht gerechnet, jedenfalls nicht so früh. Doch es kommt mir gelegen. Freie Hand, so arbeite ich am besten.

„Das ist der Plan", sage ich. „Übrigens sollten Ihre Leute die Suche noch nicht abbrechen."

Jägers Blick weitet sich. „Weshalb?"

„Ich denke, wir sind noch nicht fertig. Wir haben es mit einem Serientäter zu tun. Die alten Fälle, die neuen. Alles, was hier geschehen ist. Er wird nicht aufhören, wenn wir ihn nicht stoppen, und es ist sehr wahrscheinlich, dass wir noch mehr Leichen finden werden."

Jäger scheint in den wenigen Minuten, die dieses Gespräch dauert, um Jahre gealtert. Er wackelt mit dem Kopf, sucht nach einer Antwort.

Monster. Wir haben hier keine Monster. Jeder Polizeichef glaubt das gern. Zu gern. Selten werden sie müde, es zu beteuern, bis die Realität ihnen keine andere Wahl lässt.

„Was, wenn Sie sich irren?"

„Wenn ich mich irre, kann uns das nur recht sein. Auf jeden Fall sollte der Wald so gründlich durchsucht sein."

Jäger richtet sich langsam auf, nickt stumm.

„Noch etwas", sage ich. „Ich brauche einen anderen Raum. Einen Rückzugsort, wo ich in Ruhe arbeiten kann."

Tony runzelt die Stirn und schüttelt den Kopf. „Ich halte das für keine gute Idee. Das ist keine moderne Polizeipraxis. Heute ist alles Teamwork. Es ist …"

„Ich weiß“, entgegne ich und schneide ihm so das Wort ab. „Und wir handhaben das ja auch als Teamarbeit. Trotzdem brauche ich einen ruhigen Ort.“

Tony öffnet den Mund, bevor er etwas sagen kann, dröhnt Jägers Stimme durch den Besprechungsraum. Tief, aber müde und irgendwie resigniert. „Ist in Ordnung. Ich sorge dafür, dass Sie Ihren Raum bekommen. Wäre etwas im Keller in Ordnung? Dort ist für Ruhe gesorgt.“

„Ja. Das wird gehen. Ich brauche die Whiteboards da und alle Informationen.“

Jägers Brust hebt und senkt sich schwer. „Gut. Ich kümmere mich darum.“

„Danke“, sage ich.

Jäger presst kurz die Lippen aufeinander, nickt träge. „Meinetwegen. Und Sie prüfen Ihre Bedürfnisse bezüglich der Rechtsmedizin, dass schnellstmöglich mit der Arbeit begonnen wird.“

Ich erwidere sein Nicken, stoße mich von meinem Stuhl ab und stehe federnd auf.

„Wie geht es weiter?“, fragt Jäger.

„Ich will mir den Fundort sofort ansehen“, sage ich, „solange es noch hell genug ist.“

Tony begleitet mich nach draußen, zieht die Tür des Besprechungsraums hinter sich zu. Wieder stehen wir auf dem Flur. Dieselben Poster an den Wänden.

Dasselbe Flackern der Leuchtstoffröhren.

„Man könnte glatt glauben, Sie genießen Ihren Triumph“, sagt Tony.

„Glauben Sie das?“, frage ich. „Glauben Sie wirklich, ich genieße das?“

„Ich weiß nicht, was ich glauben soll", sagt er. „Sie scheinen sehr versessen darauf, recht zu behalten."

„Nein, Tony, das sehen Sie falsch." Ich fahre mir flüchtig durchs Haar. „Ich bin nicht versessen darauf, ich wünschte, es wäre nicht so."

Er legt die Stirn in Falten. „Wieso?"

„Weil das bedeuten würde, dass diese Frau noch lebt. Und wahrscheinlich wäre sie nicht die Einzige."

Tony lehnt sich gegen die Wand, legt die Hände auf die Oberschenkel und stößt alle Luft aus der Lunge. Er scheint gealtert. Schlagartig. Binnen Sekunden. „Sie glauben wirklich, es gibt noch mehr?"

Der Tonfall lässt erkennen, dass er meine Antwort schon kennt.

Ich nicke wortlos.

Tony mustert mich, versucht, mich zu erfassen. Es dauert fast eine halbe Minute. Dann öffnet er den Mund, befeuchtet seine Lippen. „Was ist das, was Sie antreibt? Faszination?"

„Faszination? Für Mörder? Für diese Arschlöcher? Nein, sicher nicht. Am Ende des Tages sind Serienmörder allesamt Verlierer, die es nicht auf die Reihe bekommen, dem zu widerstehen, was sie im Inneren bewegt."

# Kapitel 17

Ich starte den Motor des Audi, kaum dass unsere Hintern die Sitze berühren. Tony Yamamoto beäugt mich aus den Augenwinkeln, während ich mein Telefon hervorhole und die Tastensperre aufhebe.

„Was ist, Tony?“

„Müssen Sie eigentlich immer Ihr Ding durchziehen, Nessa?“

Ich lache. „Was?“

„Sie wissen schon“, sagt Tony.

Ich bediene den Scheibenwischerhebel und lasse den Wischerarm über die Scheibe huschen. „Was denn?“

„Der eigene Raum im Keller, Ihre seltsamen Methoden, das ständige Hinterfragen wie bei der Rechtsmedizin. All das.“

„Und?“, sage ich. „Das ist kein Spleen, Tony. Ich bin nicht exzentrisch. Na gut, ein bisschen vielleicht. Aber darum geht es dabei nicht.“

„Worum geht es denn?"

„Um den Fall, Tony. Nur um den Fall. Um die Details."

Tony zieht die Nase hoch. „Und die Opfer."

Ich betrachte sein Profil. Der Mund ist geschlossen. Er beißt die Kiefer aufeinander. Die ganze Miene ist undurchdringlich. Attraktiv und undurchdringlich.

„Ja", sage ich. „Genau das."

Tony nickt.

Ich klemme mein Telefon in seine Halterung am Armaturenbrett, lege den Gang ein und lasse das Auto anrollen. „Wer ist zuständig, Tony? In der Rechtsmedizin, meine ich."

„Das wüsste ich auch gerne", sagt er. „Wir haben eine Neue, seit Kurzem erst. Sie kommt wohl aus Berlin oder so, aber wir hatten noch nicht miteinander zu tun."

„Wer kommt denn aus Berlin hierher?"

Er zuckt mit den Schultern. „Jemand, der neu ist? Sie soll sehr jung sein. Wenn sie aus Berlin kommt, wird sie wohl gut sein, oder?"

„Das hoffe ich", sage ich lächelnd. „Das hoffe ich."

Mein Telefon vibriert in der Halterung. Ich werfe einen Blick aufs Display und seufze.

„Was ist?", fragt Tony.

Ich drücke den Anruf weg, streiche mir eine Strähne aus der Stirn.

Es vergehen satte fünfzehn Sekunden, bis das Gerät erneut vibriert. Wieder lehne ich den Anruf ab.

„Entschuldigung", sage ich. „Das ist einfach eine sehr lästige Person, die mir offenbar nachstellt."

„Schon gut", sagt er.

Ich nehme das Telefon aus der Halterung, stecke es ein. Es dauert kaum mehr als eine Minute, und es vibriert schon wieder.

In einer einzigen Bewegung reiße ich es aus der Tasche, drücke den Knopf, ohne hinzusehen, und lasse meiner Wut freien Lauf.

„Verdammt noch mal, können Sie mich nicht mal in Ruhe lassen? Ich arbeite."

„Ich freue mich auch, dich zu hören, Nessa."

„Charly … Oh mein Gott, es tut mir leid. Ich dachte, es wäre die Grimm."

„Hm, schon klar."

Ich schieße Tony einen Seitenblick zu, er schaut stoisch auf die Straße.

„Ist alles okay?", frage ich.

„Das sollte ich dich fragen."

„Es geht schon, Charly. Es ist nur …"

„Der Fall? Die Grimm? Deine Mutter?"

„Ja", sage ich und muss grinsen. Das Grinsen vergeht mir sofort, als Charly weiterspricht.

„Ich muss dir etwas sagen, Nessa."

Mein Herz setzt einen Schlag aus. Bitte, lass es nicht wahr sein. Es darf nichts mit den Katzen sein. „Was ist los? Sind die Katzen okay?"

„Ja", sagt Charly und atmet ins Telefon. „Ja, Gott, Nessa, mach dir keinen Kopf, den Fellmonstern geht es gut."

„Puh", sage ich. „Gut. Was ist los? Ist mit dir alles okay?"

„Ja, klar …"

„Was ist los, verdammt?", frage ich.

„Du weißt, ich wollte mich verändern, Nessa."

„Willst du ausziehen?“

Er lacht, aber es klingt anders als gewohnt. Ein Hauch von Nervosität klingt durch. „Du weißt, ich wollte mir einen neuen Job suchen.“

„Ja?“, sage ich und versuche, mich gegen alles zu wappnen. Er hat einen Job in Stuttgart. In Dänemark. Irgendwo am Arsch der Welt. Oder in Minnesota. An alles Mögliche denke ich.

Nicht an das Unmögliche.

„Nun, das habe ich“, sagt Charly. „Und ich habe den Job bekommen.“

Ich nicke, überlege, was man in so einer Situation sagt. Es dauert einen Moment zu lange, das weiß ich. „Ich freue mich für dich, Charly.“

„Warte mit deiner überschwänglichen Gratulation“, sagt er. „Ich bin jetzt beim BKA.“

Meine Hände umklammern das Lenkrad. Ich starre auf das graue Band der Fahrbahn draußen, während mein Verstand versucht, das Gehörte aufzunehmen. Darauf war ich nicht gefasst. „Was?“

„Ich sagte, ich arbeite jetzt beim BKA.“

Fuck.

„Scheiße, Charly, warum tust du so etwas?“

„Bist du sauer?

„Ja … Nein. Ich meine, es ist deine Sache, dein Leben. Und warum ausgerechnet das BKA?“

„Der Job ist gut. Sicherer Arbeitsplatz, nette Bezahlung. Und mach dir keine Sorgen wegen der Katzen. Ich habe Homeoffice.“

„Hm.“ Ich sorge mich, aber seinetwegen. Unwillkürlich fasse ich mir an den Bauch. Fast spüre ich die Kälte wieder.

Wie die Klinge in mein Fleisch eindrang. Fühle die Narbe unter meiner Kleidung. „Ach, Charly, verdammt."

„Mach dir keine Gedanken, Nessa. Ich wollte es dir endlich sagen, bevor Helene es tut. Es gab einfach keinen passenden Zeitpunkt."

„Jetzt ist auch kein passender Zeitpunkt, Charly."

„Ich weiß, Nessa. Es tut mir leid."

„Schon gut", sage ich und klinge wahrscheinlich wie eine schmollende Teenagerin. „Es ist dein Ding."

„Ich werde dir nicht in die Quere kommen", sagt er.

„Was tust du eigentlich?", frage ich.

„Netzwerk", antwortet Charly. „Ich erspare dir die Details. Wenn ich dir helfen kann, lass es mich wissen."

„Ist gut, Charly. Ich …"

„Ich verstehe", sagt er. „Ich will dich nicht weiter stören. Uns geht's gut. Die Katzen sind gesund und glücklich. Alles okay."

„Danke, Charly. Bis später."

Ich spüre Tonys Blicke auf mir.

„Stimmt was nicht?", fragt er.

„Alles gut", sage ich. „Alles okay."

„Was läuft da zwischen Ihnen beiden?", fragt Tony.

Ich ringe mir ein schmales Lächeln ab. „Gar nichts. Das ist mein Mitbewohner. Er passt auf die Katzen auf."

„Klingt nicht so", entgegnet Tony.

Ich atme ein, hebe die Schultern, lasse sie wieder fallen. „Es ist mein Katzensitter, Tony. Weiter nichts."

„Komische Gespräche, die Sie mit Ihren Katzensittern führen", sagt Tony. „Aber es geht mich ja nichts an."

Ich schweige und schalte in den nächsten Gang. Der Motor des Wagens dröhnt auf.

Ich will nicht darüber nachdenken, was es bedeutet, wenn Charly bei derselben „Firma“ ist wie ich, und ganz sicher will ich nicht darüber reden.

Nicht jetzt. Nicht hier. Nicht mit Tony.

Überhaupt nicht.

„Wir sind gleich da“, sagt er. „Der Fundort ist nicht mehr weit.“

# Kapitel 18

Ihre Fingernägel klopfen einen hektischen Takt auf die Tischplatte. Ihre Augen sind auf den Bildschirm geheftet.

Jennifer hat das Profil aufgerufen.

Sein Profil.

Heute ist es so weit. Heute Abend wird sie ihn sehen.

Das hofft sie, und sie hat keinen Grund, etwas anderes anzunehmen. Das Treffen ist ausgemacht. Fest eingeplant.

Aber seit gestern hat sie nicht mit ihm reden können. Er war nicht im Chat, war nicht online. Schon eine ganze Weile nicht. Er wird doch nicht krank sein?

Jennifer trinkt einen Schluck Kaffee aus dem Becher, der neben dem Laptop steht. Das Getränk ist fast kalt, schmeckt bitter.

Gott, die Stunden ziehen sich wie Kaugummi.

Je näher das Treffen rückt, umso langsamer scheint die Zeit zu vergehen.

Jennifer ruft Google auf und Facebook – und schließt beide Seiten.

Sie steht auf, wirft einen letzten Blick auf den Bildschirm.

Sie spürt ihrem Herzschlag nach. Ihrem Atem. Das Klopfen macht sie nervös. Was ist das? Aufregung?

Ja, allerdings nicht nur.

Irgendwo in ihrem Gehirn, irgendwo dort, in einer dunklen Ecke ihres Verstands glimmt etwas auf.

Angst?

Furcht?

Vorsicht?

Jennifer weiß es nicht. Es ist, als wäre ihr Mandelkern an einen Dimmschalter gekoppelt und ein kleines Männchen dreht daran herum.

Wovor sollte sie sich fürchten?

Gut, Dates dieser Art sind für Frauen nicht ungefährlich. Das hört man immer wieder. Jesus, wie lange hat sie mit ihm gechattet?

Sie kennt den Mann.

Es ist nicht ihre Angst, eher die ihres Vaters. Der war schon immer übervorsichtig und hat dabei vor allem daran gedacht, was „die Leute“ denken sollen.

Es ist nie anders gewesen.

Angst …

Es ist keine Angst. Das beschließt sie jetzt. Es ist Unsicherheit, und die hat sie Papa zu verdanken.

Jennifer öffnet den Kleiderschrank, ihre Fingerspitzen streichen über ihre Kleider. Nichts scheint sie anzuspringen, nichts will ihr gefallen.

Das muss es ja auch nicht.

Es muss ihm gefallen.

Er ist das Ziel, er ist der Weg. Dieser Mann ist ihr Ticket aus der Einsamkeit. Heute Abend. Endlich.

Dieses Mal muss es klappen.

Wenn da nicht dieser nagende Zweifel wäre.

Jennifer tritt einen Schritt zurück, stemmt die Hände in die Hüften und stiert in den Schrank, durch die Klamotten ins Nichts.

Es ist Madita gewesen. Sie hat ihr das eingeredet. Madita ist eine Freundin, genauso alt wie Jennifer. Sie sind zusammen zur Schule gegangen. Madita ist vergeben, in festen Händen. Gott, sie ist schwanger und wird dieses Jahr heiraten.

Sie wäre die ideale Tochter für Papa. Vorsichtig, solide. Ordentlich. Anständig.

Was weiß Madita schon von Blind Dates? Vom Internet?

Oder von Einsamkeit?

Jetzt wäre der letzte Moment, der ihr bleibt, dieses Date abzusagen. Oder sie könnte einfach nicht hingehen.

Doch das will sie nicht.

Es gibt keinen Grund für Angst, Unsicherheit oder Furcht.

Nur für Aufregung.

Das ist es.

Es ist die Aufregung.

Jennifer atmet tief ein und aus, ballt die Hände zu Fäusten.

„Madita", flüstert sie. „Pft."

Sie pustet sich eine widerspenstige Strähne aus der Stirn, tritt näher an den Schrank und beginnt, ihre Kleidung zu durchwühlen.

Es wird höchste Zeit, dass sie ihr Outfit auswählt.

Heute Abend muss alles passen.

Dann kann auch alles passieren.

# Kapitel 19

Ich parke den Audi an derselben Stelle, an der ich zuvor geparkt hatte, als wir den Fundort von Sandra Lauen besichtigt haben.

Es ist dasselbe Waldgebiet, der Leichenfundort liegt ein ganzes Stück tiefer im Wald.

Die Luft ist kalt und nass. Allmählich beginne ich, die Jahreszeit zu hassen. Dieses Wetter. Dieses verdammte Wetter.

Der Boden ist weich, ein wenig morastig. Laub bedeckt dunkle Erde. Es riecht feucht nach Herbst und Moder.

Tony Yamamoto stapft los, ich folge ihm. Tiefer in den Wald.

Gedämpfter Gesang eines einzelnen Vogels dringt an mein Ohr. Die Bewegung wärmt und lockert die Muskulatur. Doch die klamme Kälte sitzt tiefer.

„Was macht Sie eigentlich so sicher, dass es sich nicht um einen Einzeltäter handelt?“, fragt Tony unvermittelt.

Ich werfe ihm einen raschen Seitenblick zu.

„Ist das so ein Gefühl? Ihr innerer Psychopath, oder so?“

Ich runzle die Stirn. „Mein innerer Psychopath? Wer oder was mein innerer Psychopath sein soll, weiß ich zwar nicht, aber es ist nicht nur ein Gefühl.“

„Was ist es dann?“

„Sie können es nennen, wie Sie wollen, Tony. Instinkt. Bauchgefühl. Intuition."

Er nickt knapp. „Hm, verstehe."

Schweigen senkt sich über uns. Stille, durchbrochen durch das Schmatzen der Schuhsohlen, weil der Weg weicher, matschiger und schlechter erkennbar wird.

„Also ist es nur ein Gefühl", sagt er schließlich.

Ich schüttle den Kopf. „Das ist nicht ganz richtig. Ja, ich habe im Moment keine Fakten, um meine Theorie zu stützen, und das ist immer gefährlich."

Er nickt.

„Abgesehen davon, Tony, was ist Bauchgefühl denn? Was prägt den Instinkt?"

„Sagen Sie es mir, Nessa."

„Erfahrungen. Letztlich sind Instinkt und Bauchgefühl eine Folge von Beobachtung und Erfahrung. Dinge, die man immer wieder erlebt, formen dieses Gespür. Es ist mehr der Beginn der Entwicklung einer Hypothese."

Er sieht mich an, blinzelt träge und schweigt.

„Sehen Sie? Es ist mehr als nur ein Gefühl. Und was den inneren Psychopathen angeht, vergessen Sie diesen Mist, Tony."

„Hm", macht er und holt Luft.

„Aber?", sage ich, noch bevor er den Mund öffnen kann, um etwas zu erwidern. „Das stellt Sie nicht zufrieden, oder?"

„Nein", sagt er. „Nein, nicht wirklich."

„Gut so", sage ich. „Was macht die meisten Täter aus? Was kennzeichnet ihre Taten?"

„Ich weiß nicht, worauf Sie hinauswollen, Nessa."

„Die meisten Taten sind Beziehungstaten, richtig?"

Er schiebt die Hände in die Taschen. „Ja, schon."

„Mord ist meist persönlich. So etwas fällt rasch auf. Hier ist es anders. Wenn Täter Fremde ermorden, steckt etwas anderes dahinter. Ein tief sitzendes Verlangen. Das macht die Sache schwieriger."

„Sie wissen kaum etwas über die Opfer", sagt Tony. „Sie haben noch nicht einmal die erste Leiche gesehen."

„Das ist richtig", sage ich. „Letztlich schnappt man viele Täter erst, wenn sie anfangen, die Menschen zu töten, die ihnen nahestehen."

„Wie ...?", setzt er an, lässt den Satz unvollendet.

„Ja, genau", sage ich.

Auf Tonys Gesicht, an seiner Stirn, zeichnet sich wieder ab, dass der junge Beamte mit Gedanken beschäftigt ist. Wir gehen, schweigen.

Ich lausche dem entfernten Vogelzwitschern und meiner eigenen Atmung.

Wir sind nahe an der Stelle. Ich erkenne Fußstapfen, frische Fußabdrücke von verschiedenen Menschen.

Mich befällt ein seltsames Gefühl.

Viele sagen, man gewöhne sich an den Anblick von Leichen. Vielleicht stimmt das, vielleicht nicht.

Ich denke, man darf sich nicht daran gewöhnen, nicht zu sehr. Für den Fall braucht man eine sachliche Distanz.

Doch man darf auch nie vergessen, dass es um Menschen geht. Menschen, die gestorben sind. Die tot sind, weil ein anderer sie nicht leben lassen wollte.

Ich atme tiefer ein und aus, fasse kurz das Gummiband an meinem Handgelenk.

Die Wege sind nur noch schwer auszumachen, dafür entstehen überall kleine Trampelpfade.

Ich erkenne das typisch rege Treiben am Fundort schon aus einiger Entfernung.

Die Ermittlungsmaschine läuft.

Die Spurensicherung ist am Werk, was gut so ist, denn viel Zeit bleibt nicht mehr. Bald wird es dunkel sein. Bereits jetzt haben sie Scheinwerfer aufgestellt. Batteriebetrieben, denn hier draußen gibt es weder Strom noch Netzempfang. Ich spüre das monotone Brummen der Generatoren mehr, als dass ich es höre.

Jäger unterhält sich mit jemandem, der einen weißen Schutzanzug trägt.

Der Fundort ist abgesperrt. Flatterband tut, was es soll, und flattert im Wind. Planen aus dunkelgrünem Plastik bedecken den Erdboden.

Mich überkommt das gleiche Gefühl, das ich fast immer spüre, wenn ich unmittelbar an einem Tat- oder Fundort bin.

Es ist ein Kribbeln. Adrenalin. Dennoch nehme ich eine gespenstische Ruhe in mir wahr, als ob mein Blut zwar schnell, aber ruhig und geradlinig durch meine Adern rauscht. Gegensätzliche Empfindungen, zur selben Zeit wahrgenommen.

Still. Konzentriert. Der Fokus ist auf der Tat, der Leiche, dem Täter.

Ich fühle mich ihm näher, wenn ich am selben Ort bin, wo er sich zuvor aufgehalten hat. Meine Füße berühren denselben Boden, ich sehe dieselben Dinge, nehme dieselben Gerüche wahr.

Dieselbe Kälte. Nässe auf der Haut.

Und ich sehe, was er getan hat.

Es ist der Körper einer Frau. Entkleidet. Sie liegt schon etwas länger hier. Zeichen von Verwesung. Der Geruch von

Fäulnis, für den es keine passenden Worte gibt, um ihn völlig zu beschreiben. Süßlich, irgendwie. Faules Fleisch. Dennoch ist der Leichnam gut erhalten. Bleich. Blasse Haut, ein Stich ins Bläuliche.

„Interessant“, sage ich.

„Was?“, fragt Tony.

„Eine Wachsleiche. Das muss der feuchte Boden sein. Gibt es Moore in der Gegend?“

„Ja“, sagt er. „Ich habe so etwas noch nie gesehen.“

„Es passiert gar nicht so selten“, entgegne ich. „Auf vielen Friedhöfen wird das zunehmend zum Problem. Die Böden sind zu feucht. Die Körper können nicht verwesen, weil zu wenig Sauerstoff an die Leichen gelangt. Manche Totengräber zertrümmern heimlich die Sargdeckel mit der Baggerschaufel, damit die Toten verwesen. Niemand mag nach zwanzig oder dreißig Jahren ein Grab einebnen und fast unverweste Leichen vorfinden. Wachsleichen. Das Fett wird fest, die Haut bleich. Ist der Boden hier immer so feucht?“

„Meistens“, sagt Tony. „Die Wetterlage ist eher bescheiden.“

„Ja“, sage ich und betrachte das Gesicht der Toten.

Es wirkt ausdruckslos, erstarrt. Fast ist nichts zu erkennen von der Qual, die die Frau vielleicht vor dem Tod hat erleiden müssen. Kaum eine Spur von Schmerz, von Angst.

Nur Tod.

Ich nähere mich ihr, beuge mich vor.

Leere und Nichts. Eine Hülle, ein toter Körper, den fast nichts mehr mit der Frau verbindet, die einst gelebt hat.

Ich blinzle, nehme ein wenig Abstand.

„Was wissen wir über sie?“, frage ich in die Runde.

„Noch nicht viel“, sagt Jäger, der sein Gespräch mit dem Mann im Papieranzug beendet hat. „Das meiste wird die Rechtsmedizin klären müssen.“

„Ja“, sage ich. „Gehen Sie die Vermisstenmeldungen durch?“

„Selbstverständlich“, sagt er. „Aber noch wissen wir …“

Ich lasse ihn stehen, konzentriere mich auf die Spuren an dem toten Körper vor mir und gehe wieder nah heran.

„Es sieht aus, als würde … etwas fehlen, oder?“, fragt Tony, und ich frage mich, ob er meine Gedanken gelesen hat.

„Ja“, sage ich und atme hörbar aus. „Das kann viele Ursachen haben. Tierverbiss, zum Beispiel.“

„Tierverbiss?“, fragt er.

„Ja“, sage ich. „Füchse, Wildschweine vor allem. Vielleicht haben sie den Körper ausgegraben. Die Leiche lag sicherlich nicht einfach so hier herum. Da wäre sie wahrscheinlich längst verwest.“

Tony verzieht das Gesicht und schweigt. Ich kann es ihm nicht verdenken. Die Vorstellung ist nicht angenehm, und den Angehörigen, so es welche gibt, wird man diese Details niemals nennen. Man wird ihnen höchstens die Leiche zeigen. Abgedeckt. Vielleicht auch nur das Gesicht. Sie werden ihre kalte Hand berühren und begreifen. Alles verblasst im Angesicht der Trauer. Alles, was man sagen kann.

All diese Floskeln. Worthülsen.

Die Wahrheit – das ohnehin flexibelste Konstrukt der Menschheit – wird man ihnen ersparen.

Dabei ist es ein völlig normaler Vorgang. Tierverbiss ist so natürlich, wie es noch Natürlichkeit gibt in unseren Wäldern. In jedem Fall natürlicher als die Beseitigung von Leichen. Mordopfern.

Ich richte mich auf und fege mit der Handkante einige Blätter von meiner Hose. „Wo ist Kern?“

„Er ist unterwegs“, antwortet Jäger. „Spricht noch einmal mit dem Mann von Sandra Lauen. Wir suchen nach Gemeinsamkeiten, Sie wissen schon.“

„Ja“, sage ich. „Tony, fahren wir ins Krankenhaus.“

Er blinzelt, sieht mich an. Auch Jäger starrt mich verständnislos an.

„Was wollen Sie dort?“, fragt er.

„Ist das nicht Zeitverschwendung?“, wirft Tony ein.

„Es hilft mir beim Denken, meinen Fokus auszurichten. Im Moment können wir hier nicht viel tun. Das ist Sache der Spurensicherung. Hierzubleiben wäre Zeitverschwendung. Ich muss über die nächsten Schritte nachdenken, und das will ich im Krankenhaus bei Sandra Lauen tun.“

Kaum dass ich den Satz beendet habe, wende ich mich ab. Ich lasse die beiden Kollegen mit ihren verdutzten Gesichtern stehen. Ich habe gerade keinen Nerv auf Diskussionen oder Fragen.

Ich muss nachdenken. Außerdem kann ich im Krankenhaus ohne schlechtes Gewissen mein Smartphone ignorieren – samt der Anrufe und Nachrichten der Anwälte meiner verdammten Mutter.

Und mir geht es nicht nur ums Nachdenken. Ich will den Kontakt zum Krankenhaus halten, will die Erste sein, die erfährt, wenn Sandra Lauen ihre Augen öffnen sollte. Oder besser noch, ich will dort sein, wenn es passiert. Falls es passiert.

Momentan ist das unsere beste Chance. Vielleicht die einzige.

Rasch setze ich mich in Bewegung und höre nach zwanzig Sekunden Tonys hastige Schritte hinter mir.

# Kapitel 20

Sandra Lauen liegt in ihrem Bett. Sie atmet selbstständig, ist nicht an ein Beatmungsgerät angeschlossen, nur an Monitore, die ihre Vitalfunktionen überwachen. Die Apparate geben ein konstantes Piepen von sich. Wahrnehmbar, jedoch nicht allzu aufdringlich. Blasses grünes Leuchten verschiedener Lämpchen.

Die blonde Frau liegt still da. Das sanfte Heben und Senken ihrer Brust unter der Decke verrät, dass sie lebt. Sonst ist keine Regung erkennbar. Fast wirkt es, als schliefe sie.

Im Zimmer ist es still. Fahles weißes Licht, das von zwei Leuchtröhren am Kopfende ausgeht.

In jüngster Zeit finde ich mich zu oft in Räumen wie diesem wieder. Ich kneife die Augen zusammen und sehe eine andere Person vor mir in diesem Bett. Ich blinzle, und es ist wieder Sandra Lauen und nicht die andere.

Der Rest ist erschreckend ähnlich. Das gleiche mechanische Piepen, die gleiche Art künstlichen Lebens, Aufrechterhalten von Maschinen.

Stille. Lautloses Schwinden von Hoffnung.

Ein großes Vielleicht. Eine Waage in der Schwebe. Die nächsten Tage, womöglich auch Stunden, werden zeigen, was sein wird.

Oder es wird Wochen dauern. Monate. Ewig.

Selbst wenn sie erwachen sollte, weiß niemand, was ist. So oder so, vor der jungen Frau liegt ein langer Weg zurück ins Leben. Wenn sie Glück hat. Glück …

Ich knete meine Finger, verschränke sie ineinander. Es ist eine verlegene Geste, erinnert entfernt an Beten.

Doch ich bete nicht. Ich wüsste nicht, an wen ich meine Gebete richten sollte.

Ich hoffe, vage, aber ich hoffe, dass Sandra Lauen aufwacht. Dass sie in der Lage ist, Antworten zu geben auf die Fragen, die der Fall aufwirft.

Jetzt ist sie nicht dazu in der Lage, und kein Mensch weiß, was ich hier eigentlich tue. Dennoch wollte ich zu ihr, musste einfach.

Mein Ausweis hat den Weg geebnet, jede Tür geöffnet. Fragen hat kaum jemand gestellt. Es ist lediglich Tony, der Fragen stellt. Vielleicht Jäger ab und an. Seine Fragen sind lästig. Zum Glück ist er nicht da. Ich frage mich, ob er überhaupt einmal hier gewesen ist und Sandra Lauen gesehen hat.

Für mein Empfinden ist er mehr damit beschäftigt, seinen persönlichen Status quo zu hüten, als die unbequemen Fragen zu stellen, die dieser Fall braucht.

Das ist etwas, was ich inzwischen zu oft erlebt habe.

Tony stellt meist die richtigen Fragen. Wissbegierig, neugierig. Wenn er nicht über seine Füße stolpert, weil er zu schnell vorwärtskommen will, wird er es weit bringen in seinem Job. Ohne Frage. Das Zeug dazu hat er.

„Sie hatten recht, Nessa“, sagt er.

„Womit?“

„Frau Lauen war nicht die Erste.“

„Sie ist nicht tot“, sage ich.

Tony seufzt, weist mit dem Kinn auf den reglosen Körper der Frau im Krankenbett. „Nein, ist sie nicht. Viel besser ist dieser Zustand auch nicht.“

„Wahrscheinlich nicht.“

„Glauben Sie, die Frau im Wald war die Erste?“

„Ich weiß es nicht“, sage ich und schüttle den Kopf. „Vielleicht. Vielleicht nicht.“

„Was, glauben Sie, ist geschehen?“, fragt Tony. „Es sah nicht so aus, dass die Frau im Wald angefahren worden wäre.“

„Nein, danach sah es nicht aus. Ich glaube auch nicht, dass es so gelaufen ist.“ Ich wiege den Kopf hin und her. „Er fährt die Frau auf der Straße an, schleppt den Körper so tief in den Wald. Nein, unwahrscheinlich.“

„Was sonst?“

„Ich weiß es nicht. Irgendetwas unterscheidet die Leiche im Wald von Sandra Lauen. Irgendetwas ist an ihr, das die Tote nicht hatte.“

„Was meinen Sie?“

„Irgendetwas hat ihn davon abgehalten, sie zu töten. Dann bringt er Sandra Lauen in den Wald, wo er seine früheren Opfer abgelegt hat – und verliert die Nerven.“ Ich beiße mir auf die Lippe, denke nach.

„Seine früheren Opfer?“, fragt Tony. „Mehrzahl?“

„Ja, ich denke schon“, sage ich. „Man verliert beim ersten Mal die Nerven, nicht beim zweiten Mal. Beim ersten Mal oder wenn man das schon eine sehr lange Zeit gemacht hat. Vielleicht zu lange.“

„Sie spekulieren, oder?"

„Ja", sage ich.

Tony hat recht. Wann immer ich an einem Fall arbeite, spuckt mein Hirn fortwährend Möglichkeiten aus und versucht, die Linien zu verbinden. Insbesondere wenn die Faktenlage so dünn ist wie hier. Es ist wichtig, den richtigen Hypothesen Aufmerksamkeit zu schenken.

Tony schweigt, betrachtet die Monitore. Er atmet beinahe im gleichen Rhythmus wie Sandra Lauen.

„Ja", sage ich. „Ja, es gibt noch mehr. Opfer, meine ich. Ganz sicher ist es erst, wenn wir wissen, wer unsere Leiche ist."

„Oder wenn wir weitere Leichen finden."

„Oder das. Wir müssen uns darauf konzentrieren, wer die Tote war. Wie die Frau gelebt hat. Und auf Sandra Lauen. Sie ist der Schlüssel, glaube ich. Sie ist unsere nächste Verbindung zum Täter. Etwas an ihr war anders."

„Was den Täter dazu gebracht hat durchzudrehen?", fragt Tony.

Ich nicke. „Was sagt uns das?"

„Keine Ahnung", sagt er. „Ich habe keine Idee."

Ich tippe auf die Metallstange am Fußende des Krankenbetts. „Doch, ich denke schon, dass Sie die haben. Sie ist vielleicht nicht greifbar, aber sie ist da."

Tony zuckt mit den Schultern. „Ich denke nicht, dass …"

„Das kommt noch, Tony. Angenommen, ich habe recht und wir haben es mit einem Täter zu tun, der schon länger tötet und der jetzt so handelt …"

„Was dann?", fragt Tony.

Ich zeige vage auf Sandra Lauen. Die Monitore piepen. An dem Geräusch hat sich nichts geändert. Dennoch erscheint es mir lauter. „Es gibt mehrere Opfer. Er setzt Sandra Lauen aus. Und?"

„Sicher weiß er inzwischen, dass sie überlebt hat."

Ich nicke. „Richtig. Töten ist wichtig für ihn. Dennoch tötet er Sandra Lauen nicht. Er setzt sie aus. Er verliert die Kontrolle. Fährt sie über den Haufen und …"

„Sie überlebt."

„Ja", sage ich.

„Und was bedeutet das, Nessa?"

„Er verliert die Nerven, verliert die Kontrolle. Er wird nachlässiger", sage ich.

„Dann sollte es leichter sein, ihn zu schnappen."

„Das schon. Möglicherweise. Ich will auf einen anderen Punkt hinaus. Es geht um das Töten. Er verspürt Verlangen danach, und dieses Bedürfnis wurde nicht befriedigt. Warum auch immer, sein Verlangen ist nicht gestillt."

Tony Yamamoto begreift. Fast unmerklich weiten sich seine Augen. Aber ich sehe es. Erkenne, dass er es ebenso erkennt.

„Er hat kein Opfer", sagt er.

„Richtig. Er ist eh schon dabei, die Kontrolle zu verlieren. Sein ungestilltes Verlangen verstärkt das. Er wird unberechenbarer."

„Und er braucht ein Opfer", flüstert Tony. Er blinzelt mehrere Male. „Was ist, wenn es gar nicht um das Töten geht. Was, wenn es um die Opfer geht?"

„Das glaube ich auch", antworte ich. „Es wird nicht allzu lange dauern, bis er wieder zuschlägt. Wir sollten die Vermisstenfälle im Auge behalten. Solange wir nicht genug über diese Frauen wissen, haben wir keine Ahnung, wie und wo er es tut."

# Kapitel 21

Es ist so weit. Jennifer sitzt am Tisch. Ein Kellner stellt ihr das bestellte Glas Mineralwasser hin. Sie nickt ihm freundlich zu, sieht ihm nach, wie er sich entfernt.

Der Tisch ist gedeckt, die Tischdecke weiß. Unaufdringlich. Das Flackern der Kerze, die der Kellner entzündet hat, sorgt für weiches, warmes Licht.

Gedämpfte Gespräche von den Nachbartischen dringen an ihr Ohr.

Stimmengewirr, das sie nicht weiter beachtet. Sie ist auf eines fokussiert. Auf das Warten. Auf ihn.

Sie wirft einen verstohlenen Blick auf ihre Armbanduhr. Die gehörte ihrer Mutter und davor deren Mutter. Ein gutes Stück. Nicht besonders wertvoll, hübsch, und ihr Wert ist eher ideell. Sonst trägt sie die Uhr nicht.

Heute schon.

Auch das Restaurant ist nichts Besonderes. Ein gepflegtes, ordentliches Lokal. Ein wenig gehoben, aber nicht speziell. Gerade so, dass Jennifer weiß, wie sie sich verhalten muss. Gerade so, dass die Umgebung sie nicht einschüchtert.

Großformatige Schwarz-Weiß-Fotografien zieren die Wände. Draußen beginnt es zu regnen.

Siebeneinhalb Minuten. Er ist überfällig. Siebeneinhalb Minuten.

Das bedeutet, dass sie schon einundzwanzig Minuten wartet. Im Restaurant. Angekommen ist Jennifer früher. Viel zu früh. Sie hat draußen gewartet, bis sie es für angemessen hielt, das Lokal zu betreten. Wer will beim ersten Date schon uncool wirken?

Uncool, sagt man das heute noch? Sie weiß es nicht.

Verstohlen zupft Jennifer an einer Ecke der gestärkten Tischdecke.

Sie wartet auf ihn, hofft, dass er bald erscheint.

Vielleicht bildet sie sich das ein, aber die Leute vom Tisch neben der Tür schauen sie an. Nicht offensichtlich. Nicht aufdringlich.

Doch sie sehen Jennifer an.

Eine Frau, allein in diesem Lokal.

Niemand hier ist allein. Jeder hat Begleitung. Jede Frau ist in Begleitung, vor allem das. Auch wenn man annehmen sollte, dass das in der heutigen Zeit keine Rolle mehr spielen sollte.

Jennifer atmet tief ein, lässt den Atem langsam aus der Lunge entweichen. Sie greift nach dem Glas, nippt am Wasser.

Kühl, klar, frisch.

Acht Minuten.

Der Kellner geht vorüber. Er nickt höflich. Sie lächelt freundlich.

Der Regen wird stärker, prasselt gegen die Glasscheiben.

Draußen kann sie nichts erkennen. Nichts rührt sich.

Er ist nicht da.

Zwölf Minuten.

Jennifer trinkt noch einen Schluck. Sie spielt mit dem Armband ihrer Uhr. Lässt davon ab, als sie bemerkt, dass Menschen sie ansehen.

Starren sie?

Starren sie Jennifer an?

Sie weiß es nicht, wagt nicht aufzublicken. Beginnt sie zu schwitzen?

Das Glas ist halb leer. Mehr als das.

Die Tür des Lokals öffnet sich. Ein Luftzug strömt in den Raum.

Jennifer reißt den Kopf hoch.

Sie kann nichts dagegen tun. Ihr Herz schlägt schneller, trommelt in ihrer Brust.

Dann schießt ihr das Blut in die Ohren.

Es ist nur ein Paar. Ein weiteres Paar, das das Restaurant betritt.

Der Kellner begrüßt die Ankömmlinge, weist ihnen einen Tisch zu.

Im Vorbeigehen nickt er Jennifer zu. Freundlich? Mitleidig? Ungeduldig?

Sie weiß es nicht.

Ihre Hände liegen auf dem Tisch. Blass, dürr. Kann sie ihre Adern durch die Haut erkennen?

Die Kerze flackert stärker.

„Darf ich Ihnen noch etwas bringen?“

Die Stimme des Kellners reißt Jennifer aus ihren Gedanken.

Sie sieht auf, blinzelt. Das Kerzenlicht ist gnädig, hofft sie, sodass der Mann nicht bemerkt, dass sie immer noch rot glüht. Ihr ganzes Gesicht. Ihre Ohren sind warm.

Dreiundzwanzig Minuten.

Sie schüttelt den Kopf. Zögert. Stiert auf das leere Glas.

„Ja“, sagt sie schließlich und bestellt ein Glas Rotwein.

Zweiundsechzig Minuten und drei Gläser Wein. Jennifer weiß nicht, ob es das Warten ist, der Wein oder die Enttäuschung. Sie fühlt sich schwer, müde. Hoffnung hat sie keine mehr.

Er ist nicht erschienen – und kommt auch nicht mehr.

Ihr erstes Date seit verdammt langer Zeit, und der Mann ist nicht erschienen.

Sie hatte sich so darauf gefreut. Darauf gehofft. Und nun ist alles nichts.

Hat sie etwas falsch gemacht?

Hat sie sich geirrt? Im Datum? In der Zeit? Im Ort? Im Lokal?

Sie schüttelt den Kopf, starrt auf das leere Glas, auf den kümmerlichen Rest der roten Flüssigkeit darin. Den Abdruck ihres Lippenstifts am Rand des Glases.

Der Wein macht ihr zu schaffen. Sie hat lange keinen mehr getrunken. Nicht so viel, so schnell. Oder in der Öffentlichkeit.

Das ist jetzt egal.

Ihrem Vater wäre das nicht egal, ihr schon.

Alles ist egal.

Jennifer muss sich eingestehen, dass es wieder nichts war. Nichts wird. Dass sie allein nach Hause gehen wird.

Draußen regnet es immer noch. Lang und stetig. Kein starker Regen wie bei einem Gewitter. Nur dieser eklig kalte Nieselregen, der einen von Kopf bis Fuß einnässt, frieren lässt, aber nichts fortwäscht.

Jennifer schiebt das Glas beiseite, ruft den Kellner, bezahlt ihre Rechnung.

Die meisten Paare sind inzwischen verschwunden. Die verbliebenen tuscheln an ihren Tischen.

Schwingt da Mitleid im Blick des Kellners?

Sie hatte sich gefreut. Eine Einladung zum Essen. Das ist schon etwas. Beim letzten Date, das Jennifer hatte, ging es ins Kino, das sich als Pornokino herausstellte. Der verdammte Kerl wollte fummeln.

Dieser ist anders. Das hat Jennifer geglaubt. Sie hat es nicht gehofft, sie hat es wirklich geglaubt.

Bis jetzt.

Fast siebzig Minuten hat sie gewartet – und es war alles umsonst.

Draußen schlägt Jennifer kalte Luft entgegen. Wind treibt ihr Regen ins Gesicht, die Tropfen lassen ihre Augen tränen.

Nur jede dritte Laterne brennt. Die Stadt muss sparen. Geparkte Autos am Straßenrand.

Ihr ist ein wenig schwindlig. Vielleicht waren drei Gläser Wein in kurzer Zeit auf nüchternen Magen tatsächlich ein bisschen zu viel. Das ist sie nicht mehr gewohnt.

Was soll's?

Sie muss sich noch bis zur Bushaltestelle, nach Hause und ins Bett schleppen. Sich unter die warme Decke verkriechen. Diesen Tag vergessen.

Und diesen Kerl.

Diesen verdammten Kerl. Den auch.

Mit der Kälte kommt die Wut, baut sich in ihrem leeren Magen auf, krampft sich dort zusammen wie eine Faust aus Eis.

Gott, wie konnte sie so dumm sein?

Jennifer tut einen Schritt, dann den nächsten.

Der Schwindel fällt ein wenig von ihr ab. Das Klopfen ihrer Sohlen auf den Pflastersteinen klingt hohl.

Die Straße ist menschenleer.

Jennifer geht weiter, betrachtet die geparkten Fahrzeuge, ohne ihnen wirklich Beachtung zu schenken.

Sie hätte nicht wenig Lust, ein paar Reifen aufzuschlitzen. Bloß hat sie kein Messer.

Sie könnte den Lack zerkratzen, mit ihrem Schlüssel. Bei dem schicken BMW, zum Beispiel. Oder bei dem Lieferwagen, der irgendwo unter all dem Dreck weiß lackiert sein muss.

Machen solche Dinge nicht nur Teenager? Solchen kindischen Scheiß?

Vielleicht.

Allerdings werden nicht auch nur verdammte pickelige Teenager bei verdammten sinnlosen Dates versetzt, oder nicht?

Jennifer geht weiter, schiebt die Hände in die Taschen.

Aus einem Hauseingang gegenüber löst sich ein Mann, überquert die Straße.

Jennifer beschleunigt ihre Schritte, wie auch ihr Herz rascher schlägt.

Nachts allein, auf irgendeiner kleinen Straße, in dieser verdammten Stadt. Dorthin hat das Internet Jennifer gebracht.

Das verdammte Netz, der verdammte Kerl und die beschissene Einsamkeit.

Der Mann trägt dunkle Hosen, dunkle Jacke. Er nickt Jennifer zu, hebt dabei nicht einmal den Kopf.

Er läuft vorbei.

Sie atmet auf. Dämliche Angst.

Klar, man liest viel in der Zeitung. Aber mal ehrlich? Auf offener Straße überfallen?

Aber das passiert den anderen.

Genau wie alles Übrige. Dates, Glück, Beziehung, Sex und vor allem Liebe.

Da kann das verdammte Schicksal wohl ein wenig Nachsicht üben.

Die Schritte des Mannes hinter ihr werden schwächer, scheinen zu verhallen. Schließlich verstummen sie, und es ist still.

Bis Jennifer die Stimme hört.

„Entschuldigung?“

Seine Stimme ist tief und warm. Angenehm.

Jennifer bleibt stehen. Ihre Unbehaglichkeit ist verflogen, sie spürt keine Angst.

Bloß den Regen und den Wein.

„Hm?“, macht Jennifer. Sie dreht sich um, verflucht sich dabei, dass sie nichts anderes geantwortet hat als ein verdammtes „Hm“.

Der Mann steht ein paar Schritte entfernt, zwei Armlängen vielleicht.

Seine Zähne blitzen im fahlen Schein der nächsten Laterne auf. Sein Gesicht kann Jennifer kaum ausmachen.

„Könnten Sie mir wohl sagen, wie spät es ist?“

Wow. Eine Frage aus dem letzten Jahrhundert. Mindestens.

Aber der Mensch scheint höflich, seine Stimme ist ein wahrhaftiger Wohlklang.

Wenigstens ist ein Mann nett zu ihr, auch wenn er nur die Zeit von ihr erfahren will.

Jennifer dreht das Handgelenk, blickt auf die Uhr ihrer Großmutter. Sie rückt sie ein wenig zurecht.

Doch sie kann nichts erkennen im schlechten Licht in dieser Straße.

„Mist", sagt sie und beißt sich auf die Zunge.

Der Mann kommt einen Schritt auf sie zu. „Stimmt was nicht?"

Jennifer schiebt die Uhr hin und her, starrt angespannt darauf.

„Ich kann es nicht recht erkennen, es müsste etwa zweiundzwanzig Uhr sein", sagt sie.

Der Mann nähert sich noch ein wenig. Jennifer sieht kaum mehr als die blitzenden Zähne. Sein Gesicht wirkt kantig. Markant, mit einer scharf geschnittenen Nase.

Seine Stimme ist dagegen weich, wie Honig fast.

Sein Geruch weht zu ihr herüber. Angenehm, gepflegt. Ein guter Duft. Aber er will nur die Zeit, nicht wahr?

Jennifer dreht sich ein bisschen, versucht, das Ziffernblatt der Uhr ins spärliche Licht zu halten. Der Mann steht neben ihr.

Sie spürt seine Wärme, seinen warmen Atem auf ihrer Haut. Wieder greifen der Schwindel und der Wein nach ihr.

Und dann der Arm des Mannes.

Wie ein Schraubstock schließt sich sein Griff um ihre Hüfte, schleudert Jennifer herum.

Ihr stockt der Atem. Sie reißt die Augen auf, starrt in sein Grinsen. Jedes Wort, ein Schrei, alles bleibt ihr in der Kehle stecken.

Ihr ganzer Ausdruck ist Entsetzen.

Sie spürt einen kurzen Stich im Hals. Kalt, metallisch. Wie die Spritze ins Zahnfleisch beim Zahnarzt. Nicht schmerzhaft, dafür durchdringend.

Genauso setzt kurz danach die Starre ein. Narkose. Jennifers Glieder werden schwer.

Ihre Gegenwehr erschlafft.

Die Lichter werden dunkel.

Wie aus weiter Ferne dringt das Geräusch einer Schiebetür zu ihr durch.

Der harte Griff des Mannes.

Stille.

Und Dunkelheit.

# Kapitel 22

Kalter Wind weht über den Vorplatz des Kreiskrankenhauses. Es ist nicht eben beeindruckend, ein niedriger Vorbau mit Glasfront, in dem die Lobby untergebracht ist, zwei Anbauten und ein etwas höheres Hauptgebäude.

Ich halte meinen Kaffeebecher in der Hand. Noch ist er heiß, und die Wärme, die durch das Plastik nach außen dringt, ist angenehm. Den Kaffee habe ich unterwegs an einer Tankstelle gekauft, und er ist gar nicht so schlecht wie befürchtet.

Tony Yamamoto ist schweigsam heute Morgen. Ein Umstand, der mir gelegen kommt. Ich bin selbst nicht gesprächig. Nicht an einem verregneten Herbstmorgen in einer kleinen Stadt wie dieser, wo man sich verdammt nah am sagenumwobenen Hintern der Welt wähnt.

Noch weniger, wenn am selben Morgen eine Obduktion ansteht.

Ich bin kein großer Fan von Obduktionen. Ein notwendiges Übel in meinem Job. Ich komme nicht umhin, das ein oder andere Mal daran teilzunehmen. Ich müsste das nicht tun, könnte mich auf die Berichte verlassen. Das kann ich nicht. Einer Obduktion zuzusehen, ist kein großer Spaß. Der

Informationsgewinn hingegen ist oft von unschätzbarem Wert. Vor allem, wenn jemand in die Arbeit involviert ist, der weiß, was er tut.

Ob das hier so ist? Schätze, ich kenne den Weg, um das herauszufinden.

Tonys Stimme reißt mich aus meinen Gedanken.

„Warum warten wir eigentlich draußen?“, fragt er, und es ist womöglich der erste ganze Satz, den er an diesem Morgen spricht.

„Gute Frage“, sage ich. „Ihr Chef hat mir die Telefonnummer der Rechtsmedizinerin gegeben. Ich konnte sie nicht erreichen, zurückgerufen hat sie auch nicht, dafür eine Nachricht geschickt, dass wir hier auf sie warten sollen, und zwar genau jetzt.“

Tonys Lippen verziehen sich zu einem knappen Lächeln. Er schüttelt den Kopf und zeigt auf die Kaffeebecher in meinen Händen. „Ist das irgendein Berliner Spleen, oder was soll das?“

Ich nicke kaum merklich, denn irgendwo kann ich seinen Unmut verstehen. Andererseits nährt es in mir eine Hoffnung, dass die Frau ihr Geschäft versteht, wenn sie schon ein wenig exzentrisch herüberkommt. „Ich weiß genauso viel oder wenig wie Sie, Tony.“

„Das ist seltsam, oder?“

„Kann sein.“

„Sie wirken nicht wie der Typ Mensch, der sich auf so etwas einlässt.“

„Ich weiß“, sage ich.

Die Glastüren der Krankenhauslobby öffnen sich hydraulisch, eine junge Frau stapft aus dem Gebäude und steuert auf uns zu.

„Da ist sie wohl“, sage ich und weise vage in die Richtung.

„Sie ist hübsch“, sagt Tony gedämpft.

„Sie sieht aus wie ein Teenager.“ Aber es stimmt, was Tony sagt. Die junge Frau, die lachend auf uns zumarschiert, verfügt über diese Art natürlicher Attraktivität, die weder Make-up, Schmuck noch tolle Klamotten oder ein besonderes Ambiente braucht.

Sie wirkt flapsig und fahrig, wie sie im langen Kittel mit einer schwarzen Kapuzenjacke darüber und einem Led-Zeppelin-Shirt darunter in Converse-Sneakern um eine beeindruckende Pfütze navigiert. Ohrstöpsel baumeln an ihrem Hals. Die dunkelblonden Haare hat sie nachlässig zu einem Knoten gebunden.

Ihr verlegenes Lachen scheint mir fast ein wenig zu fröhlich für Wetter und Jahreszeit, erst recht für den Anlass unseres Treffens. Andererseits gibt es keine Regel, dass die Obduzentin finster dreinblickend und schlecht gelaunt zu sein hat. Selbst wenn es sie gäbe, wäre ich wohl die letzte Person, die darauf pochen sollte, auch wenn es vielleicht die einzige Regel wäre, die keine Gefahr liefe, von mir gebrochen oder gebogen zu werden.

Tony räuspert sich. „Das ist also unsere neue Rechtsmedizinerin aus Berlin.“

Ich lache. „Scheint so.“

Tony erwidert das Lachen. „Sie winkt uns zu.“

Ich lächle. „Ein Glück, dass ich meinen Kaffeebecher festhalte.“

Tony öffnet den Mund, schließt ihn wieder.

Die Frau hat uns fast erreicht. Mit einem Hüpfer um den letzten Ausläufer der Pfütze herum schafft sie es. „Hallo!“

„Hallo“, antworte ich und weiß nicht, ob ich lachen oder weinen soll. Einerseits ist diese Rechtsmedizinerin aus Berlin, und man darf annehmen, sie weiß, was sie tut. Zumindest spricht der Ort für ihre Ausbildung. Andererseits sieht sie, wenn man nicht genau hinschaut, aus wie eine Zwölfjährige, und ich spüre den Zweifel, der an meinem Bauchgefühl nagt.

Was habe ich an Alternativen?

Immerhin versucht sie nicht, meine Hand zu schütteln.

Ich seufze.

„Stimmt was nicht?“, fragt sie.

„Sie sind die Rechtsmedizinerin? Aus Berlin?“

Sie lacht, legt spielerisch eine Hand an ihre Schläfe. „Aye. Das bin ich. Marie-Theres Neidhart. Sagen Sie einfach Marie.“

Ich nicke. „Nessa Wolf vom BKA. Das ist Tony Yamamoto von der örtlichen Polizei. Sie wissen, worum es geht?“

„Japp“, sagt Marie. „Ich habe schon einen Blick in die Meldungen geworfen. Böse Sache.“

„Ich bin mir sicher, Sie hatten in Berlin schon mit ’bösen Sachen‘ zu tun, nicht wahr?“

Marie legt den Kopf schief, sieht mich aus zusammengekniffenen Augen an. „Machen Sie sich Sorgen, Frau Wolf?“

„Nessa genügt.“

„In Ordnung, Nessa“, sagt Marie. „Also, Sie machen sich Sorgen, weil ich wirke wie eine halbstarke Dreizehnjährige, die Ihre hübsche Leiche mit Papas Skalpell zersägt, hm?“

Ich höre das verräterische Geräusch neben mir, als Tony versucht, ein Lachen zu unterdrücken.

„Was ist?“, fragt Marie.

„Zwölf“, sage ich.

Marie runzelt ihre Stirn. „Wie?“

„Zwölf, nicht dreizehn“, sage ich.

Tony kann nicht mehr an sich halten und lacht, und es dauert kaum drei Sekunden, dann lacht auch Marie, und beide zwingen mich geradezu, ebenfalls zu schmunzeln.

Das Ganze dauert zwei, drei Herzschläge, bis wieder Ruhe einkehrt.

Marie wirkt ernst und bestimmt, aber sie lächelt auch. „Machen Sie sich um mich keine Gedanken, Nessa. Wir kriegen das hin. Ich bin neu hier und mag aussehen wie zwölf oder dreizehn, doch ich habe das ein oder andere in Berlin aufgeschnappt, okay?“

Ich nicke. „Okay. Nichts für ungut.“

Marie winkt ab und lächelt. „Schwamm drüber. Gehen wir. Freut mich übrigens, Tony. Ich habe schon von Ihnen gehört.“

Manchmal beneide ich Leute wie Marie um das, was sie ausmacht. Ihre Energie. Wir haben nicht den gleichen Job, nicht die gleiche Aufgabe. Aber wir haben beide mit Tod und oft mit Schmerz zu tun.

Mit dem Ergebnis dessen, was Menschen anderen Menschen anzutun imstande sind.

An mir bleibt es haften. Gewalt macht mir zu schaffen. Daher versuche ich, sie zu verstehen. Versuche zu begreifen, was in diesen Menschen vorgeht. Typen wie Dahmer, Bundy – oder eben meine Mutter.

Von Marie scheint das abzufallen. Sie verlässt den Obduktionssaal, steigt in andere Kleidung, steckt Ohrstöpsel ein und lebt ein anderes Leben. Ihr Leben.

Vielleicht durfte sie die Sicherheit einer gesunden Kindheit und einer guten Kinderstube genießen. Den Rückhalt liebender Eltern.

Vielleicht lässt sie es sich nicht anmerken. Vielleicht ist sie ein hemmungsloser Optimist.

Vielleicht gibt es keine Antwort. Eine Frage ohne Antwort. Das ist etwas, das mir zu schaffen macht und eigentlich nicht existieren dürfte.

„Sie sehen schlecht aus, Nessa. Hatten Sie keine gute Nacht?"

„Danke", sage ich, leere meinen Kaffeebecher und werfe ihn in eine nahe Mülltonne. „Ist das die Retourkutsche für die Zwölf?"

„Nein, ich bin lieber zwölf als fünfunddreißig. Nehmen wir es, wie es ist. Unsere Nächte sind kurz, nicht wahr?"

Ich seufze. „Touché."

Ich bin zwar ein paar Jahre älter als Marie. Doch sie wirkt frischer, unverbraucht. Sie verströmt eine Lebendigkeit, deutlich wahrnehmbar, die im Kontrast zu ihrer Arbeit steht. Selbst jetzt, vermutlich müde und unausgeschlafen, erscheint sie frischer als ich nach zehn Stunden Schlaf.

Nicht dass ich mich erinnere, jemals zehn Stunden geschlafen zu haben.

Jedenfalls fällt mir spontan niemand ein, der so wenig zu seinem Beruf passt wie diese Rechtsmedizinerin, dessen Persönlichkeit so unbeeindruckt ist von seiner Arbeit.

Maries Augen streifen mich, sie richtet ihre Aufmerksamkeit wieder auf Tony. „Lassen Sie uns gleich einen Blick auf die Leiche werfen. Damit wir wissen, was uns erwartet."

# Kapitel 23

Die rechtsmedizinische Abteilung des Kreiskrankenhauses findet sich im Untergeschoss. Ganz dem gängigen Klischee entsprechend, fast wie im Film, aber das hat simple logistische Gründe, und es ist auch kein dunkler Keller, kein Verlies. Wir folgen breiten Gängen mit niedriger Decke und mintgrünen Wänden, hell erleuchtet von kaltem weißen Licht.

Der Geruch von Desinfektionsmitteln und Formaldehyd liegt in der Luft, erinnert an Krankheit, an Tod. Vielleicht ist das meine Fantasie, doch ich weiß jetzt schon, dass ich den Geruch mindestens bis morgen nicht mehr loswerde.

Unsere Schritte, die von den Wänden widerhallen, füllen die Lautlosigkeit. Dumpfes Klopfen, kein Klack-Klack, und das leise Quietschen der feuchten Sohlen von Maries Chucks.

Alles ist gut beschildert, leicht zu finden. Unterwegs hat Tony Yamamoto angerufen, uns angekündigt. Wir werden erwartet.

Eine Assistentin, vielleicht Ende zwanzig, mit kurzen blonden Haaren, begleitet uns zu dem Raum, in dem die Obduktion stattfinden wird – und die Leiche auf uns wartet.

Die Frau stellt keine Fragen. Eigentlich redet sie überhaupt nicht, öffnet die Tür des Raums, lässt uns hinein, lächelt unverbindlich und verschwindet.

Der Untersuchungsraum ist kleiner, als ich erwartet habe, und vermutlich um einiges kleiner als das, was Marie aus Berlin gewohnt ist.

Ich erinnere mich an einen Fall und eine Obduktion dort, in der Charité.

Was sie kennt, sind mehrere Tische nebeneinander. Parallel durchgeführte Obduktionen und Leichenschauen. Scherze von Kollegen, über den Lärm von Knochensägen hinweg gerufen.

In der Rechtsmedizin in Berlin geht es bisweilen zu wie in einem Bahnhof.

Auf Außenstehende wirkt es ziemlich hektisch. Das ist es nicht unbedingt. Es ist vor allem routiniert, unaufgeregt. Jeder Handgriff sitzt. Die Konzentration ist da. Die Scherze helfen sicher, mit der Belastung zurechtzukommen. Schnell gelebter Alltag, in dem sich alles um den Tod dreht.

Hier ist das anders. Es gibt einen Tisch, eine Waage, Waschbecken, Ablage, wenige Schränke. Keine Kollegen, keine Scherze. Klinische Stille.

Der Raum wirkt kalt und leer. Bloß das Licht ist das gleiche. Ebenso kalt. Grell.

Darunter liegt auf dem alles beherrschenden Tisch die Leiche der Frau, die im Wald gefunden wurde.

„Ich werde Hilfe brauchen, aber wir sind knapp besetzt", sagt Marie und sieht erst mich und schließlich Tony an. „Der Präparator und eine Kollegin sind unterwegs. Oder einer von Ihnen muss das machen."

Einen Augenblick lang spielt ein Anflug von Triumph auf Maries Gesicht – und aus Tonys Miene lässt sich die völlige Abwesenheit von Begeisterung herauslesen wie aus einem offenen Buch.

Marie lächelt.

„Nun, es macht nicht den Anschein, als wäre irgendjemand von Ihnen sehr angetan von dem Gedanken." Sie seufzt und streicht sich flüchtig über die Stirn. „Es ergibt ohnehin wenig Sinn. Ungeübte Hände richten meist mehr Schaden an, als dass sie Nutzen bringen. Außerdem wollen wir ja korrekt arbeiten, nicht wahr? Man muss mit dem zurechtkommen, was man hat – und gerade jetzt habe ich hier nicht besonders viel."

„Ich kümmere mich darum", sagt Tony mit belegter Stimme und einem Räuspern.

„Gut", sagt Marie. „Ich denke, wir können einen ersten Blick riskieren. Nur eine oberflächliche Anschauung, ohne in die Tiefe zu gehen. Im wahrsten Sinne. Wenn Sie so freundlich wären, mein Aufnahmegerät zu bedienen? Nichts weiter." Sie lächelt wieder.

Tony nickt und nimmt ihr den hingehaltenen Digitalrekorder ab.

„Auf Aufnahme drücken", sagt Marie und lächelt breit und süßlich, als sie Tonys grimmige Miene bemerkt.

„Alles klar", sagt er. Dann geht er zur Tür. „Ich schaue mal nach dem Präparator."

„In Ordnung", sage ich.

„Los geht's." Ohne Zögern läuft Marie zum Tisch, auf dem die abgedeckte Leiche der noch unbekannten Frau liegt.

Es fasziniert und erschreckt mich jedes Mal gleichermaßen, wenn ich Rechtsmediziner bei der Arbeit beobachte. So oft ich es auch sehe und selbst wenn ich vermute, dass es bei mir nicht anders ist, wirkt es befremdlich, es bei anderen zu bemerken, dass sie an eine Leiche herantreten wie ein Bäcker an den Teig.

„Ah, Wachsleiche", sagt Marie, als sie das Tuch zurückzieht. „Äußerliche Anzeichen von Fäulnis, aber so gut wie keine Verwesung. Kennen Sie das Phänomen?"

Ich nicke. „Wir haben am Fundort bereits über die Besonderheiten einer Wachsleiche gesprochen."

Marie lächelt mild, wendet sich wieder dem Körper auf dem Obduktionstisch zu. Sie fällt schlagartig in ihre Rechtsmedizinerinnenrolle. Mit allem, was dazugehört. Die sachliche, neutrale Stimmlage mit diesem Anflug von wissenschaftlicher Neugier, die zur gleichen Zeit Distanz ausdrückt.

Marie betrachtet die Leiche von allen Seiten, begutachtet die Haut, jeden Zentimeter. Sie nimmt den gesamten Körper in Augenschein. Das heißt, im Moment ist es nur die Vorderseite.

Mir graust es jetzt schon vor dem Herumdrehen der Leiche. Einen toten Körper zu sehen, macht mir nichts aus.

Mit dem Anfassen hingegen habe ich es nicht so. Generell. Bei Toten ist es ein wenig ausgeprägter.

Bleibt die Hoffnung, dass der Präparator oder Tony oder von mir aus auch der Briefträger rechtzeitig erscheinen, damit das nicht an mir hängen bleibt.

Marie spricht mit sich oder, besser gesagt, mit dem Digitalrekorder. Manchmal murmelt sie vor sich hin, runzelt die Stirn. Vereinzelt dringen Satzfetzen an mein Ohr.

Ich umrunde langsam den Tisch.

„Es fehlen Teile von Ober- und Unterschenkel. Tierfraß ist fraglich. Eher Abtrennen mit einem Messer oder Ähnlichem", sagt Marie gerade.

Mein Blick wandert von dem toten Körper zur äußerst lebendigen Marie-Theres Neidhart.

Plötzlich hält sie inne. „Was ist?"

„Mord?", frage ich.

Sie wendet sich ab, verharrt. Schließlich sieht sie mich wieder an und nickt. Mit Zeige- und Mittelfinger der linken Hand deutet sie auf einen Fleck am Hals, der aus Blut und Dreck zu bestehen scheint. Zeichen von Fäulnis. Dafür, dass die Leiche eine Weile im Wald gelegen hat, ist sie in gutem Zustand. Für eine Wachsleiche eher nicht.

Ich sehe, was Marie meint. Dort befindet sich ein Einstich.

„Ein Stich in die Halsschlagader." Maries zweifach behandschuhte Finger fahren den Hals entlang nach unten und wieder zurück zu der kaum noch erkennbaren Wunde.

Ich lege die Stirn in Falten. „Halsstich?"

„Ja", antwortet Marie. „Etwas schlecht zu sehen aufgrund des Zustands der Leiche, dennoch eindeutig."

Ich blinzle. „Ein Halsstich."

Marie stößt theatralisch die Luft aus. Dann lacht sie. „Habe ich doch gerade gesagt."

„Ein Halsstich. Wie bei einer Schlachtung beispielsweise?"

„Beispielsweise." Marie legt die Stirn in Falten. „Das trifft es eigentlich ziemlich gut."

Meine Gedanken geraten in Bewegung, ich bekomme sie nicht zu fassen. Noch nicht.

Ich spüre einen Luftzug, höre die Tür, beides nehme ich nur am Rand wahr. Ich stehe da, starre auf die Leiche, auf die kleine Stelle. Auf den Einstich.

Tony räuspert sich. Ihn hatte ich fast vergessen. Das Räuspern ist leise, dennoch erscheint mir das Geräusch viel zu laut. In meinen Ohren. In diesem engen Obduktionsraum. Die Leiche auf dem Tisch, die Fragen, die sie aufwirft, wirken für einen Sekundenbruchteil erdrückend auf mich. Wie der sprichwörtliche Elefant im Raum, der alles beherrscht.

„Haben Sie jemanden gefunden?", fragt Marie.

Er schüttelt den Kopf.

„Schade", sagt Marie.

„Was ist mit den fehlenden … Teilen?", wirft Tony ein.

Marie sieht ihn über die Schulter hinweg an und wiegt den Kopf hin und her. „Zum Teil Tierverbiss. Aber nicht alles. Ganz sicher nicht. Teile wurden entfernt."

„Entfernt?", frage ich.

„Ja", antwortet Marie.

„Entfernt, wie chirurgisch entfernt? Mit einem Skalpell, oder so?" Tonys Frage hätte von mir kommen können. Genau das will ich ebenfalls wissen.

Marie schüttelt den Kopf, presst kurz die Lippen aufeinander. „Nein, die Schnitte sind grob. Mit einem scharfen Messer, das war wohl gezackt. Etwas schartig. Jemand, der das in irgendeiner Weise professionell macht, würde sich nicht damit abgeben. Die Schnitte wirken hastig ausgeführt. Mit Übung, allerdings nicht chirurgisch. Eher so, wie ein Schlachter sie mit einem typischen Schlachtermesser ausführt. Ein sehr amateurhafter Schlachter."

„Schlachtermesser", echoe ich. Meine Gedanken formen ein Bild, eine Theorie. Es ist zu früh.

„Japp", sagt Marie. „Nageln Sie mich nicht auf Details fest. Und, nein, ich kann noch nicht sagen, wann sie gestorben ist. Überhaupt nicht. Je länger eine Leiche irgendwo ungeschützt gelegen hat, umso schwieriger wird es. Vielleicht werde ich es gar nicht sagen können."

„Hm", mache ich und wende mich ab, lehne mich gegen einen flachen Schrank aus Metall, der an der Seite des Raums steht.

Schweigend führt Marie ihre Arbeit fort. Ebenso lautlos sieht Tony ihr zu. Abscheu und Neugier ringen auf seinem Gesicht miteinander.

Währenddessen hänge ich meinen Gedanken nach, bis Maries Stimme zu mir durchdringt.

„Nessa?"

Ich blicke auf, blinzle.

„Helfen Sie mir, sie herumzudrehen?"

Ich hasse es. In einem langen Zug stoße ich die Luft aus, gebe mir einen Ruck. Marie hält mir Einweghandschuhe hin, die ich überziehe. Weiches Talkum an meinen Fingern.

Marie reicht Tony zwei Paar Handschuhe. „Sie auch."

Ich sehe die tote Frau an, sehe dennoch nicht sie. Ihr Körper fühlt sich kalt an, sogar durch die Handschuhe hindurch. Viel zu viel Fleisch, unmittelbar aus der Tiefkühltruhe. Das ist es, woran mich die vielen Leichen, die ich zu Gesicht bekomme, zu oft erinnern.

Ich bin schon lange Vegetarierin. Fleisch widert mich an.

Tote Körper sind so unglaublich viel schwerer als lebende.

Es ist ein wenig beschwerlich, die Frau umzudrehen, aber rasch erledigt. Nun ist ein weitaus größeres Maß an Verletzung zu erkennen.

Dunkle Flecke an der Unterseite der Schenkel, soweit diese noch vorhanden sind. Man würde sie auch am Gesäß erwarten. Das fehlt ebenfalls.

Tony bläst hörbar Luft aus.

„Oh", sagt er, und das beschreibt es treffend. Dieses eine knappe, abgehackte Wort. Ausdruck von Verwunderung und Überraschung. Obwohl am Ende nur das eingetreten ist, was man erwartet hat. Meist ist es das Schlimmste. „Da fehlt so einiges."

„Ja", sage ich. „Doch was war der Täter und was haben Tiere verursacht?"

Tony schüttelt sich. Offensichtlich kommt es einfach über ihn, und er kann es nicht verhindern.

Verständlich. Ich halte es ihm nicht vor.

„Tja, das ist wohl mein Job", sagt Marie und zieht eine Braue hoch.

Ich trete einen Schritt zurück, höre Marie zu und betrachte den Leichnam auf dem Tisch.

„Großflächige, scharfe Verletzungen. Möglicherweise mit einem großen Messer, wie einem Schlachtermesser beispielsweise, zugefügt. Teile der Leiche fehlen, und zwar …"

Maries Worte dringen in meinen Verstand, als sie die fehlenden Körperteile aufzählt. Mein Gehirn arbeitet hektischer. In meinem Kopf rattert es los, und wieder melden sich meine Alarmglocken.

Ich bin mir fast sicher, je länger ich auf den toten Körper stiere – und auf das, was fehlt.

„Das bleibt vorerst unter uns“, sage ich und falle Marie ins Wort.

Sie und Tony sehen mich verständnislos an.

„Was meinen Sie?“, fragt er.

„Schalten Sie das Gerät aus“, sage ich.

Marie nickt.

Leises Klicken.

Eine Sekunde lang ist es völlig still, von einem tieffrequenten Brummen abgesehen, das von irgendwo draußen nach innen in den Raum dringt.

Zwei Sekunden vergehen, dann die dritte.

„Kannibalismus“, sage ich. Es ist ein Gedanke, ein Schuss ins Blaue. Aber der Verdacht ist da. Ausgesprochen.

„Sie denken, dass …?“ Tony bricht mitten im Satz ab.

Marie sieht mich an. Schweigend, ausdruckslos.

Ich blicke zurück. Ebenso starr. Äußerlich ruhig. Leer und eben nicht. Wie die Oberfläche eines stillen Sees, die Bewegung findet unter dem Spiegel statt.

„Es ist ein Gedanke“, sage ich. „Ein Verdacht. Es sind diese Hinweise. Eine erste Hypothese. Nicht mehr, nicht weniger.“ Ich weise vage mit dem Kinn auf den nackten Leichnam auf dem Seziertisch.

Marie nickt. „Die Teile, die fehlen. Bei einem Tier, einem Schwein etwa, würde man sie zum Kochen nehmen. Wäre möglich. Es könnte sein, nageln Sie mich jetzt nicht darauf fest, klar?“

„Oh, fuck!“, platzt es aus Tony heraus.

„Ja“, sage ich. „Wenn es um Kannibalismus geht, drehen immer alle gleich durch.“

# Kapitel 24

Ein Stockwerk höher und eine Viertelstunde später stehe ich vor einem Kaffeeautomaten. Es war nicht leicht, das Gerät zu finden, und wenn man nach dem ersten Schluck meinen Magen fragen würde, wäre dieser wohl glücklicher, wenn ich den Automaten nie entdeckt hätte.

Der Kaffee ist heiß, verbrennt mir fast die Finger durch den Plastikbecher hindurch. Eigentlich verdient er die Bezeichnung Kaffee nicht. Das Gebräu riecht furchtbar und schmeckt noch schlimmer. Bitter, beinahe ungenießbar. Mangels Alternativen trinke ich einen weiteren Schluck davon.

Der Kaffeeautomat befindet sich an der Stirnseite eines Flurs, der an einer Wand endet. Das hektische Treiben der Krankenhausgänge, die typischen Geräusche dringen nur gedämpft hierher.

Ein paar Türen, obligatorische Schilder. Ambulante Palliativversorgung, Onkologie. Es hat etwas von Endstation. Dass der Bereich so abseits der Betriebsamkeit des Krankenhauses liegt, verstärkt den Eindruck.

So schlimm der Kaffee riecht, gelingt es ihm nicht völlig, den Krankenhausgeruch zu übertünchen.

Es gibt eine Sitzreihe an der Wand. Drei Plätze, blaues Vinyl. Harte Plastikschalensitze. Es sieht aus wie in den frühen Achtzigern. Ein Wartebereich, der nicht darauf ausgelegt ist, für Gemütlichkeit zu sorgen.

An der anderen Seite, dort wo der Flur in einen anderen mündet, eilen Menschen vorbei. Ich betrachte sie, ohne sie zu sehen. Meine Gedanken sind woanders.

Das ändert sich, als ich ein bekanntes Gesicht entdecke.

Die Person biegt in den Endstationsflur ab, in dem ich neben dem Kaffeeautomaten an der Wand lehne. Der Mann geht leicht gebeugt. Graue Hose, grauer Pullover. Die Krawatte, die darunter hervorblitzt, sitzt nicht mehr akkurat, der Knoten hat sich gelöst.

Der Mann greift sich an den Unterarm, entfernt ein Pflaster und wirft es in einen Abfalleimer.

Dieselbe zurückhaltende Person, dieselbe Schüchternheit. Als er mich erkennt, stiehlt sich das bekannte höfliche und verhaltene Lächeln auf sein Gesicht. Er ordnet rasch sein graublondes Haar. Nicht dass es nötig gewesen wäre.

„Ah, Frau Wolf", sagt er und wackelt mit dem Kopf. „Was machen Sie denn hier?"

Seine Stimme klingt etwas leiser und ein wenig belegt.

Ich lächle ihm zu, er lächelt zurück, aber selbst sein Lächeln wirkt müder als bei der letzten Begegnung. Es ist, als hätte ihm etwas die Lebenskraft aus den Knochen gesogen, als wäre er noch ein bisschen grauer geworden.

„Ich bin beruflich hier", antworte ich. „Und Sie, Herr Wawert?"

Albert Wawert sieht mich müde an, nickt, dann wandert sein Blick in die Ferne, ehe er sich wieder auf mich fokussiert.

„Nichts Wildes“, sagt er und lächelt mild. „Eine Routineuntersuchung.“

Seine Hand tastet an seinen Unterarm. Wawerts Finger massieren die Stelle, an der er das Pflaster entfernt hat.

Seine Stimme zittert nicht. Seine wässrigen Augen hält er unbeirrt auf mich gerichtet.

Sosehr er sich bemüht, ich kann die Lüge riechen. Glaube beinahe, sie schmecken zu können.

Das Einzige, was schlimmer schmeckt als dieser grauenhafte Krankenhauskaffee, ist eine Lüge.

Es ist Wawerts Leben. Seine Entscheidung. Ich lasse ihm die Illusion, den Glauben, dass sein Schwindel nicht aufgeflogen ist. Letztlich geht es mich nichts an, und für den Fall erscheint es auch nicht wichtig.

Nur dass ich jetzt weiß, wie Wawert aussieht, wenn er lügt – und dass er in unserem früheren Gespräch die Wahrheit gesagt hat.

Ich nicke ihm zu.

„Na ja“, sagt er und klopft sich auf die Hosentaschen. „Ich will mal wieder los, nicht? Ich mag nicht länger hierbleiben als unbedingt nötig. So nett es ist, mit Ihnen zu plaudern, Frau Wolf, aber Krankenhäuser geben mir immer so ein Gefühl des Unwohlseins.“

Ich lächle still, befeuchte meine Lippen. Über Wawerts Schulter hinweg erkenne ich Tony Yamamoto, der straffen Schrittes in den Gang einbiegt.

„Ich muss ohnehin weitermachen“, sage ich.

Wawert nickt und lächelt. „Das müssen wir alle, nicht?“

„Ja“, sage ich. „So ist es.“

Wawert tippt sich an einen imaginären Hut. „Viel Erfolg, Frau Wolf."

„Danke", sage ich. „Passen Sie auf sich auf, Herr Wawert."

Wieder wandert sein Blick kurz an einen anderen Ort, den ich vielleicht nicht einmal erahnen kann. „Sie auch, Frau Wolf, Sie auch."

Der alte Herr wendet sich ab, passiert Tony, der leicht die Stirn runzelt, das freundliche Kopfnicken des Mannes erwidert, wenngleich auch seine Geste etwas zackig wirkt.

„War das nicht …?", setzt Tony an.

„Ja", sage ich. „Herr Wawert. Unser Zeuge."

„Tja", entgegnet Tony. „Es ist eine kleine Stadt und viele noch kleinere Dörfer außen herum. Was macht er denn im Krankenhaus? Hat er jemanden besucht?"

„Ich denke, er hat Krebs", sage ich.

Zwei Sekunden lang sieht Tony mich nur an.

„Hat er das gesagt?", fragt er.

Ich schüttle den Kopf.

„Wie kommen Sie denn darauf?"

Ich trinke einen Schluck von dem widerwärtigen Kaffee, den ich fast vergessen habe, lasse Tonys Frage im Raum stehen. „Waren Sie erfolgreich?"

Er scheint den Wink zu verstehen, setzt die professionelle Polizistenmiene auf. Das menschliche Aufblitzen verschwindet aus Tony Yamamotos Gesicht.

„Ja", sagt er. „Ich habe die Kollegin von Frau Neidhart doch noch gefunden. Sie ist schon auf dem Weg."

„Gut", sage ich. „Dann müssen wir nun auf die Ergebnisse warten."

„Sie wollen nicht bei der Obduktion dabei sein?"

„Nein", sage ich. „Nein, für den Moment habe ich genug davon. Ich denke, ich vertraue Marie das an. Sie wird alles finden, was wichtig ist, und das Richtige tun."

„Was ist denn das Richtige?", fragt Tony.

„Keine Ahnung", sage ich. „Das kommt immer darauf an. Im Augenblick wäre das Richtige, einen verdammt guten Kaffee aufzutreiben."

Tony blinzelt. „Sie sind wirklich komisch, Nessa."

„Weil ich Kaffee will?"

„Weil Sie beim Gespräch über die Obduktion einer möglicherweise durch einen Mord getötete Frau auf diese Idee kommen."

Ich zucke mit den Schultern. „Also?"

„Also was?"

„Kaffee?", antworte ich und schwenke demonstrativ den halb leeren Kaffeebecher.

Tony bewegt den Kopf von rechts nach links. „Wie können Sie jetzt daran denken?"

„Nun, dieser Kaffee war grausig."

Tony stößt hörbar Luft durch die Nase aus. „Hm, immerhin haben Sie diesen schon gefunden."

„Ja", sage ich. „Möchten Sie auch einen?"

Tonys Grimasse verrät, dass er über einschlägige Erfahrungen mit dieser Teufelsbrühe verfügen muss, und enthüllt, wie mies dieser Kaffee hier wirklich ist.

„Nein", sagt er. „Danke, aber nein danke.

„Ist auch besser", sage ich. „Er ist furchtbar."

Tony lächelt flüchtig, legt die Stirn in Falten. „Mir steht der Sinn auch gar nicht nach Kaffee oder Frühstück. Wenn das wahr ist, was Sie vermuten …"

„Tja“, sage ich.

„… müssen wir das den Kollegen mitteilen.“

„Nein“, sage ich. „Nein, noch nicht.“

„Wieso?“, fragt Tony. Seine Stimme ist schlagartig eine Nuance lauter. Er blickt über die Schulter. „Wieso?“, fragt er, dieses Mal leiser.

„Es ist noch nicht so weit“, sage ich mit einem Schulterzucken.

„Die anderen müssen das wissen“, sagt er.

„Noch nicht, Tony.“

„Wenn Ihre Theorie stimmt und wir diesen Täter nicht finden und stoppen, wird er weitertöten und immer weitermachen“, sagt er. „Das waren Ihre Worte, Nessa.“

„Ich weiß. Sein Hunger wird nicht aufhören. Im wahrsten Sinne.“

Tony verzieht das Gesicht. „Das ist widerwärtig.“

„Ja“, sage ich, „aber nachvollziehbar. Essen und Sex. Das sind uralte Triebe, nicht wahr? Sein Hunger hört nicht auf. Mit oder ohne Kaffee, ich muss einen Anruf machen, und ich brauche ein Frühstück.“

„Wen wollen Sie anrufen?“

„Das BKA hat Zugriff auf Dinge, die sonst im Verborgenen bleiben. Ich denke, es ist besser, wenn Sie nicht alles wissen, Tony.“

„Ich verstehe diese Heimlichtuerei nicht.“

„Das ist es nicht“, sage ich und fahre mir durchs Haar.

„Was ist es sonst?“, fragt er.

„Es gibt zu viele Unbekannte in der Gleichung“, antworte ich. „Im Moment sind alles höchstens Indizien. Vage Hinweise und Vermutungen. Was, wenn ich mich irre?“

Tony runzelt die Stirn. „Sie irren sich?“

„Ab und an“, sage ich und lächle. „Ist nur menschlich, oder nicht?“

Tony seufzt tief, dann tut er es noch einmal, als ob das Gewicht der Welt auf seinen Schultern lastet.

„Was ist los?“, frage ich.

„Nichts weiter“, sagt er. „Ihre Methoden sind sonderbar. Ich durchschaue Sie nicht, und das wurmt mich.“

„Darum bin ich hier“, sage ich.

„Wie meinen Sie das?“, fragt er.

„Weil ich sonderbar bin“, sage ich. „Ich tue die Dinge, die sonst kaum einer tut. Manchmal hilft das. Sie sollten nicht so viel über mich nachdenken. Denken Sie lieber über den Fall nach.“

„Sie haben recht“, sagt Tony. „Verdammt, Nessa, Sie haben recht.“

„Wissen Sie, was mir Kummer macht?“, frage ich, ohne auf eine Antwort zu warten. „Das Zeitfenster. Wir wissen nicht, wieso er Sandra Lauen nicht getötet hat, oder?“

„Nein“, sagt Tony. „Aber wir wissen ungefähr, wann er sie unter seine Kontrolle gebracht und wann er sie ausgesetzt hat.“

„Beinahe“, sage ich. „Das war vermutlich der Zeitpunkt, als er sie eigentlich töten wollte, und aus irgendwelchen Gründen – warum auch immer – hat er es nicht getan. Wir wissen also in etwa, wie lange er die Frauen behält.“

„Stimmt“, sagt Tony.

„Und was wissen wir nicht?“

Tonys Augen weiten sich ein wenig. „Wann er wieder zuschlägt.“

„Genau", sage ich. „Da sein letztes Unterfangen fehlschlug, nehme ich an, er steht unter Druck. Ich glaube, er schlägt eher früher als später zu."

„Ich lasse noch einmal genauer nachhaken wegen der Vermisstenmeldungen in einem größeren Umkreis", sagt Tony. Seine Augäpfel wandern in den Höhlen von links nach rechts und wieder zurück. „Die Frauen ähneln sich in Größe, Gewicht, Statur, oder nicht?"

„Sehr gut", sage ich. „Und jetzt lassen Sie mich einen Moment allein, damit ich telefonieren kann. Und danach gehen wir los und besorgen richtigen Kaffee."

## Kapitel 25

Tony Yamamoto führt uns in ein kleines Lokal, das außerhalb der Stadt liegt, unmittelbar an der Bundesstraße, auf halbem Weg zum Dorf. Von außen wirkt es amerikanisch, wie ein kleiner Diner, irgendwo abseits der großen Straßen, der wunderbar in eine beliebige Folge irgendeiner amerikanischen Krimiserie rund um ein Team wahnsinnig genialer Profiler passen würde.

Ein Glöckchen kündet unser Eintreten in den Gastraum an, was nicht unbedingt nötig ist, denn der Raum ist überschaubar, schwach besetzt. Das ist das Personal offenkundig auch. Eine einzelne Frau in den Vierzigern, die älter wirkt, als sie ist, und in den Neunzigern stecken geblieben scheint, und wahrscheinlich jemand in der Küche. Durch eine halb offene Tür sind Zischen, Brutzeln, Kochgeräusche hörbar.

Wärme strömt uns entgegen. Vor allem steigt mir der Geruch in die Nase. Brötchen, gebratene Eier und Kaffee. Guter Kaffee. Eine willkommene Abwechslung.

Allerdings steht mir der Sinn nach etwas anderem. Ich bin wirklich hungrig, bestelle neben Kaffee eine doppelte Portion Pfannkuchen.

Tony schießt mir einen schrägen Blick zu, bestellt seinerseits einen Kaffee.

Die Bedienung nickt freundlich, dennoch distanziert.

An zwei, drei Tischen sitzen jeweils ein, zwei Personen. Gedämpfte Unterhaltung, Murmeln. Jeder ist mit sich beschäftigt.

Wir suchen einen Tisch, nah am Fenster, nehmen Platz.

Der Gastraum wirkt, von Coca-Cola-Plakat und American-Burger-Werbung abgesehen, ganz und gar nicht amerikanisch. Eher urig. Grobe Holzbalken. Landschaftsfotos aus der Gegend.

Tische und Stühle aus mittelhellem Kiefernholz mit Bezügen, die wohl ebenfalls aus den Neunzigern stammen.

Tony lacht in sich hinein, nachdem die Kellnerin den Kaffee gebracht hat.

„Was?", frage ich.

Er nippt an seinem Kaffee. Ich warte. Der Dampf steigt von der Tasse auf, der Geruch wird intensiver. Ich atme ihn ein, sauge ihn auf. Immer noch steckt mir der Geruch von Formaldehyd und toten Körpern in der Nase.

„Pfannkuchen und gleich eine doppelte Portion?", fragt Tony. Er wirkt belustigt, vielleicht zum ersten Mal an diesem Tag.

„Und?" Ich zucke mit den Schultern. „Ich hatte über Pommes frites nachgedacht."

„Cholesterin und so?" Er nimmt einen weiteren Schluck aus seiner Tasse.

Jetzt wage ich auch das Abenteuer. Der Kaffee ist heiß, zu heiß, aber gut, wenn man ihn mit der Brühe in der Dienststelle vergleicht.

„Machen Sie sich keine Gedanken darum, Nessa? Sie müssen jede Menge Sport treiben, wenn Sie bei dieser Ernährung Ihr Gewicht halten können."

Ich atme tief ein, trinke noch einen Schluck Kaffee, stelle die Tasse ab und stütze die Ellenbogen auf den Tisch. „Nein, eigentlich nicht. Ab und an gehe ich laufen. Weniger wegen der Fitness oder der Figur. Vielmehr, um den Kopf freizukriegen."

„Hm." Tony schmunzelt und zieht die linke Braue hoch. Genau die gleiche Mimik, die Marie zuvor gezeigt hat. Bislang hatte ich das an ihm noch nicht bemerkt.

Körpersprache ist ein mieser Verräter.

Ich verkneife mir einen Kommentar. Stattdessen lege ich mir die flache Hand auf den Bauch. „Verdammt, ich habe wirklich Hunger."

Wie aufs Stichwort antwortet mein Magen mit einem vernehmlichen Knurren.

Das Glöckchen am Eingang bimmelt. Ich sitze mit dem Rücken zur Tür, kann den Ankömmling nicht sehen. Doch etwas in Tonys Miene verändert sich. Der Zug um den Mund wird hart, die Lippen schmal. Sein Blick ist sofort starr und kalt.

Sicher einer der Kollegen. Und so ist es auch.

„Ah, Wolf", höre ich in meinem Rücken. Das muss der Lange sein. Die Stimme ist dürr und ausgemergelt wie der Typ selbst. Ein seltsamer Anblick. Hieß der Typ Koch oder Sauer? Mit den Spitznamen wäre das nicht passiert.

Ich drehe mich auf meinem Stuhl herum, schaue den Mann fragend an.

Er grinst unsicher. Vielleicht versucht er sich an einem freundlichen Lächeln. Vergeblich.

„Ja?“

Der Blick des Mannes zuckt zwischen mir und Tony hin und her. Wäre er ein Verdächtiger, würde ich sagen, er hat etwas zu verbergen.

„Nun“, setzt er an, „Jäger sagt, Ihr Raum sei fertig.“

„Gut“, sage ich. „Ich brauche alles zum Fall dort. Jedes Bild. Einfach alles.“

Er stiert mich an. Dann zuckt er mit den Schultern und schiebt die Hände in die Hosentaschen. „Sagen Sie das dem Alten. Der sucht Sie eh schon und fragt sich, wo Sie stecken.“

„Das können Sie ihm ja sagen. Ich stecke hier, wie Sie sehen. Wir warten auf die Ergebnisse der Obduktion.“

Er zuckt wieder mit der Schulter, dieses Mal mit der linken. „Das ist mir gerade ziemlich egal. Ich werde auch erst mal frühstücken.“

Sehr gut. Er ist nicht nur dumm, sondern auch ein Arschloch.

Er schenkt mir und Tony argwöhnische Blicke und macht sich auf, schlendert zur Theke, um seine Bestellung aufzugeben.

Immerhin macht er keine Anstalten, sich zu uns zu setzen.

„Warum tun Sie das eigentlich?“, fragt Tony. Seine Finger streichen über den Rand der Kaffeetasse. Vor und zurück. Mit dem Uhrzeigersinn. Gegen den Uhrzeigersinn.

Ich trinke einen Schluck. Allmählich ist der Kaffee trinkbar, ohne sich Zunge und Gaumen zu verbrennen. „Was meinen Sie?“

„Dieses Gegeneinander. Diese Reibung. Das Ringen mit den Kollegen.“

„Das fragen Sie mich, Tony?“ Ich lache. „Gerade habe ich gar nichts getan. Ihr Freund da hat sich wie ein Arschloch aufgeführt. Das war nicht meine Entscheidung.“

„Er ist nicht mein Freund.“

„Ich weiß“, sage ich.

Tonys Mundwinkel zucken. „Es ist nicht nur das, Nessa.“

Ich neige den Kopf. „Ich weiß nicht, was Sie meinen oder worauf Sie hinauswollen.“

„Diese Heimlichtuerei. Sie wollen einen eigenen Raum, führen eigene Ermittlungen. Sie teilen Ihre Informationen nicht. Und da wundern Sie sich, dass sich die Leute wie Arschlöcher verhalten?“

„Er ist ein Arschloch, oder nicht?“

Tony hebt die Schultern, lässt sie sinken. „Mag sein. Aber er ist auch ein Kollege.“

„Und das zählt?“

Kein Zögern. Tony nickt. „Das zählt. Sie könnten wenigstens anfangen, sie so weit zu respektieren, auf diese Namen zu verzichten.“

„Namen?“

„Jesus, Nessa, Sie wissen, was ich meine. Heckler und Koch. Oder Sig und Sauer.“

„Das habe ich schon.“ Ich genehmige mir den letzten Schluck Kaffee. „Oder etwa nicht?“

Tony verschränkt die Hände ineinander. „Sie sind hier bald wieder verschwunden, Nessa, doch Sie hinterlassen einen Kriegsschauplatz. Sie tragen das alles mit sich herum, die ganzen Vermutungen und Hinweise, und behalten sie für sich. So geht es nicht weiter. Irgendwann müssen Sie mal jemandem vertrauen.“

„Gut, teilen wir unsere Informationen. Reden wir darüber."

Ehe Tony antworten kann, tritt die Kellnerin mit den Tellern an den Tisch. Der süße Geruch von Pfannkuchen lässt mir das Wasser im Mund zusammenlaufen.

Tony bestellt einen weiteren Kaffee. Essen will er offenbar nichts. Den fragenden Blick der Kellnerin, der erst meine leere Tasse, danach mich trifft, beantworte ich mit einem Nicken. Manchmal kann Kommunikation so einfach sein.

Jedenfalls wenn beide wissen, was sie wollen.

Tony schweigt. Er nimmt einen Schluck Kaffee, dann noch einen.

Ich nutze die Gelegenheit und widme mich meinen Pfannkuchen.

Zwei, drei Minuten vergehen. Ich schiebe mir eine letzte Gabelladung in den Mund, trinke einen Schluck Kaffee. Die Tasse ist schon wieder fast leer.

„Wir sollten uns um den Fall kümmern", sagt Tony abrupt.

„Ja. Der Mann, den wir suchen, ist zwischen fünfunddreißig und fünfundvierzig Jahren alt. Er ist diszipliniert und ordentlich. Irgendetwas setzt ihn unter Druck, lässt ihn die Kontrolle verlieren. Irgendetwas oder irgendwer."

„Wow", sagt Tony. „Das wissen Sie alles aus den wenigen Hinweisen?"

„Hinweise, Erfahrung, Statistik. Das ist alles zu vage. Wissen wäre zu viel gesagt. Es ist zu viel Spekulation. Alles hypothetisch. Im Augenblick ist das Küchentischpsychologie."

„Sie glauben, dass er Sandra Lauen nicht getötet hat, weil er die Kontrolle verliert?"

„Ja, auf jeden Fall. Die Frage, die sich stellt, ist, ob es das besser macht."

„Wenn Serienmörder die Kontrolle verlieren, neigen sie nicht eher dazu, mehr zu töten, anstatt nicht zu töten?" Tony stiert ins Leere. „Die Frage ist, ob sein Verhalten es besser macht, sagen Sie. Die Frage ist eigentlich, ob es das nicht schlimmer macht, richtig?"

„Richtig."

Er schweigt. Schließlich öffnet er den Mund, strafft die Schultern. „Was oder vor allem wer könnte auf einen Mörder Druck ausüben?"

„So einiges", sage ich, „Sie würden sich wundern, Tony. Zuerst mal sein Trieb oder die Ermittlungen. Das sind nur wenige Beispiele."

„Wir sind nicht besonders weit mit den Ermittlungen."

„Nein", entgegne ich, „das nicht, es könnten auch andere, äußere Zwänge sein. Eine wichtige Bezugsperson beispielsweise. Eine Mutter oder Abhängigkeiten. Wie gesagt, da wäre so einiges möglich."

„Wollen Sie das nicht endlich im Team besprechen, Nessa?"

Ich lächle grimmig. „Was für ein Team? Ihre Leute? Typen wie dieser Kerl da drüben? Ich werde das mit Kern diskutieren, sobald es geht. Alle anderen müssen warten."

„Er heißt Sauer", sagt Tony. „Und er mag ein Arschloch und ein Idiot sein, aber er ist ein Kollege. Mein Kollege. Er tut einfach, was er kann. Außerdem ist sein Vater irgendwo ein hohes Tier."

„Meinetwegen."

„Sie sind manchmal ganz schön ätzend, wissen Sie das?"

„Ja", sage ich. „Das habe ich schon ein paarmal gehört."

„Warum ändern Sie es dann nicht?"

Ich trinke einen Schluck Kaffee. Das heißt, ich versuche es, denn die Tasse ist leer. „Bisher fahre ich damit sehr gut. Meine Aufklärungsquote ist überdurchschnittlich. Das ist, was für mich zählt. Ich bin nicht hier, um mir Freunde zu machen."

Tony beißt die Kiefer aufeinander. Das Zucken der Muskulatur unter der Haut ist sichtbar. Er schweigt. Hält irgendetwas zurück. Er schüttelt den Kopf.

Ich beuge mich nach vorne, dichter über die Tischplatte. „Wenn ich ein wirklich guter Teamplayer wäre, Tony, wäre ich nicht hier. Ich säße in irgendeinem netten Büro irgendwo beim BKA. Im Warmen. Aber ich bin hier. Bei Ihnen. Mitten in dem ganzen Dreck. Dem Tod, den Leichen. Ganz nah an der Verzweiflung, der Angst und dem Schmerz. Ich enthalte Ihren Kollegen nichts vor, Tony. Ich beschütze sie."

Er blinzelt, runzelt die Stirn. „Beschützen? Wovor denn?"

„Vor Fehlern. Vor falschen Rückschlüssen." Ich stelle die Tasse ab. „Es ist noch zu früh. Ich weiß, dass ich den Bogen gelegentlich überspanne."

Tony schweigt. Er will etwas sagen. Bevor er seine Meinung ändern kann, klingelt mein Telefon.

Ich hole das Gerät aus der Tasche, das Display zeigt Maries Nummer an.

Flüchtig blicke ich auf. „Es ist Marie."

„Wow", sagt er. Begeisterung klingt nicht in seiner Stimme durch, bloß Erstaunen. „Das ging schnell."

„Ja", sage ich abwesend und nehme den Anruf an. „Hallo, Marie, was haben Sie für uns?"

Marie-Theres Neidhart verschwendet keine Zeit. Sie teilt mir in kurzen, schnellen Sätzen ihre bisherigen Erkenntnisse mit, die meine Vermutungen zu bestätigen scheinen. Und die Befürchtungen.

Ich höre zu, nicke und vergesse dabei, dass sie es nicht sehen kann. Doch das spielt keine Rolle. Sie hält sich nicht mit mir auf. Kein Bullshit, nur die Fakten.

Die wichtigen Dinge.

Die sind besorgniserregend genug.

„Haben Sie Hunger?", frage ich, als Marie ihren Bericht beendet und Luft holt.

Sie lächelt. Ich kann es durch die Leitung hören, sogar spüren, auch wenn ich es nicht sehen kann. „Sie haben einen seltsamen Humor. Das wissen Sie, oder?"

„Ich habe gar keinen Humor", sage ich. „Essen ist wichtig."

„Ja", sagt sie. „Das sieht der Kerl, den Sie suchen, auch so. Aber ich bin tatsächlich hungrig."

„Gut", sage ich. „Ich bringe Ihnen etwas mit."

„Danke. Ich schicke Ihnen eine Nachricht mit meiner Bestellung."

Ich beende das Gespräch, lege das Smartphone auf den Tisch, atme tief durch.

„Das wird Ihnen nicht gefallen, Tony", sage ich. „Und Ihrem Chef auch nicht."

Fast scheint es, als leuchteten Fragezeichen in seinen Augen auf. Vielleicht ist es nur glühende Neugier.

„Was ist los?", fragt Tony. „Nessa, verdammt, Sie machen mich irre. Reden Sie schon!"

# Kapitel 26

Es sind dieselben niedrigen und flachen Gänge, die wir gefühlt eben erst passiert haben. Schnelle Schritte, die dumpf widerhallen, als würden wir durch einen Bunker marschieren.

Die Tüte mit dem Essen für Marie halte ich mit beiden Händen vor der Brust. Der Geruch übertüncht ein wenig den der Rechtsmedizin, macht schon wieder hungrig.

Ich habe nicht schlecht gestaunt, als ich ihre Bestellung auf meinem Smartphone gelesen habe. Keine Ahnung, wo eine so kleine Person all das Zeug hinsteckt. Wenn es sie glücklich macht und bei Laune hält, soll das nicht mein Problem sein.

Ein doppelter Cheeseburger, Pommes frites und eine große Portion Vanilleeis. Auf den Käse könnte ich verzichten, aber, verdammt, das Eis weckt Neid in mir. Die Bedienung hat keine Regung gezeigt, auch Tony Yamamoto hat sich kaum gewundert, nur den Kopf geschüttelt und eine Braue hochgezogen. Die linke, wie Marie es meist tut.

Die nimmt uns vor der Tür zu dem Obduktionsraum in Empfang, reißt mir die Tüte aus der Hand und auf.

Marie seufzt, beißt herzhaft in den Burger.

„Gut?“, frage ich.

Sie nickt und kaut und beißt noch einmal ab. Ein paar Sekunden vergehen. Allein das Kaugeräusch ist hörbar.

Tonys Ungeduld und vielleicht auch meine eigene liegen fast spürbar wie feiner Dunst an einem kühlen Herbstmorgen in der Luft.

Marie schluckt, zeigt mit der freien Hand wedelnd auf ihren Mund.

„Moment“, bringt sie hervor, ehe sie einen letzten Bissen Cheeseburger verzehrt. Dann lächelt sie. Kurz, flüchtig. „Es könnte stimmen. Ihr Verdacht, Nessa. Es könnte ums Essen gehen.“

Unwillkürlich schaue ich mich um, den Gang entlang nach unten und nach oben. Niemand zu sehen. Dennoch bin ich unruhig.

„Weiter?“, frage ich.

Marie hat meine Reaktion bemerkt, stopft mit einem sehnsuchtsvollen Ausdruck die angefangene Portion Fritten und das Eis zurück in die Tüte. „Reden wir drinnen.“

Tonys Schweigen ist genug, um zu erkennen, dass auch er nicht begeistert davon ist.

Im Obduktionsraum drängt sich mir ein noch stärkerer Geruch nach Formaldehyd, Desinfektion, Fleisch und Fäulnis auf. Ein seltsames, krudes Gemisch, das jeden Appetit verdirbt.

Ein schlaksiger junger Mann steht an einem Waschbecken und reinigt Instrumente, ehe er sie in einen Automaten steckt, der an eine futuristisch anmutende Spülmaschine erinnert. Der Mann ist unter dreißig, kurzes braunes Haar. Er nickt uns zu, wendet sich wieder seiner Arbeit zu.

Tony und ich tauschen einen Blick, der Marie nicht entgeht.

„Daniel, kannst du mal kurz ins Lager gehen und checken, ob noch ausreichend Handschuhe vorhanden sind?"

Der Mann erwidert Maries zuckersüßes Lächeln, nickt erneut. Die Tür fällt hinter ihm ins Schloss. Schritte vor der Tür.

Stille.

Die Leiche auf dem Tisch ist abgedeckt, das Tuch reicht bis knapp unters Kinn. Die Art und Weise, wie das Tuch über dem Körper verläuft, zeigt mir, dass Marie noch nicht fertig ist mit ihrer Arbeit.

Marie seufzt, nimmt ein Schreibbrett mit großer Metallklammer am oberen Ende von einem der Unterschränke an der Seite. „Ich habe mir ein paar der Notizen vom Tonband abgeschrieben. Der vollständige Bericht kommt noch."

Ich lächle Marie flüchtig zu. „Danke."

Sie nickt abwesend. „Ich versuche gerade, sie anhand der Zahnarztunterlagen zu identifizieren, noch gibt es kein Ergebnis. Sie ist entweder nicht von hier, oder sie war nicht beim Zahnarzt, was unwahrscheinlich ist. Ihr Gebiss ist gut erhalten. Also suchen wir in einem größeren Radius."

Ich nicke, streife Tony mit einem Seitenblick. Er lehnt an der Wand, lauscht Maries Ausführungen und beobachtet jede ihrer Bewegungen.

Marie streicht sich eine widerspenstige Strähne hinters Ohr. „Ich habe Einstichstellen gefunden."

„Ein Junkie?", fragt Tony.

Marie zieht eine Grimasse, die alles und nichts bedeuten könnte, und schüttelt den Kopf. „Es sieht eher so aus, dass es jemand anders war. Außerdem war sie nicht völlig zerstochen. Soweit zu beurteilen, waren ihre Venen in einem guten Zustand. Bis auf diese Einstichstellen, die ihr vermutlich kurz vor ihrem Tod zugefügt wurden."

Mein Telefon vibriert in der Tasche. Ich ziehe es hervor. Eine mir unbekannte Handynummer. Ich runzle die Stirn, starre auf das Display. In der Stille des Raums wirkt das Vibrieren penetrant. Nach fünf Sekunden wische ich mit dem Zeigefinger über die rote Fläche.

Ablehnen.

„Sorry." Ich nicke. „Was denken Sie, Tony?"

Er wiegt den Kopf hin und her. „Vielleicht hat jemand sie unter Drogen gesetzt."

„Ja", sage ich. „Oder sie war in ärztlicher Behandlung." Ich sehe Marie an. „Todeszeitpunkt?"

Sie bläst die Wangen auf. „Schwer zu sagen. Sechs Monate. Vielleicht ein Jahr. Vielleicht länger. Nageln Sie mich nicht darauf fest."

„Hm", mache ich, gebe ein leises Schmatzen von mir. „Das ist alles etwas dünn."

Marie öffnet ihren Pferdeschwanz, schüttelt das Haar aus, fährt mit den Fingern hindurch und bindet es erneut zusammen.

„Ja", sagt sie gedehnt. „Ich weiß, ich habe getan, was ich konnte, und", ihr Blick wandert hinüber zum Obduktionstisch, „ich bin noch nicht fertig."

Ich lächle und winke ab. „Kein Ding. Sollte keine Kritik sein."

„Es klingt makaber", sagt Marie, „aber eigentlich wäre eine Art Vergleich nicht schlecht."

Ich nicke. „Ich weiß, und vermutlich stehen die Chancen nicht schlecht, dass das eher früher als später eintritt."

Tony räuspert sich, runzelt die Stirn und sieht von Marie zu mir, schließlich wieder zu Marie.

„Moment", sagt er und hebt die Linke. „Heißt das …? Sie reden nicht wirklich über …?"

„Doch", entgegne ich. „Wir reden über eine weitere Leiche."

Die Stille senkt sich von der niedrigen Decke herab. Fast ist es, als bedeckte das Tuch, das über der toten Frau ausgebreitet ist, den gesamten Raum. Uns alle.

Es ist Tonys Telefon, das mit seinem Klingeln Schweigen und die Stille bricht.

Er zieht es hervor, blickt auf das Display, schüttelt den Kopf. „Entschuldigung."

Der harte Zug um seinen Mund ist wieder da. Stirnfalten zeigen sich und werden tiefer.

Ich vermute, meine vage Voraussage bestätigt sich.

Tony nickt, antwortet mit „Ja" und beendet das kurze Gespräch.

Jetzt wirkt sogar er bleich, fahl, als hätte jemand oder etwas die ganze Farbe herausgesogen. Das helle Licht im Obduktionsraum verstärkt den Eindruck.

Tony lässt die Hand mit dem Telefon sinken.

Seine Stimme klingt belegt, fast heiser. „Sie hatten recht, Nessa."

Stummes Nicken. „Eine weitere Leiche?"

Er schluckt schwer. „Nicht ganz. Hände. Zwei abgetrennte Hände."

# Kapitel 27

Immer wenn es in diesen verdammten Wald geht, beschleicht mich das Gefühl, dass es noch kälter und nasser ist als beim letzten Mal.

Es regnet nicht. Das ist wenigstens etwas. Stattdessen hängt dichter Dunst zwischen den Bäumen. Gerade ist es fast windstill. Dennoch ist es kalt.

Zu kalt für die Jahreszeit. Zu kalt für meinen Geschmack.

Marie-Theres Neidhart begleitet Tony Yamamoto und mich. Sie seufzt. „Kaum zu glauben, dass diese Gegend zu anderen Zeiten Touristen anzieht.“

Eine Antwort verkneife ich mir, fange stattdessen Tonys Seitenblick auf.

Marie jammert nicht. Genau genommen sagt sie nichts mehr, bis wir an der abgesperrten Fundstelle eintreffen.

Sie liegt tiefer im Wald, hinter niedrigen Büschen und Sträuchern. Dennoch herrscht die gleiche Betriebsamkeit.

Die gleichen Gesichter, die gleichen Routinen. Die gleichen Absperrbänder, die sich in der klammen Luft kaum bewegen.

Marie streift sich Latexhandschuhe über. Die örtlichen Ermittler, Beamten und jeder, der hier irgendetwas zu tun hat oder glaubt, seine Anwesenheit wäre von Bedeutung, starren sie an.

Marie grinst. „Was für ein Einstand, wie? Die gucken mich an, als hätten sie Angst vor einer Prostatauntersuchung."

Sie bringt mich zum Schmunzeln. Ich schaue zu Boden, damit es niemand bemerkt.

An vorderster Front lenkt einmal mehr ein Mann das Geschehen, zumindest bildet er sich das ein. Er dirigiert, gestikuliert und steht im Weg herum, bis er mich bemerkt – Jäger.

Das übliche Geschwätz sparen wir uns, tauschen die nötigsten Informationen aus.

Die Unterhaltung ist kühl wie das Wetter. Was bleibt, sind die Blicke, die nun vor allem die junge Rechtsmedizinerin treffen.

Irgendwo bin ich dankbar, dass die Aufmerksamkeit nicht mir gilt.

Vielleicht gaffen sie auch, weil Marie eine attraktive Frau ist. Vielleicht aus beiderlei Gründen.

Marie kümmert das nicht. Sie fixiert stur die dunkelblaue Plastiktüte, die in einer flachen Senke liegt.

Hier wurde erst kürzlich gegraben, die Spuren sind deutlich sichtbar. Frische Erde wurde aufgeworfen. Es sieht nicht aus, als hätte hier ein Mensch gegraben. Nicht so, als hätte jemand Werkzeuge, Spaten oder Schaufel etwa, benutzt.

Vielmehr wirkt es, als hätte ein Schwein in seiner Suhle gewühlt.

„Ist die Spurensicherung mit der Tüte fertig?", fragt Marie.

Jäger nickt. „Äußerlich ja."

„In Ordnung", sagt Marie. „Sehen wir mal."

Ohne viel Aufhebens öffnet sie die Tüte. Der Geruch, der daraus hochsteigt, ist um einiges schlimmer als bei der

Wachsleiche. Faules Fleisch, das zu lange in einem kaputten Kühlschrank gelegen hat.

Marie verzieht keine Miene. Ich reiße mich zusammen. Wenn ich ehrlich bin, möchte mein Magen das Frühstück wieder loswerden. Tony sieht nicht viel besser aus.

Marie atmet ein und aus, presst die Lippen aufeinander und zieht ihre Brauen zusammen. Sie betrachtet die eine Hand, dann die andere.

„Zwei verschiedene", sagt Marie. „Also von zwei verschiedenen Personen."

„Das sehen Sie so schnell?", fragt Tony.

Marie hält die abgetrennten Hände hoch. „Ich habe hier zwei linke Hände, wie es aussieht, und das sind nicht meine."

„Oh." Tony blinzelt. Fünf oder sechs Sekunden lang stiert er auf die Hände. „Scheiße. Verfluchte Scheiße!"

„Allerdings", sagt Marie. „Das wirft neue Fragen auf."

Tony stößt hörbar Luft aus. „Wo sind die anderen beiden?"

„Und was ist mit dem Rest passiert?", frage ich.

Marie ist auf die Fundstücke konzentriert. „Die müssen schleunigst in die Rechtsmedizin. Hier draußen kann ich nicht viel tun. Vielleicht haben wir Glück und können die Fingerabdrücke zuordnen. Es sieht aus, als wären sie gut genug erhalten."

„Wie lange?", frage ich.

„Was?" Marie legt den Kopf schief. „Wie lange ich brauche? Oder wie lange die hier liegen?"

Ich lächle gequält. „Beides, Marie. Alles."

„Das dauert hoffentlich nicht lange. Wie lange sie hier liegen …" Sie hält inne, wirkt wie ein Schulmädchen beim Kopfrechnen. „Schwer zu sagen. Nicht so lange wie die

Wachsleiche. Aber sie sind schlechter erhalten. Außerdem können die nicht die ganze Zeit in dieser Tüte gelegen haben. Dann sähen sie noch schlechter aus. Irgendjemand muss sie erst kürzlich hineingepackt haben."

Ich sehe mich um, richte mich an Tony. „Einer von Ihren Leuten?"

Er übergeht den zugegebenermaßen unnötigen Seitenhieb. „Vielleicht. Denke nicht." Er nickt vage in Richtung eines alten Baums, auf dessen mächtigem Wurzelwerk ein schmaler, stiller Junge sitzt. „Wenn der da ist, weiß er sicher etwas, oder?"

Ich hatte ihn zuvor nicht bemerkt, weil ein Baum mitten in meinem Sichtfeld stand. Durch den anderen Winkel erkenne ich ihn. Es ist der Stille von den beiden Metaljungs.

Noch weiß ich nicht, was er hier tut. Ich denke, dass Tony recht hat. Mir schwant Übles, und der Blick, mit dem Jäger den Jungen bedenkt, ist unheilschwanger.

Der Fall nimmt eine ungute Wendung. Die Ermittlungen drohen in die falsche Richtung zu laufen.

Wenn Jägers blödsinnige Satanstheorie neues Futter bekommt, ist das schlecht.

Ich werde nach den Rudern greifen müssen und kräftig schlagen. Es wird harte Arbeit werden. Wie Radfahren. Bergauf. Eine Bergetappe. Tour de Force. Mit Gewichten an den Füßen.

Ich beuge mich zu Tony hinüber. „Ich will allein mit ihm reden."

Seine Augen flackern. Wie Feuer in einem Kamin, das nach frischen Scheiten greift. „Das wird Jäger nicht gefallen."

„Ich weiß“, flüstere ich zurück und lächle schmal. „Ihnen ja auch nicht. Aber das ist mir egal.“

Ich gehe auf den Jungen zu. Er wirkt verloren, was nicht am Wald oder dem großen Baum liegt, auf dessen Stamm er hockt und hastig raucht. Vielmehr scheint es am Umfeld zu liegen. Die hektischen Blicke des Jungen verfolgen jede Bewegung, jede Regung der Beamten, die am Fundort arbeiten. Er weiß nicht, was geschieht – und vor allem weiß er nicht, was ihm blüht.

Aus den Augenwinkeln sehe ich Jäger, dem Tony wohl gerade meinen Wunsch mitteilt.

Jäger wirkt, als könnte im nächsten Moment heißer Dampf aus den Ohren seines hochroten Schädels aufsteigen.

Ich fokussiere mich auf den Jungen, wobei Junge nicht ganz treffend erscheint. Soweit ich weiß, ist er volljährig, aber alles andere als erwachsen. Er könnte genauso gut dreizehn oder sechsundzwanzig sein.

Manche Menschen sind so. Jugendlich, jungenhaft, oft bis in ihre späteren Lebensjahrzehnte hinein.

Es ging mir auch lange so, dass ich jünger wirkte. Mit fünfzehn war das lästig. Mit zwanzig wurde es okay. Ab dreißig weiß man es zu schätzen. Bei mir hat es nicht lange genug angehalten.

Stress, häufige Reisen, zu viel Kaffee und zu wenig Schlaf, und irgendwann sah es beim Blick in den Spiegel aus, als könnte ich Nachtschattengewächse in meinen Augenringen züchten.

Irgendwann holt die Zeit jeden ein. Das Alter kriegt sie alle. Irgendwann.

„Hey“, sagt der Junge, ehe ich ihn erreiche. Seine Stimme klingt dünn, wie brüchiges Glas.

Immerhin spricht er überhaupt.

Das kann ein gutes Zeichen sein oder ein sehr schlechtes.

Ich schlendere die letzten zwei Meter zu ihm hinüber.

Er zieht hektisch an der Zigarette, klopft Asche ab und bläst Dunst in die Luft, weg von mir.

Ich nicke ihm zu, lasse mich mit einem halblauten Seufzer auf der Wurzel nieder. Es ist genug Platz für den Jungen und mich und eine halbe Armlänge Abstand.

„Wartest du auf jemanden?“, frage ich und bemühe mich, ruhig zu sprechen. Eigentlich ist das nicht meine Art. Normalerweise spreche ich schnell. Hier scheint das nicht angebracht. Hier erscheint mir die Aufgabe fast, ein rohes Ei zu pellen.

„Wollen Sie auch eine?“, entgegnet er und weist demonstrativ auf seinen Glimmstängel.

Ich lächle und schüttle den Kopf. „Danke, aber nein danke.“

„Hehe“, macht der Junge. Sein Lachen klingt heiser, nervös.

Ich kann mir gut vorstellen, dass ihn jemand für schuldig hält. Vielleicht ist er das auch, allerdings nicht an irgendwelchen Morden oder satanischen Ritualen oder was immer sich Jäger, Erlmann und Konsorten ausmalen.

Dennoch, der Kerl verbirgt etwas.

Ich kann es spüren.

Es ist fast wie ein Zaubertrick oder einer dieser verdammten Mentalistennummern. Gegenstände, die auf einem Tisch liegen, darüber ein dunkles Tuch. Dramatische Musik. Das Publikum hält den Atem an – und ich muss raten, was sich unter dem verdammten Tuch verbirgt.

„Kommt dein Vater hierher?“, frage ich. Im Prinzip ist das die gleiche Frage, ein wenig anders gestellt.

Der Junge blickt zu Boden, bläst Rauch aus dem Mundwinkel zur Seite aus, hustet. „Nein. Der hat zu tun. Der kommt safe nicht her. Und ehrlich? Besser ist das."

„Hm." Ich nicke. „Wie heißt du eigentlich?"

„Sven", antwortet er. „Sven Stiller."

„Echt jetzt?"

Er nickt. „Echt jetzt? Wieso?"

Ich zucke mit den Schultern. „Nur so."

„Ich habe Sie angerufen", sagt Sven. Abrupt. Als platzten die Worte aus ihm heraus. „Zwei Mal."

Und sie klingen irgendwie wie eine Anklage.

„Ja?" Ich ziehe mein Telefon hervor, sehe auf die Anrufliste und erinnere mich. Die unbekannte Nummer, als ich mit Tony und Marie im Obduktionsraum war. „Tut mir leid. Ich war beschäftigt. Was war denn?"

Sven stößt Luft durch die Nase aus, hebt die Hände an und macht eine Geste, die den ganzen Wald vor ihm einschließt. „Das hier?"

Ich warte wenige Herzschläge. Schweigen. Stille. Ich lasse ihnen den Raum. „Und da rufst du mich an?"

Er nickt. „Wen sonst? Jäger? Der hat mich eh auf dem Kieker. Das schien mir die beste Lösung. Sie haben uns neulich Ihre Nummer gegeben. Wirkten ganz okay. Und dann sind Sie nicht ans Telefon gegangen. Tja."

„Tja? Und dann?"

„Es hat mich jemand gesehen, schätze ich. Und der Scheiß hat angefangen."

„Wer hat dich gesehen?"

Sven zuckt mit den Schultern, legt den Kopf schief. „Keine Ahnung. Ist einfach eine Vermutung."

„Wo ist dein Kumpel?"

Wieder ein Schulterzucken. „Keinen Plan. Wir hatten Stress, schätze ich. Wegen so einer Sache."

„Wegen dem hier?", frage ich.

Er schüttelt den Kopf. „Nein, anderer Kram. Ist auch egal."

Ich nicke. „Und was ist passiert?"

Sven zieht eine Grimasse, lässt die Mundwinkel hängen. „Echt, keine Ahnung. Ich habe nur diese beschissenen Dinger gefunden."

„Die Hände?"

Er nickt.

„In der Plastiktüte?"

Sven hält inne, dreht langsam den Kopf. Er mustert mich, als wäre ich ein falscher Fünfziger und er der Verkäufer, dem jemand den Schein andrehen will.

Es vergeht eine halbe Minute.

Sven rutscht mit seinem Gesäß auf dem Baumstamm hin und her.

„Nicht so richtig", sagt er. Leise. Kaum hörbar.

„Sondern?" Ich schaue Sven direkt an, halte seinen Blick, und eine Weile hält er meinem stand.

Dann platzt die ganze hässliche Geschichte aus ihm heraus.

„Ich war neugierig", sagt er. „Ich wollte sie anfassen. Ich …" Seine Stimme stockt für den Bruchteil einer Sekunde. „Ich habe sie angefasst."

Ich nicke, lasse die Augen schweifen über die Bäume, ihre Wipfel, die im leicht auffrischenden Herbstwind schwanken. „Die Hände?"

Sven nickt.

„Du hast sie in die Tüte gepackt?"

Wieder ein Nicken.

„Warum?“, frage ich. „Wolltest du sie behalten? Oder wolltest du sie loswerden? Oder was war los?“

Er nickt, schüttelt den Kopf, schnieft und fährt sich über die Nase. „Ich weiß es nicht. Verdammt, beides irgendwie. Aber ich habe da nichts mit zu tun. Echt nicht.“

„Wo hast du die Hände gefunden?“

Er zeigt vage auf den abgesperrten Fundort. „Na, hier.“

„Und du hattest die Tüte dabei?“

„Nein“, sagt Sven zögerlich. „Ich bin noch mal zurückgekommen.“

Ich pfeife durch die Zähne. „Du hast die Hände gefunden, bist abgehauen und mit einer Tüte zurückgekehrt?“

Sven nickt kaum merklich.

„Und dann?“

„Keine Ahnung“, sagt er. „Ich war neugierig. Das Ganze ist voll abgefahren. Irgendwie schien es mir falsch. Da habe ich Sie angerufen. Verdammt, ich will nicht schon wieder Ärger haben.“

Ich ziehe eine Braue hoch. „Schon wieder?“

Sven nickt und zuckt zur selben Zeit mit den Schultern. Sein Blick ist zu Boden gerichtet. Ganz so, als lägen dort die Antworten auf alle Fragen und der Mut, der ihm fehlt. „Ich habe Medizin studiert. Da habe ich das gemerkt. Das …“

„Was?“, frage ich. „Interesse an Leichen?“

Er nickt zaghaft.

„Dein Interesse an toten Körpern?“ Ich fahre mir durchs Haar. „Bezieht sich das auf Menschen oder auf Tiere?“

Sven presst die Lippen aufeinander.

„Nur Menschen“, murmelt er endlich.

„Willst du ihnen auch wehtun?“

Sein Blick schimmert feucht. Er schüttelt den Kopf.

„Und Tieren? Willst du denen wehtun?“

Wieder ein Kopfschütteln, stärker, entschiedener. „Nein, verdammt, ich will nichts und niemandem wehtun. Es ist einfach so, ich mag das Gefühl. Das kalte …“

„Fleisch?“

Er nickt.

Ich atme in einem langen Zug ein und wieder aus. Einige Sekunden vergehen, in denen nur Stille und das Hintergrundrauschen am Fundort herrschen.

„Was ist das mit dir und deinem Studium?“, frage ich.

„Das ist vorbei.“ Sven zieht ein weiteres Mal an seiner Zigarette, die kaum mehr als ein Stummel und Asche ist. „Ich habe Ärger bekommen, mein Vater hat mich zurückgeholt. Wenn es nach ihm geht, übernehme ich das Familiengeschäft, jetzt wo ich kein Arzt mehr werden kann. Darauf habe ich keinen Bock.“

„Familiengeschäft?“

„Ja“, sagt er. „Die Pension. Die andere Pension. Sie wohnen ja im *Rosenhof*.“

Ich nicke. „Spricht sich schnell herum.“

„Ist ein kleiner Ort.“

„Ja“, sage ich. „Sieht so aus.“

„Früher gab es noch eine Pension. Die hat dichtgemacht. Hier ist ja eh nichts los. Deshalb habe ich auch keinen Bock, den Betrieb zu übernehmen. Ich habe da überhaupt keinen Nerv drauf.“

Ich lehne mich ein wenig nach hinten, spüre das kalte Holz durch Jacke und Pullover. „Worauf hast du Nerv?“

Sven zieht eine Grimasse, als müsste er das Gewicht von irgendetwas schätzen, von dem er keine Ahnung hat, wie schwer es ist.

„Irgendetwas", sagt er und zögert. „Bestatter vielleicht. Oder irgendetwas."

Ich reibe meinen Nasenrücken. „Bestatter?"

Er nickt, der Schimmer in seinen Augen hat sich verändert zu einem eigenartigen Glanz. „Ja, Bestatter."

„Okay", sage ich.

„Wieso? Ist das ein Problem?"

„Das weiß ich nicht, Sven. Sag du es mir."

Er zuckt einmal mehr mit den Schultern. Das scheint seine persönliche Geste und Antwort auf fast alle Lebensfragen zu sein. „Mein Vater ist ein Problem."

„Hm", mache ich gedehnt und richte den Blick auf Jäger, der wie ein Pfau durch die Gegend stolziert. „Du steckst in der Scheiße. Das weißt du, ja?"

„Ich weiß."

„Du musst ehrlich zu mir sein", sage ich. „Vielleicht kann ich dir so helfen."

„Ich habe Ihnen alles gesagt. Echt. Ich habe die Hände bloß gefunden."

„Und du hast sie angefasst."

Sven schlägt die Augen nieder und nickt.

Ich betrachte ihn. Das Häufchen Elend, das er ist. Nicht dass er bei unserer ersten Begegnung eine Ausgeburt an Selbstvertrauen gewesen wäre, doch jetzt ist er beinahe am Boden zerstört.

Ein Schuljunge, der beim Schwänzen erwischt wurde – oder beim Spannen auf dem Mädchenklo. Nichts Glorreiches, es ist falsch, nur umgebracht hat er niemanden. Und man kann zwar niemandem in den Kopf schauen, aber müsste ich heute die Prognose stellen, ich würde sagen, Sven ist kein Mörder.

„Okay“, sage ich.

„Sie glauben mir?“

# Kapitel 28

Der Raum, den sie mir gegeben haben, ist tatsächlich ein Kellerraum. Niedrige Decke, blanke Wände. Dicke Heizungsrohre und eine notdürftig verlegte kurzflorige Auslegware in Graubraun, die verdächtig nach einer Resterolle aus dem Teppichmarkt aussieht. Eine Elektroheizung sorgt leidlich für Wärme.

Das Ganze wirkt nicht gerade luxuriös. Dafür habe ich meine Ruhe und die Illusion von Abgeschiedenheit. Außerdem kann ich den Stuhl verrücken, ohne gegen die Tür zu stoßen oder im Regal zu sitzen. Mehr werde ich nicht bekommen. Die Whiteboards sind da, Stifte und vor allem jeder Schnipsel, der zum Fall gehört. Die Fakten sind vorhanden, und wenn sie auch dünn sind, sind sie es, die im Augenblick zählen.

Mein Laptop fehlt. Der ist in der Pension. Im *Rosenhof.*

Dann habe ich alles, was ich brauche. Abgesehen vielleicht von einem guten Kaffee.

Tony bleibt im Türrahmen stehen. Marie schiebt sich an ihm vorbei in den Raum, dreht sich einmal um sich selbst.

„Nett", sagt sie ausdruckslos. Kein Anflug von Ironie oder Sarkasmus erkennbar. Kein Zucken in der Miene. Würde

Marie eines Tages beschließen, einen Betrug oder Mord zu begehen, bin ich mir sicher, hätte jeder Ermittler ein Problem.

„Zufrieden?" Tony verschränkt die Arme.

Bei ihm ist das etwas anderes. Tony Yamamoto ist wie ein offenes Buch, aber es macht ihm nichts aus. Im Gegenteil, es macht ihn aus.

Ich übergehe den Tonfall, zucke mit den Schultern. „Passt."

„Fein", sagt er.

„Kommen Sie rein, Tony", sage ich im höflichsten Tonfall, zu dem ich imstande bin. „Schließen Sie die Tür."

Er tut es ohne Widerspruch, ohne erkennbaren Widerstand.

„Okay", sage ich, nachdem die Tür ins Schloss gefallen ist. „Diese Hände bringen uns nicht weiter, weil der Rest fehlt. Es sagt uns nichts über die Art der Tötung. Zurzeit wissen wir nicht einmal, ob derselbe Täter dahintersteckt."

Marie nickt. „Ich mache mich gleich an die Arbeit, wenn mich jemand zurück ins Krankenhaus fährt. Hier kann ich nichts tun. Wenn ich die Hände untersuche, kann ich vielleicht sagen, ob dasselbe Werkzeug benutzt wurde wie bei der gefundenen Leiche."

„Gut, ich muss wissen, wer sie ist. Jemand muss sich um die Fingerabdrücke kümmern. Vielleicht haben wir Glück. Wir müssen wissen, wo sie herkommt. Die Opfer sind im Moment der Schlüssel. Mehr haben wir nicht. Nicht, wenn Sandra Lauen nicht erwacht."

Tony verlagert das Gewicht von einem Bein aufs andere, lehnt an der kalkweißen Wand.

„Was ist?", frage ich.

Er runzelt die Stirn. „Mehrere Täter?"

Ich nicke. „Möglich, oder?“

„Hier? Bei uns?“

„Ja“, sage ich. „Hier. Monster gibt es überall. Manchmal wohnen sie nebenan. Manchmal auf beiden Seiten der Straße. Manchmal im eigenen Haus.“

Tony öffnet den Mund, hält inne, starrt mich an.

Ich halte seinen Blick.

Schließlich blinzelt er, schließt den Mund und nickt.

Keine Ahnung, was er sagen wollte. Vielleicht eine Anspielung auf meine Mutter. Vielleicht eine vorschnelle Bemerkung. Vielleicht … irgendetwas. Es tut nichts zur Sache.

Mein Hirn läuft schneller, als ich meinen Gedanken folgen kann. Manchmal fühle ich mich, als wäre mein Verstand nur der Schatten meiner Gedanken, die mir vorauseilen.

Es ist schwierig, sie zu fassen.

Mit den Daumen massiere ich meine Schläfen. Dumpfer Druck, leiser Schmerz. Vielleicht Stress, vielleicht mangelndes Koffein. Vielleicht alles zusammen.

„Mehrere Täter“, flüstere ich. „Mehrere Täter.“ Ich beginne, im Kreis durch den Raum zu laufen. Wie ein Tiger im Käfig. Bemerke es erst, als ich zum dritten oder vierten Mal an dem großen Whiteboard vorbeikomme.

„Nessa?“ Tonys Stimme dringt zu mir durch. „Alles okay?“

Ich blicke auf. Jetzt bin ich diejenige, die blinzelt. „Hm? Ich brauche eine verdammte Signatur.“

Marie nickt.

Mit gespreizten Fingern fahre ich mir durchs Haar. „Wir brauchen eine Tätersignatur. Eine Ordnung. Wir müssen wissen, welches Teil wohin gehört.“

„Im wahrsten Sinne …“, sagt Marie.

Ich ziehe mein Telefon aus der Tasche, wische über das Display, suche Kerns Nummer.

Tony sieht mich schräg an. „Was machen Sie?"

Ich hebe die freie Hand mit gestrecktem Zeigefinger. „Moment!"

Er schüttelt den Kopf.

Ich wende mich ab.

Seine Worte erreichen mich als Flüstern. „Mann, Nessa, können Sie sich vielleicht mal mitteilen? Hier arbeiten noch mehr Leute als Sie."

„Ich weiß", murmle ich und lausche dem Klingeln in der Leitung. Beim dritten nimmt jemand ab.

„Kern."

„Nessa Wolf", sage ich. „Harald, ich brauche Ihre Hilfe."

# Kapitel 29

Mein Kopf fährt Karussell. Ich muss meine Gedanken ordnen, dazu brauche ich einen ruhigen Ort.

Greife ich nach Strohhalmen?

Ich will nichts übersehen. Fehler sind inakzeptabel.

Sandra Lauen liegt still in ihrem Bett. Scheinbar seit Tagen unverändert. Fast wie eine lebensgroße Puppe, die irgendwer dort drapiert hat.

Die Jalousien sind hinuntergelassen, sperren Licht, Tag und Welt gleichermaßen aus. Das Leselicht am Kopf des Krankenbetts sorgt für mäßige Beleuchtung.

Die Apparate, die Sandra Lauens Vitalwerte überwachen und vielleicht das Einzige sind, das sie ans Leben binden, verrichten ihren Dienst. Sie blinken, leuchten und tun, was diese Instrumente tun. Wenigstens piepen sie nicht mehr. Irgendjemand hat sich als gnädig genug erwiesen, das andauernde Geräusch abzustellen.

Vielleicht war die Person genauso genervt. Vielleicht ist das Piepen nicht mehr so dringend. Vielleicht ein Zeichen, dass Hoffnung eben nicht das Letzte ist, das stirbt.

Tony lehnt an der Wand. Ich sehe ihn aus den Augenwinkeln, spüre aber die Angespanntheit, die wie ein Geist im Raum schwebt.

Ab und an geben Tonys Schuhe ein ledernes Knacken von sich, wenn er sein Gewicht verlagert.

Fünf Minuten sitze ich da. Lausche den Atemgeräuschen von Sandra Lauen und meinen eigenen. Dem Herzschlag.

Ist das Leben? Macht das Leben aus?

Ist das alles? Dieses zerbrechliche Ding?

Dennoch ist der Körper außerordentlich robust, wenn man bedenkt, was die Frau durchgemacht hat.

Trotzdem gibt sie nicht auf, klammert sich an diese Existenz. Oder kann sie nicht aufgeben? Was hält sie hier?

Sind es nur die Maschinen?

Ich betrachte meine Gedanken. Sehe sie wie auf einem Fließband, das zu schnell läuft, und suche verzweifelt nach einem Schalter, sie zu verlangsamen.

Not-Aus.

„Verdammt, Nessa", flüstert Tony. Seine Stimme klingt rau und belegt. Es ist dieses Flüstern, das man in einer Kirche hört, wenn jemand ein Kind ermahnt, weil es beim Gebet irgendwelche Dummheiten begeht. „Was machen wir hier eigentlich?"

Ich spüre meinem eigenen Atem nach.

Tony lässt nicht locker. „Jeder Depp hätte Marie-Theres Neidhart zurückfahren können. Wir müssen nicht hier sein. Wir sollten nicht hier sein. Wir haben Besseres zu tun."

Ein weiterer Atemzug, tief hinunter in den Bauch.

„Die anderen klopfen schon Sprüche über Sie, dass Sie nicht von der Stelle kommen. Und das trägt nicht gerade dazu bei, ihre Zweifel zu beseitigen."

Ich starre geradeaus.

„Nessa, verflucht, hören Sie überhaupt zu?"

„Denken Sie nicht, Tony, dass der Tod für Sandra Lauen gerechter wäre? Dass es besser wäre, sie wäre auf der Straße gestorben, als da zu liegen?"

Tony schiebt sich in mein Sichtfeld, tritt direkt vor mich. „Was geht überhaupt mit Ihnen ab?"

„Glauben Sie, dass der Tod fair ist?"

Tony verdreht die Augen. „Keine Ahnung. Ehrlich gesagt, stellt sich mir die Frage nicht. Sie liegt da, weil es irgendeinem psychopathischen Arschloch so gefallen hat, weiter nichts. Und wir müssen diesen Penner schnappen. Das ist alles. Es ist unser Job."

„Hm", mache ich. „Wie oft haben Sie schon in einer Situation wie dieser gesteckt? In solch einem Zimmer. Allein mit alldem. Den Geräuschen, den Maschinen. Der fremden Person, von der Sie nicht wissen, ob sie wieder erwacht. Dabei hängt so viel davon ab. Vielleicht alles. Vielleicht ist das die einzige Hoffnung."

„Wovon reden Sie?"

Ich stehe auf, schiebe mich an Tony vorbei, trete an das Fußende des Krankenbetts. Dann tue ich einen Schritt zur Seite, stehe unmittelbar vor den Apparaten.

Ich starre die Geräte an, folge mit den Augen den Schläuchen und Kabeln.

Tony atmet hörbar. Oder spüre ich seinen Atem in meinem Nacken?

Ich weiß es nicht.

„Nessa?"

Seine Stimme dringt aus weiter Ferne zu mir durch.

„Verdammt, was machen Sie da?“

Ich strecke die Hand aus, betrachte sie wie etwas Fremdes, das wie eine dunkle Wolke über der bewusstlosen Sandra Lauen schwebt.

„Drehen Sie jetzt durch, Nessa?“

Ich halte inne, lasse die Luft aus meinen Lungen entweichen. Meine Hand sinkt langsam herab. Ich blinzle, sehe zur Seite, betrachte Sandra Lauens Profil.

Sie ist keine schöne Frau. Nicht im objektiven Sinn. Nicht eben Filmstar-schön. Sie ist hübsch. Natürlich.

„Ich weiß es nicht“, flüstere ich.

Ich erwarte eine Erwiderung. Irgendetwas, das Tony sagt.

Das passiert nicht.

Die Tür öffnet sich. Für einen Moment dringt das Leben, das auf den Gängen herrscht, in das Patientenzimmer. Krankenhausleben, rege Betriebsamkeit, doch das ist lebendiger als Sandra Lauens gegenwärtige Existenz.

Grelles Licht fällt ins Zimmer. Im Türrahmen erscheint ein Mann. Breitschultrig. Dünner werdendes, kurz geschorenes Haar. Jason Statham ohne den Glanz von Hollywood.

Er tritt ein. Die Tür drückt er ins Schloss. Sein Blick wandert unstet hin und her. Erst zu Sandra Lauen, danach zu Tony, schließlich zu mir.

„Verdammt“, sagt er. Seine Stimme klingt tief. „Wer sind Sie? Was tun Sie hier?“

„Und Sie?“, frage ich, ohne auf seine Frage einzugehen.

Ich ahne, wer er ist. Nein, weiß es sogar – und ich habe ihn erwartet. „Das würde mich wirklich interessieren.“

„Ich bin der …“

„… Ehemann?“ Ich vollende seinen Satz. „Hallo, Herr Lauen.“

Er macht einen Schritt in den Raum. Seine Hände sind leer. Keine Blumen, keine Pralinen. Gar nichts. Er schiebt sie in die Taschen seiner Jeans. „Sie sind diese Ermittlerin, oder?"

„Nessa Wolf vom BKA, Außenstelle Wiesbaden", sage ich. „Richtig."

„Gibt es was Neues?", fragt er. Sein Blick streift Tony.

„Noch nicht." Sein Ton klingt vollkommen professionell, aber er vermag die Bissigkeit darunter nicht ganz zu verbergen.

„Was tun Sie hier?", fragt Lauen. Seine Augen flackern. Vielleicht liegt das an der mäßigen Beleuchtung. „Ich habe schon mit dem Mann vom LKA geredet und mit Ihren Kollegen."

Ich betrachte Lauen. Einen Moment zu lange. Auf den ersten Blick wirkt er wie ein Alphamännchen, King Kong sapiens. Auf den zweiten Blick hat er die Muskeln nur aufgebaut, um seine Unsicherheiten darunter zu begraben.

„Hatten Sie die Affäre?", frage ich unvermittelt. Meine Augen ruhen zwei Sekunden auf Lauen, dann schweifen sie zu seiner Frau, die reglos im Bett liegt, das Gespräch mit anhört – oder eben nicht. „Oder war sie das?"

Lauens Brauen schieben sich zusammen. Schweiß zeigt sich auf seiner Stirn. „Verdammt, was ist das für eine Frage?"

„Eine, die ich stelle. Eine, die Sie besser beantworten."

Tony streift mich mit einem Seitenblick, der nicht mehr oder weniger ausdrückt als ein weiteres „Was zur Hölle, Nessa?".

„Also?"

Lauens Brust hebt sich. Er atmet tief ein und aus, fährt sich mit beiden Händen durchs Gesicht. Seine Stimme klingt nun fast brüchig. „Das war sie."

Ich nicke. „Wie haben Sie davon erfahren?"

Lauen presst kurz die Lippen zusammen, befeuchtet sie mit der Zunge. „Zufall, schätze ich. Sie war nicht da. Ich musste ins Internet. Ihr Laptop stand da. Da fand ich … Hinweise."

„Hinweise?"

„Nachrichten", sagt er. „Oder eher Termine, die in ihren Kalender kopiert waren. Es war seltsam. Nicht eindeutig. Aber es passte ins Bild."

„Waren Sie wütend?", frage ich ruhig.

„Ja, verdammt", antwortet Lauen. Er schluckt. Sein Blick wandert zu der reglosen Frau im Bett. „Aber … aber nicht so."

Ich betrachte ihn, sehe ihn vor meinen Augen zerfallen. So breit seine Schultern sind, fehlt ihm doch fast die Kraft.

Zwei, drei, vier Herzschläge vergehen.

Ich greife in meine Tasche, ziehe eine Visitenkarte hervor und drücke sie Lauen in die Hand.

„Falls Ihnen noch etwas einfällt", sage ich. „Sie kennen das aus jedem Krimi, nicht? Und wir brauchen diesen Laptop. Danke."

Lauen blinzelt, starrt mich an. „Das war alles?"

Ich neige den Kopf ein wenig, sehe zu Sandra Lauen, dann ihren Ehemann an. „Lieben Sie sie noch?"

Er holt Luft, strafft die breiten Schultern. „Ich denke schon."

Einen Moment lang halte ich inne. „Hm. Alles Gute, Herr Lauen."

Damit gehe ich zur Tür. Die verwirrten Blicke des Mannes brennen wie glühende Zigarettenkippen auf meiner Haut.

Es dauert fast fünfzehn Sekunden, bis Tony mir folgt. Ich schiebe mir gerade einen Schokoriegel zwischen die Zähne, den ich im *Rosenhof* habe mitgehen lassen.

„Was war das denn für ein Auftritt, Nessa?" Tony hat alle Mühe, seine Stimme im Zaum zu halten.

Ich lächle. „Erinnern Sie sich, was ich Ihnen am Anfang in Ihrem Auto gesagt habe, Tony?"

Er verzieht das Gesicht. „Was?"

„Vertrauen Sie mir. Geben und nehmen. Und all diese Dinge."

Tony stiert mich ungläubig an. „Verdammt, das ist schwierig, wenn Sie solche Dinger abziehen. Was sollte das? Wussten Sie nicht, dass der Mann um diese Zeit hier auftaucht? Hat Kern Ihnen das nicht gesagt?"

Ich kaue auf dem Schokoriegel, schlucke die Reste herunter und zucke mit den Schultern. „Na, so ein Zufall, was?"

„Sie sind unmöglich, Nessa. Unmöglich und furchtbar."

Ich stoße mich von der Wand ab, lasse Tony stehen, schlendere den Korridor hinab. Nach drei Metern bleibe ich stehen, wende mich um. „Kommen Sie, Tony, Sie wollten doch etwas tun, statt nur herumzusitzen."

Glücklicherweise können Tonys Blicke nicht töten. Das habe ich zur Genüge getestet, denke ich.

Ich wende mich ab, setze mich erneut in Gang. Hinter mir vernehme ich das Knarzen von Tonys Schuhen.

In meinem Kopf ist irgendetwas in Bewegung geraten. Ein Gedanke. Eine Idee, die ich noch nicht zu fassen bekomme.

Es ist wie kurz vor dem Niesen.

Das gleiche Kribbeln.

Nach drei Schritten bleibe ich abrupt stehen. Mitten im Flur. Drehe mich um, sehe in Tonys Gesicht.

Sein Ausdruck verändert sich. Wandelt sich von erbost zu überrascht, schließlich mischen sich Verwunderung und Verwirrung darunter.

Seine Brauen sind gehoben. Die Augen verengen sich. Die Unterlippe bebt. Einen Moment lang.

„Was ist?“, fragt er. „Nessa?“

Ich blinzle hektisch. Dreimal hintereinander. „Was ist, wenn der Täter auch einen Konflikt auslebt?“

„Tut er das nicht sowieso?“

„Jaja.“ Ich winke ab. „Das meine ich nicht. Was, wenn da noch etwas anderes ist, ein anderer Konflikt mit sich selbst? Ein Konflikt mit einer anderen Person.“

„Nessa, ich …“, setzt Tony an.

Ich hebe die Linke, strecke den Zeigefinger aus und verharre mitten in der Bewegung. „Dieser Lauen kommt jeden Tag hierher, oder? Jeden Tag zur gleichen Zeit.“

„Ja, aber …“

Ich ignoriere Tony. „Er hätte Besseres zu tun. Ihre Beziehung ist nahezu kaputt. Ihr Leben ist im Eimer. Die Zukunft ist ungewiss. Warum also kommt er jeden Tag hierher? Ich meine, seine Frau bemerkt es wahrscheinlich nicht einmal. Warum also?“

Tony hebt die Schultern, bläst die Wangen auf. „Keine Ahnung. Pflichtgefühl? Verantwortung?“

Ich nicke. „Das ist ein Konflikt, richtig?“

„Kann schon sein. Wenn es zur Belastung wird. Vielleicht. Worauf wollen Sie hinaus?“

„Was, wenn es dem Täter ähnlich geht? Wenn er in einer Art Beziehung lebt, die ihm auf diese Art Druck macht, ihn in Konflikte treibt? Vielleicht löst das diese Schwankungen in seinem Verhalten aus.“

„Sie meinen, er hat Sandra Lauen nicht getötet, weil er seine kranke Frau pflegt?“ Tony zieht eine Grimasse.

„So in der Art“, sage ich. „Stark vereinfacht, aber so in der Art.“

# Kapitel 30

Tony Yamamoto scheint immer noch ziemlich genervt, als er sich am *Rosenhof* verabschiedet. Wahrscheinlich hat er etwas anderes erwartet. Eine lange Nachtschicht, literweise Kaffee.

Ich verstehe das. Unter anderen Umständen wäre ich dabei. Ohne Zögern.

Im Augenblick gibt es keinen Anlass, irgendetwas übers Knie zu brechen oder sich die Nacht um die Ohren zu schlagen. Wir werden unsere Kräfte noch brauchen. Mein Gefühl sagt mir, das wird eher ein Marathon als ein Sprint.

Insgeheim wünschte ich, es wäre anders. Ich wünschte, es gäbe bessere Ansatzpunkte. Wir könnten uns die Nacht um die Ohren schlagen – und ich wäre bald wieder zu Hause.

Das hieße auch, dass noch mehr Menschen zu Schaden kämen. Es ist, was es ist, und das ist nicht zu ändern.

Ich brauche meinen Schlaf, vorher eine Dusche und etwas zu essen.

Ich stehe vor der Pension. Der *Rosenhof* ist beleuchtet, der Parkplatz davor verlassen.

Tony winkt mir, ehe er seinen Wagen mit der Fernbedienung öffnet. Er versucht es erneut, steht fünf Minuten vor der Abfahrt mit seinem BMW da und hofft, dass wir dieses Mal sein Auto benutzen, mit ihm am Steuer, versteht sich. Und jedes Mal schüttle ich den Kopf, gehe zu meinem Audi und lasse Tony stehen. Auf Gedeih und Verderb. Das scheint unser Ding zu sein, wenn es so etwas überhaupt gibt. Deshalb steht sein BMW vor dem *Rosenhof* auf dem Parkplatz.

Tony knallt die Fahrertür zu, startet den Motor und gibt geräuschvoll Gas. Mit quietschenden Rädern prescht die Limousine los, und ich kann gerade noch die Rücklichter verschwinden sehen, als er das Fahrzeug um die nächste Kurve jagt.

Unruhe schwelt in meinem Inneren. Ein unstetes Kribbeln, das mir die Nackenhaare aufrichtet.

Herbstliche Dunkelheit, die näher rückt, als wollte sie die spärliche Außenbeleuchtung des *Rosenhof* verschlingen. Ich tue einen Schritt, trete auf etwas Weiches und zucke zurück.

Es ist wie ein Alarm in meinem Kopf, ein Blitz, der durch meine Sinne zuckt. Reflex.

Ich starre auf meine Füße, vor mir liegt ein abgeknickter Rosenkopf. Nichts weiter.

Dennoch greife ich an mein Handgelenk, berühre das Armband. Mein Herzschlag beruhigt sich. Ich atme ein und aus.

Ich habe das Gefühl, kurz vor einem Wendepunkt in diesem Fall zu stehen, als würde bald etwas passieren. Und das wird sicherlich nichts Gutes.

Der Wind frischt auf, fegt ein paar vereinzelte Blätter über den Gehsteig.

Ich ziehe den Kragen meiner Jacke am Hals zusammen und gehe zügig zum Eingang der Pension.

Die Tür knarrt. Wärme schlägt mir entgegen.

Der Gastraum ist leer. Agnes Rosen steht am Tresen, macht ein freundliches Gesicht, als sie mich erkennt. Lächeln, wenn man es so nennen will. Professionell. Unverbindlich.

„Frau Wolf, schön. Hatten Sie einen erfolgreichen Tag?“

Ich ziehe eine Grimasse, mache eine vage Geste. „Nicht erfolgreich genug, Frau Rosen. Nicht erfolgreich genug.“

Für einen Moment fällt ihre Maske. Sie richtet den Blick zu Boden und sich wieder auf.

Der leere Gastraum. Die Gerüchte sind nicht gut fürs Geschäft. Vielleicht hängt mehr an unserem Ermittlungserfolg, als mir bislang bewusst ist.

Dann ist die Pensionswirtin wieder ganz die Alte.

„Haben Sie Hunger, Frau Wolf?“

„Ja, das kann man sagen“, antworte ich, und es stimmt. Bislang hatte ich es nicht bemerkt, doch mein Magen knurrt und hängt mir in den Kniekehlen.

Sie nickt, lächelt. „Na, da will ich mal für Ihr Abendessen sorgen.“

Die Wirtin verschwindet durch eine Tür, vermutlich in der Küche. Ich suche mir einen Tisch, wähle einen, der etwas abseits der Theke liegt, von dem aus ich die Tür im Blick habe, auch die Küchentür kann ich von hier aus sehen.

Kaum dass ich auf dem Stuhl Platz nehme, befällt mich Müdigkeit. Mein Nacken klemmt. Dumpfer Kopfschmerz, der in den Schläfen sitzt und langsam, aber stetig pulsiert.

Die Schultern brennen, und ein unangenehmes Ziehen in allen größeren Muskelgruppen macht sich bemerkbar.

Ich stütze die Ellenbogen auf den Tisch und das Kinn auf die Hände.

Wie viel Zeit vergeht, weiß ich nicht. Vermutlich nicht mehr als fünf Minuten. Meine Blicke kleben an den Bildern, die die Wände zieren. Ich sehe sie nicht wirklich, hänge wirren Gedanken nach, die sich winden wie Regenwürmer.

Agnes Rosen kehrt aus der Küche zurück. Sie setzt sich auf der anderen Seite an meinen Tisch. Es wundert mich ein wenig. Steht ihr gar nicht zu Gesicht, diese Nähe, das Unmittelbare. Keine Frage, keine höfliche Distanz.

Sie sitzt mir gegenüber, schaut mich an. Augenblicklich wirkt die Frau unsagbar müde und alt. Adern unter dünner Haut. Tiefe Falten, die mir zuvor nicht aufgefallen sind.

Fast scheint die Frau verwundbar, als hätte sie ihren professionellen Panzer, die Hülle der stets höflichen, distanzierten Pensionswirtin abgelegt.

„Es dauert ein paar Minuten", sagt sie. Ihre Stimme klingt rau und ebenso müde, wie ihr Gesicht aussieht.

Das ist vielleicht eine gute Gelegenheit, geht es mir durch den Kopf. Und schon bin ich wieder wach. Vergesse Schmerzen und Hunger.

„Ich habe gehört, es gibt noch eine Pension im Ort", sage ich.

Agnes Rosen verzieht das Gesicht. Undeutbar. Undurchdringlich. „Wollen Sie umziehen?"

Zwei Herzschläge vergehen.

Sie lächelt wieder.

Ich erwidere ihr Lächeln. „Nein, ich fühle mich wohl bei Ihnen."

Agnes Rosen lehnt sich im Stuhl zurück. Ihr Gesichtsausdruck wird weicher, verliert ein wenig die Härte und das Verkniffene. „Könnte Ihnen gefallen, Frau Wolf, drüben bei den Stillers."

Ich lächle immer noch. „Wieso?"

„Der Sohn", sagt Agnes Rosen und seufzt. Sie vollführt eine Geste an ihrer Stirn. „Ist ein ziemlicher Spinner, wenn Sie mich fragen. Gott weiß, ob der nicht irgendwann mal ein Fall für Sie wird."

Ich beuge mich leicht vor. „Wie meinen Sie das?"

Sie macht eine wegwerfende Geste. „Ach, keine Ahnung. Ich bin nur eine alte Wirtin. Was weiß ich schon? Ich sollte nicht schlecht über die anderen reden."

„Aber Sie können es mir sagen." Ich spiele das Spielchen mit, tue so, als zöge ich einen Reißverschluss über meinen Lippen zu. „Ich kann schweigen wie ein Grab."

Müdes Lächeln huscht über die Miene der Wirtin. Einen Augenblick lang zögert sie.

„Er ist ein komischer Kerl", sagt sie. „Ein harmloser Spinner. Das habe ich mir früher gedacht. Und dann war da diese Sache mit seinem Studium."

„Was für eine Sache?"

„Er ging weg. Vor ein paar Jahren. Wollte Medizin studieren. Und plötzlich war er wieder da."

„Was ist geschehen?"

Agnes Rosen hebt die Schultern, lässt sie wieder fallen. „Nix Genaues weiß man nicht. Er soll wohl auf ungehörige Weise herumgemacht haben. Mit Leichen, Sie wissen schon. In der Pathologie. Und dabei haben sie ihn erwischt. Nachts. In flagranti, wie man so schön sagt."

Agnes Rosen schweigt. Ich schweige ebenfalls, starre vor mich hin.

Sven Stiller. Nekrophil? Vielleicht. Das ergibt Sinn und würde einiges erklären. Stellt sich die Frage, wie weit er gehen würde, um seine Neigung zu befriedigen.

Aber Mord?

Das passt nicht zu ihm. Allerdings passt es auch nicht zu der einen oder anderen Person in meiner Vergangenheit. Menschen überraschen manchmal. Niemand ist perfekt. Niemand ist unveränderlich. Wir sind alle ein Subjekt der einzigen Konstante im Leben – Veränderung. Work-in-Progress sozusagen.

Man sieht nicht in den Kopf hinein, egal wie sehr man es versucht.

Ich seufze. Nur für mich.

Es passt auch nicht zu der noch unbekannten Leiche dieser Frau, die Marie obduziert hat.

Wenn zu wenig Fakten existieren, bleibt der Instinkt, dem man vertrauen kann.

„Entschuldigen Sie mein Geplapper." Agnes Rosens Stimme dringt zu mir durch. „Ich sollte nicht so daherreden."

„Schon gut", sage ich und winke ab.

„Ist schon ein Kreuz mit den Pensionsjungs", sagt sie.

Ich neige den Kopf. „Inwiefern?"

„Ja, dieser Stiller-Junge ist das eine", sagt sie. „Früher gab es hier noch eine Pension. Die Abels. Ich weiß gar nicht, ob die noch geöffnet haben. Keine Ahnung. Man hört gar nichts. Der Sohn, der Frank, war auch eine Weile weg, dann tauchte er wieder auf. Den haben sie aus der Bundeswehr geworfen, heißt es. Er hat die Pension übernommen, als die Mutter krank wurde. Irgendwie ist daraus nie etwas geworden. Es ist schon seltsam. Bin ich froh, dass ich kein missratenes Bürschchen habe. Zwar bleibt alles an mir hängen, doch im Moment ist es so wenig, dass das kaum genug ist."

Ich lächle mild. „Harte Zeiten?"

Sie nickt. „Die letzten Jahre insbesondere. Nun das ..."

„Ich gebe mir Mühe", sage ich. „Dass ich den Kerl rasch schnappe und wieder Ruhe einkehrt."

Jetzt ist es die Wirtin, die abwinkt. „Es ist ja nicht nur das. Dieser Mörder oder was auch immer ist das Sahnekrönchen obendrauf."

„Was sonst?"

Agnes Rosen seufzt. „Das verdammte Internet. Die jungen Leute wollen die Welt sehen. Man kann das ja verstehen. Das macht es nicht leichter."

„Was ist mit dem Internet?"

„Die Leute vergleichen. Preise, Bewertungen. Alles. Sie jetten überallhin, schlafen bei Wildfremden auf dem Sofa. Wer will da noch hierher? Dieses alte Gewerbe stirbt aus, Frau Wolf, ich sag's Ihnen. Die Leute schauen ständig ins Internet, um zu sehen, wo sie es besser kriegen."

„Hm", mache ich und zupfe an meinen Haarspitzen. Das Internet.

Agnes Rosen steht abrupt auf. „Ich rede und rede. Ich sollte mich um Ihr Essen kümmern."

Sie eilt zur Küchentür, verschwindet in der Küche. Gedämpftes Klappern von Geschirr und der Geruch von Bratkartoffeln erinnern mich daran, wie hungrig ich bin.

Aber der Gedanke geht mir nicht aus dem Kopf.

Das Internet.

Die Leute vergleichen. Schauen, wo sie es besser kriegen.

Vielleicht hat Sandra Lauen auch etwas verglichen. Geschaut, wo sie es besser kriegt.

Es scheint, sie hat eine Niete gezogen.

Verdammt, ich brauche wirklich ihren Laptop.

# Kapitel 31

Kaum dass ich die Tür meines Zimmers hinter mir verschlossen habe, erscheint mir der Raum zu klein. Zu eng für meine Gedanken.

Eigentlich bin ich gerne allein. Ich brauche Abstand, manchmal Abgeschiedenheit. Alleinsein ist gut.

Manchmal ist es auch schwer.

Vor allen Dingen abends oder nachts, wenn ich mitten in einem Fall stecke und er nicht richtig vorwärtskommt.

Nicht so, wie ich es mir wünsche.

Es geht mir nicht schnell genug. Das tut es nie.

Dabei ist es nicht wichtig, ob ich mich unwohl fühle hier, an diesem Ort, und lieber zu Hause wäre. Bei den Katzen. Bei Charly und seiner großartigen selbst gemachten Pizza.

Nein, es sind die Opfer. Die, die man retten könnte, und die, für die man zu spät kommt.

Das treibt mich an, hetzt mich von einem Fall zum anderen – und immer habe ich das Gefühl, hinterherzulaufen.

Ich komme zu spät, trete auf der Stelle. Wie in einem Albtraum. Und am Ende des Tages bin ich die Bekloppte vom

BKA. Allein. In einem Zimmer mit einem Laptop, einem Telefon und einer Tasche mit Wechselwäsche. Mein Gepäck, das ich niemals auspacke.

Was für mich spricht, ist einzig mein Erfolg. Das ist alles, was mich im Spiel hält.

Deshalb machen mir diese Momente zu schaffen. Allein sind sie schwer zu ertragen. Mein Hirn mag keinen Leerlauf. Es schätzt Freizeit nicht allzu sehr.

Dann rücken die Wände näher, Zimmer werden kleiner, und ich habe das Gefühl, ausbrechen zu müssen.

Ich stoße hastig Luft durch die Nase aus, gehe durch den Raum, packe meinen Laptop aus und stelle ihn auf den Tisch. Das Smartphone lege ich daneben ab.

Ich achte nicht auf das Display, als das Telefon anfängt zu vibrieren. Dass das ein Fehler ist, wird mir bewusst, als ich die Stimme am anderen Ende der Leitung höre.

„Guten Abend, Nessa. Bevor Sie gleich wieder losschreien oder mich aus der Leitung drücken, lassen Sie mich eine Sache sagen. Danach lege ich auf und rufe erst mal nicht mehr an, in Ordnung?“

„Soll ich Ihnen das glauben, Marlene?“

„Nun“, sagt Marlene Grimm, und ich kann ihre Visage und ihr spitzes kühles Lächeln vor meinem geistigen Auge sehen. „Ich bin Ihnen zu nichts verpflichtet, Ihrer Mutter hingegen schon.“

„Schon klar.“ Ich bin zu müde, zu erschöpft, zu ausgelaugt, um zu schreien oder das Telefon in die Ecke zu pfeffern. „Reden Sie.“

„Im Ernst?“

„Ja, verdammt, bevor ich es mir anders überlege.“

„In Ordnung, Nessa. Also, vielleicht reden Sie einfach dieses eine Mal mit Ihrer Mutter. Nur dieses eine Mal. Setzen sich in diesen Raum, hören, was sie zu sagen hat, und das war's. Sie wissen, worum es geht, und wir können beide unserer Arbeit nachgehen. Wie wäre es damit?"

Einige Herzschläge lang atme ich schweigend ins Telefon.

„Nessa? Sind Sie noch da?"

„Wissen Sie, was sie will, Marlene?"

„Nein", sagt die Anwältin. „Ihre Mutter will es ausschließlich bei einem persönlichen Gespräch mit Ihnen sagen. Mehr weiß ich nicht. Und wenn ich ganz offen sein darf?"

„Nur zu, Marlene."

„Glauben Sie ja nicht, es macht mir Spaß, Ihnen nachzulaufen oder hinter Ihnen herzutelefonieren, Nessa. Mich kotzt das genauso an."

„So? Ich dachte, Sie kosten das ein wenig aus."

Marlene Grimm gibt ein undefinierbares Geräusch von sich, als würde sie ins Telefon spucken. Für eine Sekunde herrscht Stille. Ich höre wieder ihre Stimme, und sie erinnert mich an diesen Moment in ihrem Wohnzimmer – und die Momente danach.

„Ihre Stimme zu hören, Nessa. Ihr Gesicht zu sehen. Wissen Sie, was das mit mir macht? Ich gehe nicht auf den Friedhof, verstehen Sie? Ich schaffe das nicht. Aber Sie … Sie erinnern mich fortwährend daran, was ich verloren habe."

Mein Herz schlägt schneller. Für eine Weile konnte ich verdrängen, dass Marlene auch eine Mutter war. Eine Mutter, die jetzt ohne Tochter ist. Ich habe sie nicht mehr als Mensch betrachtet. Bloß als Ärgernis.

Vielleicht ist das ihr Kalkül. Vielleicht manipuliert sie mich so. Und benutzt dazu ihre tote Tochter.

„Es wundert mich nicht, dass Sie schweigen, Nessa. Wir sitzen beide in diesem Boot und kommen nur heraus, wenn Sie endlich über Ihren Schatten springen und dieses eine Mal mit Ihrer Mutter sprechen."

Sie legt auf, und es ist still. Einige Minuten sitze ich da, starre das erloschene Display an, dann den matten, leeren Bildschirm meines Laptops.

Ich weiß nicht, was ich davon halten soll. Habe keine Gedanken mehr, erst recht kein Gefühl.

Ich kann nur eines tun – weitermachen.

Mein Finger schiebt sich wie von selbst über den Einschaltknopf des Laptops, fährt über den Schriftzug.

*Power*.

Die Lüfter surren. Es dauert nicht lange, bis ich mein Passwort eingeben muss.

Das Gerät fährt hoch.

Ich könnte Mozart hören. Oder die Ramones.

Ich könnte etwas lesen oder meine Augen schließen.

Gedanken kreisen unablässig in meinem Kopf.

Die gute Frau Rosen hat mir etwas hineingepflanzt. Eine Idee, den Gedanken, dass dieser Ort selbst im Sterben liegt.

Vielleicht ist es nur ihre Pension. Aber die Dinge, die sie über Stiller zu sagen hatte, haben mich aufhorchen lassen.

Sven Stillers seltsame Begierde scheint ortsbekannt zu sein. Vielleicht hat Jäger auch davon gewusst. Vielleicht hat er deshalb den Priester ins Team geholt.

Vielleicht sieht man einfach, was man erwartet.

Ich darf nicht denselben Fehler begehen zu sehen, was ich erwarte – und dass Jäger automatisch falschliegt.

Ich schüttle den Kopf, fahre mit dem Zeigefinger über das Touchpad.

Vielleicht ist Sven Stiller in etwas verwickelt, vielleicht ein ansonsten harmloser Irrer. Der ausgemachte Dorfdepp. Wie in der sogenannten guten alten Zeit. Er ist ein viel zu dankbarer Verdächtiger.

Ich öffne den Browser, suche nach *Pension Stiller*. Eine nette Website ploppt auf. Nette Bilder. Netter Stil. Alles wirkt nett. Jedenfalls etwa um 2005 herum. Der alte Herr als stolzer Gutsbesitzer. Harte Augen, soweit man das erkennen kann. Bilder von Kühen, Hühnern, Schweinen.

Die Gebäude. Die Pension.

Ordentliche Zimmer.

Keine Familienbilder, obwohl einiges an Familienchronik auf der Seite aufgeführt ist.

Manchmal verbergen Menschen ihre Geheimnisse im Offensichtlichen. Bewusst oder unbewusst, sie tun es.

Heutzutage ist das ein Ding im Internet. Bei YouTube-Verschwörungstheoretikern. Man kann sich mehr als einen Tag vertreiben, wenn man *Illuminati blood ritual* und *hidden in plain sight* googelt.

Das Verstecken im Offensichtlichen ist tatsächlich eine Sache.

Allerdings bringt es mich nicht weiter.

Ich suche auch nach der dritten Pension. Abel.

Agnes Rosen hat auch hier nicht viel erzählt, doch ihre Andeutungen haben mich neugierig gemacht. Eine weitere

Pension, ein weiterer verlorener Sohn, der auszog, Schande fand und heimkehrte.

Warum wird man aus der Bundeswehr geworfen? Mir fällt kein Grund ein, und dennoch fallen mir zu viele ein.

Es ist seltsam.

Ich finde zu diesen Abels weder eine richtige Seite noch einen eindeutigen Hinweis, dass die Pension geschlossen ist.

Es gibt Kontaktdaten, Informationen, sogar Preise, aber praktisch keine Werbung.

Sollte man mit einer Pension in dieser Gegend, in dieser Zeit, nicht umso mehr Werbung machen?

Sicher, die Informationen im Web können veraltet sein. Vielleicht ist die Pension längst geschlossen. Vielleicht nicht. Erwähnt hat sie bislang keiner.

Was verschweigt mir dieses Kaff noch?

Ich werde bei der Gemeinde anklopfen müssen.

Meine Lider werden von Sekunde zu Sekunde schwerer. Manchmal, wenn die Müdigkeit nach mir greift und ich krampfhaft versuche, wach zu bleiben, höre ich ein hochfrequentes Surren. Nur für einen Augenblick.

Sekundenschlaf.

Meine Gedanken schweifen ab, laufen Kreise umeinander. Ich wette, wenn ich mich jetzt ins Bett lege, sind sie in dem Moment wieder klar, in dem ich das Licht ausschalte.

Und ich bin wieder wach.

Sie holen mich ein. In der Dunkelheit.

Da ist dieses Kribbeln. Es ist, als ob es mich warnt. Mir sagt, dass ich wach bleiben soll.

Oder wachsam.

Alle Wachsamkeit nutzt nichts, wenn sie meine Gedanken vom Weg abbringt und die gefürchtete Stimme in meinem Hinterkopf weckt wie schlafende Hunde.

Warum hast du den Fall noch nicht gelöst, Nessa?

Müssen meinetwegen Menschen sterben?

Bin ich nicht gut genug in dem, was ich tue?

Ich beuge mich vor, schiebe den Laptop mit einer nachlässigen Handbewegung von mir weg und stütze die Ellenbogen auf die Knie.

Wieder meldet sich mein Smartphone, und der erste Gedanke ist, dass ein Versprechen von Marlene Grimm nicht die Luft wert ist, die es braucht, damit sie es ausspricht.

Der zweite Gedanke erinnert mich daran, aufs Display zu schauen.

„Hallo, Charly."

„Störe ich?"

„Nein. Was gibt's?"

„Du arbeitest, oder?"

„Ich bin mir nicht sicher. Ich …"

„Bist du noch sauer?"

„Ich bin überhaupt nicht sauer, Charly, es ist nur … Es ist nichts. Es ist deine Sache. Ich sollte mich nicht so reinhängen."

„Hm", macht er. „Die Grimm hat ein paarmal hier angerufen."

„Wann?"

„Am Nachmittag."

„Sie hat mich eben angerufen und meinte, sie würde mich in Ruhe lassen, wenn ich ein einziges Mal mit meiner Mutter rede."

„Und?“

„Was und? Du denkst doch nicht, ich würde ihr in die Falle tappen?“

Er seufzt. „Ich weiß nicht, Nessa. Vielleicht vergisst du einfach, was sie will oder deine Mutter. Oder vielleicht gibt es etwas, das du ihr sagen willst.“

„Etwas sagen? Meiner Mutter? Ich? Was sollte das sein?“

„Was sie mit deinem Leben anrichtet, vielleicht?“

Ich schweige. Zwei Sekunden, fünf, zehn. „Alles klar, Doktor Freud. Vielleicht sollten wir es dabei belassen.“

„Okay“, sagt Charly. „Ich denke, das wäre besser, als ihre Anwältin anzuschreien. Oder mich.“

„Das war ein Versehen, verdammt.“

„Ist klar, Nessa. Ich wollte dir bloß Bescheid geben.“

„Danke“, sage ich. „Bei euch alles okay?“

„Alles bestens. Wir wünschen dir eine gute Nacht. Vielleicht schläfst du mal ein bisschen zwischen all diesen Dingen, die du dort tust.“

„Gute Nacht, Charly.“

Ich starre den Teppich an und stiere gleichfalls durch ihn hindurch. Weiter und weiter.

Ins Nichts.

Vielleicht ist das Nietzsches verfluchter Abgrund. Möglicherweise mein eigener.

Ich weiß es nicht.

Ich weiß nur, ich muss weitermachen.

Gegen Widerstände. Gegen alle Regeln. Wenn es sein muss, auch das. Ich muss auf meinem Weg bleiben, auf meine Wahrnehmung und Instinkte vertrauen, ob ich es mit einem Seufzer tue oder nicht.

Ich habe mich entschieden, diesem Pfad zu folgen, auch in der Hoffnung, etwas wiedergutzumachen, was ich nicht getan habe.

Ich bin die Tochter meiner Mutter, und ich weiß nicht, wen von uns beiden ich mehr dafür hasse.

Und es ändert nichts. Also bleibe ich bei mir und mache weiter. Ich versuche es.

Am Ende geht es darum.

Weitermachen.

Weitermachen. Weitermachen.

Ich reibe mit den Zeigefingern über meine Lider. Versuche, den dumpfen Schmerz zu vertreiben.

Weitermachen.

Beuge mich vor und wieder zurück.

Weitermachen.

Massiere meine Schläfen.

Weitermachen.

Ich blinzle.

Hektisch.

Weitermachen.

Vielleicht ist es das, was unseren Mann antreibt. Er muss weitermachen. Er will aufhören. Aufgeben. Doch er muss weitermachen.

Warum?

Was zwingt ihn?

Trieb? Verlangen? Hunger?

Oder ist da noch etwas anderes? Ein Konflikt vielleicht.

Möglicherweise ist es gar nicht das Morden, das er beenden will. Vielleicht ist da noch etwas anderes.

Ein ganz anderer Konflikt, und das Töten ist nur ein Ventil. Oder es ist eben nicht das Ventil. Es ist ein Symptom.

Er muss weitermachen und will nicht. Oder kann nicht.

Irgendetwas zwingt ihn. Oder irgendjemand.

Vielleicht zum Morden. Aber es muss nicht sein, dass es darum geht. Vielleicht geht es um etwas ganz anderes, mit dem er weitermachen muss.

Ich richte mich auf, atme tief ein, stoße mich vom Stuhl ab und durchquere das Zimmer.

Ich reiße das Fenster auf, atme die kalte, feuchte Herbstluft ein, betrachte die vereinzelten Lichter. Den matten Schimmer der Lampen in Orange.

Sven Stiller ist auch so einer, der weitermachen muss. Mit seinem Versteckspiel vor dem Vater, seiner guten Miene zu der ganzen fiesen Sache. Klar, der Junge hat auch Zwänge, Verlangen. Doch er ist nicht unser Mann.

Da bin ich mir … sicher? Bin ich mir sicher genug?

Das Vibrieren meines Smartphones auf der Tischplatte reißt mich aus den Gedanken. Im Augenblick bin ich nicht böse darüber. Gedankenspiralen sind nicht immer willkommen.

Manchmal ist es schwer, sich daraus zu lösen.

Ich gehe hinüber zum Tisch.

Marie ruft an.

Nun bin ich erst recht nicht böse. Marie mag bisweilen wie eine Zwölfjährige wirken, aber sie ist auch außergewöhnlich clever, und beides zusammen bewirkt, dass sie einer der wenigen Menschen ist, denen ich kaum etwas übelnehmen kann.

Ich greife nach dem Telefon, nehme den Anruf an. „Ich höre."

Maries Stimme klingt nicht müde. Im Gegenteil, sie sprüht vor Energie. Beneidenswert. „Hey, Nessa, ich habe noch ein wenig weitergearbeitet und mit alten Akten verglichen. Alte Fälle, unbekannte Personen. Fälle mit Tierfraß und so weiter. Verdammt, das war ein Chaos. Wir müssen uns hier mal Gedanken um die Dokumentation machen, wenn das alles vorbei ist. Es ist …“

Ich lächle still.

„Was ist der Punkt, Marie?“, frage ich mild.

Sie lacht. „Der Punkt ist … Ach, kommen Sie einfach her.“

„Jetzt?“

„Jetzt.“

„Okay“, sage ich. Mein Herz setzt einen Schlag aus, schlägt schneller weiter. Marie ist an etwas dran. Sonst würde sie nicht derart auf Dringlichkeit pochen. „Okay, ich bin gleich da.“

# Kapitel 32

Kälte. Muffige Luft. Jennifer blinzelt, versucht es zumindest. Das Klebeband über ihren Augen verhindert es. Verhindert, dass sie etwas sieht.

Vielleicht ist das besser so. Ein Ort, der derartig riecht … Sie weiß nicht, ob sie den sehen muss.

Ihre Schultern schmerzen. Etwas Hartes aus Plastik schneidet in ihre Handgelenke.

Er hat ihr die Hände auf den Rücken gefesselt, wahrscheinlich mit Kabelbindern. Wie in irgendeinem beschissenen Thriller.

Der Geschmack in ihrem Mund ist abgestanden. Der bittere Rest von Erbrochenem. Ihr Magen ist leer und knurrt. Sie hat Hunger.

Ihr Körper verlangt nach Nahrung. Er will überleben.

Aber sie hat Angst.

Ihr Herz schlägt zu schnell. Unstet flattert es in ihrer Brust. Klamme Finger, die unablässig zittern.

Wie konnte das passieren? Wie konnte sie hierhergeraten?

Wie dumm ist sie gewesen?

Immerhin, den Mund hat er ihr nicht zugeklebt. Jennifer könnte schreien. Doch wenn er ihr die Hände fesselt, die Augen abklebt, hat der Mistkerl ihren Mund wohl nicht vergessen.

Sicher nicht.

Er hat ihn nicht zugeklebt, weil er sich keine Sorgen macht, dass Jennifer schreien könnte, wahrscheinlich weil sie niemand hört.

Sie atmet aus. Ihr Atmen ist genauso zittrig wie alles an ihr.

Dumpfer Schmerz pocht in ihren Schläfen. Wie ein verfluchter Kater an einem Neujahrsmorgen, nach einem heftigen Silvester.

Doch sie hatte kein Silvester, keine Party, keine Feier. Auch nicht die vage Hoffnung, wie jedes Jahr am ersten Januar, dass dieses Mal alles besser wird.

Nur den Geschmack ihrer Kotze auf der Zunge.

Ein paar Gläser Wein und wer weiß, was der Kerl ihr verpasst hat. Irgendeine Dröhnung. Irgendein Mittel.

Ketamin? Das hat sie mal in irgendeiner Serie gesehen. K-Hole. Diese Vergewaltigungsdroge.

Gott, daran hat sie noch nicht gedacht. Hat er? Hat er sie gefickt? Als sie weggetreten war?

Es fühlt sich nicht so an. Nicht dass Jennifer wüsste, wie sich frau nach einer Vergewaltigung fühlt, aber nach allem, was sie spüren kann, trägt sie ihre Kleidung noch. Auch den Slip. Und es fühlt sich nicht so an, als hätte jemand sein Ding in sie hineingesteckt.

Irgendwo hört sie Geräusche.

Die hört sie immer wieder, schon die ganze Zeit. Auch wenn sie nicht weiß, wie viel Zeit vergangen ist. Eine Stunde? Ein Tag? Oder drei?

Was macht der Kerl da?

Es klingt fast, als räumte er Dinge hin und her. Kisten oder irgendetwas Schweres. Räumt er seinen Keller auf?

Jennifer hat keine Ahnung, ob sie sich in einem Kellerraum befindet oder wie groß ihr Verlies ist. Nach allem, was sie wahrnimmt, muss es ein Keller sein.

Der muffige Geruch, die kühle Luft.

Die gedämpften Geräusche. Dumpfe Schläge, nicht wie Hämmern oder Holzhacken. Es klingt matter, weicher, feuchter.

Dann verstummen die Laute. Nichts ist zu hören.

Im Geist zählt Jennifer.

Fünf, sechs.

Atmen.

Achtzehn, neunzehn.

Die Schmerzen in Nacken und Schultern schwellen an. Das Zittern der Hände wird stärker. Wird es kälter?

Zweiunddreißig.

Schritte auf dem Gang.

Sie nähern sich. Der sichere Schritt eines Mannes, der genau weiß, was er will, was er tun will und wird. Der weiß, dass niemand es verhindern kann.

Ihr Herz schlägt noch schneller, rast in ihrer Brust. Wie der unsichere Schlag eines Schmetterlings, der unbedingt in der Luft bleiben will.

Oder eher eine fette schwarze Motte.

Die Schritte nähern sich. Der Kerl ist fast an der Tür angelangt. So klingt es jedenfalls.

Stille.

Er verharrt, wartet. Worauf?

Ein Schlüssel wird in ein Schloss geschoben. Metallisches Schaben und Knarren.

Leises Quietschen. Die Luft bewegt sich.

Was jetzt?, denkt Jennifer.

Ihr Herz setzt einen Schlag lang aus, ihr Atem stockt.

Was hat der Kerl vor?

Bringt er sie nun um?

# Kapitel 33

Meine Schritte platzen in die Stille des Krankenhauses, hallen unnatürlich laut von den Wänden wider.

Der Nachtwächter, der mich hineingelassen hat, war ob meines Erscheinens genauso erstaunt wie wenig begeistert.

Ich finde Marie-Theres Neidhart in einem kleinen Büro, das mehr einer Abstellkammer mit Regalen voller Akten und einem Schreibtisch mit einem einzelnen Stuhl gleicht. Es gibt kein Fenster. Eine Leselampe sorgt für mattes, weiches Licht.

Marie ist das Kontrastprogramm zu allen anderen, die man mitten in der Nacht aus dem Bett und zur Arbeit zerrt.

Hellwach, aufgedreht, gleichermaßen konzentriert, sitzt sie auf dem Stuhl und zappelt herum, als müsste sie dringend einen Blick in die Keramikabteilung werfen.

Ich frage mich, welche Art von Koffeinbombe sie sich verabreicht hat. Oder vielleicht ist das einfach sie.

„Das hat ganz schön gedauert, Nessa", sagt sie anstelle einer Begrüßung.

„Was gibt's, Marie?", frage ich und bedaure, dass ich mir keinen Kaffee aus dem Automaten besorgt habe. Ich würde es wahrscheinlich ebenso bedauern, wenn ich mir einen beschafft hätte. Oder hinterher. Unwillkürlich lege ich die flache Hand auf den Bauch.

Marie richtet sich auf dem Stuhl auf, zieht ein Bein unter. „Zunächst einmal ist ziemlich sicher, dass derselbe Täter, der an unserer Leiche herumgeschnitten hat, auch diese Hände abgetrennt hat. Ich habe Spuren gefunden, die darauf hindeuten, dass ein bestimmtes Messer benutzt wurde. Gezackte Klinge, eine typische Scharte an der Schneide."

„Er schneidet die Hände mit einem Messer ab?"

Marie wiegt den Kopf hin und her. „Er hat es versucht. So wie es aussieht, hat er mit dem Messer durch das Fleisch geschnitten. Die verbliebenen Wundränder geben Anlass für diesen Verdacht. Letztlich abgetrennt hat er sie mit etwas anderem, einem Schlachterbeil etwa."

„Gibt es schon Hinweise zur Identität?"

Marie streicht sich eine Strähne aus der Stirn. „Was die unbekannte Frau anbelangt, leider nicht. Aber die eine Hand gehörte einer Frau, die der Polizei bereits bekannt war. Sie konnte anhand der Fingerabdrücke identifiziert werden. Die waren in einer Datenbank auffindbar."

Mein Herz pocht schneller. „Und weiter?"

„Sie war dem Anschein nach eine Prostituierte, allerdings nicht von hier."

„Nicht von hier", murmle ich. „Woher denn?"

Marie sieht mir in die Augen. „Frankfurt. Vermisst hat sie dort offenbar niemand."

Ich fange an, auf der Stelle zu treten, weil der winzige Raum ein Herumgehen im Kreis nicht hergibt.

„Ein risikoarmes Opfer", sage ich. „Der Klassiker. Junkies und Prostituierte. Die sind fast immer als Erstes dran. Wissen wir, wann das war?"

Marie schüttelt den Kopf. „Sie wurde vor einigen Jahren einmal aufgegriffen. Da sie niemand vermisst hat, ist der Zeitrahmen unklar. Ich könnte schätzen. Sehr grob schätzen."

Ich nicke. „Die andere Hand?"

„Noch nichts." Marie zieht einen kleinen Stapel Akten heran, schlägt die erste auf. „Da ist noch das."

Ich blicke über ihre Schulter, dabei steigt mir der Geruch ihres Haars in die Nase. Bemerkenswert, dass die Frau mitten in der Nacht, nach einem langen Tag voller Arbeit, noch wie der junge Frühling duftet. Insbesondere wenn man darüber nachdenkt, was sie den ganzen Tag lang tut – und offenbar auch nachts.

Ich bilde mir ein, tagelang nach Tod zu riechen, sobald ich die Rechtsmedizin auch nur betrete. Ganz gleich, wie oft ich dusche.

In der Akte erkenne ich einen Obduktionsbericht oder vielmehr das Ergebnis einer Leichenschau.

Marie schlägt eine weitere Akte auf. Weitere Berichte. Weitere Fotos. Weitere tote Frauen.

„Das sind alte Fälle", sagt Marie. „Der Präparator hat mich darauf gebracht, weil er sich an einige ältere Leichenfunde erinnert hat. Er ist schon eine ganze Weile länger hier. Das sind alles Fälle, in denen man eine oberflächliche Leichenschau gemacht hat, aber das Verletzungsmuster ist zum großen Teil sehr ähnlich."

„Warum?", frage ich hastig.

Marie blickt mich flüchtig über die Schulter an.

„Warum man bloß eine Leichenschau gemacht hat und dem nicht nachgegangen ist?“ Sie wendet sich wieder den Akten zu. „Man hat wohl nicht so genau hinschauen wollen oder keine Veranlassung gesehen. Das sind alles Frauen, alle nicht aus der Gegend, jedenfalls mehr oder weniger. Und allesamt Ihre 'Risikopatienten', Nessa. Sexarbeiterinnen, Junkies et cetera, et cetera.“

Ich stoße Luft durch die Nase aus.

„Ey“, sagt Marie und wedelt mit der rechten Hand herum. „Nicht in den Nacken atmen.“

„Tut mir leid“, sage ich.

Sie dreht sich um, hält meinen Blick einen Herzschlag länger fest als notwendig. Ihre Stimme klingt leise. „Schon gut.“

Ich atme ein und wieder aus. „Ich klingle Tony raus. Ich denke, er sollte das mitbekommen.“

Marie presst die Lippen aufeinander, nickt. „Okay.“

Es dauert kaum mehr als fünf Minuten, auf jeden Fall keine zehn, bis Tony Yamamoto an der Tür klopft und von Marie eingelassen wird.

„Was ist denn so dringend?“, fragt er.

Tony sieht so aus, wie ich mich fühle. Müde, abgespannt. Ringe unter den Augen. Die Mundwinkel hängen herab, Lippen sind zusammengepresst. Dennoch ist er genauso wach wie ich.

Er hat so schnell auf den Anruf reagiert, dass ich mich frage, ob er überhaupt geschlafen hat.

Marie hingegen ist nach wie vor das blühende Leben. „Hey, Tony.“

Ich streife ihn mit einem Seitenblick und seufze. Er steht da, nickt Marie zu und schweigt, als ich ihm kurz und knapp berichte, was Marie zuvor mir erzählt hat.

„Er hat die Hände abgeschnitten?“, fragt Tony, der anscheinend langsam auftaut.

„So in der Art“, sage ich.

„Widerlich.“ Tony verzieht das Gesicht und seufzt. „Okay, das sind gute Hinweise. Hätten die nicht bis morgen warten können?“

Marie grinst schelmisch. „Tja. Schon, nur das ist ja noch nicht alles.“

„Was noch?“, fragt Tony.

Ich berichte ihm, was Marie über die früheren Opfer entdeckt hat.

„Verdammt“, sagt er. „Das ist nicht …“

Meine Brust hebt und senkt sich unter einem langen Atemzug. Ich kenne das Gefühl, habe es zu oft und zu ohnmächtig erlebt. „Das ist frustrierend, oder? All diese Fälle, all diese Toten, und niemand hat sich die Mühe gemacht hinzuschauen.“

„Das ist nicht alles“, sagt Marie.

„Noch mehr?“, frage ich.

Sie nickt. „Es zeichnet sich ein Muster ab. Es ist nicht ganz eindeutig, weil der zeitliche Rahmen schwierig ist. Für mich ist nicht klar nachzuvollziehen, welche der Frauen wann gestorben ist, ob die Zeitpunkte des Auffindens der zeitlichen Abfolge korrekt entsprechen. Außerdem scheint es teilweise Pausen von ein paar Jahren zu geben. Vielleicht war der Täter nicht in der Gegend, im Gefängnis, beim Militär oder anderweitig aktiv.“

„Ja, schon klar“, sage ich.

Marie grinst schräg. „Eilig, junge Frau?“

„Tut mir leid.“

„Schon gut", sagt sie. „Doch da sind die Verletzungen, die an den Leichen auftauchten. Man hat das auf Tierfraß geschoben. Zum Teil mag das stimmen, aber diese Verletzungen eskalieren. Es fehlen immer mehr Teile. Immer größere Verletzungen."

„Das sieht nach Eskalation aus", sage ich. „Erst nimmt er ein bisschen …"

„… und jetzt finden wir nur noch Hände", ergänzt Marie.

Ich nicke.

Tony räuspert sich. „Und wie passt das zusammen?"

Marie wendet sich ihm zu, runzelt die Stirn. „Wie meinen Sie das?"

„Das sind Prostituierte, richtig?"

Marie blättert demonstrativ durch den Stapel Papier. „Überwiegend, ja."

„Sandra Lauen ist keine Prostituierte, oder?"

„Richtig", sage ich. „Nicht nach dem, was wir wissen."

Tony wirft mir einen undeutbaren Blick zu. „Was wollen Sie damit andeuten, Nessa?"

„Gar nichts. Nur sind Hobbyhuren und Taschengeldaffären nun einmal Realität. Das läuft weitgehend anonym, übers Internet. Also nein, ich will gar nichts andeuten, außer dass es ins Bild passen könnte."

„Was für ein Bild?", fragt Tony.

„Eskalation", sage ich. „Er verliert die Kontrolle. Oder er wird mutiger. Rücksichtsloser."

Marie fährt sich durchs Haar. „Auf jeden Fall sind es beunruhigende Hinweise. Ich wollte Sie nicht schlafen lassen, ohne das zu wissen."

„Danke", sage ich und lächle müde. „Über welchen groben zeitlichen Rahmen sprechen wir?"

Marie blättert durch die Akten, schlägt eine nach der anderen auf, schiebt sie beiseite. „Mindestens zehn Jahre. Eher fünfzehn. Vieles deutet auf eine Pause dazwischen hin. Die hat etwa vier Jahre gedauert."

„Okay", sage ich. Jetzt fange ich doch an, hin und her zu wandern, zwei Schritte zur Wand, einen zurück. „Er ist von hier. Und er zieht die Kreise enger."

„Das ist Spekulation, oder?", fragt Tony.

Ich blicke flüchtig auf. „Im Moment ist fast alles Spekulation. Irgendwo müssen wir anfangen, selbst wenn es eine grobe Hypothese ist. Irgendwo liegt der Anfang des Fadens, der zum Täter führt, verborgen."

„Abgesehen von den Leichen", sagt Marie. „Die sind ziemlich handfest."

„Ja, zumindest das, was übrig ist", erwidere ich. „Gehen wir mal davon aus, er stammt von hier. Er kennt sich hier aus, besorgt sich seine Opfer von sonst wo, legt die Leichen grob in der Gegend ab. Er eskaliert, sucht sich Opfer in anderen Kreisen. Warum hört er zwischendrin auf?"

„Gefängnis?", wirft Tony in den Raum.

„Bundeswehr vielleicht", sagt Marie. „Das war mal ein beliebter Karriereweg, um wegzukommen von zu Hause."

Ich nicke. „Denke ich auch. Etwas in der Richtung. Das ist ein Ansatzpunkt."

„Sie sollten telefonieren, Nessa", sagt Marie.

„Ja", entgegne ich. „Das muss warten bis morgen früh. Ich will sie nicht auch noch wecken. Ich will selbst noch einen Blick in diese Akten werfen."

„Moment", sagt Tony. „Telefonieren? Wecken? Wovon reden Sie?"

Marie dreht sich auf dem Stuhl herum, lächelt. „Nessas Chefin beim BKA hat Zugriff auf jede mögliche und unmögliche Datenbank. Kram, da werden Sie als normaler Bulle neidisch, glauben Sie mir. Wenn Nessa die Kiste mit Daten füttert, findet sie schneller Zusammenhänge, als wenn wir oder Sie in irgendwelchen Akten wühlen."

„Die Autorisierungsregeln sind streng. Chefsache", sage ich.

„Aha", sagt Tony Yamamoto.

„Es kommt allerdings auf die enge Auswahl der Daten oder Ereignisse an. Sonst ist das Ganze Zeitverschwendung. Aber so haben wir auch Zugriff auf Jugendakten etwa oder Dinge, die im Ausland passiert sind."

Tony legt die Stirn in Falten. „Das sollte gar nicht möglich sein."

„Nein", sage ich. „Nicht für Sie, daher sind die Regeln für den Zugriff ja so streng. Und Jugendakten beispielsweise sind ein wichtiger Hinweis. Solch extreme Verbrechen finden fast immer ihre Wurzeln in der Kindheit oder Jugendzeit."

„Hm", macht Tony. „Das könnte tatsächlich hilfreich sein."

„Auf jeden Fall", sage ich. „Gibt es noch etwas, Marie?"

Sie nickt, zieht einen handgeschriebenen Zettel unter dem Aktenstapel hervor und reicht mir das Blatt Papier. „Na, was glauben Sie?"

Ich werfe einen Blick darauf. Latein. Nach allem, was ich daraus entnehmen kann, Bezeichnungen für Körperpartien und ein Pfeil zu einem Gericht. Einem Teil vom Schwein. Schlachtfleisch.

„Ich habe mal verglichen“, sagt Marie. „Ich bin davon ausgegangen, dass der Tierfraß zwar stattgefunden hat, doch nur im geringeren Maß, und habe geschaut, was den Leichen tatsächlich entnommen wurde.“

„Nehmen Serienmörder nicht wahnsinnig gerne Trophäen mit?“, fragt Tony.

Marie nickt.

„Ja“, sage ich. „Die Hände würden da hineinpassen, nicht aber, dass sie entsorgt wurden. Ansonsten sind Organe beliebt bei diesen Typen. Herz, Leber, solche Dinge. Augen manchmal.“

„Oder ganze Köpfe“, sagt Marie. „Nicht diese Dinge. Die eignen sich weniger als Trophäen zur Aufbewahrung. Eher dienen sie einem anderen Zweck. Möglicherweise.“ Sie deutet auf die Liste. „Also, ich habe verglichen mit Teilen vom Schwein etwa und …“

„Es sind alles Teile, die man zum Kochen nehmen würde“, sage ich. „Wie wir vermutet haben.“

„Ja, es passt alles zu diesem Verdacht“, sagt Marie, „als würde man in den Supermarkt gehen und ein Stück Fleisch vom Schwein für den Sonntagsbraten kaufen.“

„Uargh“, bringt Tony hervor und verzieht das Gesicht. Selbst im fahlen Licht der kleinen Lampe wirkt er ungewöhnlich blass. „Widerlich. Er isst sie also tatsächlich, oder?“

Marie zuckt mit den Schultern. „Mir fällt nichts mehr ein, daran zu zweifeln.“

„Okay“, sage ich. „Wir wissen aufgrund der Spurenlage, dass die Fundorte keine Tatorte sind. Er schlachtet die Frauen wahrscheinlich. Also betrachtet er sie möglicherweise wie Vieh. Er braucht einen Ort. Ruhe, Abgeschiedenheit. Vielleicht hat er einen Schlachtraum. Aufbewahrung. Vielleicht seinen eigenen, ganz persönlichen Schlachthof."

„Und?", fragt Tony. „Was bedeutet das, Nessa? Ich hasse es, wenn Sie so kryptisch vor sich hin murmeln."

Ich hebe die Hand, zeige ihm die Innenfläche. Stopp. „Das heißt, dass wir nicht nach jemandem suchen, der in der Stadt wohnt. Eher nach einem abgeschiedenen Ort. Einem Bauernhof, Gutshof. Etwas in der Art."

„Das hieße ja …", setzt Tony an.

Ich nicke. „Der Täter kommt aus der näheren Gegend. Aus einer dieser Ortschaften, vielleicht aus Ihrer. Möglicherweise kennen Sie ihn."

Tonys Blick wirkt noch düsterer als zuvor. „Und warum dieser Wechsel der Opfer? Warum diese Risiken? Wie passt Sandra Lauen da hinein?"

„Das frage ich mich auch", antworte ich. „Das und wie er die Opfer findet. Sorgen Sie dafür, dass Lauen den Rechner seiner Frau direkt morgen früh zu uns bringt. Wir brauchen das verdammte Ding."

„Sie denken, wir finden eine Antwort darauf?"

„Möglicherweise", sage ich. „Vielleicht liegt es am Internet. Die Taten reichen weit zurück, nach dem, was wir annehmen müssen. Vielleicht hat das Internet seine Möglichkeiten vervielfacht. Früher hat er sich an Prostituierte gehalten, weil das die Frauen waren, denen er sich nähern konnte. Jetzt gibt es das Internet. Ein riesiger Fleischmarkt. Schöne neue Welt."

Bewusst oder unbewusst, Tony Yamamoto schüttelt sich. „Das ist so widerlich."

Mein Hirn spuckt Fragen aus. Beunruhigende Fragen, die ich in den Raum werfe. „Was wir nicht wissen, ist, wie lange er die Frauen behält. Sandra Lauen hat er gehen lassen. Hat er schon Ersatz? Hatte er noch eine andere? Oder braucht er ein neues Opfer? Und wenn er eine hat, wie viel Zeit bleibt ihr?"

„So oder so", sagt Tony. „Wir müssen diesen Mistkerl schnappen. So schnell es geht. Was ich immer noch nicht verstehe, ist, hat er Sandra Lauen gehen lassen? Oder ist sie geflohen?"

Ich zucke mit den Schultern. „Keine Ahnung. Wenn die Frau reden könnte. Vielleicht ist sie entkommen, und er ist ihr gefolgt. Dann hat er sie mit dem Auto erwischt und ist geflohen."

„Sie meinen, er dachte, sie ist tot, und ist abgehauen?", fragt Tony.

Ich nicke. „Vielleicht das. Vielleicht geht es nicht nur um das Essen, sondern auch um das Schlachten an sich. So würde er allerdings schnell eine Neue brauchen. Oder ihm war das Risiko zu hoch."

Er nickt und lehnt sich gegen ein Regal voller Aktenkartons. „Immerhin hat der alte Herr Wawert ihn möglicherweise gesehen. Also, sein Auto."

Marie dreht eine Strähne um einen Zeigefinger.

„Vielleicht war Sandra Lauen ja krank", sagt sie versonnen.

Ich blinzle. „Wie?"

„Ja", sagt Marie. „Hat das schon einmal jemand in Erwägung gezogen? Wenn er sie isst, ist er auf gutes Fleisch bedacht. Gesundes Fleisch. Niemand isst krankes Fleisch, oder?"

„Na ja", sage ich.

„Jaja, ich weiß." Marie winkt ab. „Aber ernsthaft, niemand würde bewusst Fleisch von kranken Tieren essen. Nicht, wenn er eine Wahl hat. Vielleicht ist das hier der Fall. Vielleicht ist

Sandra Lauen ja krank, und er hat das herausgekriegt und hat sie gehen lassen. Jedoch hat er es mit der Angst zu tun bekommen und hat sie überfahren."

Ich starre vor mich hin. „Das wäre eine Erklärung."

Tony nickt. „Ich lasse das überprüfen."

„So oder so", sage ich. „Er braucht ein Opfer, oder er hat schon eins im Blick, von dem wir nichts ahnen. Der Kerl steht unter Druck. Die Uhr läuft schneller. Wahrscheinlich werden wir bald erfahren, wie viel schneller."

# Kapitel 34

Er hat das Gaffa-Tape mit einem Ruck abgerissen. Ihre Lider schmerzen noch immer, brennen wie Feuer. Wahrscheinlich hängen ihre Wimpern an dem Klebebandstreifen.

Auch die Fesseln hat er Jennifer entfernt. Mit einem Taschenmesser.

In dem Augenblick, als er es aufschnappen ließ, blieb ihr Herz stehen. Für einen Moment. Für zwei, drei Schläge. Oder mehr. Oder weniger.

Sie hat geglaubt, sie müsste sterben.

In genau dieser Sekunde.

Aber es ist nicht passiert. Sie lebt noch oder ist zumindest nicht tot.

Dass sie sterben wird, glaubt Jennifer immer noch. Nur weiß sie nicht, wann.

Der Kerl steht vor ihr. Groß gewachsen, massiv. Grobe, starke Hände. Mehr erkennt sie nicht.

Es gibt eine einzelne Glühlampe, die an einem Draht an der niedrigen Decke hängt. Kein Fenster.

Die Funzel sorgt für einen schwachen Lichtschein.

Alles, was Jennifer sieht, sind Schatten.

Kaum zu glauben, dass sie diesen Typen unbedingt treffen wollte. Dass sie ihn wollte.

Jetzt will sie bloß weg. Das wird er nicht zulassen.

Sie sitzt auf dem Boden, presst sich an die Wand. Kalter, feuchter Stein, der sich durch ihre Kleidung gegen ihre Wirbelsäule drückt.

Jennifer ist froh, dass sie nicht erkennen kann, wie die Wand aussieht. Es riecht nach Schimmel. Jennifer will gar nicht wissen, was sie alles anfasst, berührt.

Whatever.

Der Kerl stiert sie an. Unbewegt steht er da, betrachtet sie wohl. Ein Schatten. In seinem Rücken das blasse Licht der Glühbirne.

Jennifer starrt zurück, zieht die Beine an, schlingt die Arme darum.

Soll er es endlich tun. Soll er sie ficken. Von ihr aus auch zweimal. Wenn er sie nur gehen lässt.

Vielleicht will er das gar nicht. Vielleicht will er sie nicht vergewaltigen. Was will er dann?

Jennifer versucht, das Zittern zu unterdrücken. Ihre Kehle ist zugeschnürt, ihr Hals rau.

Selbst wenn sie den Mut besäße, die Frage zu stellen, brächte sie kein Wort heraus.

Und jede Antwort, die ihr in den Sinn schießt, ist wohl noch schlimmer als eine Vergewaltigung, auch wenn das schwer vorstellbar scheint.

„Hast du Hunger?"

Seine Stimme ist der völlige Kontrast zur Umgebung. Zur Kälte, Feuchtigkeit und Dunkelheit. Zu allem.

Sie ist warm und weich, und Jennifer hasst sich dafür, so zu empfinden. Doch irgendwo ist sie froh, dass er spricht.

Diese Stimme. Wie kann jemand mit solch einer Stimme so ein Arschloch sein? So ein Psycho? So ein Irrer?

„Hast du Hunger?“, fragt er noch einmal.

Jennifer starrt ihn an, zittert, starrt. Sie nickt, befeuchtet die Lippen, öffnet den Mund. Das erste Wort bleibt in ihrer Kehle stecken.

„Ja“, bringt sie krächzend hervor.

Lächelt er?

Vielleicht will er sie quälen und hält ihr gleich vor, dass sie nichts zu essen bekommt. Oder er verpasst ihr ein Scheißsandwich, zwingt sie, es zu vertilgen.

Weiß der Teufel, was dem Mann einfällt.

Nichts dergleichen geschieht.

Er betrachtet sie offenbar noch einige Sekunden, verharrt im Halbschatten.

Schließlich geht er wortlos zur Tür, steht im Türrahmen, bückt sich, greift nach unten.

Jennifer kneift die Augen zusammen, erkennt, dass er etwas auf den Händen trägt.

Er nähert sich.

Instinktiv drückt sie sich stärker gegen die Wand, duckt sich. Wenn Jennifer könnte, würde sie in einer verdammten Mauerritze verschwinden.

Der Kerl steht vor ihr, beugt sich zu ihr herunter.

Er hält ihr einen Teller hin.

Das Essen riecht seltsam. Vielleicht sind wieder Drogen darin. Zerstampfte Kartoffeln, soweit Jennifer ausmachen kann. Erbsen und irgendein Fleisch. Dunkel, aber nicht wie Rind. Dem Geruch nach Schwein vielleicht.

Es spielt keine Rolle. Jennifer ist hungrig, verdammt hungrig. Sie hasst es, doch das Wasser läuft ihr im Mund zusammen.

„Nimm", sagt der Mann. „Bitte."

Ihr Magen krampft sich zusammen. Eigentlich kann sie schlagfertig sein. Nur nicht jetzt. Dennoch würde sie ihm gerne sagen, dass er sich seine verfickte Höflichkeit sparen kann – und sie gehen lassen soll.

Jennifer schweigt, starrt den Kerl an.

Er riecht besser als alles andere hier. Herbes Deo, ein Hauch von Schweiß.

Sie nickt zaghaft und greift nach dem Teller.

Lächelt er?

Er geht rückwärts, entfernt sich zwei, drei Schritte von Jennifer, verschwindet fast im Halbdunkel.

Erst jetzt bemerkt Jennifer, dass sie den Atem angehalten hat. Sie holt Luft, nimmt den Teller auf die linke Hand und die Plastikgabel in die rechte.

„Iss", sagt er, und nun klingt seine Stimme eine Nuance kühler. Immer noch angenehm, jedoch so, als ließe sie keinen Widerspruch zu.

Jennifer blinzelt, starrt auf den Teller, stochert mit der Gabel in den Kartoffeln herum.

Ein Messer hat sie nicht. Natürlich nicht. Das Fleisch ist zerkleinert, fast wie Geschnetzeltes. Es sieht wirklich komisch aus. Vielleicht liegt das am Licht.

Oder an der fast vollständigen Abwesenheit von Licht.

Jennifer isst.

Das Essen ist lauwarm. Dennoch schmeckt es irgendwie.

Nicht großartig. Nicht toll. Nicht wie das wunderbare Abendessen, das sie sich erhofft hat.

Der Hunger treibt es hinein.

Sie isst weiter, probiert die Erbsen, mehr von den Kartoffeln.

Dann das Fleisch.

Sehnig, seltsam. Das muss wirklich Schwein sein, denkt Jennifer und kaut.

Kurz hebt sie den Kopf.

Unbemerkt hat sich der Kerl näher an sie herangeschoben, Jennifer zuckt zusammen.

Wieder sieht es aus, als lächelte er.

„Heißt du wirklich Jennifer?"

Sie legt die Stirn in Falten. Kaut, schluckt.

Schließlich nickt sie.

„Du hast nicht gelogen im Internet?"

Sie schüttelt den Kopf. Worte brennen ihr auf der Seele, auf der Zunge und unter den Fingernägeln.

Nein, ich nicht, du Arsch. Aber du. Du bist ein verdammter Lügner und ein Psycho.

Sie schweigt. Kaut und isst weiter.

„Brav", sagt er.

Ein Schauer läuft über Jennifers Rücken, doch sie schweigt weiterhin. Hält den Teller fest und irgendwie auch sich selbst an dem Teller.

Sie isst weiter. Schweigend und unter dem wachsamen Blick ihres Kerkermeisters.

Sie isst alles. Die Kartoffeln, die Erbsen, das seltsame Fleisch. Besser fühlt sie sich nicht.

Nur weniger hungrig.

Was macht das für einen Unterschied?

Ist das nicht längst alles egal?

Jennifer hält den leeren Teller in der Hand. Der Typ macht einen Satz, reißt ihr das Essgeschirr und die Gabel aus der Hand.

Wieder steigt Jennifer sein Geruch in die Nase. Wieder glaubt sie, ein Lächeln zu erkennen.

Er stiert sie an, schweigt.

Irgendwo in ihrem geschundenen Verstand hofft Jennifer, dass er noch einmal etwas sagt.

So albern es ist, der Klang seiner Stimme macht diese ganze Scheiße irgendwie besser. Er gibt ihr das Gefühl, noch ein Mensch zu sein – und einen Menschen vor sich zu haben.

Das vage Gefühl, Hoffnung will sie es nicht nennen, dass sie noch nicht am Ende der Straße angelangt ist.

Er schweigt.

Dreht ihr den Rücken zu, geht zur Tür.

Dann löscht er das Licht. Er verlässt den Raum, schließt die Tür hinter sich. Wieder das metallische Knarren und Knacken.

Abgeschlossen.

Schritte auf dem Gang.

Der Mann geht weg – und aus irgendeinem Grund, den Jennifer nicht versteht, ist das noch schlimmer. Sie ist allein. In der Kälte. Dunkelheit. Allein.

# Kapitel 35

Es ist noch verdammt früh am nächsten Morgen. Ich sitze bereits im Kellerraum der Polizeidienststelle.

Unter Tonys Augen zeigen sich tiefe Ringe, die sich dunkel gegen seine Haut abheben. Stumpf glotzt er in seinen dampfenden Kaffee.

Meine Augenringe sehen wahrscheinlich schlimmer aus und ich wie ein übernächtigter Panda.

Jäger habe ich noch nicht erspäht. Auch die Kollegen, seine Untergebenen und glücklicherweise vor allem den Pfarrer nicht.

Kern lief mir im Gang über den Weg. Keine Neuigkeiten. Von meinen habe ich ihm nicht erzählt. Damit will ich warten, bis Lauen da war und den Laptop seiner Frau gebracht hat.

Es dauert nicht lange. Knappe zehn Minuten, in denen ich abwechselnd die Whiteboards angestarrt oder in meinen Kaffee gestiert habe.

Das Klopfen an der Tür reißt mich aus den Gedanken.

„Ja?", rufe ich.

Die Tür schwingt auf, und Kern erscheint im Türrahmen. „Herr Lauen ist hier. Er sagt, Sie erwarten ihn."

„Richtig", sage ich. „Lassen Sie ihn herein, Harald."

Tony schaut zu mir, dann zu den Whiteboards.

Den Tafeln, Zetteln, Fakten – und den Bildern.

Ich weiß, was er meint. Genau darum geht es ja. Manchmal lerne ich aus meinen Fehlern, manchmal spiele ich erneut ein riskantes Spiel.

Ich folge Tonys Blick, nicke ihm zu.

Er schüttelt den Kopf.

„Frau Wolf?" Lauen steht an der Türschwelle, unter dem Arm hat er den Laptop.

Er blickt an mir vorbei, streift die Whiteboards und die Bilder.

Was diesen Trick mit den Bildern angeht, habe ich gesehen, was ich sehen wollte. Es überrascht mich nicht.

Lauen hat etwas an sich, das meinen Solarplexus dazu bringt, sich zu melden. Es ist ein Gefühl. Intuition. Es bringt die feinen Härchen in meinem Nacken dazu, sich aufzurichten. Er ist kein Typ, mit dem ich einen Kaffee trinken gehen würde. Nicht freiwillig, sicher nicht.

Aber er ist kein Mörder. Er wirkt mehr wie ein Opfer als ein Täter. Eingeschüchtert. Er hätte nicht die Nerven, nicht die Stressresistenz, um zu tun, was der getan hat, den wir suchen.

Offen bleibt allerdings die Frage, was Sandra Lauen mit der ganzen Sache zu tun hat.

Bisher passt ihr Fall nicht ins Bild. Die Idee kam mir nachts irgendwann. Vielleicht hat sie am Ende nichts mit den bisherigen Leichenfunden zu tun. Vielleicht steckt bei ihr eine ganz andere Sache dahinter.

Ausschließen lässt sich das nicht, und genauso wenig lässt sich ausschließen, dass der saubere Herr Lauen etwas damit zu tun hat.

Im Moment kooperiert er, wirkt wie ein getretener Hund. Kollateralschaden in einem Spiel, das er nicht versteht – und zu groß für ihn ist.

Das ist eine Rolle, die dem Alphamännchen Lauen nicht behagt. Manchmal ist das Leben unfair, und mein Bauchgefühl sagt mir, dass Karma seinen eigenen Regeln folgt.

Lauen hält den Laptop hoch, tritt von einem Bein aufs andere.

„Danke, dass Sie den Computer Ihrer Frau vorbeibringen", sage ich und stehe von meinem Stuhl auf. „Der könnte uns weiterbringen."

Er nickt, befeuchtet seine Lippen, schluckt leer.

Ich gehe auf ihn zu. „Ist etwas nicht in Ordnung?"

Er tritt auf das andere Bein, verlagert das Gewicht. Ich erfasse ihn. Ganz.

„Es ist nur …" Lauen spricht zögerlich. „Sie werden auf dem Laptop etwas finden."

Ich bleibe stehen, spiele die Überraschte, sehe auf das Gerät, dann Lauen wieder in die Augen. „So?"

Lauen nickt.

„Sandra hatte …" Er gerät wieder ins Stocken. Ein Herzschlag vergeht, ein zweiter. Endlich spricht er weiter. „Sandra hatte eine Affäre, aber es ist nicht, was Sie denken."

Ich zucke mit den Schultern. „Was denke ich denn?"

Lauen wackelt mit dem Kopf. Zum ersten Mal scheint der Mann in dem eins neunzig großen Jungen vor mir durch. Der Ton seiner Stimme ändert sich. Scharf. Ungehalten. „Kommen Sie, ich weiß, wie das aussieht."

Ich bin eine gute Armlänge von Lauen entfernt, ziehe die Brauen hoch. „Keine Ahnung, was Sie meinen."

„Meine Frau hatte eine Affäre. Ich wusste davon. Ich war sauer, wütend, wollte Rache und so weiter. So laufen diese Geschichten doch, oder?"

„Kann sein", sage ich. „Lief Ihre Geschichte so?"

Er schüttelt den Kopf, sieht zu Boden. Sein Kehlkopf zuckt. Kleine Falten im Gesicht, kaum erkennbar, bewegen sich.

„Nein", sagt er, und seine Stimme klingt, als wollte sie den Dienst versagen. Der Mann scheint zu schrumpfen. „Nein."

Ich halte den Blick auf Lauen gerichtet. Fünf Sekunden, in denen niemand etwas sagt. Auch Tony nicht, der Lauen ebenfalls ansieht.

„Was fahren Sie eigentlich für ein Auto?", frage ich unvermittelt.

Lauen blinzelt. „Was?"

„Ihr Auto?"

Lauen schüttelt den Kopf, hält den Laptop immer noch vor sich wie ein mitgebrachtes Kuchentablett für den neuen Nachbarn.

„Einen Mazda."

„Farbe?"

„Blau."

Ich nicke, fahre mir durchs Haar und nähere mich Lauen. Ich strecke die Hände aus. „Okay, danke für Ihre Kooperation."

Er hält den Laptop fest, als wollte er ihn nicht hergeben, als wäre er das Bindeglied zu seiner Frau.

In diesem Moment wird es mir klar. Er bedauert. Er will nicht loslassen, kann nicht loslassen. Er vermisst sie.

„Sandra ist nicht die Böse", sagt er. Seine Stimme wird mit jedem Wort lauter. „Ich bin das Arschloch. Ich hatte eine Affäre. Verdammt, nicht nur eine. Sie war diejenige, die

Rache wollte. Ich weiß nicht, wieso. Nicht genau, heißt das. Sie war auf einmal auf diesem Trip.“

Ich lege die Stirn in Falten. „Was für ein Trip?“

„Es ging ihr nicht gut“, antwortet Lauen. „Sie schien häufig krank, und irgendwie hat sie angefangen, eine Liste abzuarbeiten.“

„Eine Liste abzuarbeiten? Was heißt das?“

Er schluckt leer. „Sie hat begonnen, Dinge zu tun. Verrückte Dinge. Tauchlehrgang, Fallschirmspringen. Sie ist Risiken eingegangen, dann kam eben diese Affäre.“

„Und Risiken einzugehen, passte nicht zu ihr?“, frage ich und beiße mir fast auf die Zunge. Passte. Ich spreche von Sandra Lauen in der Vergangenheitsform. Wie von einem Opfer. Von einer Toten.

Lauen bemerkt es offenbar nicht. Beachtet es nicht.

„Nein“, sagt er. „Nein, überhaupt nicht.“

Ich stoße in einem langen Zug den Atem aus.

„Und damit kommen Sie jetzt erst an?“, frage ich, und die Beherrschung fällt mir sofort schwer.

„Ich weiß, wie das aussieht“, sagt er in gedämpftem Ton.

Allerdings.

Ich schweige. Einen Moment lang, ein paar Sekunden.

„Was heißt das, Ihre Frau war häufiger krank?“, frage ich.

„Ich weiß es nicht genau, aber ich denke, es ist etwas Ernstes.“

Ich tausche einen flüchtigen Seitenblick mit Tony.

„Wir haben nicht mehr viel gesprochen, bevor …“ Er hält mir den Laptop hin, wirkt hilflos dabei. „Bevor das passiert ist.“

Ich nehme den Rechner entgegen.

„Ich habe das Passwort auf einen Zettel geschrieben", sagt er und drückt mir den ebenfalls in die Hand. „Früher hatten wir nicht so viele Geheimnisse. Na ja, sie nicht. Immerhin hat sie nicht daran gedacht, ihr Passwort zu ändern. Vielleicht wollte sie auch, dass ich es finde. Keine Ahnung."

Er zeigt auf den Zettel, blinzelt heftig, und der große Kerl sieht aus, als wäre er den Tränen nahe.

Damit habe ich nicht gerechnet.

„Danke, Herr Lauen", sage ich. „Sie stehen bitte bereit, falls noch Fragen auftreten."

Er nickt, lässt den Kopf hängen und wirkt wie ein sehr großer kleiner Junge, den man beim Klauen erwischt hat.

In flagranti. Mit der Hand in der Keksdose und Krümeln am Mund.

„Schließen Sie bitte die Tür beim Rausgehen!", rufe ich ihm hinterher. „Und halten Sie sich an den Beamten draußen auf dem Flur! Sie können hier nicht herumspazieren wie auf dem Marktplatz!"

Dann sind wir allein.

Ich stelle den Laptop auf einen Tisch, klappe ihn auf und drücke auf die Powertaste.

Lauens Zettel mit dem Passwort in der einen Hand, tippe ich mit der anderen auf dem Gehäuse des Computers herum.

Ich hasse es, wenn Rechner so lange brauchen, bis sie hochfahren. Der Laptop ist Standard. Fünfzehn-Zoll-Bildschirm, glänzend. Sieht alles wunderbar aus. Konsumentenschrott von der Stange.

Nun heißt es warten.

Es dauert gar nicht so lange. Wenigstens kommt das Ding nicht auf die Idee, Updates installieren zu wollen.

Das Eingabefeld für das Passwort erscheint, ich tippe es von dem Zettel ab.

Der Handschrift nach könnte Lauen auch Mediziner sein. Ich muss dreimal hinschauen und ebenso oft den Code eingeben, bis der verdammte Laptop zufrieden ist und endgültig hochfährt.

Im Kellerraum ist es still. Anspannung liegt in der Luft wie ein dicht gewebtes Tuch, das Tony und mich einhüllt.

Es ist ein seltsames Gefühl, einen fremden Computer einzuschalten, zum ersten Mal den Desktop zu sehen, in den Dateien zu suchen und neugierig zu betrachten, was die Nutzerin an Software installiert hat.

Oft ist es auch erhellend. Ein Desktop oder die Nutzeroberfläche eines Smartphones sagen sehr viel über einen Menschen aus.

Es gibt Leute, so ein Medientyp, dessen Name mir nicht einfallen will, kommt mir in den Sinn, die behaupten: Zeig mir deinen Startbildschirm, und ich sage dir, wer du bist.

Vielleicht ist sogar etwas Wahres daran. Ganz so einfach ist es dann doch nicht.

Sandra Lauens Desktop sieht aus wie Millionen andere. Standardhintergrundbild, das Blumenfeld, kaum Piktogramme, keine Ordner. Nicht einmal einer mit Katzenbildern. Standardbetriebssystem und eine ganze Palette herkömmlicher Software, die man auf jedem Rechner findet.

Ich bin kein ausgewiesener Experte, erst recht kein Nerd. Ich bin nicht wie Charly. Ich weiß einen Computer zu bedienen. Dieses digitale Zeitalter hat einen Haufen guter Dinge hervorgebracht, obwohl ich um die Nebenwirkungen weiß. Ich schaue nicht unter die Haube. Wenn mein Laptop funktioniert, genügt mir das.

Sandra Lauen tickt ähnlich. Nichts Ungewöhnliches, so weit der erste Blick reicht. Der Desktop ist allerdings recht aufgeräumt.

Zuletzt benutzt wurden der Browser, das E-Mail-Programm und Skype.

„Schon etwas gefunden?“, fragt Tony, den ich völlig vergessen habe, während ich in den Innereien der Dateiordner auf Sandra Lauens Laptop herumwühle.

„Hm?“ Ich strecke mich. Meine Lendenwirbel knacken. „Nicht wirklich. Standardkram. Nichts Ungewöhnliches. Für ihre Mails hat sie ein anderes Passwort benutzt und es nicht gespeichert.“

„Kluge Frau“, sagt Tony ausdruckslos.

„Ja. Da müssen wir den Ehemann wohl noch einmal belästigen.“

Tony zieht eine Grimasse. „Verdient hat er es.“

Ich nicke, klicke weiter, Ordner um Ordner. Ich öffne den Browser, klicke gelangweilt in die Chronik.

Und die hat sie nicht gelöscht.

Ich bin augenblicklich wieder voll da. Hellwach. „Aber hallo.“

„Was denn?“, fragt Tony. Er durchquert den Raum und sieht mir über die Schulter.

Ich zeige auf den Bildschirm. „Sie wollte sich möglicherweise scheiden lassen.“

„Tatsächlich“, sagt Tony. „Die Website einer Anwaltskanzlei. Scheidungsanwalt. Und was ist das? Partnersuche? Seitensprungportal?“

„Die gute Frau wollte es offenbar wissen“, sage ich und öffne eine Seite nach der anderen.

Hier bringt uns das Passwort für den Laptop nicht weiter.

„Mist!“, flucht Tony. „Können Sie das irgendwie knacken?“

Ich blicke über die Schulter. „Sehe ich aus wie ein Hacker?“

Tony lässt die Mundwinkel hängen. „Hätte ja sein können.“

„Nein“, sage ich. „Wir brauchen die Passwörter. Ich bezweifle, dass ihr Mann sie kennt.“

„Ja“, sagt Tony. „Doch das wusste er alles. Das konnte er einsehen, und es liefert ihm ein gutes Motiv.“

„Das stimmt.“ Ich schüttle den Kopf. „Nur er war es nicht. Sie haben ihn erlebt. Die Körpersprache. Der Mann ist schuldig. Auf seine Art. Schuldig, ein schlechter Ehemann und ein Arschloch zu sein. Seine Frau hat er nicht auf dem Gewissen.“

Tony stutzt.

„Was?“, frage ich.

Er legt die Stirn in Falten. „Sie reden, als ob sie gestorben wäre.“

Ich atme in einem langen Zug ein und wieder aus.

„Ich weiß“, sage ich und schweige wenige Sekunden. „Verdammt, wir brauchen diese Passwörter.“

Tony sieht mich an. Einen Augenblick, einen Moment. Wenigstens zehn Sekunden. „Oder jemanden, der sich damit auskennt.“

„Womit?“

„Mit dem Knacken von Passwörtern.“

„Japp, das wäre …“ Weiter komme ich nicht. Ein Klopfen an der Tür unterbricht mich. „Ja?“

Es ist wieder Kern. Es bedarf nicht vieler Worte. Ich weiß, was los ist.

„Ist sie schon tot?“, frage ich.

## Kapitel 36

Derselbe Raum, dieselben langen Gesichter, die sich um Jägers Tafelrunde versammeln, mit tieferen Sorgenfalten und noch bedrückteren Mienen. Ginge es um diese Kerle, könnte es mir ja egal sein, leider geht es um den Fall – und alles, was daran hängt.

Ich reibe das Gummiarmband am linken Handgelenk fest über meine Haut, als ich verstohlen in die Runde blicke.

Man glaubt beinahe, auf einer Beerdigung gelandet zu sein.

Wenn es schlecht läuft, ist der Gedanke allerdings nicht abwegig. Das könnte ebenso gut das Vorspiel zu einem Begräbnis werden.

Nur dass, wenn es so richtig mies läuft, vielleicht nicht einmal etwas übrig bleibt, was sich bestatten lässt.

Ich denke an die Hände, die Sven Stiller im Wald gefunden hat. Vorausgesetzt, seine Geschichte stimmt, davon gehe ich momentan aus.

Kalte Schauer befallen mich. Spinnenbeine krabbeln mein Rückgrat entlang nach oben.

Diese Gedanken muss ich loswerden, abschütteln. Sie gehören nicht hierher. Noch ist es nicht so weit.

Ich sehe auf zu der Tafel. Jägers Tafel, an der noch ein einzelnes Bild klebt.

Das Foto einer jungen Frau. Blond, ein zaghaftes Lächeln im Gesicht und Augen, die auf eine schwer fassbare Weise traurig wirken.

Ich ahne, was passiert ist. Nein, ich weiß es. Diese junge Frau ist verschwunden. Jäger kennt sie. Da bin ich mir sicher.

Es ist Druck im Spiel. Neuer Druck. Stärker als zuvor, selbst Jäger spürt ihn jetzt.

Ich weiß noch nicht, wieso, aber ich bin überzeugt, dass sich das in den nächsten Minuten herausstellen wird.

Irgendetwas ist an dieser Frau anders. Anders als an Sandra Lauen und erst recht anders als an den Prostituierten, die bis heute niemand vermisst hat.

Einige meiner Vermutungen treten also ein. Der Kerl brauchte ein neues Opfer. Er hat eines gefunden.

Die Frage, die sich stellt, ist: Wie viel Zeit bleibt dieser jungen Frau mit den traurigen Augen – und uns?

„Guten Morgen", sagt Jäger mit rauer Stimme, auch wenn man seinem Gesicht ansieht, dass es kein guter Morgen ist. Ganz und gar nicht.

Er atmet tief ein. Bauch und Brust blähen sich unter seiner verrutschten Krawatte auf. Schweiß glänzt auf Jägers Stirn.

Nein, es ist wirklich kein guter Morgen.

Er zeigt zur Tafel, auf das Bild.

„Unser Fall hat an Brisanz und Dringlichkeit gewonnen", sagt er, und sein Blick fällt auf mich.

Der Mann sieht mich einen Moment länger an als nötig. Stummer Vorwurf, stille Anklage.

Warum haben Sie den Mistkerl noch nicht geschnappt, Wolf, wenn Sie so eine große Profilerin sind?

Er sagt es nicht, doch seine Gedanken stehen ihm ins Gesicht geschrieben.

Ich weiß es, und er weiß, dass ich es weiß.

Das spielt nun keine Rolle. Ego ist hier fehl am Platz. Daran muss ich mich selbst manchmal erinnern.

„Das ist Jennifer Schöttner“, sagt Jäger.

Der Name löst etwas aus. Nicht unbedingt bei mir, denn mir sagt er nichts, aber bei den anderen. Es ist beinahe greifbar.

Ich lasse den Blick schweifen. Unruhe herrscht im Raum. Raunen und Flüstern hier und da. Erlmann, der verdammte Pfarrer, von dem Gott allein weiß, warum er wieder da ist, setzt eine professionelle Miene auf. Er sieht aus, als stünde eine Beerdigung auf seinem persönlichen Stundenplan.

Koch beugt sich zu Sauer. Tuscheln. Leise, dennoch vernehmlich.

Jäger räuspert sich.

„Eine Freundin hat sich gemeldet. Sie hat eine Weile nichts von ihr gehört und macht sich Sorgen. Erste Nachforschungen haben ergeben, dass Fräulein Schöttner nicht zu Hause war. Auch sonst weiß niemand, wo sie steckt.“ Er zögert, wippt auf den Fußballen, lehnt sich vor. Fast scheint es, als würde er vornüberfallen, stünde nicht der Tisch vor ihm. „Wir haben die Familie kontaktiert. Man macht sich Sorgen. Insbesondere angesichts der kürzlichen Ereignisse in der Gegend. Die Menschen sind beunruhigt, und es ist anzunehmen, dass spätestens jetzt die Medien mehr als aufmerksam sind.“

Jäger holt Luft, und bevor er zu einem neuerlichen Redeschwall ausholen oder Jennifer noch einmal Fräulein nennen kann, mache ich einen auf Tony Yamamoto – ich unterbreche Jäger.

„Wer ist das?"

Der Mann starrt mich an. Er mag es tatsächlich nicht, unterbrochen zu werden. „Dazu wollte ich gerade kommen."

„Schön", entgegne ich. „Also?"

Aber Jäger ist nicht willens oder fähig, über Jennifer zu reden. Er beantwortet die Frage nicht, redet nur über ihren Vater.

Hans-Joachim Schöttner.

Den Gesichtern und der Reaktion auf die Nennung des Namens nach sollte ich ihn kennen, habe jedoch nie von ihm gehört.

Unauffällig fasse ich in die Tasche, grabe nach meinem Smartphone. Ich werde den Mann wohl googeln müssen und Jennifer gleich mit, denn Jäger tut, was er am besten kann.

Er redet viel – und sagt fast nichts.

„Jennifers Vater ist …" Jäger gerät ins Stocken, sieht zur Tür.

Geräusche auf dem Flur. Polternde Schritte, Stimmen. Durcheinander. Theater.

Ich nehme den Blick vom Handy.

Die Tür fliegt auf. Der Mann füllt den Türrahmen nahezu aus. Es ist nicht nur die Statur. Es ist vor allem die Haltung. Präsenz. Er strahlt etwas Militärisches aus.

Grauer Anzug, blaue Krawatte, akkurat gebunden. Gut geschnitten, maßgeschneidert.

Der Mann wird an die sechzig sein, das ist schwer zu schätzen. Das Haar ist grau, dicht und voll. Die Haut leicht gebräunt. Entweder kommt er gerade aus dem Urlaub, oder er hilft nach. Er ist es gewohnt, sich Gehör zu verschaffen. Um Aufmerksamkeit zu bitten, kennt er nicht.

Ein Machtmensch. Durch und durch.

Seine Stimme ist klar, schneidend. Wie ein Diamant auf Glas. „Wo ist sie?“

Ich weiß es, noch bevor mir die Idee kommt, per Smartphone nach dem Mann zu suchen, um ein Foto mit der Realität vor mir abzugleichen. Es gibt keinen Zweifel. Ihr Vater ist da.

Jäger hebt beide Hände, geht einen Schritt zurück. Sein Kopf taucht neben dem Bild der Vermissten auf.

Die Augen des Ankömmlings zucken hin und her zwischen dem Foto und Jägers schwitzendem hochroten Schädel.

„Wo ist sie?“, fragt der Mann noch einmal.

„Beruhigen Sie sich, bitte, Hans-Joachim“, sagt Jäger beschwichtigend.

Man kennt sich also.

Ich werfe einen flüchtigen Blick auf mein Smartphone, tippe schnell. Ich suche, Google findet.

Hans-Joachim Schöttner. Landtagsabgeordneter. Das ist er.

Ein Politiker. Großartig.

Und so, wie sich Jäger gebärdet, ist Schöttner der dickste Hecht in diesem Karpfenteich – oder er hält sich wenigstens dafür.

Schöttner ist aufgebracht. Er redet sich in Rage. Nicht laut. Er wirkt bei aller Aufregung immer noch kühl, kalkuliert. Seine Maske sitzt wie seine Krawatte.

Dennoch, das meiste von dem, was er von sich gibt, ist Unsinn. Das ist in Ordnung. Menschen reden Unsinn, erst recht, wenn sie unter Druck stehen und diesen an ihre Umgebung abgeben wollen.

Andere unter Druck setzen wollen, weil sie nicht anders können.

Schöttner tut, was Menschen wie er in Situationen wie diesen immer tun. Sie mischen sich ein. Sie müssen handeln. Etwas tun. Warten und andere handeln lassen, ist nicht ihre Sache. Sie können das nicht.

Das verstehe ich.

Dass er hier ist, dafür habe ich kein Verständnis. Noch weniger dafür, dass sich dieser Mann in die Ermittlungen einmischt.

Er sollte gar nicht hier sein.

Allerdings scheint das niemanden zu stören. Niemanden außer mir.

„Wir müssen die Öffentlichkeit ins Boot holen!“, fordert Schöttner. „Ich setze eine Belohnung aus, und wir haben den Mistkerl ganz schnell. Ihr werdet sehen. Jeder kennt irgendwen. So beenden wir die Sache.“ Sein Blick streift mich. Es scheint, er wusste, wer ich bin, bevor ich wusste, wer er ist. „Und ich kriege meine Tochter zurück. Ich …“

„Halten Sie die Klappe!“

Es ist sofort still. So still, dass man nicht nur die verdammte klischeebehaftete Stecknadel fallen hören könnte. Nein, es ist so still wie in einer Arena. Der Kampf des Jahrhunderts kurz vor dem entscheidenden Moment.

Oder irgendein ähnlicher Bullshit.

Aber es ist nicht falsch. Es hat etwas davon. Er ist der Stier. Groß, gefährlich. Rasend vor Wut. Ich der Matador. Eine Rolle, die mir nicht behagt. Vor allem, weil Stierkampf ein grausiges Spektakel ist und Matadore Arschlöcher sind.

Schöttner starrt mich an. Blanke Wut in seinen Augen. Fast erwarte ich, dass ihm Dampf aus den Ohren kommt.

Jedoch ist da auch etwas anderes. Etwas, das nicht zu dem Mann passt.

Entsetzen. Angst. Vielleicht hat er zum ersten Mal in seinem Leben wirklich Angst.

Er liebt seine Tochter. Er fürchtet um sie.

Möglicherweise wird ihm das gerade klar. Vielleicht zum ersten Mal. Und vielleicht fürchtet er, dass er ihr das nicht ein einziges Mal wird sagen können.

„Wer sind Sie?“, fragt er. Seine Stimme ist nicht laut, dennoch klar vernehmlich. Kein Zittern, kein Stocken.

Schöttner hat sich wieder in der Gewalt.

„Wolf“, antworte ich. „Nessa Wolf, BKA.“

Schöttners Brauen zucken. „Sie sind diese Profilerin, ja?“

Er tut so, als wäre ihm das gerade eben eingefallen, als hätte er flüchtig von mir gehört.

Das stimmt nicht. Er weiß genau, wer ich bin. Eine typische Geste. Machtmenschengehabe. Ein Spiel. Lästig. Überflüssig.

„In der Tat“, sage ich.

„Sie sollen doch so gut sein“, entgegnet Schöttner. „Warum ist das denn passiert?“

In mir ringen mein Herzschlag und ein Kloß im Hals mit der Einsicht, dass ich seine Sorge und seine Impulse verstehe. Er drückt die Knöpfe, die er kennt. Bloß sind das nicht meine.

Ich zucke mit den Schultern. „Ich kann nicht zaubern, Herr Schöttner, und hellsehen auch nicht.“

Schöttner ballt die Hände zu Fäusten, tut einen Schritt nach vorne. Seine Augen verengen sich. „Mir ist egal, was Sie können oder nicht. Ich will meine Tochter zurück."

„Dann halten Sie sich aus der Ermittlung heraus und lassen uns alle arbeiten", sage ich. „Nur so haben Sie eine Chance, Ihre Tochter wiederzusehen."

Schöttners Blick flackert. Er öffnet den Mund, presst die Lippen zusammen. Sie zittern leicht. Für einen Moment, den Bruchteil davon. „Dann tun Sie Ihre Arbeit auch. Was schlagen Sie vor?"

„Zunächst einmal sollten Sie gar nicht hier sein."

„Ich bin aber hier!"

Ich lasse die Augen auf Schöttner ruhen. Einen Moment länger als er seine auf mir.

Seine Schultern sinken, millimeterweise. Er öffnet die Fäuste, fasst sich an die Krawatte. Sie sitzt perfekt. Immer noch. Dennoch richtet er sie und macht einen Schritt zurück.

Eins zu null für mich.

Jetzt muss ich liefern.

„Wir müssen unsere Kräfte bündeln", sage ich. „Alle an einem Strang ziehen. So wie es aktuell läuft, führt das zu nichts." Mein Blick streift das Bild an der Tafel. Die traurigen Augen. Jennifer. Bisher ging es um etwas anderes. Um Aufklärung. Verbrechen an Frauen, die schon gestorben sind. Oder fast gestorben.

Mit Jennifer ist es etwas anderes. Sie lebt noch. Hoffentlich. Doch ihre Zeit läuft ab.

„Na, das ist ja wunderbar, das aus Ihrem Mund zu hören", sagt Jäger, der noch einmal nachschnappt, die Lippen öffnet und schließt wie ein Fisch auf dem Land. „Bisher haben Sie sich fein zurückgehalten, haben sich in den Keller zurückgezogen. Bisher habe ich von Ihnen noch nichts gehört, was den Fall tatsächlich vorwärtsbrächte."

Ich lächle kalt. „Ich bevorzuge es, mich erst den Fakten zu widmen, sie zu sammeln, darüber nachzudenken – und danach zu reden."

Jäger schnappt immer noch nach Luft.

Ich wende mich an Schöttner. „Sie sollten gehen. Wir besprechen hier Ermittlungsdetails, die …"

„Ich bleibe", sagt er. „Es ist meine Tochter."

Ich atme tief ein und in einem langen Zug aus, schaue wieder Jäger an, der abwinkt.

„Sie sollten das wirklich nicht hören", insistiere ich. „Nicht nur, dass es brisante Details sind, die ausschließlich für die Ermittler bestimmt sind. Es handelt sich auch um sehr hässliche Details, die ich, wenn es um meine Tochter ginge, nicht hören wollen würde."

„Es geht aber nicht um Ihre Tochter", entgegnet Schöttner. „Es geht um meine Tochter. Um Jennifer."

Ich glaube fast, es ist das erste Mal, dass er ihren Namen nennt und nicht „meine Tochter". Jennifer.

„Sie sollten gehen", wiederhole ich. „Jetzt. Und nehmen Sie den Pfarrer gleich mit."

„Ich war in Afghanistan und im Irak, Frau Wolf", sagt Schöttner. „Mit hässlichen Dingen kenne ich mich aus."

Ich nicke, zucke mit den Schultern.

„Na gut", sage ich und tische meine Fakten auf. Ein mündlicher Bericht, der nichts auslässt. Kein Stück des grässlichen Verdachts. „Er isst sie, denke ich", schließe ich meinen Vortrag ab. „Wir haben es mit einem Kannibalen zu tun. Der Typ, den wir suchen, tötet seine Opfer, um sie zu essen."

Und dann eskalieren die Dinge.

Bei Kannibalismus drehen alle durch.

„Ein Kannibale?", fragt Jäger entgeistert, als sich das Gemurmel allmählich legt. „Sie glauben, es ist ein Kannibale? So wie dieser Hannibal aus dem Kino?"

„Nicht ganz", sage ich. „Hannibal ist …"

Jäger lässt mich nicht ausreden. „Waren Sie zu lange an der Sonne, Wolf? Wir sind nicht in Hollywood."

Ich ignoriere seine kleinen Nadelstiche. Soll er sich in Beleidigungen ergehen. „Es ist ein extremes Verhalten. Menschen essen Menschen. Selten, doch es passiert. Finden Sie sich damit ab. Vielleicht erinnern Sie sich noch an Rotenburg? Das liegt auch nicht in Kalifornien."

Jäger schüttelt den Kopf, fährt sich durchs Gesicht, das immer noch gerötet ist. Der Schweißfilm auf seiner Stirn glänzt. „Ich glaube, Sie liegen falsch. Wir sollten uns auf diesen Jungen konzentrieren. Wir haben den Verdacht, die Hinweise, und er hat nun einmal diese Hände gefunden. Dann die Rituale …"

„Was für Rituale?", fragt Schöttner. „Was für ein Junge? Es gibt einen Verdächtigen? Und Sie sitzen alle hier herum?"

Ich hebe die Hand. „Es gibt keinen Verdächtigen, und es gibt keine Rituale."

Der Pfarrer mischt sich ein. Das hat mir gerade noch gefehlt.

„Zugegeben", sagt Erlmann. „Ihre Kannibalengeschichte klingt ein wenig abwegig. Diese Jungs und ihre Rituale und ihre Vergangenheit sind hingegen sehr real, Frau Wolf.

Das hört sich für mich als 'Laien' viel nachvollziehbarer und …"

„Abwegig?", frage ich etwas lauter als gedacht. „Abwegig? Wissen Sie, was abwegig ist? Ihre Theorie vom Satanskillerkult. Von mörderischen Jugendlichen. Dieser ganze Unfug ist abwegig. Das ist keine Ermittlung. Sie haben nichts und klammern sich an Strohhalme. Das ist ein Sauhaufen, in dem Priester und Politiker herumfuhrwerken, wie es ihnen passt. Darum kommen wir nicht vom Fleck. Und wenn es so weitergeht, wird alles, was wir von Jennifer noch finden werden, eine abgetrennte Hand sein. Wenn überhaupt."

Stimmen branden auf.

„Beruhigen Sie sich! Ruhe!" Jägers Schädel glüht rot. Es sieht aus, als wollte er jede Sekunde platzen. „Verdammt noch mal!"

Ich halte inne, atme flach. Mein Herz pocht schneller, als es sollte. Blut rauscht durch meine Ohren.

Nun bin ich der verdammte Stier im Angesicht einer Übermacht verdammter Matadore. Das ist immerhin eine Rolle, die ich kenne.

Meine Schultern schmerzen. Anspannung.

Am Rand meines Sichtfelds nehme ich eine Bewegung wahr. Kern, der bislang geschwiegen hat, ruhig dagesessen und zugehört hat.

Er kommt auf mich zu, hebt beschwichtigend die Hände.

„Was ist?", frage ich und ertappe mich dabei, dass mein Ton umgeschlagen ist in den eines störrischen Teenagers.

Ich hasse es.

„Ganz ruhig, Nessa", sagt Kern gedämpft. „Ich bin auf Ihrer Seite. Nehmen Sie sich zusammen. Tun Sie sich den Gefallen und mir. Oder wenigstens ihr.“ Sein Blick zuckt zu Jennifers Bild an der Tafel. „Im Moment helfen Sie niemandem und schon gar nicht dem Ansehen der Fallanalyse. Sie sind eine gute Ermittlerin. Ich weiß das. Ich schätze Sie, aber Ihnen gehen die Gäule durch. Sie sind zu involviert. Konzentrieren Sie sich. So helfen Sie niemandem.“

Ich atme, hole Luft. Verstohlen greife ich an mein Armband, ziehe daran und lasse es gegen mein Handgelenk schnappen. Es ist gerade schmerzhaft genug, mich im Hier und Jetzt zu verankern.

Mein Herz schlägt weiter. Etwas langsamer. Ich schaue in die Runde.

Alle starren mich an.

Alles und nichts geht mir durch den Kopf.

Ich sehe Kern an.

„Sie haben recht“, antworte ich. „Harald, Sie haben recht.“

Er nickt, geht einen Schritt zurück und wieder an seinen Platz, setzt sich und nickt mir noch einmal zu.

Ich atme durch, blicke in die Runde, fasse mir an die Stirn.

„Es tut mir leid“, sage ich. Die Worte schmecken wie alte Socken, aber wahrscheinlich müssen sie gesagt werden. „Konzentrieren wir uns auf den Fall. Auf die Fakten. Unsere Hinweise, unsere unterschiedlichen Ansichten und Verdachtsmomente sind zurzeit gleichgültig. Wir müssen neu ansetzen. Bei Jennifer.“ Ich zeige auf das Bild. „Es geht um sie. Um ihr Leben. Allein darum.“

Schöttner presst die Lippen zusammen, nickt zackig wie ein Soldat. Erlmann schweigt, die übrigen Zinnsoldaten sowieso.

Jäger sieht mich an. „Also?“

Mein Kopf ruckt herum, ich fasse Schöttner ins Auge. „Hat Ihre Tochter einen Laptop oder einen Computer? Irgendetwas in der Art?“

Er blinzelt, nickt. „Ja, sie hat einen Laptop, glaube ich. Der müsste in ihrer Wohnung sein. Wieso?“

„Prima“, sage ich. „Den brauchen wir. So schnell es geht. Und wir müssen mit allen reden, die Jennifer nahestehen.“

„Sie hat nicht viele Freunde, und ich bin hier“, sagt Schöttner. „Fragen Sie.“

„So funktioniert das nicht“, sage ich. „Jennifer hat Freunde und eine Mutter, oder nicht? Mit der wollen wir auch reden. In aller Ruhe. Allein.“

„Ich verstehe nicht“, sagt Schöttner. „Sie hat eine ganz gute Freundin. Ich kann Ihnen die Adresse geben. Reden Sie mit Madita, wenn es sein muss. Andere Freunde kenne ich nicht. Ich …“

„Wir brauchen ein umfassendes Bild“, sage ich. „Alle verfügbaren Informationen. Nicht nur die Sichtweise eines Vaters. Wir müssen Jennifers Leben auf den Kopf stellen, wenn wir es retten wollen.“

Schöttner senkt den Blick, massiert die linke Hand mit der rechten. Schließlich nickt er. „Sie bekommen, was nötig ist, um meine Tochter zu finden. Ich besorge Ihnen den Computer. Treffen Sie mich in, sagen wir, zwei Stunden bei mir zu Hause. Meine Frau wird zugegen sein.“

„Gut“, erwidere ich. „Wir werden da sein. Aber den Rechner holen wir ab. Bleiben Sie Jennifers Wohnung bitte fern. Das ist jetzt Sache der Ermittler.“

Schöttner presst die Lippen zusammen, starrt durch mich hindurch. „Frau Wolf, ob Sie mir sympathisch sind oder nicht, Sie erhalten von mir jede Unterstützung, die Sie benötigen. Finden Sie meine Tochter. Ich hoffe, Sie sind so gut, wie man hört. Also, finden Sie Jennifer."

Meine Mundwinkel zucken. „Das ist der Plan."

# Kapitel 37

Jennifers Wohnung liegt im dritten Stock eines vierstöckigen Mietshauses. Gepflegt, recht modern. Die Hausordnung in übergroßen Buchstaben gleich neben der Eingangstür. Wahrscheinlich wohnen hier viele alte Menschen. Ungewöhnlich für eine junge Frau wie Jennifer. Ein ruhiges Haus, wie es auf den ersten Blick erscheint.

Die Aufzugtüren schließen sich, der Fahrstuhl ruckt an, surrt hinauf.

„Hat jemand Schreie gehört?", frage ich.

Tony Yamamoto schüttelt den Kopf, stiert die Ziffern an, die das Stockwerk anzeigen. „Nein, keine Schreie, keine Kampfspuren. Die Spurensicherung ist durch. Wir können uns umsehen."

Ein weiterer Ruck. Der Aufzug hält an. Die Türen öffnen sich, und Tony stößt die Luft aus.

„Probleme mit Aufzügen?", frage ich.

„Es geht schon", antwortet er und winkt ab. „Enge Räume … Es gibt angenehmere Dinge."

Er zieht einen Schlüssel hervor. Jennifers Wohnungstür liegt mittig auf der Etage zwischen zwei weiteren, gut erkennbar am polizeilichen Siegel.

„Wurden die Nachbarn schon befragt?“

„Ja“, sagt er und macht sich mit einem Taschenmesser daran, das Siegel möglichst unauffällig zu durchtrennen. „Keiner hat etwas gehört oder gesehen. Keiner kennt Jennifer. Sie ist die nette junge Frau von nebenan. Im Haus wohnen sonst nur ältere Leute.“

„Hm.“

„Was?“, fragt Tony.

Ich schüttle den Kopf.

Er hantiert mit dem Schlüssel am Schloss herum, probiert mehrere am Bund nacheinander. „Alle Fingerabdrücke in der Wohnung stammen von Jennifer.“

„Woher haben wir ihre Abdrücke?“, frage ich.

„Ein altes Jugendvergehen.“

„Teenagersünden?“

„Nicht nur“, erwidert er. „Geklautes Auto, Einbruch. Drogen, Alkohol. Eine ganze Palette. Eigentlich erstaunlich, dass nicht mehr haften geblieben ist als Jennifers Fingerabdrücke in einer alten Akte.“

„Tja“, sage ich. „Da hat wohl jemand richtig ordentliche Arbeit geleistet.“

Jennifer hatte also Dreck am Stecken. Nicht ohne, aber auch nichts Ernstes. Rebellion gegen den Vater vielleicht. Vorstellbar, dass er dafür gesorgt hat, damit die Sache im Sande verläuft. Da bin ich mir fast sicher, weil dieses Spiel so gespielt wird, auch wenn es ein Klischee ist.

Politik an sich ist ein Klischee.

Hans-Joachim Schöttner beschützt seine Tochter, indem er sie umklammern möchte. Jennifer lehnt sich dagegen auf. Er schafft die lästige Sache aus der Welt. Die Fingerabdrücke in der Datenbank konnte er nicht aus der Welt schaffen.

Es wirft ein Licht auf die Beziehung. Nach allem, was ich bisher weiß, auf Jennifers wichtigste Beziehung.

Eine Gemeinsamkeit mit Sandra Lauen. Beide steckten in einer Verbindung mit einem übergroßen, erdrückenden männlichen Part. Bei der einen der Ehemann, bei der anderen der Vater.

„Wissen Sie, was ich nicht verstehe, Nessa?"

„Wie man ein Schloss öffnet?"

„Haha", macht Tony und schüttelt mit einem grimmigen Lächeln den Kopf. „Nein, das nicht. Wieso sucht sich der Täter Frauen wie Jennifer aus? Oder Sandra Lauen? Das ist viel schwieriger als Sexarbeiterinnen und Drogenabhängige."

„Ich weiß", sage ich. „Vielleicht wird er risikofreudiger. Vielleicht ist es nicht derselbe Täter."

„Glauben Sie das?"

„Nicht wirklich", antworte ich. „Nicht bei diesen extremen Verbrechen, aber möglich. Es ist nicht auszuschließen. Vielleicht zwingt ihn irgendetwas dazu. Vielleicht wird er älter. Vielleicht muss er auf andere Art und Weise Kontakt aufnehmen. Er muss die Frauen näher an sich heranbringen."

„Um Kontakt über das Internet aufzunehmen?" Tony steckt den nächsten Schlüssel ins Schlüsselloch. „Der muss es sein. Sie denken wieder an diese Website auf Sandra Lauens Laptop."

Es ist keine Frage, eher eine Feststellung.

„Genau", sage ich. „Daran denke ich."

„Das sind ziemliche Veränderungen in seinem Vorgehen. Für mich ist das unlogisch. Dafür muss es eine Erklärung geben."

„Allerdings", sage ich. „Die gibt es sicher. Doch was Sie erwarten, ist eine tiefgehende, psychologisch begründete Erklärung, Tony. Das ist nicht wie im Fernsehen oder im Krimi. Im wahren Leben sind die Erklärungen oft banal. Vergewaltiger, die von ihren Opfern ablassen, weil diese nach Knoblauch riechen. Solche Dinge passieren. Die Realität ist flexibel und vor allem nicht immer logisch. Haben Sie es jetzt bald?"

Tony seufzt, das Schloss klackt, die Tür schwingt auf. Ich lasse ihm den Vortritt und betrete nach ihm die Wohnung von Jennifer Schöttner.

Es ist immer seltsam, in eine fremde Wohnung einzudringen. Ein komisches Gefühl. Man dringt in die Intimsphäre eines anderen Menschen ein, schnüffelt herum. Kommt sich vor wie ein Einbrecher, der nicht nach Wertgegenständen, sondern nach Wahrheit sucht. Nach Fakten, Hinweisen, Puzzlestücken.

Und der andere Mensch ist nicht da, meist nie wieder. Kann nichts erklären, nichts rechtfertigen.

Man setzt ein Bild zusammen, ein Puzzle und weiß nie, ob alle Teile zusammenpassen.

Bei Jennifer besteht noch Hoffnung. Darüber reden werden wir nie.

In der Wohnung ist es still. Es riecht nach gar nichts außer einem schwachen Rest eines blumigen Dufts. Vielleicht ein Parfüm.

Es gibt einen kleinen Vorraum, eine Tür ins Badezimmer, eine ins Wohnzimmer, die zugleich Schlafraum ist. Eine Schlafcouch an der einen Wand, die mehr Bett als Couch ist. Das Bett ist gemacht, einer Inspektion durch den überkorrekten Veteranen, den Jennifer ihren Vater nennen darf, würde es wohl nicht standhalten.

Ich durchmesse den Raum. Weicher, kurzfloriger Teppichboden. Die Bettwäsche ist sauber, riecht nach Frühling. Gerade frisch bezogen.

Doch das ist nicht die Quelle des schwachen Blumendufts.

Auf dem Bett sitzt ein Teddybär. Brauner Stoff, alt und abgegriffen. Ein Knopf im Ohr. Vielleicht ein Andenken an bessere Zeiten.

Im Wohnraum stehen wenige Möbel. Eine Mischung aus Grau, Schwarz und Weiß. Kaum Tand oder Nippes. Eigentlich nichts, außer dem Teddybären. Eine Mischung aus IKEA-Möbeln und ein paar wenigen, teuer wirkenden Designerstücken. Vielleicht Geschenke von Papa.

Es passt nicht zusammen.

Ein halb leeres Regal. Bücher, nichts Bemerkenswertes. Einige Liebesromane, ein paar Thriller mit mal mehr, mal weniger reißerischen Titeln wie *Blutzeit* oder *Nachtflüstern*. Unvermeidlich wohl die Reihe, in der es um einen Millionär und sein Spielzimmer samt Gespielin geht.

Ich rolle mit den Augen. Hart.

Wer schreibt so etwas? Und: Wer liest das?

Ein flacher Tisch mit einem Laptop.

Das ist bisher das Interessanteste, doch bevor ich mich daran festbeiße, will ich mir einen Überblick verschaffen.

Die Wohnung ist aufgeräumt, kühl.

Ein wenig zu aufgeräumt für meinen Geschmack. Jennifer lebt allein. Sie geht auf die dreißig zu, ist trotzdem noch als junge Frau zu bezeichnen.

Es ist ein Klischee, dass alleinstehende Männer immer unordentlich sind und Frauen immer ordentlich. Manche Frauen sind genauso schlampig wie manche Männer, und es gibt Männer, die ordentlicher, pingeliger sind als jede Frau.

Wahrheit, Realität. Das sind flexible Konzepte mit großer Bandbreite. Es gibt alles. Jedes Extrem – und jede Menge dazwischen.

Dem Wohnbereich schließt sich eine offene Kochnische an. Spülbecken, ein Unter- und ein Hängeschrank. Alles scheint unbenutzt.

Der Kühlschrank läuft. Ein Glas Gurken und eine Tube Tomatenmark finden sich darin. Eine Tiefkühlpizza im Gefrierfach.

Der Filter der Kaffeemaschine ist leer. Mich überkommt die Versuchung, mir einen Kaffee zu machen.

Ein nachlässig abgespülter Teller, Tasse und Besteck für eine Person finden sich in der Spüle.

Es ist wie alles andere – einerseits aufgeräumt, andererseits nachlässig.

Die Wohnung wirkt verlassen.

Könnte Jennifer abgehauen sein?

Den Gedanken darf man nicht ausschließen.

Ich durchquere die Wohnung, reiße die Tür des Kleiderschranks auf. Übervoll. Die Klamotten sind noch da. Einige wurden herausgezogen. Unter der Oberfläche ist Jennifer offenbar auch ein wenig schlampig.

Ich kann es ihr nicht verdenken.

Die Theorie, dass sie abgehauen ist, ist nicht vom Tisch, verliert aber an Kraft, was mich nicht glücklicher macht.

In der gegenwärtigen Situation wäre es ein angenehmerer Gedanke, dass Jennifer Schöttner zu viel von allem hatte, ihre Sachen gepackt hat und verschwunden ist.

„Gab es irgendetwas wie eine Notiz, Tony?"

„Nein, nicht dass ich wüsste. Was sollte das für eine Notiz sein?"

„Ein Zettel", sage ich. „Oder eine Nachricht. Etwas in der Art eines Abschiedsbriefs."

„Oh", sagt Tony, atmet tief ein und aus. Er stemmt die Hände in die Hüften, blickt sich um, als müsste er sich vergewissern, nichts übersehen zu haben. „Nein, hier wurde nichts dergleichen gefunden."

„Okay", sage ich und schließe die Lider, rufe mir die Wohnung vor mein geistiges Auge – und Jennifer, die traurig blickt. „Ich bin also Jennifer. Was habe ich vor?"

Tony beobachtet mich neugierig, während ich in der kleinen Wohnung hin und her gehe wie ein gefangener Wolf.

Ich laufe weiter auf und ab, denke laut nach. „Ich räume meine Wohnung auf. Im Kühlschrank ist nichts zu essen. Ich war nicht einkaufen. Ich esse nicht viel. Weil ich abnehmen will?"

„Vielleicht macht sie eine Diät", sagt er.

Ich werfe Tony einen Seitenblick zu. „Oder bin ich zu abgelenkt, um einkaufen zu gehen?"

„Vielleicht hat sie Depressionen, oder es gibt einen anderen Anlass", sagt Tony.

Ich nicke. „Ich lebe allein. Die Beziehung zu meinem Vater ist schwierig. Ihm entkommen kann ich nicht. Will ich vielleicht auch nicht."

Tony legt einen Finger ans Kinn. Fast klingt es, als wüsste er, wovon er spricht. „Es hat auch Vorteile, einen solchen Vater zu haben."

Ich bleibe stehen. „Ich will ausbrechen. Mein Leben ist zu viel, gleichzeitig zu wenig. Ich ordne meine Sachen, putze, räume auf. Allerdings nur dort, wo man es sieht. Dort, wo man es sieht, wenn man nicht genauer hinsieht. Nicht in die Ecken oder Schränke schaut, so wie es ein Fremder tun würde. Jemand, der zum ersten Mal hier ist."

„Jemand, den sie zum ersten Mal trifft?", fragt Tony.

„Das erklärt, wieso ich abnehmen will. Oder abgelenkt bin. Ich bin einsam. Habe ein Treffen. Mit einem Fremden. Ich habe ein Blind Date."

Tonys Augen glitzern, seine Brauen zucken, Falten tanzen auf seiner Stirn. „Ein Blind Date."

„Ja", sage ich. „Und das ging offenbar furchtbar schief."

„Das ist beängstigend, wissen Sie das, Nessa?"

Ich ignoriere Tonys Bemerkung, gehe zurück zu dem Tisch mit dem Laptop. „Wurde ein Handy gefunden?"

Tony schüttelt den Kopf, weist mit dem Zeigefinger auf das Regal. „Nur dieses Telefon."

Ich haste durch den Raum. Drei große Schritte.

Ein Festnetztelefon. Ein simples Modell, schnurlos, vom Marktführer hergestellt. Ich nehme den Hörer ab, spüre eine Staubschicht unter den Fingern.

Es wurde lange nicht benutzt. Ich scrolle durch das Journal, finde einige wenige unbeantwortete Anrufe.

„Tony, lassen Sie mal die Nummern kontrollieren", sage ich.

Jennifers letzter abgehender Anruf war im April. Ein knappes halbes Jahr.

Mein Blick wandert zum Laptop.

„Ich glaube, sie hatte ein Date“, sage ich. „Und damit hat sie den Kontakt hergestellt. Ich wette, wir finden dieselbe Website zur Partnersuche wie auf Sandra Lauens Laptop.“

Ich klappe Jennifers Laptop auf, schalte ihn ein. Er fährt rasch hoch, zeigt den Startbildschirm des Betriebssystems.

„Kein Passwort?“, fragt Tony, der mir einmal mehr über die Schultern hinweg auf die Finger schaut.

„Kein Passwort“, sage ich.

„Das könnte einfach werden.“

„Abwarten“, entgegne ich.

Jennifers Desktop ist anders als der von Sandra Lauen. Zugemüllt mit Bildern, abgelegten Websites, toten Verlinkungen zu Programmen, die längst nicht mehr auf dem Rechner sind.

Ein Internetmessie.

„Onlinejunkie“, sage ich.

„Was?“

Ich schüttle den Kopf. „Vielleicht ist es aus Sicht des Täters kein so großer Sprung von Huren und Junkies zu Onlinejunkies. Vielleicht sind Frauen in Datingportalen aus seiner Sicht nichts anderes als Prostituierte auf dem Straßenstrich.“

„Das scheint mir weit hergeholt, Nessa“, sagt Tony.

„Mag sein, doch es kommt nicht darauf an, wie Sie oder ich das sehen. Um ihn zu verstehen, müssen wir seine Sicht annehmen. Seine Gedankenvorgänge verstehen.“

„Das ist Ihr Job, Nessa. Ich kann das nicht.“

Ich seufze, öffne das E-Mail-Programm.

„Mist“, fluche ich leise.

„Was ist?“

Ich zeige auf den Bildschirm. „Passwort.“

„Verdammt."

Ich fahre über das Touchpad, suche nach der Chronik, dem Verlauf der Internetseiten.

Ein Treffer.

„Tony", sage ich. „Was sagen Sie nun?"

„Scheiße, verflucht", flüstert er. „Das ist dasselbe Onlineportal, oder?"

„Dieselbe verdammte Website", sage ich. „Der neue Supermarkt unseres Täters. Er geht mit der Zeit. Holt sich sein Fleisch nicht länger auf dem Markt, sondern online. Datingportal statt Straßenstrich."

„Das ist nicht lustig."

„Das war auch kein Witz."

Tony läuft im Zimmer auf und ab, um den Tisch herum und fährt sich mit gespreizten Fingern durchs Haar.

„Warum dieser Wechsel des Opfertyps? Singles und Ehefrauen statt Huren?", fragt er. „Ich zerbreche mir den Kopf. Ich kann es nicht nachvollziehen. Der ganze Vorgang ist anders."

„Vielleicht ist er auf den Geschmack gekommen."

„Autsch."

Ich weise auf den Bildschirm. „Es gibt etwas, das diese Frauen verbindet, und das ist mehr als diese Website."

„Was denn?", fragt Tony.

„Einsamkeit", sage ich. „Einsamkeit ist es. Und der Täter weiß das. Er nutzt es aus. Entweder weil er eiskalt ist, ein Psychopath oder Soziopath, oder …"

„Ist er das nicht so oder so?", unterbricht Tony mich. „Ein Psychopath?"

„Nicht zwingend. Möglich, dass auch er einsam ist. Krank auf eine Weise, ja, aber eben auch einsam."

„Einsam?“, fragt Tony.

Ich stütze die Ellenbogen auf dem Tisch ab und das Kinn auf die gefalteten Hände.

„Einsamkeit ist wie eine Hydra. Viele Köpfe. Viele Gesichter. Genau wie Angst.“ Ich fahre mit dem Cursor auf der Website herum. „Sie ist nicht eingeloggt geblieben“, sage ich vor mich hin. „Schon wieder. Wir brauchen ein verdammtes Passwort. Wir müssen das Profil sehen, die Nachrichten. Was immer sie geschrieben oder bekommen hat. Ihren Chatverlauf.“

„Wir müssen uns beeilen, Nessa.“

Ich lege die Stirn in Falten. „Wieso?“

„Wir müssen uns mit Jennifers Eltern treffen, und Sie wollten vorher noch mit der Freundin sprechen.“

Ich nicke. „Aber wir müssen an den Kram auf dem Laptop und vor allem an diese Profile kommen.“

„Wir haben nicht die Zeit dazu“, entgegnet Tony, „und erst recht nicht die Befugnis.“

„Befugnis?“

„Klar“, sagt er. „Sie können nicht einfach den Laptop knacken oder die Website.“

„Nein“, erwidere ich. „Nicht weil ich nicht darf, sondern weil ich nicht kann. Befugnis … Mein Arsch. Und was die Zeit betrifft, geht es nur um eines: die Zeit, die Jennifer bleibt.“

„Nessa“, ruft Tony halblaut, „wir sind in Deutschland. Das ist ein Rechtsstaat. Hier gibt es Richter für so etwas. Gesetze. Sie brauchen einen Beschluss, damit die Betreiber der Seite die Daten herausgeben.“

Ich fahre mir mit beiden Händen durchs Gesicht. „Richter, Beschluss, Befugnis. Sie reden, als wären Sie beim Finanzamt.“

„Und?“

„Wissen Sie, wie lange so etwas dauert, Tony? Papier ist geduldig. Unser Täter ist es nicht. Die Uhr läuft ab. Wir haben keine Zeit für beschissene Bürokratie.“

Tony steht vor mir, stemmt die Hände in die Hüften. „Und was wollen Sie machen? Sie können sich nicht über Gesetze hinwegsetzen. Ich kann es nicht. Verdammt, Nessa, ich bin Polizist.“

„Tja“, sage ich. „Wir brauchen eine bessere Lösung als Richter und Beschlüsse. Eine schnellere. Jennifer braucht die.“

„Und was schwebt Ihnen vor?“

„Wir brauchen jemanden, der das kann.“

„Was? Den Laptop knacken? Die Website hacken?“

„So in der Art“, sage ich.

„Sie sind eine verdammt sture Person.“

„Mag sein. Immerhin sitze ich nicht nur auf meinem Arsch und halte Politikern Händchen.“

Tony Yamamoto schnaubt.

„Tony … Ich sehe das Stirnrunzeln. Sie haben einen Gedanken. Spucken Sie ihn aus. Seien Sie nicht feige.“

„Ich bin nicht feige“, sagt er hastig. „Es gibt Regeln, Gesetze, Prinzipien. Wir können nicht …“

„Sie wollen Jennifer genauso retten wie ich“, flüstere ich rau. „Ich weiß das. Wenn Sie also eine Idee haben, wie wir schnell an diese beschissenen Daten kommen …“

„Nessa, wenn ich das …“ Er schüttelt heftig den Kopf. „Wir haben keine Befugnis. Unter den Umständen würde ein Richter …“

„Ich pfeife auf die Befugnis und die Bürokratie“, sage ich harsch.

„Ach ja? Das wollen Sie jetzt machen, Nessa, ja? Den Laptop hacken? In den privaten Daten herumschnüffeln? Einfach so?"

Ich blicke auf. „Wenn ich wüsste, wie, würde ich es tun. Ohne Zögern."

Er schüttelt den Kopf. „Oh nein, ich wusste, Sie bringen mir Ärger ein. Wenn ich dieses Funkeln in Ihren Augen sehe, weiß ich Bescheid."

„Kommen Sie", sage ich. „Sie wissen etwas, Tony. Heraus damit!"

„Nein", sagt er. „Sie reiten uns tiefer und tiefer in die Scheiße. Damit will ich nichts zu tun haben."

„Tony", erwidere ich. „Geben Sie sich endlich einen Ruck. Wenn wir Jennifer retten, interessiert es am Ende niemanden, wie wir das getan haben. Dafür wird ihr Papa schon sorgen. Auf der anderen Seite wird er dafür sorgen, dass Köpfe rollen, wenn wir versagen."

Tony knetet seine Unterlippe, kaut darauf herum.

Herzschläge vergehen. Sechs, sieben.

„Ich weiß vielleicht jemanden", sagt er und zieht sein Smartphone hervor. Er tippt darauf herum. „Eine Freundin von mir. Ich hoffe, dass ich sie erreiche. Vielleicht kann sie helfen oder hat eine Idee."

„Eine gute Freundin?", frage ich. „Oder eine alte Freundin?"

Tony sieht mich an, hebt das Telefon ans Ohr. „Werden wir gleich wissen."

# Kapitel 38

Es ist ein gutes Stück Fahrt bis zum Haus von Madita Bernbacher außerhalb der Stadt. Jennifers Jugendfreundin hat sich offenbar abgenabelt vom beengten Kleinstadtleben.

Ich trete kräftig aufs Gaspedal. Tony sitzt auf dem Beifahrersitz, hat sein Smartphone zwischen Ohr und Schulter eingeklemmt und starrt angespannt auf die Straße. Seine Kiefermuskeln zeichnen sich hart durch die Haut ab.

„Stimmt was nicht?", frage ich.

„Nein." Sein Kopf zuckt, offenbar fällt ihm das Telefon ein, das ins Rutschen geraten ist. Tony fängt es auf, bevor es ihm in den Schoß plumpst, legt es zwischen seine Beine, greift nach dem Türgriff und richtet den Blick auf die Straße. „Ja, alles okay. Ich erreiche nur Kim nicht. Es ist …"

Tonys Telefon klingelt. Er nestelt wieder an dem Gerät herum, schaut aufs Display. „Verdammt!"

„Was denn?"

„Jäger", antwortet er. „Das ist der dritte Anruf. Er hat es vorhin schon versucht, als wir in Jennifers Wohnung waren. Da habe ich das Vibrieren nicht bemerkt."

„Und?"

Tony zuckt mit den Schultern. „Nichts und."

Der Audi rauscht durch eine Pfütze, die tiefer ist, als sie scheint. Die Räder verlieren den Kontakt zur Straße.

Das Auto rutscht dahin, fast wie ein Luftkissenboot.

Mein Herz pocht von innen gegen meinen Brustkorb.

Ich halte das Lenkrad mit beiden Händen umklammert. Das Profil der Reifen greift wieder in den Asphalt.

Ich atme aus, bemerke jetzt erst, dass ich die Luft angehalten hatte.

Auf dem Beifahrersitz stößt Tony einen Fluch aus. „Hey, verdammt, ich würde Ihre Fahrkünste gerne überleben, damit ich alle anderen davor warnen kann, Nessa."

Ich bremse den Wagen ab, blinzele. „Entschuldigung."

„Schon gut", sagt Tony. „Ich will einfach nicht in dieser Blechkiste sterben. Nicht, solange es noch etwas zu erledigen gibt." Er schiebt das Telefon in eine Jackentasche. „Ich kümmere mich nachher um die Anrufe."

„Gute Idee."

Zehn Minuten später stehen wir vor dem Haus, in dem Madita Bernbacher und ihr Mann leben.

Tonys Knie sind weich. Er wirkt zögerlich. Zurückhaltend, wie ich ihn bislang nicht erlebt habe. Allerdings hat auch mir der Beinaheunfall zugesetzt. Ich ziehe meine Jacke über und nutze die Gelegenheit, meine Schultern zu lockern.

„Kommen Sie", sage ich.

„Gehen Sie schon." Tony schüttelt den Kopf, hebt die linke Hand, in der er sein Smartphone hält. „Ich bleibe draußen, erledige die Anrufe. Das ist im Moment wichtiger. Ich muss Jäger zurückrufen, und hoffentlich erreiche ich Kim. Sie können auch allein mit ihr reden."

Ich hebe eine Braue. „Okay. Wirklich alles in Ordnung?"

„Ja, verdammt. Gehen Sie schon."

Ich drücke die Klinke des niedrigen Gartentürchens, die Tür schwingt auf. Kein Quietschen, gar nichts. Flüsterleise. Kies knirscht unter meinen Sohlen. Der kurze, schmale Weg führt durch einen kleinen Garten, der schon winterfest gemacht wurde. Heidekräuter blühen in blassem Violett.

Das Haus ist weiß, die Tür ist weiß. Alles hell und freundlich, ordentlich.

*Bernbacher*, steht in geschwungener Schrift auf einem goldfarbenen Klingelschild.

Die Melodie, die nach dem Drücken des Knopfes ertönt, klingt genauso harmonisch, wie das übrige Bild erscheint.

Keine Ecken, keine Kanten.

Madita Bernbacher öffnet die Tür, sie passt hierher wie die Faust aufs Auge.

Schulterlanges blondes Haar. Der Hauch eines schokoladigen Parfüms. Violette Bluse, schwarze Hose.

„Ja, bitte?"

„Frau Bernbacher? Ich muss mit Ihnen sprechen. Mein Name ist Nessa Wolf, ich unterstütze die örtliche Polizei in einem Fall."

Madita Bernbachers Blick schweift an mir vorbei, über meine Schulter hinweg durch den Garten und trifft Tony Yamamoto, der am Kotflügel des Audi lehnt, das Handy am Ohr, heftig gestikulierend. Sie fasst sich unwillkürlich an den Bauch, legt eine Hand darauf, zuckt zurück.

Für den Bruchteil einer Sekunde zieht ein Schatten durch Madita Bernbachers Gesicht, legt sich darüber wie eine Wolke, die genauso rasch verschwindet, wie sie aufgezogen ist.

Hätte ich Zeit, würde ich mir vielleicht Gedanken darum machen, woher sich Bernbacher und Yamamoto kennen und was Tonys plötzliche Lust am Telefonieren befeuert.

Nur die habe ich nicht.

„Frau Bernbacher?"

Sie fokussiert mich. „Sind Sie auch Polizistin?"

„BKA. Aus Wiesbaden", antworte ich. „Ich bin Fallanalytikerin."

Sie neigt den Kopf leicht, legt die Stirn in Falten. Das heißt, es ist eine einzelne scharfe Falte, die sich vertikal auf ihrer Stirn abzeichnet, genau zwischen den perfekt gezupften Augenbrauen.

„Worum geht es denn?"

„Könnten wir das drinnen besprechen?", frage ich. „Es ist kein geeignetes Thema, um es zwischen Tür und Angel zu bereden."

Sie presst die Lippen aufeinander. Das dezente Rot verblasst, ihr Mund verwandelt sich in einen schmalen Strich. Dann werden ihre Züge wieder weicher, das mustergültige Lächeln ist zurück.

Bernbacher öffnet die Tür weit. „Seien Sie gewarnt, Frau Wolf, ich habe nicht aufgeräumt."

Sie geht voran, führt mich durch einen kurzen Flur in ein offenes, weites Wohnzimmer. Sofa und Sessel beherrschen den Raum. Auf dem Tisch liegt eine Zeitung. Ein Pendant zu *Schöner wohnen.*

Der Rest passt zum übrigen Eindruck. Weiß, hell, sauber und ordentlich. Understatement und Übertreibung. Wenn das heißt, es sei nicht aufgeräumt, will ich es nicht sehen, wenn Bernbacher aufgeräumt hat.

Läge das Magazin nicht auf dem Tisch, könnte man dort vermutlich eine Operation durchführen, so sauber ist alles.

Bernbacher fordert mich mit einem Fingerzeig auf, mich auf die Couch zu setzen. „Möchten Sie Kaffee?“

„Danke, nein“, sage ich. „Ich bin in Eile. Es wird nicht lange dauern. Nur ein paar Fragen.“

Madita Bernbacher seufzt. „Ich weiß nicht, wie ich Ihnen helfen kann.“

„Frau Bernbacher, bitte“, sage ich. „Es wäre besser, wenn Sie sich ebenfalls setzen.“

„Worum geht es denn?“ Bernbachers Stimme klingt eine Nuance höher.

„Es geht um Ihre Freundin. Jennifer Schöttner.“

Sie fasst sich an die Stirn. „Was hat sie jetzt wieder angestellt?“

„Nichts“, sage ich. „Nichts, von dem ich wüsste. Sie ist verschwunden, gilt als vermisst. Wir haben Anlass zu der Vermutung, dass sie entführt worden sein könnte.“

„Entführt?“ Madita Bernbachers porzellanähnliche Maske erhält Risse. Sie fasst sich an den Bauch, lässt sich auf den Sessel fallen, stützt die Stirn auf die Hände und die Ellenbogen auf die Knie. „Aber … das kann nicht sein. Wie …?“

„Wann haben Sie Jennifer zuletzt gesehen, Frau Bernbacher?“

Sie schüttelt den Kopf, zuckt mit den Schultern. „Vor ein paar Wochen, schätze ich. Sie hatte zuletzt nicht oft Zeit und, um ehrlich zu sein, ich auch nicht.“

Mein Blick schweift zu ihrem Bauch. „Wann ist es denn so weit?“

Bernbacher blinzelt, stutzt, lächelt verlegen. „Woher …? Man kann doch noch gar nichts sehen, oder?“

„Nein“, sage ich. „Kann man nicht.“

„Es dauert noch“, sagt sie. „Fast fünf Monate. Im Frühjahr.“

Ich erwidere ihr Lächeln. „Sie und Jennifer wirken sehr verschieden nach allem, was ich bisher weiß. Wie lange kennen Sie beide sich schon?“

Bernbacher winkt ab. Eine Geste, die etwas Mädchenhaftes an sich hat. Das Mädchen, mit dem Jennifer befreundet gewesen sein könnte, scheint unter der Frau durch, die Madita Bernbacher heute ist. „Schon ewig. Wir sind zusammen aufgewachsen. Ich war oft bei der Familie zu Hause, kenne sie gut. Mein Gott, was muss das für ein Schock sein! Für ihren Vater, ihre Familie.“

Ich nicke.

Bernbacher fasst sich an den Mund. Die Lippen zittern kaum merklich. „Ich kann das nicht glauben.“

„Wissen Sie vielleicht, ob Jennifer Pläne hatte wegzugehen oder sich möglicherweise etwas antun wollte?“

Madita Bernbacher starrt ins Leere. Ihre Miene deutet Wehmut an. Sie befeuchtet ihre Lippen, streicht sich durchs Haar. „Jennifer ist nie erwachsen geworden. Sie ist unstet. Immer in Bewegung. Um es genau zu sagen, weiß ich nicht, ob ich sie noch kenne. Weggehen … Sie wollte immer weggehen. Das war nichts Konkretes. Ich glaube, sie war … ist … neidisch auf mich.“

„Neidisch?“

„Ja, ich weiß es nicht genau. Neidisch auf das, was ich habe.“

„Was Sie haben? Sie meinen das Haus, oder?“

Bernbacher schüttelt den Kopf, fasst sich an den Bauch. „Neidisch darauf, dass es bei mir gut lief und bei ihr nicht. Das ist ihre eigene Schuld, wenn Sie mich fragen. Sie hat immer fixe Ideen gehabt, immer die falschen Kerle erwischt, es nie lange mit einem ausgehalten. Oder er mit ihr. In letzter Zeit hing sie meist im Internet, glaube ich. Hat sich zurückgezogen von allen. Auch von mir. Ich hatte Jennifer abgehakt, sie als Teil der Vergangenheit akzeptiert. Und das jetzt …"

„Internet …", sage ich. „Wissen Sie etwas Genaueres?"

Sie schüttelt den Kopf.

„Ich glaube, sie surfte auf Datingseiten herum, hat ab und zu etwas erzählt von irgendwelchen Blind Dates. Ich habe ihr davon abgeraten." Bernbacher scheint zu begreifen. „Mein Gott, sagen Sie nicht, dass es so passiert ist, dass es …!"

Ich schüttle den Kopf. „Das kann ich Ihnen nicht sagen, auch weil ich es nicht weiß."

„Mein Gott", sagt Madita Bernbacher noch einmal. „Jenny, verdammt. Ich habe ihr immer gesagt, dass sie es lassen soll. Dass sie so nur an Idioten gerät. Wer findet schon die Liebe seines Lebens auf Seiten wie poppen.de? Ich habe ihr erzählt, wie gefährlich das sein kann. Aber ich habe nie ernsthaft gedacht, dass …"

„Also hatte sie die Absicht, Männer zu treffen, die sie aus dem Internet kennt?"

Bernbacher schüttelt den Kopf, zuckt mit den Schultern. „Ich weiß es nicht. Kann sein. Es würde zu ihr passen. Jennifer war immer … ist immer viel zu unvorsichtig und gutgläubig. Sie hat ihren Vater zur Weißglut getrieben, hat immer gesagt, dass ich die bessere Tochter für ihn sei", sie hebt die Hände, macht eine Geste, die das Haus einschließt und vielleicht noch mehr, „weil, keine Ahnung, weil ich so ordentlich und solide sei."

„Und das ist sie nicht?"

Madita Bernbacher fasst sich an die Stirn, lächelt, während sich ein feuchter Glanz in ihren Augen zeigt. „Nein, Jenny ist eine Chaotin. Diese blöde Kuh. Bitte, Sie müssen sie finden."

Ich nicke, blicke zu Boden und wieder Madita Bernbacher an. „Ich tue, was ich kann."

Sie presst die Knie gegeneinander, lächelt wehmütig. „Ich fürchte, ich war Ihnen keine große Hilfe."

„Doch", sage ich. „Es sind die kleinen Teile, die ein Puzzle im Ganzen entstehen lassen. Eine Frage noch. Haben Sie eine Idee, was Jennifer als Passwort verwendet haben könnte? Für dieses Datingportal oder ihre E-Mails vielleicht?"

Bernbacher hebt die Schultern, lässt sie sinken. „Ich habe keine Ahnung. Wie ich Jenny kenne, kann es nicht allzu kompliziert sein. Allerdings hatten wir schon lange keinen guten Kontakt mehr, nicht so wie früher."

„Das verstehe ich", sage ich. „Menschen leben sich auseinander."

Madita Bernbacher zupft an ihrer Unterlippe.

„Was ist?", frage ich.

Sie schüttelt den Kopf. „Das hatte ich vergessen. Verdrängt. Vorletzte Woche …"

„Ja?"

„Da habe ich Jennifer angerufen, wollte sie einladen."

„Einladen?"

„Ja", sagt Madita Bernbacher. „Kennen Sie diesen Impuls, wenn Sie plötzlich das Gefühl befällt, eine alte Beziehung noch einmal retten zu müssen? Ihr eine letzte Chance geben zu müssen?"

„Ich denke schon", sage ich. „Was ist geschehen?"

„Jennifer hat abgelehnt. Hat wieder angefangen von diesem Treffen. Mit einem Typen. Ich hatte das wirklich verdrängt. Wir haben uns gestritten."

„Hat sie noch mehr erzählt von dem Treffen oder über den Mann?"

Bernbacher schüttelt den Kopf. „Nur dass sie sich in einem Restaurant treffen wollten. In der Stadt."

„Wann?", frage ich.

„Diese Woche", antwortet Madita Bernbacher. Dann scheint sie zu realisieren. „Mein Gott! Hätte ich ihr das bloß ausgeredet."

Das sind Situationen, die mir nicht behagen. Zu nah. Zu menschlich. Die unausgesprochenen Dinge. Worte, die man sucht und nie findet. Der menschliche Impuls sagt mir, dass es etwas geben muss, das man sagen oder tun kann. Eine Geste. Irgendetwas, das es besser macht. Erträglicher. Doch es ist, was es ist – und nichts, was ich jetzt sage oder tue, ändert etwas daran.

„Sie haben es ja versucht", sage ich. „Jennifer Schöttner ist eine erwachsene Frau. Sie trifft ihre eigenen Entscheidungen."

„Mag sein", sagt Madita Bernbacher. „Schlechte Entscheidungen, wie es aussieht."

„Wissen Sie etwas über den Mann? Einen Namen etwa, selbst wenn es nur der Chatname ist?"

Bernbacher schüttelt den Kopf. „Nein, aber ich kann Ihnen den Namen des Restaurants aufschreiben. Mehr … tut mir leid."

Madita Bernbacher geht zu einer Kommode, zieht eine Schublade auf und Stift und Papier heraus. Mit einem Kugelschreiber schreibt sie hastig etwas auf einen Zettel, den sie mir reicht.

Ihre Handschrift ist genauso geschwungen, ohne Kanten oder Ecken, wie alles an ihr.

Ich nicke, stehe auf. „Danke, Frau Bernbacher."

Sie winkt ab. „Keine Ursache. Ich bringe Sie zur Tür."

Am Eingang hält Madita Bernbacher inne. Sie wirkt einen halben Kopf kleiner als vorhin, als sie mich an der Tür empfangen hat.

„Bitte", sagt sie, „bringen Sie Jenny zurück."

Ich nicke und trete hinaus in den Vorgarten. Frischer Wind fährt mir durchs Haar. Wieder knirschen die Kieselsteine unter meinen Schuhen.

Hinter mir schließt Madita Bernbacher die Tür. Tony eilt mir entgegen. Das Handy in der Linken, einen ärgerlichen Ausdruck im Gesicht.

„Was ist?", frage ich.

„Jäger", sagt er. „Er spinnt herum, und Schöttner hat die Presse informiert. Er hat zusammen mit Erlmann mit einem regionalen Fernsehsender gesprochen. Sie senden es bereits."

„Großartig", sage ich. „Da können wir uns auf etwas gefasst machen."

# Kapitel 39

Das Restaurant, das Madita Bernbacher mir genannt hat, ist leicht zu finden. Es liegt im Zentrum des Städtchens, denn mehr ist es tatsächlich nicht. Jemand wie Madita, der von hier stammt, mag das anders sehen, aber wenn man aus einer echten Stadt kommt, bemerkt man den Unterschied. Das Restaurant ist kein besonders edler Laden, bestenfalls leicht gehobener Standard. Mittelklasse.

Unauffällig, wenn man von den übergroßen Schwarz-Weiß-Fotografien an den Wänden absieht.

Es ist nicht viel los. An einem Ecktisch sitzt ein Paar, das schweigend isst und Tony Yamamoto und mich nicht beachtet.

Ein gelangweilt wirkender Kellner fängt uns ab. Weißes Hemd, schwarze Schürze. Kurzes braunes Haar, gepflegte Erscheinung. Besonders die gezupften Augenbrauen fallen mir auf. Das hat er besser drauf als ich. Andererseits ist das nicht besonders schwer.

„Kann ich Ihnen helfen?", fragt er.

Ich halte ihm mein Smartphone unter die Nase. „Kennen Sie diese Frau?"

Er blinzelt, sieht auf Jennifers Foto auf dem Display, dann mich an.

Seine perfekten Augenbrauen zucken. „Entschuldigung, ich kann nicht mit Fremden über unsere Gäste sprechen."

„Sorry", sagt Tony und zieht seinen Dienstausweis hervor. „Polizei. Wir hätten ein paar Fragen."

Wieder bewegen sich seine Augenbrauen, huschen nach oben. „Oh."

„Also?", frage ich und bemühe mich zu lächeln. „Oder soll ich meinen Ausweis auch noch zücken?"

Er mustert das Bild, neigt den Kopf.

„Ja", sagt der Mann. „Ich erinnere mich an sie. An diese traurigen Augen."

„War sie hier? Wann?"

„Vor ein paar Tagen", antwortet er. „Ich erinnere mich, weil sie eine ganze Weile dort gesessen hat. Sie hat nicht gegessen, nur etwas getrunken. Erst Wasser, dann ein paar Gläser Wein."

„Was hat sie für einen Eindruck gemacht?", frage ich.

„Besorgt", sagt er. „Nein, das stimmt nicht. Ungeduldig. Sie hat andauernd auf die Uhr gesehen. Am Ende wirkte sie ärgerlich und ein wenig angetrunken. Ich bot ihr an, ein Taxi zu rufen. Das wollte sie nicht."

„War sie in Begleitung? Oder haben Sie gesehen, ob sie draußen jemanden getroffen hat?"

Er schüttelt den Kopf. „Niemanden. Daher fiel sie mir überhaupt auf. Der traurige Blick, die Unruhe. Wir haben fast ausschließlich Paare als Kundschaft. Frauen, die allein hierherkommen, sind selten. Sehr selten. Ich glaube, sie wurde versetzt."

„Danke", sage ich.

„Ist ihr etwas zugestoßen?", fragt er.

Ich schüttle den Kopf. „Kann ich Ihnen nicht sagen. Privatsphäre und so. Sie verstehen sicher."

„Sie haben uns sehr geholfen", sagt Tony.

Die Fahrt zu Tonys alter Freundin ist schweigsam und führt in die Stadt. Genauer gesagt, in eine Gegend voller Mietskasernen, zumindest das, was man hier dafür hält. In einer Stadt wie Berlin oder Frankfurt würden diese Häuser nicht auffallen. Man würde sie vermutlich gar nicht bauen. Hier ragen die vier- und fünfstöckigen Wohnbunker heraus wie der Unterbiss in der Schnauze einer Bulldogge.

Hier und da hat man sich bemüht, für Farbe zu sorgen. Gelb, blau, rot. Andere Fassaden sind einfach grau.

„Hier wohnt Ihre Freundin?"

Tony nickt, schweigt weiterhin.

„Sie haben mir immer noch nicht verraten, welche Art von Freundschaft Sie beide verbindet, Tony."

Er blinzelt. „Ist das wichtig?"

„Nein", antworte ich. „Nur interessant."

„Sie ist keine Freundin. Nicht mehr. Nicht so richtig", sagt er. „Es war gar nicht leicht, sie zu überzeugen, dass wir überhaupt herkommen können."

„Und wie haben Sie es geschafft?"

„Ich habe ihr gesagt, dass es wichtig ist, dass es um den Fall geht und um eine junge Frau in Lebensgefahr. Da konnte sie nicht anders."

Wir folgen einem Weg aus Gehwegplatten, der zu einem der bunteren Häuser führt. Fassade in Rot und Blau. Kahle Bäumchen säumen den Pfad. Übergroße Mülltonnen. Schwarz, gelb und blau.

Hundertwasser hätte das vielleicht gefallen. Oder er dreht sich im Grab herum.

Zwischen den Kopfsteinplatten hat sich Unkraut ausgebreitet, das inzwischen welk geworden ist.

Wir erreichen die Haustür. Ein Klingelfeld aus drei Reihen, fünf Klingeln untereinander in jeder davon.

Tony sucht nicht nach dem Knopf. Er findet ihn. Offenbar war er oft genug hier.

Meine Blicke folgen seinem Finger.

„Jäger?", frage ich gedehnt, als ich den Namen lese. „K. Jäger? Jäger wie …?"

Tony lächelt freudlos. „Richtig, Nessa, Jäger wie mein Chef."

„Sind sie verwandt?"

„Kim ist seine Tochter."

„Oha."

Die Sprechanlage bleibt stumm, ein Summen ertönt, die Tür klackt. Es ist offen. Der Aufzug trägt uns in den dritten Stock.

Komisch, denke ich, wieder ein dritter Stock, und wieder sieht Tony aus, als würde er im Fahrstuhl jeden Moment durchdrehen.

Das geschieht nicht.

Kim Jäger empfängt uns an ihrer Wohnungstür.

Sie trägt Shorts, ein Trägershirt. Barfuß. Ihre Haut ist leicht gebräunt. Ihre Figur schlank und weiblich gebaut, einen halben Kopf kleiner als Tony.

Die Haare sind auf der einen Seite halblang, reichen fast bis zum Kinn, auf der anderen raspelkurz. Drei bis fünf Millimeter und alles in Regenbogenfarben gefärbt.

Ich weiß nicht, was ich erwartet habe.

Etwas anderes vielleicht. Oder genau das.

Es gibt etwas, das Bernward Jäger und Hans-Joachim Schöttner verbindet, und ich wette, es gefällt weder dem einen noch dem anderen. Jeder von ihnen hat eine rebellierende Tochter.

Nun soll die eine helfen, die andere zu finden.

„Hi", sagt Kim.

„Hi", sagt Tony.

Ich lächle und nicke Kim Jäger zu. „Hallo."

„Kommt rein", sagt sie und geht voraus.

Der Flur ist dunkel. Poster an den Wänden. *Ghost in the Shell. Matrix. Blade Runner.* Der alte und der neue Film.

Der Wohnraum hingegen ist hell. Mehrere Laptops aufgestapelt auf kleinen Tischen. Ein Rechner auf einem Schreibtisch läuft.

„Kümmert euch nicht um die Unordnung", sagt Kim Jäger. „Bin noch nicht zum Aufräumen gekommen. Die Arbeit, ihr kennt das ja."

Tony Yamamoto und Kim Jäger tauschen einen Blick. Eine Mischung aus Funkeln, Blitzen. Elektrizität und Anspannung.

Ich weiß nicht genau, was zwischen den beiden gelaufen ist oder wie es funktioniert hat.

Aber ich kann mir lebhaft vorstellen, weshalb es nicht funktioniert hat.

Wahrscheinlich war die einzige Verbindung eine ungesunde Anziehung. Gegenseitige Attraktivität, Gegensätzlichkeit und ein gemeinsamer Feind.

„Was arbeiten Sie denn, Frau Jäger?", frage ich.

Sie sieht mich an, schmunzelt. Ihre Augen blitzen, strahlen in einem hellen Blau.

Sie fährt sich durch die Haare, streicht die längeren zurück. Der Farbverlauf ist ein Kunstwerk für sich.

„Einfach Kim, okay?", sagt sie. „Frau Jäger klingt verdammt alt. Ich bin Netzwerkspezialistin."

„Netzwerkspezialistin?", echoe ich. „Oder eine etwas speziellere 'Netzwerkspezialistin'?"

Sie seufzt. „Nur Netzwerkspezialistin. Ich bin kein verfluchtes Skriptkiddie. Ich weiß, was ich tue."

Ohne Zweifel. Vielleicht sollte sie sich einmal mit Charly unterhalten. Die beiden würden sich vermutlich gut verstehen.

Vielleicht behalte ich das besser für mich, denn so wie es aussieht, finden sie sich auf verschiedenen Seiten der Gleichung.

„Und Sie können uns helfen, Kim?"

Sie nickt. „Ich werde es versuchen. Aber es ist klar, dass das unter uns bleibt, oder?"

Ich nicke.

Tony, der beide Laptops, den von Sandra Lauen und von Jennifer Schöttner, in einer großen Tasche mit sich trägt, zögert. Seine Finger krampfen sich um den Tragegriff der Tasche. Knöchel, die sich weiß durch seine Haut abzeichnen. „Ich weiß nicht."

Kim gibt einen entnervten Laut von sich, lässt sich in einen Sessel fallen, der sich sicher gut in jedem Gamingstream auf Twitch machen würde, und dreht sich einmal um dreihundertsechzig Grad. „Du musst schon wissen, was du willst, Tony."

Er stiert zurück, und mir wird klar, dass dieser Satz mehr als eine Bedeutung hat. Dass er sich nicht nur um die Laptops und Kim Jägers Job dreht.

Hier ist das letzte Lied noch nicht gesungen.

„Also …“, sage ich. „Wir haben keine Zeit, das auszudiskutieren.“

Kim rollt mitsamt Stuhl auf Tony zu, der stocksteif dasteht.

„Her damit jetzt“, sagt sie. „Ich will sehen, was ich tun kann.“

Widerwillig und erst nach zehn, fünfzehn Sekunden gibt sich Tony einen Ruck und Kim die Tasche. Ihre Hände berühren sich. Für den Bruchteil eines Moments.

Wieder ist das Blitzen da. Das Funkeln. Wie Elektrizität, die ungehindert durch den Raum fließt.

Dann ist der Augenblick vorbei.

„Das wird eine Weile dauern“, sagt Kim.

„Sollen wir warten?“, frage ich.

Sie lacht. „Ich meine wirklich eine Weile. Verschwindet ruhig. Ich rufe Tony an, wenn sich was ergibt.“

„Gut“, sage ich. „Danke für die Hilfe. Allerdings ist es dringend.“

Sie seufzt. „Ich weiß. Ich bin nicht wie mein Vater. Man muss mir nicht alles dreimal sagen und mir dennoch immer fünfmal auf die Zehen steigen.“

Autsch.

„Okay, vielen Dank, Kim“, sage ich. „Wir finden selbst nach draußen.“

„Hasta la vista“, sagt Kim, wedelt mit der einen Hand in der Luft herum, während sich die andere bereits am ersten Laptop zu schaffen macht und Kim sich mitsamt Sessel von uns abwendet.

„Haben wir das Richtige getan?“, fragt Tony draußen auf dem Flur.

Ich drücke auf den Knopf für den Fahrstuhl. „Keine Ahnung. Wir haben das getan, was uns hoffentlich weiterbringt. Eine andere Wahl bleibt uns wohl nicht."

Tony nickt. Nur wirkt er weder überzeugt noch überzeugend.

„Wie lange lief das zwischen Kim und Ihnen?", frage ich.

Er sieht mich eigentümlich an, presst die Lippen aufeinander. „Sie können es nicht gut sein lassen, oder? Müssen Sie immer in den Geheimnissen anderer Leute herumwühlen?"

Ich lasse theatralisch die Mundwinkel fallen. „Berufskrankheit, nehme ich an."

„Was ist mit Ihnen, Nessa?", fragt Tony mich in einem Ton, der an Batteriesäure erinnert. „Denken Sie noch an Ihre Mutter?"

Ich presse die Lippen aufeinander. Viel zu oft. Das wäre die Antwort, doch die behalte ich für mich.

In meinem Magen ballt sich etwas. Meine Hand zuckt an das Band an meinem Gelenk.

Ich schweige, ebenso Tony. Er hat da etwas angerührt, das er nicht hätte anrühren sollen. Ich kann ihm nicht einmal böse sein. In gewisser Weise hat er recht.

Der Aufzug kommt an, hydraulisches Zischen. Die Türen schieben sich auf, es ertönt ein lautes „Ping".

Ich starre in den leeren Fahrkorb.

„Ich laufe", sagt Tony.

# Kapitel 40

Die Fahrt zu den Schöttners könnte man als Schweigen im Walde titulieren. Sie führt auch geradewegs durch einen Wald. Das Haus liegt abgelegen in einer exklusiven Wohngegend, fernab vom ohnehin kaum nennenswerten Lärm und Trubel der Kleinstadt.

„Wir sind spät dran", sagt Tony Yamamoto, als ich den Audi an den Straßenrand lenke und abstelle.

„Kaum der Rede wert", sage ich. „Schöttner wird das verkraften."

„Sie sind sich ja sehr sicher, Nessa. Vielleicht ist Schöttner deshalb an die Presse gegangen."

„Also ist es meine Schuld?", frage ich. „Das glauben Sie doch selbst nicht. Schöttner konnte nicht widerstehen, und wahrscheinlich hat der Priester seine Finger im Spiel gehabt. Es wurde gesendet, ehe wir bei Madita Bernbacher raus waren. Da waren wir noch überhaupt nicht zu spät dran. Er hatte nicht die Absicht zu warten."

„Was haben Sie eigentlich gegen Pfarrer Erlmann?", fragt Tony. „Oder ist es eher ein allgemeines religiöses Problem? Sie glauben nicht an Gott, oder?"

„Was soll das hier werden?", frage ich.

Tony zuckt mit den Schultern. „Keine Ahnung. Sagen Sie es mir."

„Es gibt keinen Gott, Tony. Wenn Sie den Job lange genug machen, sehen Sie das auch ein."

„Reichlich zynisch, oder nicht?"

Ich lange nach dem Türgriff. „Mag sein. Warten Sie es ab."

„Oder ist es, weil Gott für viele ein Vater ist und der Priester irgendwie eine Art von Vaterfigur? Sie legen sich mit allen Männern an, die über Ihnen sind. Wenn Sie mich fragen, scheinen Sie ein Problem mit Autorität zu haben, Nessa."

„Ich frage Sie aber nicht, Tony." Ich ziehe am Türhebel, schüttle mit einem bitteren Grinsen den Kopf, öffne die Tür und stoße sie auf. „Und Sie haben größere Probleme mit sich selbst. Mit dem, was Sie wollen oder nicht wollen. Mit dem, was Sie glauben, nicht haben zu können. Sie sollten sich nicht den Kopf zerbrechen über mein Verhältnis zu Autoritäten und erst recht nicht über meine Herkunft. Sie haben keine Ahnung, wovon Sie reden. Sie wissen nichts über meine Mutter. Und nun kommen Sie. Denn wie Sie schon sagten, Tony, wir sind spät dran."

Nach dem ordentlichen kleinen Haus, in dem Madita Bernbacher wohnt und der nach Studentenbude aussehenden Wohnung von Kim Jäger ist die Villa der Schöttners ein echter Hingucker und lässt sich nur als Anwesen bezeichnen.

Ein altehrwürdiger Familiensitz. Grober grauer Stein. Das Gebäude wirkt wie eine Burg.

Die Festung, in der sich Hans-Joachim Schöttner verschanzt hat.

Er erwartet uns bereits an der Tür, öffnet sie weit, bittet uns wortlos mit einer zackigen Geste herein.

Sein Blick aus grauen Augen, die, wie ich jetzt bemerke, hervorragend zum Haus passen, ruht auf mir. Vielleicht einen Tick zu lange.

Ich ahne, das wird kein einfaches Gespräch. Davon war ich auch nicht ausgegangen. Doch auf ein wenig Entgegenkommen hatte ich gehofft.

Schöttner führt uns in einen Raum, der wie ein Schrein für ihn selbst aussieht. Ein langer Tisch beherrscht das Zimmer. Sechs Stühle. Dunkle Eiche, an der Stirnseite des Raums entdecke ich einen offenen Kamin.

Kalt, dunkel. Kein Feuer.

Die Wände sind tapeziert mit Urkunden und Ehrungen. Auf dem Kaminsims alte Pokale. Sport, Leichtathletik. Schießen.

Einzig, dass ich keine Urkunde der Bundesjugendspiele aus den Siebzigerjahren entdecke, verwundert mich.

„Nehmen Sie Platz", sagt Schöttner, auch wenn es mehr wie eine Anweisung klingt. „Kaffee?"

„Danke, nein", sage ich. „Herr Schöttner, um eines klarzustellen: Wir sind nicht Ihr Feind."

Schöttner wendet uns den Rücken zu, verschränkt die Hände ineinander. Langsam geht er hinüber zum Kamin. „Gibt es Neuigkeiten?"

Ich beiße mir auf die Zunge, will mich zwingen, doch ich kann es nicht verhindern. Es platzt aus mir heraus. „Sie meinen, nachdem Sie die Presse informiert, sich dem Täter auf dem Silbertablett serviert und ihn provoziert haben. Nein? Es gibt keine Neuigkeiten. Und soweit es mich betrifft, sollten wir dankbar sein, dass es so ist."

Schöttner fährt herum, fixiert mich aus diesen grauen Augen. Kalt wie der Kamin. Der Mann erinnert mich einen

Herzschlag lang an Richard Kuklinski, den „Iceman", einen Mafiakiller, der über hundert Menschen ermordet haben will.

Allerdings hatte der im Gegensatz zu Schöttner noch einen Funken Humor, wenn auch einen sehr finsteren.

Vielleicht sollte es mir Sorgen machen, dass ich in diesem Augenblick glaube, Kuklinski besser zu verstehen als den Mann und Vater, der vor mir steht.

Auf der anderen Seite kann ich es Schöttner nicht verdenken. Die Anspannung ist ihm ins Gesicht geschrieben. Ringe unter diesen Augen, die sich deutlich abzeichnen und mir zuvor nicht aufgefallen sind.

„Jemand musste etwas unternehmen", sagt er.

„Wir unternehmen doch etwas", sagt Tony. „Herr Schöttner, wir sind dran. Wir arbeiten daran, Ihre Tochter zu retten."

Schöttner wippt auf den Fußballen auf und ab. „Davon sehe ich nichts."

„Schön", sage ich. „Wir können hier sitzen und Höflichkeiten austauschen, oder wir kommen zur Sache. Ich habe Fragen an Sie und vor allem an Ihre Frau. Wo ist sie?"

Schöttner starrt mich an. Unbewegt, als müsste er angestrengt darüber nachdenken. Vielleicht stellt er sich vor, mir eine Kugel durch den Kopf zu jagen. So wie er es bei dem Rehbock getan hat, dessen Schädel auf einer Platte an der Wand hängt.

Trophäen.

Mir sind solche Menschen unheimlich. Vielleicht weil ich weiß, wie viele Psychopathen es gibt. Jeder kennt einen. Mehrere. Mindestens. Sie sind überall.

Nicht alle sind auffällig, Mörder oder Verbrecher. Die meisten scheinen ganz normal. Viele suchen sich eine Ersatzbefriedigung für die Dunkelheit, die dicht unter der Oberfläche in allen wohnt.

Man muss nur ein wenig kratzen, dann kommt sie ans Tageslicht.

„Meine Frau Katharina ist oben. Ich hole sie", sagt Schöttner.

Es dauert beinahe volle zwei Minuten, in denen Tony und ich schweigend auf den unbequemen Stühlen sitzen und die Trophäen, Medaillen und Urkunden betrachten. Der arme Rehbock stiert aus seinen Glasaugen zurück. Gespenstisch irgendwie.

Ich fasse an mein Handgelenk, zupfe an dem Gummiband und muss den Impuls zurückdrängen, den ich empfinde. Schöttner ist mir so sympathisch wie der säuerliche Geschmack, der sich in meinem Mund sammelt. Aber es geht hier nicht um mich oder Sympathie. Es geht um Jennifer, die nichts dafür kann, wer ihr Vater ist.

Ich sollte in der Lage sein, das zu verstehen. Gerade ich.

Das Gummiband lasse ich gegen meine Haut schnellen.

Die Tür öffnet sich.

Eine Frau in den Fünfzigern betritt den Raum. Elegantes schwarzes Kostüm. Blondes Haar, der gleiche Farbton wie die Tochter, zu einem strengen Pferdeschwanz gebunden.

Die gleichen traurigen Augen, wie sie Jennifer auf dem Bild hatte. Der gleiche Blick.

Nur dass die Augen der Mutter gerötet sind und feucht. Verschleiert. Sie hat geweint. Doch sie steht aufrecht, ihre Stimme ist klar und warm.

„Bitte bleiben Sie sitzen", sagt sie und unterstreicht den Satz mit einer entsprechenden Geste.

Ich nicke knapp. „Nessa Wolf, BKA, Außenstelle Wiesbaden. Ich unterstütze die Polizei bei der Suche nach Ihrer Tochter. Das ist Tony Yamamoto. Er …"

„Ich weiß, wer Tony Yamamoto ist", sagt Katharina Schöttner. „Und auch von Ihnen habe ich schon gehört, Frau Wolf."

Ich blinzle einmal. „In Ordnung. Wären Sie bereit, ein paar Fragen zu beantworten?"

„Natürlich", sagt sie. „Ich wäre bereit, alles zu tun, wenn es hilft, meine Tochter zurückzubringen. Alles. Verstehen Sie?"

Ich nicke. „Erzählen Sie mir von Jennifer. Hat sie Freunde?"

Ein Lächeln, das ebenso rasch verschwindet, wie es auftaucht, huscht über Katharina Schöttners Gesicht. „Freunde? Ich weiß nicht. Jennifer war ein verschlossenes Kind. Und sie hat das nicht abgelegt, als sie erwachsen wurde. Soweit ich das beurteilen kann, fiel es ihr nicht leicht, Kontakte zu knüpfen. Ich schätze, das hat sich nie geändert."

„Aber sie hat Kontakte geknüpft", entgegnet Tony. „Übers Internet."

Katharina Schöttner seufzt.

„Das Internet." Sie spricht es nicht aus. Sie spuckt es aus. Mit Verachtung. „Ich wünschte, sie hätte auf ihre Freundin gehört. Auf Madita Bernbacher. Sie kennen sie?"

„Ja", sage ich. „Wir waren vorhin bei ihr. Hat sie versucht, ihr die Internetkontakte auszureden?"

Katharina Schöttner lacht freudlos auf.

„Allerdings. Madita kam zu mir, vor etwa einem Monat. Sie sagte mir, dass Jennifer jemanden kennengelernt habe. Im Internet." Sie schweigt, sieht zu Boden, atmet tief ein und aus und sucht den Blickkontakt zu mir. „Er hat sie, oder? Irgendein Perverser aus dem Internet."

„Das lässt sich nicht mit Gewissheit sagen. Noch nicht. Wir ermitteln in alle Richtungen. Das ist eine davon."

„Was ist mit dem Verdacht von Polizeichef Jäger?", fragt sie. „Er glaubt, dieser Stiller-Junge hätte etwas damit zu tun."

Tony reißt die Augen auf. „Sie wissen davon?"

Wieder dieses freudlose Lachen. Unter Angst und Traurigkeit mischt sich eine Spur Verachtung. „Sie kennen diesen Ort, diese kleine Stadt. Geheimnisse lassen sich hier nicht bewahren."

Oder sie lassen sich viel zu gut bewahren.

Doch das sage ich nicht.

„Was glauben Sie, Frau Wolf", fragt Katharina Schöttner und rückt ein wenig näher, rutscht auf dem Stuhl nach vorne. „Glauben Sie, dass Jäger recht hat?"

Ich halte ihrem Blick stand, weiche nicht aus.

„Nein", sage ich. „Er irrt sich."

Katharina Schöttners Brust hebt und senkt sich. Einmal, zweimal. Schließlich nickt sie, hebt die linke Hand, fährt sich mit Daumen und Zeigefinger hastig über die Augen.

„Jennifer ist einsam. Das war sie immer schon. Wahrscheinlich ist es meine Schuld. Ich weiß es nicht." Ihre Schultern beben. „So darf es nicht enden."

„Das wird es nicht", sage ich. Eine Worthülse. Jeder sagt das. Polizisten, Ärzte. Kommissare in Thrillern. Schimanski-Verschnitte im Fernsehen.

Und nun ich.

Aber ich glaube daran. Irgendwo tief in meinem Inneren ist das meine Überzeugung. Mein Antrieb.

Meine einzige Hoffnung. Verzweiflung? Vielleicht.

„Wissen Sie irgendetwas Genaueres über Jennifers Internetkontakte? Oder etwas über Websites, Passwörter? Irgendetwas?"

Katharina Schöttner zuckt mit den Schultern. „Nein, tut mir leid."

„In Ordnung", sage ich und nicke Tony zu. „Das reicht für den Moment."

„Bitte", sagt sie.

Ich nicke noch einmal. Ich weiß, was sie sagen will. Es ist nicht nötig, es noch einmal zu erwähnen.

„Natürlich", antworte ich.

„Wenn Sie noch Fragen haben", sagt Katharina Schöttner. „Jederzeit. Wir sind hier."

Ich zwinge mich zu einem Lächeln. „Danke."

Ich stehe auf, gebe Tony einen Wink.

„Einsamkeit", flüstere ich ihm auf dem Weg nach draußen zu. „Das ist der Punkt, der Opfer und Täter miteinander verbindet."

Vor der Tür empfängt uns Schöttner, der immer noch oder schon wieder die Hände hinter dem Rücken verschränkt.

„Und?", fragt er. „Neue Erkenntnisse?"

„Möglicherweise", sage ich.

„Wie geht es jetzt weiter?"

„Wir ermitteln weiterhin", sage ich. „Und Sie bleiben bitte hier und halten sich von der Presse fern."

„Frau Wolf …", sagt Schöttner und holt Luft.

Ich hebe die Hand. „Sie helfen uns nicht, wenn Sie die Öffentlichkeit einschalten. Ein Haufen Idioten werden sich melden, weil sie glauben, Jennifer gesehen zu haben. Die Kräfte, die für die eigentlichen Ermittlungen gebraucht werden, sind dadurch gebunden. Jemand wie Sie sollte das verstehen."

Schöttner sieht mich an wie ein geschlagener Hund, als hätte ich ihm eine Ohrfeige verpasst. Mitten ins Gesicht.

„Ganz zu schweigen davon, dass Sie möglicherweise den Täter provoziert haben. Sie und dieser Pfarrer. Am besten wäre, wenn Sie und Erlmann sich von den Ermittlungen und dem ganzen Fall fernhalten. Setzen Sie sich in eine Ecke und beten."

Sekundenlang herrscht Stille.

„Herr Schöttner", sagt Tony, und es fällt ihm sichtlich schwer. „Es ..."

„Schon gut", sagt Schöttner, nickt und wippt auf der Stelle. „Frau Wolf hat recht. Jemand wie ich sollte verstehen, dass eine komplexe Unternehmung nur gelingen kann, wenn jeder seinen Teil erledigt. Es ist bloß", er zögert, „es fällt mir schwer. Verstehen Sie? Ich habe Angst, und darin bin ich nicht besonders gut."

„Ich weiß", sage ich. „So richtig gut ist niemand darin."

Schöttner presst die Lippen aufeinander, dass sie blass erscheinen. Schließlich nickt er. Er öffnet den Mund.

Ehe er etwas sagen kann, klingelt Tonys Handy.

Meines vibriert in der Tasche.

Tony ist schneller, nimmt den Anruf an.

Sein Gesicht verliert alle Farbe. Seine Augen weiten sich. Er streift Schöttner mit einem Blick, sucht meinen.

Schöttner sieht von einem zum anderen.

Unruhe befällt ihn. Gesichtszüge entgleisen.

Tony legt auf, steckt das Telefon weg.

„Was ist?", fragt Schöttner hastig. „Ist etwas mit Jennifer?"

Tony schüttelt den Kopf. „Nein, es hat nichts mit Jennifer zu tun. Aber wir müssen sofort los."

# Kapitel 41

„Wir müssen ins Krankenhaus!", ruft Tony Yamamoto mir im Laufschritt auf dem Weg zum Auto zu.

„Was ist passiert?", frage ich. Eigentlich weiß ich die Antwort. Oder die möglichen Antworten.

Es gibt zwei.

Entweder ist Sandra Lauen gestorben – oder aufgewacht.

„Sandra Lauen", sagt Tony. „Sie ist aufgewacht."

„Können wir mit ihr reden?"

Tony streift mich mit einem gehetzten Seitenblick. „Keine Ahnung, Nessa. Ich weiß nicht mehr als das."

Ich lege ein paar Schritte zu, überhole Tony. „Finden wir es heraus."

Wir verschwenden keine Zeit. Tony hat die Beifahrertür kaum geschlossen, als ich bereits den Motor starte und aufs Gaspedal trete.

Der Audi schießt nach vorne. Ein Warnsignal piept hektisch, weil die Tür nicht richtig geschlossen ist und ich nicht angeschnallt bin.

Ich erledige beides, während ich das Lenkrad mit ein paar freien Fingern und den Fuß fest auf dem Gas halte. Das Piepen verstummt.

Tony ist angespannt. Hochkonzentriert. Den Blick auf die Straße gerichtet, die Kiefer zusammengebissen.

Muskeln zucken unter der Haut.

Mir geht es nicht anders.

Gedanken überschlagen sich in meinem Kopf. Mein Herz trommelt gegen meine Rippen wie Paul Cook auf Speed.

Keiner spricht. Schweigen. Nur das satte Dröhnen des Motors und das Rauschen der Räder auf der Straße verhindern, dass es still ist.

Wir erreichen das Krankenhaus, so schnell es möglich ist.

Ich stoppe den Wagen, steige aus. Tony springt auf der anderen Seite hinaus.

Kalter Regen empfängt uns vor dem Krankenhausportal – und das hektische Geschrei einer Frau mittleren Alters in blauer OP-Kleidung. Wild gestikulierend läuft sie auf uns zu. Im Lauf schnippt sie eine Zigarette in ein Gebüsch.

Ihre Stimme ist mindestens eine Oktave zu hoch, um nicht wie eine Kreissäge zu klingen. „Sie können hier nicht parken!"

Ich blinzle unverständig.

Sie starrt mich unverwandt an. „Verstehen Sie kein Deutsch?"

„Doch."

Sie weist auf ein Schild, das ich zuvor nicht gesehen habe. „Hier ist die Einfahrt der Notaufnahme. Und Ihr verdammter Audi sieht nicht wie ein Krankenwagen aus."

Ich hole Luft, nestle in der Tasche nach meinem Ausweis. Irgendwie bin ich fast froh, dass diese Person mir gerade auf die Zehen steigen will, denn ich bin mehr als entschlossen, ihr eine Revanche zu verpassen.

„Gehen Sie hinein, Nessa!", ruft Tony mir zu. „Geben Sie mir den Schlüssel, ich stelle das Auto ab!"

Den Autoschlüssel umschließe ich wie einen Handschmeichler, presse die Zähne aufeinander. Ich nicke, werfe Tony den Schlüssel zu und eile durch den Vorhang aus tropfnassen Bindfäden auf die Glastüren zu.

Die fremde Frau trottet davon, murmelt ein paar Worte, die ich nicht verstehe. Es ist mir auch egal, was sie denkt.

Im Eingangsbereich fahre ich mir flüchtig durchs Haar und wische die feuchten Hände an der Hose ab.

Ich spare mir den Aufzug, nehme die Treppe, und keine fünfundvierzig Sekunden später stehe ich auf dem Flur der Station, auf der Sandra Lauen untergebracht ist.

Ich stelle mich der erstbesten Pflegekraft, die mir begegnet, in den Weg.

Eine junge Frau, brünett, kurze Haare. Dünne Ringe unter den Augen und drei metallene in jedem Ohrläppchen.

„Entschuldigen Sie", sage ich.

Sie hält an, verdreht die Augäpfel, fasst sich. „Ja, bitte?"

„Ich muss mit Sandra Lauen sprechen."

Fragezeichen auf dem Gesicht der Krankenschwester.

„Die Frau, die angefahren wurde und im Koma lag. Sie soll aufgewacht sein."

Die Schwester, auf einem Namensschild steht *Sabrina*, neigt den Kopf ein wenig, stellt sich dumm.

Mir dämmert, sie will mich abwimmeln. Vielleicht hält sie mich für einen Pressemenschen, einen Spanner oder einen Spinner. Verdenken kann ich es ihr nicht.

„Kommen Sie, Sabrina", sage ich. „Das passiert nicht jeden Tag. Sie wissen, wen ich meine. Ich muss mit ihr reden."

Sie lächelt. „Sind Sie eine Angehörige?"

„Nein“, antworte ich. „Nessa Wolf. Ich bin Fallanalystin und ermittle in der Sache.“

„Haben Sie einen Ausweis, Nessa Wolf?“

„Ja, natürlich. Ich …“ Beim Griff in die Tasche stelle ich fest, dass mein Ausweis nicht da ist. Er muss noch im Wagen liegen. „Mist.“

„Stimmt was nicht?“ Sabrina runzelt die Stirn.

„Mein Ausweis muss noch im Auto sein“, sage ich.

„Fallanalystin, hm?“ Schwester Sabrina grinst. „Das gibt es?“

„Ja, das gibt es“, sage ich, inzwischen leicht genervt. „Kommen Sie, die Zeit drängt. Es ist wichtig. Verdammt wichtig.“

„Ich kann Sie nicht zu ihr lassen. Anweisung vom Arzt. Außerdem, woher soll ich wissen, dass Sie nicht irgendeine Irre sind?“

„Oder von der Presse, jaja. Wir verschwenden wertvolle Zeit. Es geht um das Leben einer jungen Frau.“

Sabrina tritt von einem Bein aufs andere, schüttelt den Kopf. „Es geht nicht, und ich muss weitermachen. Wir sind eh unterbesetzt.“

„Das weiß ich …“, sage ich.

„Gibt es Probleme?“ Tonys Stimme hinter mir.

„Sabrina will mich nicht zu ihr lassen.“

Die Krankenschwester hebt eine Hand, öffnet den Mund. Jetzt unterbricht Tony sie, hält ihr den Dienstausweis unter die Nase.

Sabrina presst die Lippen aufeinander, sieht in den Ausweis, dann in Tonys Gesicht.

„Tut mir leid“, murmelt sie.

„Schon gut“, sage ich. „Lassen Sie uns einfach zu ihr.“

Sabrina führt uns in das Zimmer. Es ist ein anderes als zuvor. Auf den ersten Blick hat sich ansonsten nichts geändert.

Sandra Lauen liegt im Krankenbett. Von außen ist nicht zu erkennen, ob sie schläft oder wieder ins Koma gefallen ist. Die Apparate arbeiten, aber Sandra Lauen atmet selbstständig. Kein Piepsen, kein Laut.

Stille und das gleichmäßige Atemgeräusch der Frau im Bett.

„Wir haben sie ein wenig ruhigstellen müssen", sagt Schwester Sabrina. „Sie ist aufgewacht, was ziemlich überraschend war. Zuerst schien alles gut, dann ist sie ausgerastet."

„Ausgerastet?", frage ich.

„Panik, Angst, würde ich sagen. Als hätte sie einen Geist oder den Teufel persönlich gesehen." Sabrina schüttelt den Kopf. „Wirklich seltsam."

„Vielleicht hat sie das auch", erwidere ich. „Können Sie sie aufwecken?"

„Hm", macht Sabrina, wieder werden ihre Lippen schmal. „Ich weiß nicht. Vielleicht sollte ich einen Arzt holen."

Ich seufze. „Tun Sie, was Sie tun müssen. Nur tun Sie es schnell."

„Bitte", fügt Tony hinzu. „Es ist wirklich wichtig."

Schwester Sabrina sieht mich an, Tony, schließlich Sandra Lauen, die von alldem unberührt auf ihrem Kissen liegt.

„Warten Sie hier", sagt Sabrina. „Ich bin gleich zurück."

Die Schwester verlässt den Raum, zieht lautlos die Tür hinter sich zu.

„Sehen Sie", flüstere ich. „Das ist einer der Gründe, weshalb ich für die schnelle Lösung, was die Laptops angeht, gestimmt habe. Gute alte Bürokratie. Alles dauert unendlich lange, weil jeder einen Arsch höher kriechen muss, um eine Erlaubnis einzuholen."

Tony blickt mich eigentümlich an. „Sie haben für die schnelle Lösung gestimmt?"

Ich nicke.

Er blinzelt einige Male, schüttelt den Kopf. „Sie haben mich totgequatscht, Nessa. Bis ich keine andere Wahl hatte."

„Hm", entgegne ich. „Gibt es eigentlich schon etwas Neues?"

„Nein", sagt er. „Hoffen wir, dass das hier etwas bringt."

„Ja. Hoffnung ist ein Biest mit Federn – und Widerhaken."

„Von wem ist das?"

„Von mir. In Anlehnung an Emily Dickinson."

Tony lächelt flüchtig. Er wird wieder ernst. Sein Blick ist auf Sandra Lauen gerichtet. „Sie sieht so friedlich aus. Was glauben Sie, was sie uns erzählen wird?"

„Keine Ahnung", sage ich. „Hoffentlich irgendetwas, das uns weiterbringt."

Die Tür des Krankenzimmers öffnet sich. Sabrina kehrt zurück, hat einen Mann im langen weißen Kittel im Schlepptau.

„Doktor Schwader", stellt er sich vor. „Wie kann ich Ihnen behilflich sein?"

„Wir müssen mit Frau Lauen reden", sagt Tony und zeigt dem Mediziner seinen Dienstausweis.

Schwader mustert das Dokument durch die Gläser seiner eleganten Brille hindurch. Falten zeigen sich auf seiner Stirn.

Ich schätze den Mann auf Ende vierzig. Einen halben Kopf kleiner als ich, drahtig unter dem Kittel. Dezent gebräunte Haut. Ein Läufer, wenn ich raten müsste. Vielleicht ein Triathlet.

Er blickt vom Ausweis zu Tony, wieder zum Ausweis, dann zu mir, fährt sich durch das kurze graue Haar.

„Ich versuche, sie zu wecken." Er hebt die Hand, streckt den Zeigefinger aus, um seine Worte zu unterstreichen. „Ich gebe Ihnen drei Minuten. Höchstens. Wenn sie sich aufregt oder es sie zu sehr stresst, brechen Sie die Befragung ab."

Ich lächle freundlich. „Selbstverständlich, Herr Doktor."

Er nickt. „Gut."

Schwader tritt ans Krankenbett, berührt Sandra Lauen behutsam an der Schulter.

Es dauert einige Momente, schließlich eine volle Minute, bis Sandra Lauen die Augen öffnet.

Sie blinzelt hektisch, starrt einen nach dem anderen an, versucht, sich aufzurichten.

„Sch", macht Schwader. „Bitte, Frau Lauen, bleiben Sie liegen. Entspannen Sie sich. Diese Herrschaften haben lediglich ein paar Fragen an Sie."

Wieder dauert es einen langen Augenblick, bis Sandra Lauen zu begreifen scheint. Verwirrt wirkt sie immer noch.

Der Arzt nickt mir zu.

Ich trete näher ans Bett.

„Frau Lauen, hallo", sage ich. „Mein Name ist Nessa Wolf. Ich möchte Ihnen einige wenige Fragen stellen, wenn das okay ist."

Sie sieht mich an, als wäre ich ein Geist. Die Frau ist unnatürlich blass. Ihre Lippen ein schmaler Strich, kaum dunkler als der Rest ihrer Haut.

Sandra Lauen nickt.

Ich lächle. „In Ordnung. Können Sie sich daran erinnern, was Ihnen zugestoßen ist?"

Sie zögert. Ihre Augen zucken hin und her. Es scheint, sie will sich an etwas erinnern und kann nicht. Oder sie erinnert sich – und will die Erinnerung aussperren.

Ich spüre, dass ich nur Momente habe. Die Frau steht an der Schwelle eines Absturzes. Ich darf sie nicht gefährden. Nicht noch mehr. Aber ich muss.

Ich muss wissen, was sie weiß.

Erfahren, was ihr zugestoßen ist.

Die Frage, was das gewesen ist, ist vermutlich zu wenig präzise.

„Erinnern Sie sich an etwas? An einen weißen Lieferwagen beispielsweise?"

Sandra Lauen blinzelt mehrfach, versucht, sich aufzurichten.

„Sch", macht der Arzt beruhigend, streckt die Hand nach ihr aus.

Sie zuckt zurück. Zittert.

Schwader streift mich mit einem Seitenblick. „Halten Sie das kurz, Frau Wolf, in Ordnung?"

Ich nicke, wende mich Sandra Lauen erneut zu. „Frau Lauen, hatten Sie Kontakt über das Internet? Zu einem Mann?"

Sie starrt mich an. Ihre Blicke schweifen ab. Die Lider flattern.

Sandra Lauen bewegt die Lippen, versucht, etwas zu sagen. Murmelt ein Wort, ein paar Zahlen.

Tränen sammeln sich in ihren Augen.

Ich schüttle den Kopf. „Ich verstehe nicht."

Sandra Lauen stützt sich ab, richtet sich weiter auf. Ihr Körper beginnt zu zucken. Arzt und Krankenschwester greifen nach ihr.

Das ist der Tropfen, der das Fass zum Überlaufen bringt.

Unter heftigem Schütteln beginnt Sandra Lauen zu weinen und zu schreien.

Dann geht es ganz schnell. Jeder Handgriff sitzt, und in weniger als zehn Sekunden haben die Schwester und Schwader Sandra Lauen eine Spritze verabreicht.

Ihr Körper erschlafft, sinkt zurück ins Kissen, während Sabrina ihn abstützt und hält.

Das Zucken hört auf.

Stille setzt ein.

„Das war nicht genug", sage ich. Mein Herz rast. „Ich muss mehr wissen."

„Das geht nicht!", herrscht Sabrina mich an. „Sie sehen doch, was es mit ihr macht! Das braucht Zeit!"

„Die haben wir nicht", sage ich. „Verdammt noch mal, wir haben keine Zeit."

Schwader schiebt sich zwischen mich und das Bett.

„Bitte", sagt der Arzt eindringlich. „Frau Lauen braucht Ruhe. Selbst wenn sie das hier übersteht, liegt ein schwerer Kampf vor ihr. Später können Sie ihr vielleicht weitere Fragen stellen."

„Vielleicht …", sage ich und merke, dass ich die Hände zu Fäusten geballt habe.

Tony berührt mich an der Schulter. „Kommen Sie, Nessa. Etwas haben wir erfahren. Gehen wir."

„Es hat keinen Zweck", sage ich zu wem auch immer. Zu dem Arzt, der Schwester, Tony, zu mir oder zum Universum.

Doktor Schwader und die Krankenschwester kümmern sich um Sandra Lauen.

„Bitte", insistiert der Arzt. „Gehen Sie."

Ich stoße ein frustriertes Seufzen aus. Tony läuft voraus. Ich folge ihm.

Auf dem Korridor ist nicht viel los. Dennoch kommt es mir so vor, in eine andere Welt einzutauchen. Wie eine Brandung, hoher Wellengang.

„Verdammt", sage ich.

„Es ist besser als nichts", entgegnet Tony.

„Ja." Ich zupfe geistesabwesend an einer Haarspitze. „In jedem Fall hatte Wawert recht mit dem Lieferwagen, denke ich, so wie sie darauf reagiert hat. Das bringt uns ein wenig weiter. Nur was war das andere? Ein Passwort?"

„Ein Name?"

Ich nicke. „Oder ein Nickname. Ein Log-in-Name für dieses Datingportal."

„Vielleicht können wir jetzt …?"

„Was?", frage ich und unterbreche Tony rüde. „Den bürokratischen Hintern hochkriechen? Einen Richter bitten, einen Beschluss auszustellen, dass die Betreiber ihre Daten herausgeben?"

Tony nickt. „So in der Art."

„Vergessen Sie es", sage ich. „Daten sind deren Währung. Bevor die irgendetwas herausrücken, ist alles zu spät. Nein, wir müssen das selbst erledigen. Sagen Sie Kim Jäger Bescheid. Vielleicht findet sie etwas heraus."

„Ich habe geahnt, dass Sie das sagen", murmelt Tony zerknirscht.

„In jedem Fall sind wir auf der richtigen Spur. Es läuft über das Internet. Jäger liegt falsch. Mit Sven Stiller hat das nichts zu tun."

„Sind Sie sich sicher?"

„Ja", sage ich. „Sven Stiller hat auch seine Probleme, doch die sind anderer Art. Er steht unter starker Kontrolle durch seinen Vater, hätte nicht die Möglichkeit, eine Frau gefangen zu halten."

„Vielleicht im Wald irgendwo?“

„Hm, ja“, sage ich. „Das wäre möglich. Aber er hat auch nicht das Interesse. Ihn interessieren tote Körper. Nicht das Töten. Nein, Stiller hat nichts damit zu tun. Er hat auch keine Verbindung zu Sandra Lauen. Und: Unser Mann ist älter.“

„Sie sollten das Jäger sagen, Nessa.“

„Ich weiß. Nur glauben Sie, dass er darauf hört?“

„Vielleicht hört er auf Kern.“

„Ja.“ Ich fahre mir durchs Haar. „Das wäre eine Möglichkeit. So oder so. Wir brauchen einen neuen Ansatz. Es fehlen so viele Informationen. Wir haben keinen Tatort. Das Bild ist unvollständig. Wir müssen das Ganze eingrenzen.“

„Was schwebt Ihnen vor?“

„Orte“, antworte ich. „Wir sollten nach abgelegenen Orten in der Gegend schauen und mögliche Querverbindungen zu weißen Lieferwagen ziehen.“

„Soweit ich weiß, sind Jägers Männer schon dabei, die Gehöfte zu überprüfen. Übrigens hat Sven Stillers Vater einen weißen Lieferwagen.“

„Wie wahrscheinlich jeder zweite Handwerksbetrieb in der Umgebung auch“, sage ich und grinse.

„Was?“, fragt Tony.

„Jägers Männer? Nicht mehr ’das Team‘?“

Tony reibt sich die Nasenwurzel. „Interpretieren Sie da bloß nichts hinein. Es ist …“ Das Klingeln seines Smartphones unterbricht ihn. Er zieht es hervor. „Wenn man vom Teufel spricht.“

Ich seufze, betrachte Tony, der angestrengt ins Telefon horcht.

Dann wird er bleich – und ich weiß, was das bedeutet.

# Kapitel 42

Kalter Regen trifft auf meine Stirn. Regentropfen fließen aus meinem Haar, der strenge Wind macht die ganze Sache noch unangenehmer, als sie ohnehin schon ist.

Ich blicke an dem Turm entlang nach oben, blinzle in den Regen. Grauer Stein, fast schwarzes Schieferdach. Ein Kreuz, das einmal golden geglänzt haben muss, thront oben auf der Turmspitze.

Der Raum um die Dorfkirche herum ist abgesperrt. Polizisten regeln den Zugang. Sie nicken Tony Yamamoto und mir zu. Dieses Mal benötigen wir keinen Ausweis. Es ist nicht wie im Fernsehen, nicht wie in einer amerikanischen TV-Serie. Man kennt sich.

Auch Schaulustige haben sich versammelt. Es scheint, als wäre der gesamte Ort auf den Beinen. Die ersten Presseleute haben sich bereits eingefunden.

Nicht einmal der Regen hält sie ab.

Das sind die Dinge, die eigentlich nicht passieren. Oder wenn, dann im Film, im Buch. In der Fiktion.

Hier ist es geschehen.

Es ist echt, es ist nah. Laut und grell.

Ein Beamter nickt uns zu. Die übliche Geste, der typische, fast unbewegte Gesichtsausdruck. Stoisch Ruhe zum Ausdruck bringen. Es gibt keinen Grund zur Besorgnis, heißt das. Wir haben alles im Griff.

Nur dass das nicht stimmt. Hier nicht und auch sonst nicht.

Das wiederum spielt keine Rolle, denn irgendwo leben und glauben wir alle diese Lüge.

Der Polizist hält uns die schwere Eichentür auf.

Wir betreten das Innere der Kirche, und was uns empfängt, ist die sakrale Stille, die man an einem solchen Ort erwartet. Mit einem kaum hörbaren, mehr spürbaren Nachhall. Säulen, das hohe Dach. Der allgegenwärtige Geruch von Weihrauch. Bunte Fenster, Ikonen. Lange Reihen von Holzbänken. Der Kreuzgang.

Ich bin nicht religiös, glaube nicht an Gott. Das ganze Gebilde ist Unfug. Religionen und ihre verbitterten Anhänger sorgen seit jeher für zu viel Tod und Elend auf der Welt.

Aber Kirchen, vor allem wenn sie alt und leer sind, haben etwas an sich, das sich fast wie Magie anfühlt.

Hier stört jedoch etwas empfindlich die Atmosphäre, und alles konzentriert sich auf den einen Ort, vorne am Altar.

Polizisten, zum Teil in Uniform, zum Teil in Zivil, eilen durch das Kirchenschiff.

Beamte in weißen Schutzanzügen, die Spuren sichern. Immer wieder blitzt es grell. Fotos werden geschossen.

Zwischen alldem entdecke ich Marie, die ihre Arbeit tut. Sie ist Teil des Apparats – und gehört trotzdem irgendwie nicht dazu.

„Kommen Sie“, sagt Tony und nickt mir auffordernd zu.

Ich erwidere die Geste wortlos.

Langsam halten wir auf den Altar zu. Beamte treten beiseite. Der Blick öffnet sich.

Damit habe ich nicht gerechnet.

Es ist nicht, dass es mich schockiert. Ich habe zu viele Leichen gesehen. Zu viele Tatorte. Es erschreckt mich zwar immer noch. Es lässt mich nicht kalt. Doch es schockiert mich nicht.

Selbst dieser Anblick nicht. Es ist nur ein menschlicher Impuls. Vielleicht ist es das, was man Empathie nennt.

Ich blinzle. Dann übernimmt die Routine.

Die Frau liegt rücklings auf dem Altar. Die Arme seitlich von sich gestreckt, die Beine nebeneinander. Dunkelblondes Haar fließt um ihren Kopf und ihre Darmschlingen und Eingeweide aus der geöffneten Bauchhöhle.

Beinahe kunstvoll arrangiert. Bewusst. Ein stilles Requiem in Blut. Hier hat sich jemand Mühe gegeben.

„Das ist nicht Jennifer“, sagt Tony.

Ich nicke. Die erste Erkenntnis und ein unpassender Anflug von Erleichterung.

„Seltsame Pose, oder? Fast wie Jesus.“

„Hm“, sage ich. „Stimmt, die Ähnlichkeit ist auffällig. Fast wie Jesus. Wie ein Opferlamm.“

Marie lässt von ihrer Arbeit ab, steht aus der Hocke auf. „Tony, Nessa, hallo, das ist ein unerfreulicher Anlass, wie?“

„In der Tat“, antwortet Tony.

„Und?“, frage ich.

„Wir wissen noch nicht, wer die Frau ist, aber wir sind dran. Sie wurde nicht hier getötet. Dazu ist zu wenig Blut da. Jemand hat es auf sich genommen, sie hierherzubringen. Sie ist schon eine Weile tot.“

„Die Verletzungen?“, will ich wissen.

„Das Eröffnen der Bauchhöhle und so weiter? Alles post mortem", sagt Marie.

„Hier?"

Sie nickt.

„Müsste nicht mehr Blut zu sehen sein?", fragt Tony.

Die Rechtsmedizinerin schüttelt den Kopf, deutet auf ihren eigenen Hals. „Nicht wirklich. Todesursache war augenscheinlich wieder ein Halsstich. Man hat sie ausbluten lassen, bevor sie hierhergebracht wurde."

„Fehlt etwas?", frage ich.

„Japp", antwortet Marie. „Die Leber."

„Er weicht vom Drehbuch ab", sage ich, „und zwar deutlich. Das geht auf die Kappe von Schöttner und Erlmann für die Nummer mit der Presse. Sie haben ihn provoziert."

„Wenn man sieht, was draußen los ist, scheint es zu funktionieren", sagt Marie.

„Wenn es Aufmerksamkeit ist, die er wollte, ja."

„Wer würde so etwas tun, wenn er keine Aufmerksamkeit will?", fragt Tony.

„Keine Ahnung", sage ich.

„Das sieht sehr nach Ritual aus."

Instinktiv verdrehe ich die Augen. „Fangen Sie nicht auch noch damit an, Tony."

„Doch er hat recht", sagt Marie. „Der Ort, die Pose. Es wirkt rituell, fast religiös. Nun ja, auf eine makabre Weise."

Ich seufze.

„Kann er irgendwie von der Sache Wind bekommen haben?"

„Von der Sache?", frage ich. „Dass Jäger den Stiller-Sohn im Visier hat?"

Sie nickt.

Ich runzle die Stirn. „Möglich. Auf jeden Fall fängt er an zu kommunizieren. Wir sind ihm vielleicht näher gekommen. Er hat mit Sicherheit einen Bezug zu dem Ort. Vielleicht kennt er Schöttner, bestimmt aber Erlmann."

„Ist es nicht seltsam, dass er seine Opferwahl so über den Haufen wirft?", fragt Tony. „Erst praktisch Namenlose, Junkies und Prostituierte. Dann die Tochter des Landtagsabgeordneten?"

„Schon", sage ich. „Nach allem, was wir annehmen, hat er sie nicht persönlich gekannt. Jennifer ist das schwarze Schaf der Familie. Sie hat sich abgenabelt, steht nicht im Licht der Öffentlichkeit."

„Ich denke, Sie glauben nicht an Zufälle?" Marie grinst schräg.

„Tue ich auch nicht", entgegne ich. „Manchmal passieren seltsame Dinge einfach."

Ich atme tief durch und bereue es sogleich, weil mir der Geruch von Blut, Fleisch und Eingeweiden in die Nase steigt. Es riecht wie in einem Schlachtraum.

Ich betrachte den toten Körper der Frau vor mir. Starre Augen, die milchig und leblos Richtung Kirchendach blicken. Bleiche Haut. Die geöffnete Körperhöhle.

„War es dasselbe Messer, Marie?"

„Die Schnitte am Bauch?" Sie nickt. „Sieht ganz danach aus. Dieselben Scharten an der Klinge. Im Moment würde ich sagen, ja, es war dasselbe Messer. Aber …"

„Schon gut", sage ich. „Verhaltensänderungen, vor allem, wenn sie plötzlich und auf solch drastische Art geschehen, bedeuten immer etwas. Die Frage ist, ob es zum Besseren oder Schlechteren ausschlägt."

„Wie kann daran etwas Gutes sein?", fragt Tony.

„So habe ich das nicht gemeint", sage ich. „Das ist egal. Wichtig ist, dass er unberechenbar geworden ist. Für Jennifer wird die Luft knapp."

„Falls sie noch lebt."

Ich nicke. „Falls sie noch lebt."

Draußen vor der Kirche hat sich die Presse versammelt. Es sind gefühlt mehr Medienvertreter anwesend, als der Ort Einwohner hat. Jetzt sind nicht mehr nur die Lokalzeitung und der regionale Fernsehsender an der Sache dran. Jetzt interessieren sich alle für den Fall.

Das macht die Angelegenheit kompliziert.

Sie bauschen die Sache auf, blasen Luft in den Ballon, bis er platzt.

Wie Schmeißfliegen um einen verrottenden Abfallberg im Sommer schwirren sie um die Kirche. Ganz scharf darauf, einen Blick ins Innere zu werfen. Zu sehen, was niemand sehen will. Oder besser, ein Bild zu schießen.

Nichts verkauft mehr Auflage als Schrecken, Abscheu und Ekel. Die Presse weiß das. Polizisten wissen das.

Jeder weiß das, deshalb lässt sich so etwas nicht verbergen. Nicht lange genug.

„Jemand sollte den Vater informieren", sage ich, „und ihm mitteilen, dass es nicht Jennifer ist, die wir gefunden haben. Nicht dass er am Ende wieder durchdreht und noch etwas Dummes tut."

„Ich rufe ihn an", sagt Tony.

„Danke." Ich nicke. „Wo sind Jäger und seine Leute eigentlich? Wo ist dieser Pfarrer?"

„Keine Ahnung", antwortet Tony. „Ich habe vorhin Koch gesehen, der mit jemandem sprach. Am Seiteneingang. Sonst niemanden."

„Die tauchen schon auf.“ Mit den Augen taste ich die gegenüberliegende Straßenseite ab. Die Kirche liegt an einem ungewöhnlichen Platz. Zentral zwar, aber auch wie eine Insel zwischen zwei Straßen gebaut. Unmittelbar gegenüber gibt es ein einziges Haus. „Verdammt, das ist ein kleiner Ort. Ein Nest. Wenn hier ein unbekanntes Auto vor der Kirche hält, fällt das auf. Jemand muss etwas bemerkt haben.“

„Es sei denn …“, sagt Tony.

„Richtig“, sage ich. „Es war kein unbekanntes Auto.“

Er presst die Lippen aufeinander. „Zumindest nicht so unbekannt, dass es aufgefallen wäre.“

„Trotzdem. Jemand muss etwas bemerkt haben. Hier wohnen alte Leute, oder nicht? Die mögen doch Straßenfernsehen.“

Ich schlendere die Stufen hinab, näher an die Absperrung. Das Haus gegenüber weckt mein Interesse.

Ich ducke mich unter dem Flatterband hindurch und bahne mir einen Weg durch die Medienvertreter und Schaulustigen.

„Nessa!“, höre ich Tony wenige Schritte hinter mir. „Was tun Sie?“

„Das Haus dort“, sage ich. „Die Gardine hat sich bewegt.“

Aus der Nähe wirkt das kleine Gebäude verwahrlost. Fensterläden hängen schief, das Dach hat auch schon bessere Zeiten gesehen. Die Wiese wurde mindestens seit dem Frühsommer nicht gemäht. Unkraut wuchert über den schmalen Pfad aus teils gesprungenen Gehwegplatten.

Ich drücke den Klingelknopf, warte nicht lange und klopfe mehrfach.

Es dauert.

Eine Minute, zwei.

Wieder klopfe ich und drücke fünfmal auf die Klingel.

„Machen Sie auf!“, rufe ich.

„Nessa“, flüstert Tony, der mich eingeholt hat. „Sie machen dem Mann Angst.“

„Er soll aufmachen, dann hat er nichts zu befürchten.“ Noch einmal drücke ich auf den Klingeltaster.

Endlich höre ich schlurfende Schritte hinter der Tür. Ein Schlüssel wird gedreht, es klackt.

Die Tür öffnet sich. Ein Mann erscheint dahinter. Blasse Haut, dunkle Augen hinter einem zu großen Brillengestell. Er hat kaum Haare auf dem Kopf, aber die paar, die ihm geblieben sind, hat er sorgsam über kahle Stellen gekämmt.

Er trägt ein weißes Hemd mit offenem Kragen unter einer grauen Weste, graue Hose, schwarze Schuhe, denen es geht wie dem Dach und dem Rest des Hauses. Es gab schon bessere Zeiten.

„Ja?“, fragt der Mann mit heiserer Stimme.

„Wolf“, sage ich und schiele auf den Klingelknopf. „Herr Ginster?“

Er nickt, lächelt verlegen.

„Kann ich Ihnen ein paar Fragen stellen?“

Er macht sich schon daran, die Tür zu schließen. Ich schiebe den Fuß dazwischen und werfe Tony einen Seitenblick zu.

Er reagiert blitzschnell, zieht seinen Ausweis hervor und hält ihn Ginster unter die Nase. „Polizei.“

Der alte Mann wird noch blasser, als er ohnehin schon ist.

„Bitte“, sage ich. „Bloß ein paar Fragen.“

„Ich habe nicht …“

„Sie haben am Fenster gestanden und gelauert", sage ich. „Ich habe gesehen, wie sich Ihre Gardine bewegt hat."

„Ich habe ..."

Wieder unterbreche ich ihn. „Haben Sie das vorhin schon getan? Ist Ihnen etwas aufgefallen? An der Kirche? Ein Fahrzeug vielleicht?"

Ginster denkt offenbar nach, legt zwei Finger an die Stirn und reibt sie. Sein Widerstand gibt nach, er lässt die Tür los, macht einen Schritt zurück. „Ich habe nur ..."

„Was?", frage ich. „Was haben Sie nur?"

„Ich wollte nicht zusehen", sagt er.

Mein Herz pocht hastiger. „Zusehen? Wem?"

„Den Mädchen", sagt er leise.

Mein Magen dreht sich um. „Welchen Mädchen?"

Ginster befeuchtet seine Lippen.

„Die bringen die Zeitung. Sie sind hübsch. Ich sehe sie gerne." Er blickt betreten zu Boden. „Ich sehe doch sonst nichts Schönes."

Ich atme tief ein und aus.

Tony schaltet sich ein. „Haben Sie heute vielleicht noch etwas anderes gesehen? Jemanden, der nichts an der Kirche verloren hat, oder ein Fahrzeug?"

„Was ist denn da passiert?", fragt Ginster.

„Ein Verbrechen", sage ich schroff. „Ich bin mir sicher, Sie können es spätestens morgen in der Zeitung lesen."

Ginster nickt bedächtig. „Ich glaube, da war etwas."

„Was?", frage ich.

„Bitte, Herr Ginster", sagt Tony, „es ist wichtig und eilt."

Der Alte streicht sich über die dreieinhalb Haare, die ihm geblieben sind. „Da war ein Auto. Es fiel mir auf, weil es direkt vor der Kirche gehalten hat, und das darf man ja nicht. Und als es wieder weggefahren ist, haben die Reifen gequietscht. Daher …"

„Was war das für ein Fahrzeug?", frage ich. „Welche Marke, welcher Typ? Oder die Farbe?"

Ginster reibt sich das stoppelige Kinn. „So ein Kastenwagen. Ein Lieferwagen."

„Irgendeine Aufschrift?", fragt Tony.

„Haben Sie den Fahrer gesehen?", frage ich.

Ginsters Blick huscht hin und her.

„Nein", sagt er. „Den Fahrer habe ich nicht gesehen. Da war auch keine Aufschrift. Keine Ahnung. Aber die Farbe weiß ich noch."

„Ja?"

„Es war weiß. Das Auto war weiß."

# Kapitel 43

Stille drückt auf ihre Trommelfelle. Es fühlt sich an, als hätte jemand ihr die Ohren mit Watte verstopft.

Nicht nur ihr Gehör, auch ihren Verstand.

Jede einzelne Windung, jede Zelle ihres Gehirns. Vollgestopft mit Watte, und wo die nicht ist, hindert die Angst Jennifer daran, einen klaren Gedanken zu fassen.

Überhaupt einen Gedanken zu fassen.

Ihre Hände zittern.

Ist das auch ein Ergebnis der Angst? Oder ist es die Kälte, die in dem Kellerraum herrscht?

Vielleicht Entzug?

Er hat ihr Drogen gegeben, oder nicht? Was immer dieser Mann ihr unter das Essen mischt – unter dieses seltsame Essen, das sie mit zunehmendem Widerwillen isst –, es lässt sie die Welt wie durch einen Schleier wahrnehmen. Dämpft fast alles, jedoch nicht die Angst.

Draußen auf dem Gang hört Jennifer klopfende Echos. Langsam, aber stetig. Ganz anders als der Schlag ihres eigenen Herzens.

Er kommt.

Er kehrt zurück. Einerseits lässt das die Furcht in ihrer Brust ansteigen wie eine Flut. Andererseits hofft sie, dass er zurückkehrt. Zu ihr, damit er sie nicht länger allein lässt.

Sie endlich gehen lässt.

Die Tür zu ihrem Verlies öffnet sich. Licht fällt in den Raum und der Schatten.

Sein Schatten.

Auch ihn nimmt Jennifer wie durch eine Nebelwand wahr. Doch der Nebel ist nur in ihrem Kopf.

Sie hebt ihn an, starrt angestrengt.

Die Stimme des Mannes dringt zu ihr durch. Diese warme Stimme. Harscher Kontrast zu dem Keller, der Kälte – und allem, was in den letzten Tagen geschehen ist.

Tage?

Sind es Tage? Stunden? Wochen?

Jennifer atmet schwer, hustet. Sie weiß es nicht. In der Dunkelheit hat sie jegliches Zeitgefühl verloren.

In der Einsamkeit.

Es ist ein zynischer Gedanke. Dennoch ist er da. Fast ist es, als hätte dieser Mann ihr inneres Gefängnis aus ihr herausgezogen und um sie herum aufgebaut, als er sie in diesen Keller gesteckt hat.

Er hält sie gefangen, in einer ganz privaten Hölle, die ihrer inneren ähnelt. Nur dass sie realer ist, völlig echt, und Jennifer hat keine Chance, ihr zu entgehen.

Oder ihm.

Er spricht. Sanft und leise. Wie mit einem Kaninchen vor der Schlachtung. Wie mit einem Hund vor der Einschläferung.

Jennifer weiß nicht, woher diese Gedanken rühren.

Vielleicht lässt er sie ja frei. Vielleicht kehrt sie in ihr eigenes inneres Gefängnis zurück und kann es vielleicht noch einmal versuchen, diesem zu entfliehen.

Allein.

Er lässt sie nicht frei.

Jennifer weiß es. Weiß nicht, woher. Aber sie weiß es. Mit tödlicher Gewissheit.

Vielleicht ist es die Stimme, vielleicht dieser Blick.

Auch wenn es Jennifer größte Mühe abverlangt, sich darauf zu konzentrieren.

Der Mann steht vor ihr. Sie hat nicht einmal gemerkt, wie er sich genähert hat. Doch er ist da. Sie nimmt seinen Geruch wahr. Der Hauch eines Deos. Er hat geduscht.

Er bewegt den Mund. Da ist diese Stimme. Leise. Flüstern.

Jennifer versteht ihn nicht. Seine Stimme dringt aus weiter Ferne zu ihr. Oder so, wie es klingt, wenn man versucht, unter Wasser zu sprechen.

Worte, die an Jennifer vorübertreiben, wie Wolkenfetzen nach einem Gewitter.

Sie versteht nur eines. Erkennt nur das eine.

Jetzt bringt er sie um.

Er sieht sie an, bewegt sich nicht. Seine Lippen ein breiter Strich in seinem Gesicht. Sein Blick ruht auf ihr.

Dann wendet er sich ab, kehrt ihr den Rücken zu.

Die Schritte, gedämpftes Klopfen auf dem Steinboden, entfernen sich.

Er schließt die Tür.

Stille. Dunkelheit.

Jennifer ist allein. Hört die Stille wie das Rauschen eines Flusses in einiger Entfernung. Ihren eigenen Herzschlag und ihren Atem, der stoßweise geht.

Sie blinzelt in die neuerliche Finsternis. Licht, das unter einem schmalen Spalt unter der Tür in den Raum dringt.

Draußen vernimmt Jennifer keine Schritte. Der Kerl ist noch da. Beobachtet er sie?

Was ist das für ein Perverser?

Jennifer hat angenommen, dass er sie vergewaltigt. Direkt am Anfang hat sie das geglaubt. Oder dass er sie tötet. Sie aufschlitzt, absticht, erwürgt.

Aber es geschah nicht, und es geschieht nicht.

Er wartet, wartet ab. Lässt sie hier sitzen in der Stille, dem Dunkel – und in ihrer Finsternis.

Und allmählich beginnt sie zu glauben, dass es das Schlimmste ist. Nicht zu wissen, was geschieht. Zu warten, dass etwas geschieht.

Die Angst, die Ungewissheit höhlen Jennifer aus, nagen an ihr.

Die Hoffnung, sagt man, stirbt zuletzt. Doch wie fühlt sich das eigentlich an?

Die Tür öffnet sich erneut. Dieses Mal fällt nicht nur das Licht vom Flur in den Keller. Leuchtstoffröhren an der Decke flackern. Weißes Licht erhellt das Verlies.

Jennifer blinzelt, dreht den Kopf zur Seite. Ihre Augen brennen.

Der Mann greift nach ihren Armen, zerrt sie auf die Füße. Ihre Beine geben nach, kribbeln, als lebte ein Ameisenvolk darin.

„Komm“, sagt der Mann, zieht sie mit sich.

Jennifer strauchelt, tappt ins Leere, als wäre gar kein Boden da. Bloß Wolken, schwarze Wolken. Sie stolpert, fällt nicht.

Der Mann hält sie fest. Nicht grob, nicht sanft. Unnachgiebig.

Er packt Jennifer, schleift sie hinter sich her, während sie versucht, mitzugehen oder sich dagegen zu sperren.

Weder Verstand noch Körper tun irgendetwas, was sie erwartet.

Es läuft quer über den Flur. Das Kribbeln in den Beinen lässt nach. Sie macht unbeholfene Schritte.

Der Mann hält ihren linken Arm wie in einem Schraubstock fest. Er bringt sie fort, öffnet eine Tür, schleift sie hinein.

Jennifer steht in einem weißen Raum. Kacheln. Ein Waschbecken, Badewanne, eine Dusche. Weißes Licht und weiße Fliesen.

Alles weiß. Wie in einem Krankenhaus.

Der Mann schiebt sie von sich weg, stößt sie in den Raum und lässt sie los.

Über seine Schulter hinweg sieht sie die Tür. Die führt ins Nichts. Zurück in den Flur, das dunkle Verlies. Außerdem befindet sich der Kerl zwischen ihr und dieser Tür. Und überhaupt, Jennifer kann kaum einen Schritt allein tun, ohne hinzufallen.

Ausweglos. Keine Chance.

Er schaut sie an.

„Zieh dich aus", sagt er mit dieser warmen Stimme. Doch es klingt, wie sich sein Griff um ihren Arm angefühlt hat.

Genauso ausweglos, erbarmungslos. Alternativlos.

Er starrt sie an. Wie Fleisch, das in der Fleischtheke liegt.

Sie kommt sich schmutzig vor.

Was hat er vor? Will er es jetzt tun? Will er sie ficken?

Oder was hat er sonst vor?

Jennifer zögert, steht da. Unwillkürlich, instinktiv schlingt sie die Arme um ihren Körper. Sie wendet den Blick ab, streift seine Beine, linst daran hoch.

Die Augen des Mannes lassen sie frösteln. Er ist hungrig, wirkt, als wäre er geil.

Offensichtlich ist er nicht erregt. In seiner Hose regt sich nichts.

Seltsam, denkt Jennifer. Wieso sie darauf achtet? Das ergibt keinen Sinn. Es ist unwichtig.

Dennoch ist es alles, was im Moment wichtig erscheint. Wenn der Kerl sie nicht ficken will, was will er sonst?

„Zieh dich aus", sagt er noch einmal. Härter. Rauer.

Jennifer weiß, dass sie keine Wahl hat. Sie zögert. Sie …

„Ich kann nicht", flüstert sie. Ihre Lippen brennen. Rau und trocken. „Ich kann das nicht."

Er macht einen Schritt auf Jennifer zu, packt ihre Schultern, hält sie fest.

Er kommt ihr so nah, dass sie die Wärme seines Atems auf ihrem Gesicht spürt, wagt es aber nicht, den Blick zu heben.

„Zieh dich aus."

Sie atmet tief ein, wieder aus.

Langsam beginnt sie, sich auszuziehen, stiert dabei auf die Beine des Mannes, seine Füße.

Sie spürt seine Augen auf jedem Zentimeter ihrer Haut, den sie enthüllt.

Er ist nicht erregt. Das ist nichts Sexuelles, denkt Jennifer. Das ist etwas anderes. Böseres.

Sie zieht den Slip aus, streift ihn ab und schiebt ihn mit dem linken Fuß über die kalten Kacheln.

Gänsehaut bildet sich auf ihren Armen, ihren Schultern. An ihrem ganzen Körper, den dieser Kerl vor sich sieht.

Unverhüllt. Nackt.

Verwundbar.

Er starrt sie nur an.

Er begutachtet sie, genau das ist es. Dieser Blick. Eine Begutachtung.

Es vergehen Sekunden, vielleicht eine Minute. Schließlich greift der Mann nach Jennifers Armen.

Tränen rollen über ihre Wangen. Lautlos, warm. Ein Gegensatz zu der Kühle im Raum. Salz auf ihren Lippen.

Der Mann schiebt sie unter die Dusche. Er langt an ihr vorbei.

Das Wasser beginnt zu rauschen. Ein harter Strahl aus dem Duschkopf trifft auf ihre nackte Haut.

Jennifer zuckt zusammen, schreckt zurück. Zuerst kalt, wird es allmählich wärmer. Der Wasserstrahl wird angenehmer.

Wasser läuft über ihren Rücken.

Der Mann drückt Jennifer einen Schwamm in die eine und Seife in die andere Hand.

„Wasch dich", sagt er. „Überall und gründlich."

Jennifer zögert, hält Schwamm und Seife fest.

Sie erkennt, dass es keinen Ausweg gibt. Keine Alternative. Stockend, kaum merklich, nickt.

Es dauert eine Ewigkeit. Eine Ewigkeit, in der es nur das lauwarme Wasser gibt, das Rauschen und den Blick dieses Kerls.

Nichts anderes. Jennifers Welt reduziert sich darauf. Diese Duschkabine ist ihr Universum.

Die Ewigkeit währt nicht lange genug.

„Du trödelst", sagt der Mann, nimmt Jennifer Schwamm und Seife ab.

Dann wäscht er sie. Nicht grob, aber auch nicht liebevoll. Mit sicherem Griff, flinken Händen tut er, was er tun will. Er zittert nicht, zögert nicht.

Es scheint ihm nicht mehr zu bedeuten, als einen Hund zu waschen.

Eine oder zwei Minuten später hört er auf, tut einen Schritt zurück, betrachtet sein Werk. Wieder dieser Blick. Dieses Abschätzen.

Der Mann nickt, offenbar zufrieden, stellt das Wasser ab und reicht Jennifer ein Handtuch.

Es ist weiß, wie das ganze verfluchte Badezimmer. Alt, dafür sauber.

„Abtrocknen."

Sie macht es. Zaghaft. Aber sie macht es. Schnell genug, dass er nicht auch das noch selbst erledigt.

Schließlich reicht er ihr ein Hemd. „Zieh das an."

Es ist ebenso alt und weiß wie das Handtuch. Baumwolle, ein wenig rau. Das Kleidungsstück erinnert sie an Nachthemden ihrer Oma, die Jennifer einmal in deren Schrank gefunden hat. Damals, als Kind.

Tränen fließen ihre Wangen hinab. Jennifer weiß nicht, warum, versteht nicht, woher.

Es geschieht einfach.

Ihr Blick streift die eigenen Klamotten, die zu einem kleinen Berg zusammengeschoben am Boden liegen. Sie blinzelt, wischt sich übers Gesicht. Die andere Hand krallt sich um das Nachthemd.

„Anziehen!“

Jennifer wirft hastig das Hemd über. Der Stoff kratzt nicht und fühlt sich auch nicht eben weich auf der Haut an. Vielleicht ist es die Anspannung. Die Gänsehaut. Ein kaum wahrnehmbares Brennen auf der Haut.

Vielleicht ist das der Blick des Mannes.

Ihr Herz klopf schnell und unstet in ihrer Brust, hämmert gegen die Rippen.

„Was willst du von mir?“, flüstert sie, ohne zu verstehen, wo die Worte herkommen.

Der Mann schweigt.

Er sieht sie an, hat einen fast traurigen Blick. Nur einen Moment lang glaubt Jennifer das. Dann scheint er sich zu sammeln, packt ihre Arme, zerrt sie mit sich aus dem Badezimmer, über den Flur und führt sie zurück in ihren Kerker.

In den Keller.

Zurück in die Dunkelheit.

Er stößt sie von sich. Jennifer stolpert zu Boden. Er lässt sie zurück, geht zur Tür und löscht das Licht.

Jetzt versteht Jennifer, was er sagt. Klar und deutlich klingen die Worte in der Dunkelheit.

„Bald ist deine Zeit. Bald.“

# Kapitel 44

Jäger sitzt auf einem Stuhl im Besprechungsraum, stützt die Ellenbogen auf den Tisch und den Kopf in eine Hand. Seine Finger massieren unablässig die breite Stirn. Er schwitzt – und ist fertig mit den Nerven.

Der aktuelle Fall ist wahrscheinlich das Schlimmste, was ihm in seiner jahrzehntelangen Laufbahn passiert ist. Er ist überfordert, kurz davor, die Beherrschung und die Kontrolle zu verlieren. Aber er ist auch derjenige, der die Entscheidungen trifft, und ich wette, dass er sich das nicht nehmen lassen wird.

Tony Yamamoto sieht sich im Raum um, dann mich an und zieht eine Grimasse. „Ich besorge mal frischen Kaffee."

Ich nicke. „Danke."

Langsam hebt Jäger den Kopf, starrt mich aus glasigen, geröteten Augen an. Er zeigt mit dem Finger auf mich. „Das ist Ihre Schuld, Wolf. Dieser ganze Mist hat angefangen, als Sie hier aufgetaucht sind. Vorher war das ein ruhiger Ort. Eine gute Stadt und erst recht dieses Dorf."

„Bitte?", sage ich erstaunt. „Haben Sie den Verstand verloren, Jäger? Es war ruhig, weil Sie Ihre Augen verschlossen haben, weil Sie und Ihre Männer nicht hingeschaut haben."

Jäger schnaubt.

Ich weiß, dieser Moment wird mir ein Gespräch mit Helene einbringen, das niemand von uns führen will.

Dennoch, ich bin noch nicht fertig.

„Diese Morde geschehen seit Jahren, wenn nicht seit Jahrzehnten, und das war nur möglich, weil Sie und Ihre Kegelbrüder nicht auf dem Posten waren."

„Halten Sie den Mund!"

„Oh nein", entgegne ich. „Ich fange gerade erst an. Ich trage keine Schuld daran. Ich ziehe den Teppich weg, und Sie ersticken an Ihrem eigenen Dreck, den Sie die ganze Zeit darunter geschoben haben. Ich habe die Frauen nicht getötet."

Er betrachtet mich mit einem eigentümlichen Blick.

Ich kenne diesen Blick. Diese Art, wie die Menschen mich anschauen. Jedes Mal, wenn ihnen einfällt, wessen Tochter ich bin.

„Wundern täte es mich nicht", sagt Jäger.

Ich atme. Tief. Ein und aus. Ich fasse an mein Armband, reibe es über die Haut. Dann mache ich einen Schritt nach vorne und beuge mich vor.

„Reißen Sie sich zusammen, Mann", flüstere ich. „Ich möchte nicht in Ihrer Haut stecken, wenn es uns nicht gelingt, Jennifer Schöttner lebend zu finden. Ihr Vater reißt Ihnen den Arsch auf, Jäger. Nicht mir. Ich sitze da schon im Auto und bin auf dem Weg zu einem neuen Fall. Einem, in dem ich etwas bewegen kann."

Jäger starrt sekundenlang. Ich weiß nicht, wie lange genau. Schließlich blinzelt er und lehnt sich im Stuhl zurück.

„Etwas bewegen?", fragt er. „Sie wollen etwas bewegen? Sie sitzen doch in Ihrem Kellerchen und schieben Papiere hin und her. Was bewegen Sie schon?"

„Jedenfalls mehr als meinen altgedienten Arsch von A nach B, zwischen Kaffeemaschine und Büfett hin und her."

Jäger bläht die Nasenflügel, schweigt.

Ich sehe ihn an.

Tonys Räuspern unterbricht die Stille, mit zwei Kaffeebechern in den Händen steht er im Türrahmen. „Was ist denn hier los?"

„Nichts", antworte ich. „Wir tauschen Nettigkeiten und Wandertipps aus."

Tonys Blick schweift durch den Raum, er runzelt die Stirn. „Wo sind eigentlich Koch und Sauer? Und der Pfarrer?"

Jäger stützt sich mit den Händen an der Tischkante ab, wuchtet sein Gewicht in die Höhe und räuspert sich. „Die unternehmen etwas, damit dieser Fall ein Ende nimmt."

„Was?", frage ich hastig. „Wo haben Sie die Leute hingeschickt?"

„Sie sind unterwegs, Wolf. Nehmen sich diese Jugendlichen und vor allem den Stiller-Jungen vor. Etwas, das Sie ja nicht zu tun bereit sind, weil Sie diese Fantasie vom unbekannten Hannibal pflegen."

„Sind Sie irre geworden?", frage ich und senke die Stimme noch mehr. „Was stimmt nicht mit Ihnen, Jäger?"

„Ich halte mich an die einfachen Dinge, Frau Wolf. An die naheliegenden. Der Stiller-Junge hat Dreck am Stecken, Sie mit Ihrem sensiblen Scheiß und Ihrem Einfühlungsvermögen sehen das nicht ein. Wie Sie schon sagten, es ist mein Kopf, der in der Schlinge steckt. Nicht Ihrer."

Ich taumle zurück, stoße gegen einen Tisch, der hinter mir steht. Ich rede mich in Rage, werde immer lauter. Das ist mir egal. Manche Dinge müssen getan, andere gesagt werden. „Sie verrückter alter Bulle. Sie verstehen es nicht. Stiller ist nicht Ihr Problem. Verdammt, nicht einmal der Mörder ist Ihr Problem. Nur Ihre verdammte Sturheit. Ihre Verbohrtheit. Es sind alte Beamte, Dinosaurier, die den Wechsel der Zeiten nicht mehr wahrnehmen, nichts von neuen, effektiven Methoden halten und sich gegen alles sperren, was sie nicht verstehen, die solche Taten erst möglich machen. Deshalb passiert diese ganze Scheiße jeden Tag und immer wieder."

„Nessa!" Kerns Stimme hinter mir.

Ich drehe mich um.

Harald Kern steht in der Tür wie ein verdammter Fels in der Brandung.

„Es reicht", sagt er ruhig.

Und er hat recht.

Es reicht.

Ich muss mich um andere Dinge kümmern, als meine Zeit mit diesem verbohrten Dinosaurier zu verplempern.

Jägers Blick flackert, seine Wangen zittern, die Lippen beben.

Ich wende mich ab, lasse den alten Polizisten hinter mir zurück. Auch Tony lasse ich stehen, dränge mich an Kern vorbei und aus dem Raum.

„Warten Sie, Nessa", sagt er draußen.

Wir stehen mitten auf dem Flur, das Flackern der Leuchtstoffröhre geht mir auf die Nerven. Nichts funktioniert in diesem Kaff. Nichts.

Selbst die kaputte Lampe geht auf Jägers Konto.
„Was gibt es, Harald?", frage ich und bemühe mich, ruhig zu klingen, regelmäßig zu atmen.
„Was sollte das da drinnen?"
Ich zucke mit den Schultern. „Er hat mich provoziert."
Kern mustert mich. Seine Augen verengen sich, entspannen sich wieder. Er nickt. „Was haben Sie jetzt vor?"
Ich zögere. Dann sehe ich es klar. „Wir müssen Druck machen. Er hat gerade ein Opfer entsorgt. Nach allem, was wir wissen, hat er noch eines in seiner Gewalt."
„Jennifer", sagt Kern.
„Ja. Jennifer."
„In Ordnung, Nessa. Also, wie geht es weiter?"
„Wir haben zu wenig Informationen. Die Opfer geben kaum Aufschluss. Wir haben keinen Tatort."
Kern nickt. „Wir fischen im Trüben."
„So schaut's aus. Unsere beste Chance sind der Lieferwagen, was zugegeben mehr als vage ist, und die Art der Verletzungen, der Zweck, den der Täter den Opfern zugedenkt."
Kern bläht die Wangen auf. „Sie denken an die Datenbank."
Ich nicke.
„Was, wenn Sie sich irren?", fragt Tony.
Seine Anwesenheit hatte ich fast vergessen. Er lehnt an der Wand, und irgendwie beschleicht mich der Eindruck eines Déjà-vu.
„Dann stirbt Jennifer", sage ich. „Und der Täter braucht ein neues Opfer. So endet das alles nie."
Tony sieht mich eigentümlich an. „Sie sagen das so. Beängstigend. Nüchtern. Fast kalt."

„Ich sehe lediglich die Fakten", entgegne ich. „Das ist meine Überlebensstrategie. Vertrauen Sie mir. Dieses Gespräch haben wir schon einmal geführt."

Tony presst die Lippen aufeinander. „Ich weiß. Und ich habe es nicht vergessen. Aber Sie verlangen viel, Nessa, und teilen sich wenig mit."

„Ich weiß, Tony. Ich weiß. Verdammt, ich brauche Ruhe, um zu denken. Dieses Theater zieht meine Energie ab. Ich muss in meinen Raum, mir einen Überblick verschaffen. Hier rühren zu viele Köche im selben Brei herum. Mit dem falschen Löffel, in der falschen Geschwindigkeit und gegen die Richtung." Ich sehe Tony an, Kern. „Was denken Sie, Harald?"

Kern neigt den Kopf. Seine Augäpfel zucken von links nach rechts, bis er mich fokussiert.

„Dieses ganze Einzelkämpferding führt zu nichts", sagt er. „Das ist Teamarbeit. Hier gibt es kein Team, und mit Jäger werden Sie nicht mehr zusammenkommen, was wahrscheinlich auf Gegenseitigkeit beruht."

Ich nicke, reibe mir das Kinn. „Was ist mit Ihnen, Harald? Auf welcher Seite stehen Sie?"

„Darum geht es nicht", sagt er. „Das ist kein verdammter Wettkampf. Sie wissen, ich schätze Sie. Sie haben einen klugen Kopf und sind eine gute Profilerin. Nur manchmal stehen Sie sich selbst im Weg."

„Okay, anders gefragt: Helfen Sie mir?"

Er wiegt den Kopf hin und her. „Ich halte nicht viel von Jägers Theorie, denke auch, dass diese Satansspinnereien Quatsch sind, doch wir sollten Sven Stiller nicht aus den Augen verlieren."

„Das stimmt", entgegne ich. „Sven Stiller ist allerdings nicht der Mörder, den wir suchen. Er ist nicht der Täter, der Jennifer Schöttner verschleppt hat."

„Bleiben wir bei den Fakten", sagt Kern. „Sven Stillers Vater hat einen weißen Lieferwagen. Überall, wo jemand eine vage Aussage machen konnte, tauchte ein solcher Lieferwagen auf. Und die Stillers leben sehr abgelegen. Sven hätte die Möglichkeiten."

„Er ist es nicht." Ich knete meine Unterlippe. „Sven Stiller hat andere Probleme, er ist nicht der Täter."

„Er passt ins Profil", sagt Kern.

„Schon", sage ich. „Das Alter stimmt nicht. Unser Mann ist mindestens fünfunddreißig, wenn nicht über vierzig. Da passt vermutlich Svens Vater besser ins Profil."

„Hm. Was schlagen Sie vor, Nessa? Eine Fahndung nach diesem Lieferwagen?"

„Die Idee hatte ich schon", sagt Tony. „Nessa war dagegen."

„Kann ich mir denken", erwidert Kern. „Ein weißer Lieferwagen. Das ist allein viel zu vage. Jäger hingegen ist der Meinung, eine öffentliche Fahndung auszuschreiben, wäre hilfreich. Er will das Ganze mit einem Ruck beenden."

„Was will er machen? Alle Besitzer eines weißen Lieferwagens im Umkreis von hundert Kilometern zum Gentest einbestellen? Wir haben ja nicht einmal die DNS oder Fingerabdrücke des Täters. Alles, was wir haben, ist sein Verhalten."

Kern nickt. „Und das ist alles andere als konsistent. Das ist Jägers Art. Brechstangenmethoden."

„Jäger …", sage ich. „Ich kann den Namen nicht mehr hören. Aber wir müssen ihn im Auge behalten."

„Das denke ich auch", sagt Kern und nickt bekräftigend. „Das sollte ich machen, und Sie beide verfolgen Nessas Theorie."

„Gute Idee", sage ich. „Es wäre gut, wenn Sie den Kontakt zum LKA halten. Ich habe ein paar Suchanfragen in die Wege geleitet, Sie könnten dort nachfragen."

„In Ordnung." Kern lächelt verhalten. „Die großen Kaliber also, ja?"

Ich nicke. „Ich bin mir sicher, es findet sich etwas in der Datenbank, selbst wenn es Jahrzehnte zurückliegt. Der Täter muss schon einmal auffällig geworden sein."

„Nicht wenn es ein Beziehungsdelikt war und der Täter das Opfer kannte."

„Wenn es um irgendeine Form des Kannibalismus geht, schon", sage ich.

„Stimmt." Kern nickt. „Einen Versuch ist es wert."

„Das denke ich auch."

„Was tun Sie?", fragt Kern.

„Wir kümmern uns um die geografischen Dinge", antworte ich. „Die Kirche war ein Hinweis. Der Täter stammt von hier. Er gehört in dieses Dorf. Doch er gehört nicht dazu. Er hat sich provozieren lassen und spontan gehandelt. Vielleicht hat er einen Fehler gemacht. Wir gleichen die Daten weißer Lieferwagen in einem engen Umkreis mit geeigneten Orten ab, Gehöften, entlegene Plätze, an denen der Täter die Ruhe findet für das, was er tut. Es ist immer noch eine lange Liste, das grenzt es ein."

„Sie suchen seinen Schlachthof", sagt Kern und schüttelt den Kopf. „Denken Sie dabei auch an verlassene Gebäude und Ähnliches."

„Ja", sage ich. „Wir begrenzen die Suche im Umkreis, ziehen die Schlinge enger. Der Kerl sitzt ganz in der Nähe."

„Also sind unsere einzigen Anhaltspunkte der Lieferwagen und die Datenbank?", fragt Tony. „Das ist vage."

„Ja", sage ich. „Das ist alles, was wir haben."

„ViCLAS?", fragt Kern mit einem vielsagenden Nicken. Die Falldatenbank für die Verknüpfung von Gewaltdelikten.

„Ja, ich brauche Zugriff auf alle möglichen Daten", sage ich. „Womöglich hängt alles an der Datenbank. Aber wir haben noch ein anderes Eisen im Feuer."

„Das da wäre?", fragt Kern.

„Das Internet. Der Täter nutzt es als Kontaktmöglichkeit."

„Sicher, dass er nicht das Darknet nutzt?"

„Ziemlich", sage ich. „Man findet im Darknet zwar jede denkbare und undenkbare Perversion. Nur das ist nicht, was der Täter braucht. Er sucht Frauen, ganz normale Frauen wie Sandra Lauen oder Jennifer. Er baut eine Beziehung auf …"

„… um sie letztlich umzubringen und zu essen", sagt Tony.

Kern lehnt sich gegen die Wand, reibt sich das Kinn. „Sie haben recht, Nessa. Eine ViCLAS-Anfrage scheint eine gute Idee."

Ich nicke.

Er seufzt. „Ich wünschte, man müsste Ihnen nicht immer alles aus der Nase ziehen. Sie sind großartig, im Team wären Sie noch besser."

„Ich weiß", sage ich. „Ich weiß, doch Helene ist gerade nicht erreichbar, und eine solche Anfrage ist Chefsache."

„Wissen Sie, Nessa, ich habe mich dafür eingesetzt, dass wir in diesem Fall zusammenarbeiten können."

Ich blinzle. „Ja, wieso eigentlich?"

„Ich wollte aus nächster Nähe erleben, wie Sie arbeiten."

„Ich verstehe nicht", sage ich.

„Meine Versetzung steht an", sagt Kern. „Ich verlasse das LKA."

„Aha", entgegne ich. „Und was hat das mit mir zu tun?"

„BKA, Außenstelle Wiesbaden, Ihre Abteilung. Das wird mein neuer Wirkungskreis. Ich bin der neue Stellvertreter Ihrer Chefin Helene Roth."

Ich atme ein, spüre die Luft aber nicht in meinen Lungen. Meine Hand zuckt zum Armband an meinem Gelenk. „Das ist … wow."

„Eine Überraschung?" Kern lächelt mild. „Ich wollte es Ihnen bereits früher sagen, es gab keine Gelegenheit."

Ein Schock. Das kann ich allerdings nicht sagen. Nun ergibt manches Sinn. Kein Risiko eingehen. Meine Anwesenheit hier, als nicht ersichtlich war, worum es geht. Dass Helene eine Woche in einem Retreat verschwindet. All diese Dinge.

Ich war die ganze Zeit unter Beobachtung. Kern hat mich auf die Probe gestellt. Und er sagt es mir. Ausgerechnet.

Ich kann mich nicht damit befassen. Nicht in diesem Augenblick. Nicht hier.

„Ich verstehe, dass Sie überrascht sind, Nessa. Wir sollten uns erst einmal auf den Fall konzentrieren, nicht wahr? Die Anfrage leite ich in die Wege. Es gibt noch ein Problem", sagt Kern. „In einer Zeitung mit den vier verdammt großen Buchstaben ist ein Bild der Toten aus der Kirche aufgetaucht. Es ist unscharf, nur das Gesicht, aber …"

Ich falle ihm ins Wort. „Diese Idioten. Geht das auch auf Jägers Kappe?"

Kern schüttelt den Kopf. „Keine Ahnung. Vermutlich hat jemand die Hand aufgehalten und kurz weggesehen. So läuft es doch."

„Verdammter Mist", sage ich, lege den Kopf in den Nacken und versuche, mich auf meinen Atem zu konzentrieren. „Es bringt nichts. Bleiben wir bei unseren Dingen. Den Rest können wir nicht ändern."

„In Ordnung", sagt Kern. „Also machen wir es so."

Ich nicke. „Danke, Harald."

Harald Kern nickt mir und Tony Yamamoto zu. Dann geht er zurück in den Besprechungsraum. In Jägers Höhle.

„Gut", sage ich zu Tony. „An die Arbeit. Langsam sollten Ergebnisse von Kim Jäger kommen, oder nicht?"

„Ich rufe sie gleich noch einmal an", sagt er und zieht seufzend sein Handy hervor.

„Soll ich mit ihr reden?", frage ich mit einem Lächeln auf den Lippen.

„Nein", sagt Tony. „Nein, schon gut. Ich erledige das."

Ich betrachte ihn einen Moment lang.

Er lässt das Handy sinken. „Was ist?"

„Was liegt Ihnen auf der Seele, Tony?"

Er lacht auf. „Sie sind schlimmer als jeder Psychologe, Nessa."

„Kann sein", sage ich. „Also?"

„Es ist nichts", sagt er. „Es ist nur, dass es mir nicht behagt, Seiten zu wählen. Wenn das vorbei ist, sind Sie weg. Aber ich muss mit Jäger auskommen. Wenn Sie sich irren, habe ich hier die Hölle auf Erden. Darum sollte es nicht gehen. Es sollte darum gehen, Jennifer Schöttner zu finden, sie zu retten."

„Das werden wir", sage ich. „Wenn Sie mir vertrauen, wird alles gut."

„Das hoffe ich", entgegnet Tony. „Bisher hatten Sie mit so ziemlich allem recht, jedenfalls mehr als Jäger. Allerdings …"

„Ich irre mich nicht, Tony", sage ich, doch unwillkürlich zuckt meine Hand an das Armband.

Tonys Blick fällt darauf, hält es für die Dauer eines Herzschlags fest, dann sieht er mir in die Augen. „In Ordnung, Nessa. Ich vertraue darauf."

„Tony?"

„Ja?"

„Danke."

Er lächelt, räuspert sich, legt die Stirn in Falten. „Haben Sie schon mal daran gedacht, dem Täter eine Falle zu stellen? Über das Internet, meine ich."

„Habe ich", antworte ich. „Das wird nicht funktionieren. Nicht ohne Ergebnisse von Kim. Außerdem würde es nur Sinn ergeben, wenn er ein Opfer sucht. Das tut er nicht. Noch nicht. Nicht bevor er Jennifer getötet hat, und ich glaube, das hat er bisher nicht."

„Das hoffen Sie, Nessa."

„Glaube, Hoffnung", sage ich. „Ist das nicht alles das Gleiche?"

# Kapitel 45

Ich nippe an meinem Kaffee, der inzwischen fast kalt ist, fahre mir mit allen zehn Fingern durchs Haar und starre auf den Bildschirm meines Laptops.

Auf der einen Seite habe ich eine Kartenansicht der Gegend, eng begrenzt auf die unmittelbare Umgebung. Dazu passend eine Liste aller Fahrzeughalter, die etwas in der Art eines weißen Lieferwagens besitzen.

Tony Yamamoto steht hinter mir. Der Geruch seines Aftershaves steigt mir in die Nase. Daran habe ich mich gewöhnt, ebenso an das Geräusch seines Atmens.

„Eigentlich könnten wir alle Halterinnen ausschließen, oder?“

„Ich weiß nicht, Tony“, sage ich. „Lassen Sie uns erst nach Übereinstimmungen mit Orten suchen.“

Er nickt, nimmt die Liste und streicht ein paar Namen durch.

„Was tun Sie?“, frage ich.

„Ich streiche durch, wer im Ortsinneren wohnt. Die fallen ja wohl heraus, oder nicht?“

„Schon“, antworte ich. „Wir sollten nicht vergessen, dass auch sie außerorts beziehungsweise über entsprechende Liegenschaften in Randlage verfügen könnten.“

„Stimmt“, sagt er und wirft wieder einen Blick auf die Liste. „Aber auf die trifft das nicht zu.“

Ich nicke abwesend. „Sie kennen hier wirklich jeden im Ort, oder?“

„Ja“, sagt Tony zögerlich. „Ja, irgendwie schon. Dennoch ist mir genauso entgangen wie allen anderen, was einer von diesen Menschen treibt.“

Ich wende mich ihm zu. „Worauf wollen Sie hinaus?“

Tony presst kurz die Lippen aufeinander, reibt sich das Kinn. „Wenn Sie Jäger verantwortlich machen, machen Sie das genauso mit mir.“

Ich runzle die Stirn. „Das können Sie nicht vergleichen.“

„Doch“, sagt er. „Natürlich ist Jäger mein Vorgesetzter, mein Chef. Er hat die Verantwortung. Wenn er blind ist, bin ich das genauso.“

Ich seufze. „Ich sehe das anders, Tony.“

„Fein“, entgegnet er. „Das ändert nichts an der Tatsache. Sie haben ihn ziemlich heruntergeputzt und damit alle Beamten vor Ort. Sie halten wirklich gar nichts von der örtlichen Polizei, oder?“

„Das stimmt nicht. Mir sind …“, sage ich. „Mir gehen ab und an die Pferde durch. Vielleicht geschah das unter dem Druck der Ermittlung. Ich weiß es nicht. Aber ich schere nicht alle über einen Kamm, Tony. Ich begegne vielen, sehr vielen und sehr verschiedenen Kollegen. Es scheint mir, dass Jäger ein besonders beratungsresistentes Exemplar ist.“

Tony zuckt mit den Schultern. „Mag sein. Gesagt ist gesagt. Das ändert nichts."

„Sind Sie sauer?"

Er schüttelt resigniert wirkend den Kopf. „Nein. Es ist bloß, immer und überall werden die örtlichen Polizisten als Deppen hingestellt, und die Helden vom BKA oder von sonst wo retten Menschen und tun die bedeutenden Dinge."

„So ist es nicht", sage ich. „Tony, Sie machen einen guten Job."

„Keine Ahnung", sagt er. „Vielleicht wenn wir Jennifer finden. Bis dahin ist nichts gut genug. Dann spielt es keine Rolle."

„Sie haben recht", sage ich. „Ich weiß, ich bin manchmal rüde, doch ich tue das nicht, um jemanden herunterzuputzen. Es geht um die Opfer, Tony. Darum zu verhindern, dass weitere Menschen zu Opfern werden."

„Das wollen wir alle, Nessa, sogar Jäger, glauben Sie mir. Nur sind seine Methoden andere als Ihre. Für ihn ist es nicht alltäglich, mit dieser Art von Verbrechen umzugehen."

„Mag sein."

„Sie hingegen sind damit praktisch aufgewachsen."

Autsch. Ich beiße mir auf die Lippe.

Einige Herzschläge lang herrscht Schweigen zwischen uns.

„Touché, Tony. Ich habe mir das nicht ausgesucht."

Er zuckt zusammen, die Linke fährt an seinen Mund. „Oh verdammt. So habe ich das nicht … Ich habe nicht nachgedacht, Nessa. Es tut …"

Ich hebe eine Hand. „Schon gut. Vergessen Sie das. Es ist egal. Lassen Sie uns weitermachen."

Tonys Gesicht glüht. Er blickt betreten zur Seite. „Sie haben recht, Nessa. Genug davon. Brauchen Sie noch einen Kaffee?"

Ich schüttle den Kopf. „Ich kann mir meinen Kaffee selbst holen. Sie sind nicht mein Dienstbote. Aber wenn Sie Kim Jäger noch einmal anrufen könnten, wäre das prima."

Tony nickt. „Ich bringe Ihnen trotzdem einen Kaffee mit, wenn ich eh nach oben gehe. Hier unten ist kein Empfang."

Ich nicke. „Wie Sie meinen."

„Bis gleich", sagt Tony und ist bereits zur Tür hinaus.

Ein dumpfer Knall. Die Tür fällt ins Schloss. Ich bin allein. Allein in diesem Keller. Stille, bis auf das Surren des Laptops – und Tonys Spruch in meinen Ohren.

„Sie sind damit aufgewachsen."

Das stimmt wohl, lässt sich nicht verleugnen. Nur was macht das aus mir?

Ich starre auf die Liste mit den Namen, Adressen. Den Kennzeichen der Autos. Blicke auf den Laptop, die Karte.

Meine Gedanken sind woanders, schweifen ab zu meiner Mutter, die irgendwo in ihrer Zelle sitzt und von mir aus dort verrotten kann. Wenn da nicht die beständigen Kontaktaufnahmen ihrer verdammten Anwältin wären – und der Wunsch, mit mir zu sprechen.

Wozu, verdammt?

Ich schüttle den Kopf, versuche, den Gedanken loszuwerden. Es scheint, ich habe mir mein eigenes Gefängnis geschaffen.

Allerdings ist dieser Keller auch nicht besser.

Es ist mein eigenes Gefängnis. Meine Zelle. Wir haben uns beide unsere Kerker gebaut. Mein ganzes Leben, meine ganze Existenz dreht sich um die Dinge, die Menschen tun, die so sind wie sie.

Ich bin die Kehrseite der Medaille. Das Gegengewicht auf einer Waage, die sich mehr und mehr in ihre Richtung neigt.

Alles, was ich tun kann, ist weiterzumachen.

Jennifer finden. Das ist es, was im Moment zählt. Sie ist diejenige, die noch zu retten ist.

Vielleicht.

Die Tür öffnet sich, ein Luftzug geht durch den Raum.

„Ich konnte Kim nicht erreichen", sagt Tony. „Ich versuche es gleich noch mal. Hier ist jemand, der mit Ihnen sprechen will. Ich lasse Sie allein."

Eine Frau in den Vierzigern steht in der Tür. Ihre Handtasche hält sie mit beiden Händen vor ihren Bauch. Sie trägt einfache Jeans, eine dunkelblaue Jacke über einer hellen Bluse. Blondes Haar, zu einem Pferdeschwanz gebunden.

Ich runzle die Stirn und atme tief ein. Irgendwo in meinem Inneren bin ich froh, dass es eine fremde Person ist und nicht die Anwältin meiner Mutter.

„Kommen Sie." Ich stehe auf und gehe ihr ein, zwei Schritte entgegen. „Nessa Wolf, was kann ich für Sie tun?"

Sie lächelt vage. „Die Frage ist eher, was ich für Sie tun kann."

Ich blinzle, neige den Kopf.

Aus der Nähe sieht die Frau älter aus oder eher verbraucht, verlebt. So sehen Junkies aus, die überlebt, weitergemacht haben. Oder Menschen mit bewegter Vergangenheit, wie es in beschönigender Weise gerne genannt wird.

„Inwiefern?", frage ich und zeige auf einen Stuhl. „Bitte."

„Danke", sagt sie und läuft leicht gebeugt hinüber zu dem Stuhl. Sie geht wie eine alte Frau, nimmt Platz und lächelt. „Mein Name ist Jutta Rieber. Ich habe das Bild gesehen. In der Zeitung. Von der Toten."

Mein Herz schlägt schneller. „Von der Toten?"

„In der Kirche“, sagt sie. „Ich glaube, ich kannte die Frau. Es ist eine Weile her, aber ich bin mir ziemlich sicher.“

„Sprechen Sie bitte weiter, Frau Rieber“, sage ich. „Ich bin ganz Ohr.“

„Sie war eine von uns“, sagt Jutta Rieber und fährt etwas leiser fort. „Eine von der Straße.“

Ich nicke. „Sie meinen eine …“

„Prostituierte oder Sexarbeiterin, wie es heute heißt, nicht?“ Jutta Rieber lächelt undurchdringlich. „Eine Hure. Oder, wie manche sagen würden, eine Nutte. Reden wir nicht um den heißen Brei herum.“

„Das haben wir bereits angenommen“, sage ich, „weil niemand sie vermisst hat.“

„Oh, das stimmt nicht“, sagt Jutta Rieber. „Eine Menge Leute haben sie vermisst. Wenn jemand ein paar Tage lang nicht an den gewohnten Orten auftaucht, fällt das auf. Sicherlich. Doch diese Leute gehen damit nicht hausieren. Sie verstehen?“

„Ich denke schon.“

Jutta Rieber lächelt. Trauer schleicht sich in ihren Blick. „Es ist ein ungemütliches Leben. Die meisten schaffen es nicht. Den Absprung, meine ich. Sie landen in der Gosse, gehen an den Drogen drauf, oder es passieren ihnen … diese Dinge.“

„Diese Dinge?“

„Was die Zeitungen schreiben“, sagt Jutta Rieber. „Keine Ahnung, was davon zutrifft. Die übertreiben ja gerne mal. Und danach wurde sie geschlachtet, wenn man es so nennen kann. Stimmt es, was in der Zeitung steht?“

Ich presse die Lippen aufeinander. „Frau Rieber, Sie verstehen sicherlich, dass ich nicht über Details sprechen kann.“

Sie nickt träge. „Also stimmt es.“

„Das habe ich nicht …“

„Machen Sie sich keine Mühe, Frau Wolf. Deswegen bin ich nicht hier.“

Ich lege den Kopf schräg. „Weswegen sind Sie sonst hier?“

„Das Mädchen tut mir leid, wissen Sie? Halten Sie mich nicht für kalt oder so. Aber sie ist eine Person aus der Vergangenheit. Ein Leben, das ich hinter mir gelassen habe. Ich habe es geschafft. Den Ausstieg, meine ich. Ich habe Abendschule gemacht, arbeite solide. Ich bin Floristin.“ Wie um die Aussage zu unterstreichen, hebt sie die Hände, dreht sie hin und her. „Ich arbeite nur noch mit den Händen, nicht mit dem ganzen Körper. Vor allem bin ich clean. Kein Zittern. Nichts.“

„Das freut mich für Sie, Frau Rieber, doch ich verstehe nicht.“

„Dieses Mädchen aus der Kirche, diese Frau. Ich kannte sie. Das ist fünf oder sechs Jahre her. Ich kenne nicht mal mehr ihren Namen. Ich habe mich an das Gesicht erinnert, aber nicht mehr an ihren Namen, so lange liegt dieses Leben hinter mir.“

Ich nicke. Eigentlich sollte ich diese Frau vor die Tür setzen. Ich habe nicht die Zeit, das ist nicht der Ort, und ich bin nicht der Mensch, dem man die Geschichte der geläuterten Straßenhure erzählen kann. Schön, dass sie es geschafft hat. Prima, dass sie clean ist. Nur was hat das mit meinem Fall zu tun?

Dennoch, irgendetwas lässt mich zögern.

„Als ich dieses Bild in der Zeitung sah“, erzählt Jutta Rieber weiter, „konnte ich nicht anders. Ich musste die ganze Geschichte lesen. Dieses ganze grausame Geschreibsel. Es war wie ein Zwang.“

„Frau Rieber, ich …"

Sie sieht mich unmittelbar an. „Keine Sorge. Ich komme gleich zum Punkt, Frau Wolf."

Ich nicke.

„Es hat mich sehr getroffen, mich in die Vergangenheit gerissen. Auf einmal war alles wieder da. Das in der Zeitung, das hätte ich sein können", sagt sie. „Damals vor fast sieben Jahren."

Ich blinzle. „Wie meinen Sie das?"

„Ich wurde damals angegriffen", antwortet Jutta Rieber. „Von einem Freier. Na ja, ich dachte, er wäre ein Freier. Ich erinnere mich, dass er mich abgeschleppt hat, am Bahnhof in der Stadt. Das war damals der gängige Treffpunkt. Zuerst dachte ich, er wollte Sex. Manche Männer setzen Frauen unter Druck, erzwingen sich mit Gewalt einen Freifick, wissen Sie?"

Ich nicke stumm.

Jutta Rieber wischt flüchtig mit einem Daumen über ihr linkes Auge. „Ihm ging es aber gar nicht darum. Ich glaube, er wollte mich umbringen. Ich konnte entkommen und habe überlebt."

Mein Atem stockt. Ich rücke auf meinem Stuhl nach vorne. „Erzählen Sie weiter."

„Erst war alles ganz normal. Dieser Typ war sehr still. Die Stillen sind meistens komisch, wissen Sie?"

Ich zupfe an meinem Armband, starre die Frau an.

„Wir fuhren herum. Doch ich hatte dieses Gefühl." Sie deutet auf ihren Bauch. „Hier. Wie ein Warnsignal. Ich wusste, ich hatte einen Fehler gemacht. Und das hat sich bestätigt."

„Was ist passiert, Frau Rieber?"

„Er hat mir eine Spritze verpasst. In den Hals. Es muss ein Betäubungsmittel oder so etwas gewesen sein. Ich weiß es nicht. Es hat nicht richtig gewirkt." Sie schüttelt den Kopf, atmet tief. „Ich war damals auf Droge, so abgehärtet. Das Zeug hat kaum etwas ausgerichtet."

Ich wage kaum zu atmen, lasse Jutta Rieber reden.

„Ich habe mich schlafend gestellt und abgewartet, dann bin ich aus dem Auto gesprungen. Habe die Tür aufgestoßen und bin nach draußen. Keine Ahnung, wie schnell wir gefahren sind. Ich habe mir alles Mögliche aufgerissen und aufgeschrammt. Bin mehr getorkelt und gekrochen als gelaufen. Aber ich habe es geschafft. Ich weiß nicht, ob er mir gefolgt ist oder nicht. Keine Ahnung. Ich habe mich nicht mehr umgedreht. Und das gilt für alles. Nach der Sache habe ich angefangen zu entziehen, habe mich um Schule und Ausbildung gekümmert. Um ein neues Leben. Ich habe das als letzten Warnschuss verstanden."

„Erinnern Sie sich an das Fahrzeug?"

„Ich erinnere mich an fast alles. Komisch, wenn man überlegt, wie zugedröhnt ich zu der Zeit war. Ich habe das verdrängt. Lange. Und jetzt ist alles da. Ich erinnere mich an sein Auto. Ein Lieferwagen war das. Ein weißer Lieferwagen. Schmutzig, aber unter all dem Dreck war er weiß."

Ich reiße die Augen auf, kann nicht anders. „Können Sie sich an den Mann erinnern?"

„An den auch, ja. Ist schon seltsam", sagt sie. „Ich war damals bei der Polizei. Da hatte ich das Gefühl, dass man mir nicht glaubt. Ich war halt nur eine zugedröhnte Nutte. Ich frage mich, ist es heute anders?"

Ich sehe sie an – und weiß, was sie meint. Zeugenaussagen sind immer so eine Sache. Meist sind sie recht vage, besonders wenn sie von drogenabhängigen Prostituierten kommen. Das lässt sie zweifelhaft erscheinen. Jutta Rieber ist keine Prostituierte mehr. Vor allem ist sie nicht mehr drogenabhängig und hat keinen Grund, mir irgendeine Geschichte zu erzählen.

Sie wirkt authentisch in allem, was sie sagt. Sie hat viel erlebt. Überlebt. Ich kann den Schmerz in ihren Worten spüren, kann ihn in den Falten um Augen und Mund sehen.

So vage Zeugenaussagen sein mögen, sosehr man sie mit Vorsicht zu genießen hat, im Moment sind sie fast alles, was ich habe.

Der alte Wawert hat sich schon als guter Zeuge erwiesen, im Nachhinein wenigstens.

Die Fakten sind rar gesät. Kein Tatort. Keine DNS, keine Fingerabdrücke. Kaum verwertbare Spuren.

Lediglich die Berichte von Zeugen – und zu viele tote Frauen.

Das sind die fehleranfälligsten Ermittlungen, wenn alles auf Annahmen beruht und noch dazu die Sonderkommission oder die örtlichen Ermittler nicht übereinstimmen, wenn zu viele Theorien im Umlauf sind.

Auch hier muss ich mich an die eigene Nase packen. Ich habe versagt, als es darum ging, Jäger und seine Leute in meine Richtung zu ziehen. Eine Richtung, die ich eingeschlagen habe.

Nicht aufgrund von Fakten, was mir eigentlich widerstrebt. Doch wenn ich keine Fakten habe, muss ich sie eben konstruieren.

Manche Fälle sind so.

Alles baut auf Hypothesen auf, die in eine Richtung gehen, für die ich mich entschieden habe. Warum?

Weil das wenige, was greifbar ist, und meine Intuition mich dorthin gebracht haben. Eine Mischung aus Instinkt, Erfahrung und den wenigen Anhaltspunkten. Wenn ich mich irre, bezahlt Jennifer Schöttner das mit dem Leben.

Ich darf mich nicht irren. Darf keinen Fehler machen.

„Glauben Sie mir, Frau Wolf?", fragt Jutta Rieber.

„Ja", sage ich knapp, und es stimmt. Zum einen ist es wahr. Ich glaube ihr. Zum anderen habe ich keine Wahl. „Es wäre hilfreich, wenn wir ein bisschen mehr hätten."

„Was meinen Sie?"

„Wir bräuchten eine Zeichnung", sage ich. „Die Zeit läuft uns davon. Sie müssen sofort mit einem Zeichner reden, dass ein Phantombild angefertigt werden kann."

„Also stimmt es, dass er wieder zugeschlagen hat? Dass er dieses Mädchen entführt hat?"

Es ist falsch. Ich weiß das. Ich sollte es nicht sagen, sollte es nicht tun. Aber was gibt es noch für einen Grund, es zu verheimlichen? Jutta Rieber hat um so viel tiefer in diesen Abgrund gesehen als ich.

Ich nicke.

Die Frau lächelt versonnen.

„Was ist?", frage ich.

„Es tut nicht not", sagt sie. „Ich muss nicht mit dem Zeichner sprechen."

Ich runzle die Stirn. „Aber … weshalb?"

„Ich habe ein Bild."

„Sie haben ein Bild? Wie, zur Hölle, kommen Sie an ein Bild?"

Sie lächelt weiter. „Wie gesagt, ich war damals bei der Polizei. Die haben eine Zeichnung anfertigen lassen. Die

Sache verlief im Sand. Ich war ja nur eine Nutte. Das Bild haben sie mir überlassen. Als Andenken."

Ich schüttle den Kopf. „Das gibt es nicht!"

Sie greift in ihre Handtasche, zieht ein Stück Papier heraus. Entfaltet es, legt es auf den Tisch.

Auf der Zeichnung ist ein Mann mit einem Gesicht wie tausend andere zu sehen. Breite Stirn, starker Kiefer. Das ist das Prägnanteste an ihm. Das ist etwas, was ich nicht verstehe. Das ich nicht begreife. Nicht nach all den Jahren. Vielleicht nie. Immer noch erwarte ich, dass man im Gesicht eines Mörders etwas entdeckt. In den Augen. Vielleicht weil es heißt, sie seien der Spiegel zur Seele.

Irgendetwas, das ihn verrät.

Doch da ist nichts, weil es nichts zu entdecken gibt. Serienmörder sehen nicht anders aus. Sie sehen aus wie du und ich. Vielleicht sind sie wie du und ich.

„Unglaublich", sage ich mehr zu mir als zu Jutta Rieber.

„Hilft Ihnen das?"

Ich fasse mir an die Stirn. „Ich denke schon. Ich …"

„Danken Sie mir nicht, Frau Wolf. Die Sache ist für mich vorbei. Aber tun Sie mir einen Gefallen?"

„Immer."

„Fassen Sie diesen verfluchten Wichser!"

# Kapitel 46

Er hat sie in einen Raum geführt, den Jennifer noch nicht kannte. Dieses Zimmer ist so anders als ihr Verlies. Als dieser dunkle Keller, in dem er sie gefangen hält. Auch von dem kalten, steril wirkenden Badezimmer unterscheidet es sich.

Dieser Raum ist warm, hell erleuchtet. Der Boden ist mit weichen Teppichen ausgelegt. In der Mitte des Zimmers steht ein Sofa. Alte Bilder hängen an den Wänden.

Alles ist alt, aber es wirkt gemütlich.

Wenn die Umstände anders wären.

Allerdings ist es nur ein weiterer Raum im Kellergeschoss.

Ein weiteres Verlies. Eine neue Etappe ihrer Gefangenschaft.

Was hat dieser Kerl vor? Will er sie für immer hier festhalten?

Jennifer fühlt sich unwohl. Schwindlig. Der Raum dreht sich wie ein Karussell, das langsam anrollt.

Sie kann nicht klar denken, will sich dazu zwingen.

Zwang.

Dieser Kerl hat sie zum Essen gezwungen, hat sie sogar gefüttert. Gabel um Gabel hat er ihr eingeflößt. Hat Jennifer dabei beobachtet. Bei jedem Bissen.

Es schmeckte seltsam. Einmal mehr. Und Jennifer weiß nicht, ob das am Fleisch lag oder an den Drogen, die er ihr wahrscheinlich wieder unter die Nahrung gemischt hat.

Er führt sie zum Sofa, zeigt mit der freien Hand darauf.

Die andere hält Jennifers Oberarm umschlossen. „Setz dich."

Sie zögert. Noch immer begreift sie nicht, wie eine solche Stimme zu einem derartigen Menschen passt.

Mensch …

Ein verfluchtes Monster ist er.

„Setz dich", sagt er noch einmal. Dieses Mal eindringlicher.

Als Jennifer noch immer nicht reagiert, ruckt er an ihrem Arm.

Dann sitzt sie, sinkt in die Sofakissen wie in einen weichen Haufen von Wolken.

Als Kind hat sich Jennifer vorgestellt, dass sich Wolken so anfühlen. Aber das tun sie nicht, und Jennifer ist kein Kind mehr.

Sie ist hilflos wie eines. Hilfloser vielleicht, als sie als Kind je gewesen sein mag.

Die Erinnerung daran verblasst, versinkt ebenso in diesen Sofakissen. Alles, was bleibt, ist dieser Mann und seine Stimme.

Er setzt sich ans andere Ende der Couch, blickt sie an. Stumm, beharrlich.

Das Schweigen ist so laut, dass es von den Wänden widerhallt. Ansonsten ist da nichts.

Nur die Stille und die Blicke.

Jennifer weiß nicht, wie lange es dauert oder ob es jemals enden wird.

Sie weiß nicht, wie spät es ist. Tag oder Nacht. Nicht einmal, wie lange sie hier ist.

Einen Tag? Eine Woche?

Länger?

Was spielt das für eine Rolle?

Das Einzige, was zählt, ist, wie lange es noch dauert.

„Fühlst du dich nicht wohl?", fragt der Mann. „Du siehst ein wenig verwirrt aus."

Jennifer dreht den Kopf. Sie versucht es jedenfalls, versucht, ihn zu fokussieren.

Nichts passt zusammen.

Sein knochenstarker Kiefer, die lichte, starke Stirn. Kräftige Arme und Hände. Die weiche Stimme – und dieser Raum. Der Keller. Das alles.

Sie sagt etwas, will etwas sagen. Doch ihre eigene Zunge fühlt sich in ihrem Mund an, als hätte ihr jemand eine Socke hineingestopft.

Komisch, denkt Jennifer, er hat mich kaum gefesselt, nicht geknebelt.

Er hält sie immer nur fest, wenn er sie von einem Raum in den nächsten bringt, wenn er sie herumführt.

Warum wohl?

Die Antwort ist einfach. Selbst in diesem Zustand, in dem sie sich befindet. Sogar jetzt, da irgendwelche Drogen, irgendwelche Beruhigungsmittel ihre Gedanken lähmen und ihre Sinne vernebeln.

Weil er es nicht muss.

Er muss sich nicht sorgen, dass sie schreit oder wegläuft.

Weil sie niemand hören würde. Weil es keinen Ausweg gibt.

Weil es … keine Hoffnung gibt.

Was bedeutet das?

Hält er sie fest? Für immer?

„Setz dich näher zu mir", sagt er und tätschelt das Sofakissen neben sich. „Ich will mich mit dir unterhalten."

Jennifer starrt das Sofa an und die Hand. Als sie nicht reagiert, springt er auf, tut einen Satz und packt sie.

Ihr Herz explodiert, pocht in ihrem Hals. Sie zuckt zurück.

Tiefer in die Kissen.

Kein Ausweg.

Der Mann zerrt sie zu sich.

Jetzt.

Was passiert jetzt?

Er umarmt sie, hält sie fest. Seine Arme wie Schraubstöcke. Erbarmungslos, aber nicht schmerzhaft.

Er hält sie, lässt sie nicht los.

Und dennoch ist es Nähe. Seine Nähe. Sein Geruch nach Mann, nach Deo – und irgendwie auch nach Raubtier.

Jennifer lauscht ihrem eigenen Herzschlag, überlaut und schnell, und seinem, der viel langsamer schlägt.

Er ist ganz ruhig.

Das macht er nicht zum ersten Mal, geht es Jennifer durch den Kopf.

„Du musst hören, was ich sage, und es auch tun", sagt er. „So läuft das nun mal. Ich will mich ja nur unterhalten."

Jennifer hält den Atem an, versucht, es zwanghaft zu vermeiden, kann es nicht.

Eine einzelne Träne rinnt ihre Wange hinab. Noch eine. Sie weint. Lautlos.

Er streichelt ihr übers Haar, riecht daran. Sie hört, wie er den Geruch einatmet.

„Wir wollen reden", sagt er. „Das machen wir immer so. Ich will sichergehen, weißt du?"

Jennifer schweigt. Weinen und Schweigen.

Er tätschelt ihren Kopf ein wenig grober. „Weißt du?"

Sie nickt, zaghaft und still. Doch sie tut es.

Er lacht in sich hinein. „Nein, das weißt du nicht. Du lügst. Das macht ihr alle. Das ändert nichts. Ich bin das gewohnt."

Der Anflug von Traurigkeit scheint in seine Stimme Einzug gehalten zu haben.

Wie kann das sein? Wie kann jemand wie dieser Kerl Traurigkeit empfinden?

Er streichelt über ihr Haar, streicht es hinter ihre Ohren zurück. „Ich will dir etwas erzählen, in Ordnung?"

Jennifer nickt vorsichtig.

Was soll sie sonst tun?

Dieser verdammte Wichser lässt ihr keine Chance.

„Aber ich habe mich dir noch nicht vorgestellt. Ich bin Frank. Wie du heißt, weiß ich ja." Er lacht leise.

Jennifers Herz setzt einen Schlag aus. Sie zuckt zusammen und hält den Atem an.

Sie hat zu viele dieser amerikanischen Krimiserien gesehen, zu viele Serienmörderfilme. Thriller. All diesen Kram.

Er hat ihr seinen Namen genannt. Entweder ist das eine Lüge – oder er bringt sie um.

Sie beginnt zu zittern. Kälte und Hitze durchlaufen ihren Körper gleichzeitig.

Doch er hält sie nur fest.

Frank hält sie fest, in dieser Umarmung, die weich und warm ist und dennoch kalt und hart wie ein stählerner Würgegriff. Eine Umarmung aus Stahl.

„Du wirst ein Teil von mir werden", sagt er. „Es muss so sein. Es muss. Das ist der einzige Weg. Sonst gehst du weg, Jennifer. Alle gehen weg. Immer schon. Angefangen beim Ursprung. Wenn man euch lässt, geht ihr weg." Er streichelt ihr Haar, ihren Nacken. „Das kann ich nicht zulassen. Ich brauche dich, Jennifer, als einen Teil von mir. So wie die anderen ein Teil von dir geworden sind. Es ist ein Kreislauf, verstehst du?"

Jennifers Gedanken überschlagen sich und drehen sich trotzdem im Kreis. Die Drogen dämpfen alles. Alles, leider nicht den Schrecken.

Ein Teil von ihm. Teil von ihr. Sie.

Wer?

Wer ist ein Teil von ihm und von ihr?

Die anderen.

Teil von ihr.

Das Erkennen vermögen die Drogen nicht zu dämpfen. Nicht zu verschleiern.

Das Fleisch.

Jennifer friert. Eiskalte Wellen schlagen über ihr zusammen, ziehen sie fort in einen Ozean aus Furcht.

Sie will schreien, kotzen. Alles loswerden.

Und weg. Einfach weg.

Das geht nicht.

Er hält sie fest. Frank hält sie umschlungen.

Eine seiner groben Hände schiebt sich unter ihr Kinn, drückt es nach oben.

Er sieht sie an. Sie, Jennifer. Dieses zitternde Bündel, das bloß eines wollte, der Einsamkeit entfliehen.

Frank lächelt. „Ich weiß, du bist noch nicht so weit. Du verstehst es nicht. Ich sehe es in deinen Augen. Vielleicht würdest du es verstehen, wenn wir genug Zeit hätten. Die haben wir nicht."

Jennifer schluckt. Angst treibt ihre Stimmbänder an.

„Was? Was heißt das?", presst sie stammelnd die Frage hervor, deren Antwort sie tief im Inneren bereits kennt, aber nicht kennen will. Ihr Verstand sperrt sich.

Vergeblich. Hoffnungslos.

„Ich will, dass du bei mir bleibst. Nicht nur hier. Nicht nur für den Moment", sagt dieser Kerl. Frank.

Scheiße, es klingt so normal. Das ist es nicht. Gar nichts ist normal.

Einzig für ihn ist es das.

„Ich sehe deine Angst", sagt er. „Aber ich will nicht, dass du dich fürchtest. Ich will, dass du bei mir bist. Mit mir. Bald spielt das alles keine Rolle mehr. Leid. Angst. Hunger. Bald ist das vorbei. Wir warten nicht mehr lange. Ich halte dich noch ein wenig fest, flüstere in dein Haar und dein Ohr, und dann ist es vorbei, Jennifer."

„Was heißt das?" Ihre Stimme hallt von den Wänden wider. Oder ist das in ihrem Kopf?

Etwas in Franks Blick verändert sich.

„Du bist wie all die anderen", sagt er. „Am Ende kannst du nur bei mir sein, wenn du in mir bist. Für immer. Für die Ewigkeit."

# Kapitel 47

„Tony!“, rufe ich mehrfach.

Es dauert eine Weile, vielleicht eine Minute, bis er erscheint.

„Was ist?“, fragt er und wirkt entnervt. „Wieso brüllen Sie hier herum? Hat diese Frau irgendwelche Informationen gehabt?“

„Könnte man sagen.“ Ich schiebe ihm die leicht lädierte Zeichnung über den Tisch zu.

Er nimmt das Blatt. „Was ist das? Eine Phantomzeichnung? Weshalb sieht die so mitgenommen aus?“

„Weil sie alt ist“, antworte ich. „Ein paar Jahre, und es ist tatsächlich eine Phantomzeichnung.“

„Nach den Angaben dieser Frau?“

Ich nicke. „Sie wurde vor ein paar Jahren überfallen. Sie hat den Vorfall angezeigt, aber man ging der Sache höchstens halbherzig nach.“

Tony lässt sich auf einen freien Stuhl fallen, starrt auf das Bild. „Was ist geschehen?“

Ich erzähle ihm hastig und in aller Kürze, was Jutta Rieber mir gesagt hat.

„Sie war eine Prostituierte?", fragt Tony ungläubig. „Und das Mittel, das er ihr gegeben hat, hat nicht gewirkt?"

Ich nicke. „Sie hatte wohl eine ziemlich hohe Toleranz."

„Und jetzt? Fahndung?"

„Kennen Sie den Kerl?"

Tony neigt den Kopf, dreht das Blatt Papier hin und her. „Keine Ahnung, Nessa. Das ist eine Zeichnung. Ziemlich vage. Der Typ könnte jeder sein. Wahrscheinlich würde ich sein Gesicht vergessen in dem Moment, in dem ich ihn sehe."

„Verdammt", flüstere ich.

Er schüttelt den Kopf. „Tut mir leid."

Ich winke ab. „Schon gut."

Tony steht vom Stuhl auf, hält die Zeichnung fest.

„Ich informiere Jäger. Wir …" Weiter kommt er nicht. Die *Mondscheinsonate* unterbricht ihn. Er greift in die Tasche, zieht sein Smartphone hervor. „Moment."

Einige Sekunden lang hört er seinem Gesprächspartner zu. Ein Lächeln huscht über seine Lippen, ehe seine Miene schlagartig versteinert.

Tony Yamamoto hält mir sein Telefon hin.

„Was ist?"

„Kim", sagt er. „Sie will mit Ihnen reden. Ausschließlich mit Ihnen."

Ich zucke mit den Schultern, nehme das Handy entgegen. „Ja?"

„Hi, Nessa, hier ist Kim." Kim Jäger klingt am Telefon anders. Falls sie jemals in finanzielle Nöte gerät, gäbe es eine Alternative. Mit dieser Stimme hätte sie auf jeden Fall eine Zukunft in der Telefondienstleistungsbranche.

„Hallo, Kim. Was gibt es?"

„Ich habe vielleicht etwas herausgefunden“, sagt sie. „Und, ehrlich, mir ist nicht wohl, am Telefon darüber zu sprechen.“

„Kim, bitte“, entgegne ich. „Reden Sie.“

Sie atmet in den Hörer, seufzt. „Ich habe herausgefunden, dass Sandra Lauen und Jennifer Schöttner Kontakt zum selben Typen hatten. Da hat sich offenbar etwas angebahnt. Ziemlich ekliges romantisches Zeug. Er hat es beiden Frauen geschrieben. Sie wollten sich mit ihm treffen. Danach gab es keine Nachrichten mehr. Weder auf dem einen noch auf dem anderen Account.“

„Das muss vor ihrem Verschwinden passiert sein“, sage ich mehr zu mir als zu Kim. „Er wollte sie in einem Restaurant treffen. In der Stadt, richtig?“

Einige Sekunden lang herrscht Schweigen. Vermutlich nickt Kim Jäger am anderen Ende der Leitung, bis ihr einfällt, dass ich es nicht sehen kann.

„Ja“, sagt sie und klingt angesäuert. „Wenn Sie das schon wissen, weshalb lassen Sie mich dann …?“ Sie seufzt. „Vergessen Sie es. Ich habe noch etwas.“

„Was?“, frage ich.

„Einen Namen“, sagt Kim.

Ich keuche ins Telefon. „Einen Namen?“

„Ja“, antwortet Kim. „Allerdings nur einen Accountnamen. Er lautet …“

Hastig notiere ich den Namen auf einem Zettel. „Können Sie das zurückverfolgen, Kim? Zu einer Adresse oder dem echten Namen?“

„Das habe ich versucht, Nessa“, sagt Kim. „Ich habe mehr getan, als gut für mich ist. Aber da ist kein Name, keine Adresse.“

„Was ist mit der IP?“

„Sie überschätzen meine Möglichkeiten“, sagt Kim. „Abgesehen davon, dass es nicht legal ist. Es geht nicht. Nicht, wenn er nicht online ist.“

„Wieso nicht?“, frage ich und merke, dass meine Stimme schroff klingt. Ich stelle die Frage noch einmal, dieses Mal freundlicher. „Wieso nicht, Kim?“

„Ich will Sie nicht mit technischen Details langweilen. Nehmen Sie es, wie es ist. Es war schon ein Ding, so weit zu kommen. Hier ist Schluss. Wenn da jeder einfach so herumstochern könnte, wäre es wohl ein ernstes Problem, oder nicht?“ Sie seufzt ins Telefon. „Datenschutz interessiert kein Schwein, solange es nicht um die eigenen Daten geht. Und selbst wenn …“

„Kim, bitte“, sage ich eindringlich. „Ich brauche einen Namen oder eine Adresse.“

„Tut mir leid“, sagt sie. „Ich habe getan, was ging. Es gibt lediglich diesen Nickname und die Information, dass beide Frauen etwas mit demselben Typen haben. Mehr ist nicht drin.“

Sie legt auf.

Einige Sekunden lausche ich der Stille, schließlich dem Piepen in der Leitung. Ich lasse Tonys Smartphone sinken, starre das Gerät an.

„Was ist?“, fragt er.

Ich schiebe ihm das Telefon über den Tisch entgegen. „Beide hatten Kontakt zum selben Mann. Jennifer und Sandra Lauen. Beide wollten sich mit ihm treffen. Am Tag vor ihrem Verschwinden gab es die letzten Nachrichten.“

„Hat sie noch mehr gefunden?“

„Seinen Chatnamen“, sage ich und zeige Tony den Zettel. „Aber ohne Adresse oder Verbindung zu einem Klarnamen …“ Ich lasse die Schultern hängen, drehe das Papier zwischen den Fingern.

„Klopf, klopf.“ Es ist Sauers Stimme. Der Ermittler, der zu Jägers Leuten gehört, steht im Türrahmen. Irgendwie ist es ihm gelungen, die Tür leise zu öffnen und eben nicht zu klopfen.

„Was gibt es?“, frage ich gereizt.

Sauer ignoriert den Tonfall und die Tatsache, dass ich ihn nicht hereingebeten habe. Er schiebt seinen schlaksigen Körper in den Raum. Es ist das erste Mal, glaube ich, dass ich ihn ohne seinen Begleiter sehe.

Ein seltsamer Anblick.

Sauer sieht auf seine Hände, als wüsste er nicht, was er damit anstellen kann, und steckt sie umständlich in die Hosentaschen.

Der Mann steht noch zwei Schritte entfernt. Er riecht nach Imbissbude, was mich einerseits die Nase rümpfen lässt und andererseits daran erinnert, dass ich heute nichts gegessen habe.

Mein Magen knurrt.

Sauer grinst. „Ich soll Ihnen ausrichten, dass Jäger jetzt etwas unternimmt.“

„Und?“

Er zuckt mit den Schultern. „Keine Ahnung. Ich soll Ihnen das sagen. Wir waren bei Sven Stillers Vater. Der Junge ist verschwunden. Jäger findet das verdächtig, und wenn Sie mich fragen, hat er recht.“

Wieder zeigt sich dieses süffisante Grinsen auf seinem Gesicht.

„Und was will er unternehmen?"

Er hebt eine Schulter, lässt sie fallen.

„Ich weiß nur, dass der alte Stiller etwas von einer Party und einer Blockhütte im Wald erzählt hat. Wahrscheinlich will Jäger dem Jungen mal richtig einheizen. Er glaubt, dass diese Jungs Jennifer in der Hütte gefangen halten." Sauer kichert. „Er hat sogar ein SEK angefordert. Können Sie sich das vorstellen?"

„Ein SEK? Was hat er denn damit vor?"

„Keine Ahnung. Fragen Sie das den Alten, wenn es Sie wirklich interessiert."

Ich starre auf das Bild vor mir, auf die Liste, auf den Monitor, dann wieder Sauer an. „Ich habe alles hier. Wir sind kurz davor, das Puzzle zusammenzusetzen. Jäger kann nicht einfach blind losstürmen. Er begeht einen Fehler."

„Nicht meine Entscheidung. Ich muss wieder nach oben." Sauers Blick schweift über den Tisch.

Neugier ist der Katze Tod, denke ich.

„Was ist das?", fragt Sauer und weist mit dem Kinn auf die Zeichnung, die auf dem Tisch liegt. „Witzig. Wenn ich es nicht besser wüsste, würde ich sagen, dass das Frankie ist."

Ich blinzle. „Frankie?"

„Ja", sagt Sauer und nickt ein paarmal. „Frank Abel. Alter Schulfreund, wenn man so will. Hatte früher ab und an mit ihm zu tun. Irgendwann war er weg. Wie das so ist, nicht? Aus den Augen, aus dem Sinn. Das Bild sieht ihm irgendwie ähnlich. Witziger Zufall. Was ist das?"

„Ja", sage ich und nicke abwesend. „Witziger Zufall."

„Na ja", sagt Sauer. „Ich muss. Wenn Sie mehr wissen wollen, fragen Sie Jäger. Aber beeilen Sie sich. Wenn der

Alte in Fahrt kommt, ist er schwer zu stoppen." Er gluckst, schlendert zur Tür und zeigt nachlässig darauf. „Auf oder zu?"

„Zu", antworte ich. „Bitte."

Sauer zieht die Tür hinter sich ins Schloss. Tony greift nach der Zeichnung, starrt darauf. Er dreht das Bild in die eine, den Kopf in die andere Richtung. Seine Stirn liegt in Falten.

„Er hat recht", sagt er. „Verdammt. Er hat recht. Warum ist mir das nicht früher aufgefallen?"

„Wer ist dieser Abel?", frage ich.

„Er ist etwa so alt wie Sauer. Die beiden waren zusammen in der Schule."

„Moment", sage ich. „Ist das nicht der Sohn von dieser anderen Pension? Frau Rosen hat etwas erwähnt."

Tony nickt. „Richtig, die Abels hatten eine Pension. Früher. Ich glaube, sie ist geschlossen. Wieso?"

Ich schüttle den Kopf. „Frau Rosen hat von den anderen Pensionen erzählt, als ich sie zu Sven Stiller befragt habe. Sie erwähnte auch Abel und dass da mal etwas gewesen sei."

„Etwas gewesen?", fragt Tony. Er lässt die Mundwinkel hängen. „Hm. Ich weiß von nichts. Muss vor meiner Zeit passiert sein."

„Verdammt", flüstere ich. „Sie hat von ihm gesprochen, und ich dachte, er wäre etwa in Sven Stillers Alter."

Tony schüttelt den Kopf. „Nein, nein, Abel ist so alt wie Sauer. Anfang vierzig oder so in etwa."

„Verdammt", sage ich. „Ich habe nicht nachgefragt. Was wissen Sie über Abel?"

„Nicht besonders viel", sagt Tony. „Er soll eine Weile weg gewesen sein, kam irgendwann zurück, um sich um die Mutter, glaube ich, zu kümmern. Man sieht ihn praktisch nie. Ich kenne ihn nicht. Die Familie lebt sehr zurückgezogen."

„Wo?", frage ich hastig. „Zeigen Sie es mir auf der Karte."

Tony blickt auf meinen Laptop. Ich ziehe die Karte auf, zoome heraus.

Er tippt auf den Bildschirm. „Etwa dort. Sie haben Grundbesitz, etwas außerhalb. Das meiste davon liegt unbenutzt da. Verfällt ziemlich. Abel scheint sich nicht sonderlich darum zu scheren. Er hat auch eine Schwester, die kriegt man nie zu Gesicht. Was mit der Mutter ist, weiß ich nicht."

Ich fahre mit dem Finger über das Touchpad, zoome tiefer in den Kartenausschnitt.

„Und es grenzt an den Wald", sage ich. „Hier. An der anderen Seite. Es würde alles passen. Ähnliche Voraussetzungen wie bei den Stillers."

Tony sieht mich an, blinzelt, starrt auf den Monitor. „Sie glauben ...?"

„Was hat Frank Abel für ein Auto? Steht er auf der Liste mit den Daten von den Lieferwagen?"

„Keine Ahnung." Tony kramt nach der Liste, fährt mit dem Zeigefinger darüber. Er schüttelt den Kopf. „Nein, er ... Warten Sie."

„Was?", frage ich ungehalten. Mein Herz galoppiert. „Was ist?"

„Seine Schwester steht darauf. Sie hat einen weißen Mercedes Vito."

„Einen Vito." Ich halte den Atem an. „Das ist ein Lieferwagen."

Tony greift über den Tisch, schnappt sich den Zettel mit dem Anzeigennamen aus dem Flirtportal. „Verdammt, er hat ihren Namen benutzt. Diese Zahlen ..."

„Was ist damit?"

„Das ist das Geburtsdatum seiner Schwester. In umgedrehter Reihenfolge."

„Ist nicht wahr", sage ich atemlos.

„Doch", sagt er. „Und der Name ist die männliche Form ihres Namens. Ihres zweiten Namens."

Ich schüttle den Kopf. „Und damit ist er all die Zeit durchgekommen?"

„Sieht so aus", sagt Tony und schaut mich an wie einen Geist.

Vermutlich sehe ich ihn ebenso an.

Ich greife nach meinem Telefon. „Ich rufe Kern an. Er soll die Datenbank noch einmal checken lassen. Vielleicht finden wir etwas."

Tony hält Zettel und Liste hoch. „Reicht das nicht?"

„Kann sein. Aber es hat sich etwas ergeben, das verändert die Lage. Wir können anders herangehen mit der Anfrage." Ich schüttle den Kopf. „Ich will sichergehen. Wir brauchen noch mehr Informationen."

Kern hebt nach dem zweiten Klingeln ab. Ich berichte ihm, hastig und fast ohne zwischen den Worten zu atmen, was wir entdeckt haben.

„Unfassbar", sagt er. „Ich veranlasse alles. Man wird Sie zurückrufen, Nessa."

„In Ordnung", sage ich und will bereits auflegen.

„Warten Sie", sagt Kern.

„Was gibt's, Harald?"

„Jäger", sagt er. „Er will nach Sven Stiller fahnden."

„Ich weiß", erwidere ich. „Bleiben Sie dran?"

„Ich behalte ihn im Auge."

„Danke, Harald", sage ich und lege auf.

Zwei Minuten. Hundertzwanzig Sekunden lang sitze ich da. Tony sitzt mir gegenüber, starrt auf die Liste, auf den Namen, auf den Zettel.

Ich starre auf mein Telefon.

Endlich klingelt es. Ich greife danach.

„Ja?", frage ich.

In der Stimme am anderen Ende der Leitung klingt etwas wie ein Lächeln durch. „Treffer, Nessa. Ich habe etwas gefunden."

# Kapitel 48

Ich lese die E-Mail, die Helenes Stellvertreter mir geschickt hat, klicke mich hastig durch die Dateianhänge und überfliege die Fakten.

„Was ist das?“, fragt Tony Yamamoto.

„Alte Jugendakten“, antworte ich.

„Wie kommen Sie da heran? Das sollte gar nicht möglich sein.“

„Tja“, sage ich. „Big Data. Die mächtigen Datenbanken des BKA und weiß der Teufel, mit wem die noch verknüpft sind. In diesem Fall sind sie uns nützlich.“

„Sie wissen, wie ich darüber denke, oder?“

Ich seufze. „Allerdings. Aber im Augenblick ist das so ziemlich der einzige Weg, Jennifer Schöttner zu finden. Der Zweck heiligt eben doch manchmal die Mittel.“

Tony presst die Lippen aufeinander, sodass sie weiß anlaufen.

Ich schaue mir noch einmal die Kartenausschnitte an, vergleiche die Grundstücke der Abels und der Stillers miteinander.

„Sie liegen an entgegengesetzten Enden des Waldes, oder?", fragt Tony. „War mir nie so bewusst."

„Ja", sage ich. „Beide Anwesen bieten die gleichen Vorzüge. Ruhe, Abgeschiedenheit. Niemand kommt vorbei."

„Und was ist mit seiner Familie?", fragt Tony. „Würde denen nicht auffallen, was Abel treibt?"

Ich zucke mit den Schultern. „Frank Abel kam zurück, so heißt es jedenfalls, als es seiner Mutter schlechter ging. Die Frau ist an die achtzig Jahre alt, ihr Gesundheitszustand zumindest einmal fragwürdig. Und was die Schwester angeht ..." Ich blicke Tony direkt an. „Wann haben Sie die Frau das letzte Mal gesehen?"

Seine Augen weiten sich. „Sie meinen nicht etwa, oder doch? Sie wollen nicht sagen, dass ...?"

„Ich will gar nichts sagen. Nur dass die soziale Kontrolle, der Abel ausgesetzt ist, wesentlich geringer ist als bei Sven Stiller. Abgesehen davon ist Stiller zu jung. Er passt nicht ins Profil. Abel dagegen ..."

„Frank Abel ist ein unbescholtener Bürger. Stiller ist von der Uni geflogen, oder?"

„Das stimmt. Aber nicht jeder, der von der Uni fliegt, mutiert zum Mörder. Außerdem wissen wir nicht, wie unbescholten Frank Abel tatsächlich ist. Und da kommen die alten Akten ins Spiel." Ich schließe das Kartenfenster, ziehe das Programm mit den Scans auf. „Abel wurde aus der Bundeswehr entlassen, und das nicht eben auf die gute Art."

„Wie meinen Sie das?"

„Hier." Ich deute auf den Bildschirm, fahre mit dem Mauszeiger über eine markierte Stelle. „Er hat Andeutungen gemacht, einen Kameraden 'in sich aufnehmen zu wollen', was immer das heißen mag. Damals hat man es wohl für eine homosexuelle Anspielung gehalten, was zu der Zeit gar nicht ging."

Tony verdreht die Augen. „Natürlich. Und Sie glauben, dass es eine Anspielung ist auf … Jesus, verdammt, Sie glauben …"

„Ja, es könnte auch heißen, dass er ihn essen wollte."

„Wenn der andere ein Mann war, weicht das von dem ab, was der Täter heute tut."

„Richtig", sage ich. „Er könnte sich entwickelt haben. Oder wir haben noch nicht alle Fakten gefunden."

Tony fährt sich über die Stirn. „Sie glauben, es gibt noch mehr?"

„Ich bin mir ziemlich sicher. Seine Abwesenheit hier und andere Zeiträume passen viel zu gut zusammen. Und es gibt noch mehr in Abels Vergangenheit, einen Vorfall in seiner frühen Jugend."

„Was ist da passiert?"

„Das ist nicht ganz klar. So wie ich das verstehe, hat er versucht, seine Schwester zu beißen."

„Zu beißen? Was heißt das, Nessa? Kinder spielen manchmal raue, komische Spiele."

„Er hat sie richtig gebissen", sage ich. „Das ist kein Spiel gewesen. Sie musste genäht werden. Mehrfach. Er wurde zu einem Kinderpsychologen geschickt. Der Vater verließ die Familie, und die Mutter brach Abels Behandlung ab."

„Gott", sagt Tony und lässt sich auf einen Stuhl fallen. „Ihr Datenmaulwurf hat ganz schön tief gegraben. Solche Akten sollten versiegelt sein oder gar nicht mehr existieren."

„Ich weiß", sage ich. „Tun sie aber, wenn man weiß, wo man nachschauen muss."

„Erschreckend“, sagt Tony. „Die Akten, wie Sie dazu kommen und was darin steht. Dieser ganze Datenschutz und das ganze Theater darum. Am Ende spielt das überhaupt keine Rolle.“

„Ja, nur das kann uns für den Moment herzlich egal sein. Ich weiß nicht, wie Sie das einschätzen, doch Abel passt in jeglicher Hinsicht ins Profil.“

„Wir müssen Jäger informieren.“

„Würden Sie das erledigen, Tony? Ich will diese Akten noch einmal durchsehen.“

„Wozu?“

Ich presse die Kiefer aufeinander. „Ich muss sichergehen.“

„Sie glauben, Sie könnten sich irren, Nessa?“

„Nein.“ Ich blicke Tony an. „Ich weiß es nicht. Vermutlich nicht. Trotzdem. Daten und Akten ist es ziemlich egal, wie man sie interpretiert.“

Er nickt, steht zögerlich auf. „Ich gebe Jäger Bescheid.“

„Danke, Tony“, sage ich, er ist jedoch schon zur Tür hinaus verschwunden.

Irgendwie habe ich das Gefühl, etwas Falsches gesagt oder getan zu haben. Das Unausgesprochene, dieses zwischenmenschliche Etwas, das wie Dunst in der Luft schwebt und das Atmen einen Hauch schwerer erscheinen lässt. Doch ich habe keine Ahnung, was das ist, und keine Zeit, mir darum Gedanken zu machen.

Niemand hat diese Zeit, vor allem Jennifer nicht.

Ich schüttle den Kopf und den Gedanken ab und schnappe mir wieder den Berg aus Papier auf dem Tisch.

Ich gehe die Akten durch, die Fakten, sehe mir Abels Bild an.

Er ist es. Er muss es sein.

Es passt alles zusammen.

Jetzt bleibt die Frage, ob wir rechtzeitig dort sind, um Jennifer zu retten.

Auf der Treppe höre ich Tonys hastige Schritte und die einer weiteren Person.

Sekunden später steht er wieder im Kellerraum. Sauer folgt ihm. Beide wirken atemlos, schnappen nach Luft, Sauer dazu mit hochrotem Kopf.

Tony findet als Erster die Sprache wieder. „Jäger ist fort. Mit dem SEK und allen anderen."

„Wohin?", frage ich.

„Wie gesagt", antwortet Sauer und ringt zwischen den Worten um Atem. „Er wollte zu den Stillers oder zu dieser alten Hütte."

Ich schlage mit der flachen Hand auf den Tisch. „Er ist auf dem falschen Weg."

„Sie irren sich nicht, Wolf?", fragt Sauer.

„Ich irre mich nicht, verdammt."

Tonys Blick huscht zwischen Sauer und mir hin und her. „Also müssen wir allein los."

Ich schüttle den Kopf, nicke dann. „Wir wissen nicht, was uns dort erwartet. Ohne Verstärkung …"

„Wir haben keine Wahl", sagt Tony, und er hat recht. „Vielleicht kommen wir noch gerade rechtzeitig. Vielleicht ist es ohnehin zu spät. Aber wir müssen es versuchen."

„Rufen Sie Jäger an", sage ich.

„Habe ich schon", erwidert er. „Keine Chance. Ich erreiche ihn nicht."

„Wir sind zu dritt", sage ich.

„Nein." Tony schüttelt energisch den Kopf. „Wir beide fahren zu Abel. Sauer folgt Jäger und informiert ihn. Dem hört Jäger ohnehin eher zu als Ihnen oder mir."

Sauer zögert, erkennt wahrscheinlich seine Alternativen. „In Ordnung."

„Okay. Versuchen wir es."

„Ja", sagt Tony. „Wir fahren sofort los. Wir können unterwegs noch einmal versuchen, Jäger zu erreichen."

„Gut." Ich stehe auf. „Und, Sauer, halten Sie Jäger auf. Er macht einen Fehler. Stoppen Sie dieses SEK. Wir brauchen es bei Abel. Der Mann war beim Militär. Wir haben keine Ahnung, was uns dort erwartet."

Sauer nickt zögerlich. „Ich sehe, was ich tun kann."

# Kapitel 49

Tony Yamamoto und Sauer sind schon vorausgeeilt. Ich sichere meinen Laptop, fahre ihn herunter.

Zum einen muss ich diese Dateien vor fremden Augen schützen. Nicht nur Abels Daten. Alle Daten, die auf dem Computer sind. Meine ganzen Fälle.

Und da ist noch etwas anderes.

Ein Gefühl der Starre. Ich bin nicht scharf darauf, in dieses Haus zu gehen. Ich bin Fallanalystin. Zwar mische ich mich regelmäßig zu sehr in Fälle ein, was Schwäche und Stärke gleichermaßen ist. Doch im Wesentlichen ist es meine Aufgabe zu beraten. Ich sichte Daten, ordne Fakten, erstelle ein Profil und sage den Beamten, welches Haus sie stürmen müssen.

Sie sind diejenigen mit den Knarren. Ich habe eine Waffe, aber ich stürme nicht in Häuser. Nicht, wenn ich es vermeiden kann.

Ich habe es einmal getan, vor ein paar Monaten, und das dumpfe Ziehen in der alten Wunde erinnert mich daran, wie das damals ausgegangen ist.

Das Aufblitzen der Erinnerung. Das wutentbrannte Gesicht dieser Person mit dem Messer. All das lähmt mich jetzt.

Wenn ich die Täter sehe, dann lieber in Handschellen in einem Befragungsraum.

Ich schätze, heute ist es einmal mehr anders.

Ich seufze, gebe mir einen Ruck und folge Tony.

Als ich das Polizeigebäude verlasse, fällt mir auf, dass es bereits Abend ist und dunkel. Ich habe die Zeit völlig vergessen.

Kalter Wind zieht auf, fährt mir unter die Kleidung. Ich schlinge die Arme um meinen Oberkörper und stoße die Atemluft aus den Lungen, die in einer Nebelfahne entschwindet.

Meine Augen brauchen einen Moment, um sich an die Dunkelheit zu gewöhnen. Ein Paar Autoscheinwerfer flammt auf und blendet mich.

Ich halte die Hand vors Gesicht, wende mich ab.

Höre Schritte – und ein großer Schatten löst sich aus den umgebenden Schatten.

Ich zucke zusammen, erwarte fast wieder das kalte Gefühl, wenn Metall ins Fleisch dringt.

Ich halte die Luft an, suche das Blitzen einer Klinge, aber da ist nichts.

Der Schatten stellt sich mir in den Weg.

Ich blinzle.

Im Abglanz der Scheinwerfer blicke ich in seine Augen. Abgehetzt. Müde.

Nichts zu erkennen von der üblichen Energie und Tatkraft.

„Herr Schöttner“, sage ich, „Sie haben mich erschreckt. Was machen Sie hier so spät?“

„Was machen Sie, Frau Wolf?“, fragt er in einem Tonfall, der gleichzeitig ätzend und hilflos klingt.

„Das kann ich Ihnen nicht sagen, und das wissen Sie."

„Wo ist meine Tochter?", fragt er eindringlich und baut sich noch ein wenig mehr vor mir auf. „Das ist alles, was ich wissen muss."

Ich hebe die Hände. „Ganz ruhig, Mann. Sie stehen mir im Weg. Ich kann Ihnen nichts sagen. Wenn Sie mir den Weg versperren und versuchen, mich einzuschüchtern, komme ich ihr keinen Schritt näher."

Schöttner schmatzt mehrfach, tut einen Schritt zurück.

Meine Augen gewöhnen sich an die Dunkelheit. Hinter den Scheinwerfern erkenne ich die Konturen von Tony Yamamotos BMW.

Lautes Hupen zerreißt die angespannte Stille, und im Klang der Hupe glaube ich fast, Tonys genervten Tonfall zu erkennen.

„Sie müssen sie finden, Frau Wolf", sagt Schöttner. „Sonst reiße ich Ihnen den Arsch auf. Die anderen sind weg. Schon lange. Ich habe sie fahren sehen. Aber Sie sitzen hier noch herum."

„Ich bin Ihnen keine Rechenschaft schuldig", sage ich.

„Doch", entgegnet er. „Das sind Sie, jedenfalls bis Sie mir Jennifer zurückgebracht haben." Er fährt sich durch das kurze Haar. Seine Schultern zucken. Er gibt ein Geräusch von sich, das eher zu einem verwundeten Tier passt als zu einem Menschen.

Leises Wimmern.

Der Mann steht kurz davor, die Fassung zu verlieren. Ein vollständiger Zusammenbruch zeigt sich drohend in seiner Gestik und Mimik. Es fehlt nicht mehr viel. Wenn überhaupt.

„Bitte", sagt Schöttner. „Ich muss wissen, was los ist. Das alles macht mich völlig wahnsinnig."

Ich presse die Lippen aufeinander, zögere.

„Gehen Sie mir aus dem Weg", sage ich. „Wenn Sie wollen, dass ich Ihre Tochter rette, treten Sie beiseite. Wenn Sie wollen, dass Ihre Tochter überhaupt noch eine Chance hat, gehen Sie mir aus den Augen. Lassen Sie mich meine Arbeit tun."

Schöttner starrt mich an. Ein kaum erkennbares Zucken spielt um seine Augen, seine Mundwinkel. Gefühlt vergehen Minuten. Realistisch betrachtet, sind es kaum mehr als zehn Sekunden.

Schließlich nickt Schöttner wortlos, senkt den Blick und gibt den Weg frei.

Ich werfe ihm einen ebenso stummen Blick zu, der nicht mehr oder weniger sagen soll, als dass ich seine Tochter finden werde.

Ich werde sie finden und nach Hause bringen. Lebendig.

Nur fehlen mir dazu die Worte, und vielleicht ist das ganz gut so.

In Tonys BMW empfängt mich Wärme. Der Motor brummt tief und satt. Im selben Moment, in dem mein Hinterteil den Sitz berührt, gibt er dem Auto die Sporen. Er tritt aufs Gas, der Wagen macht einen Satz nach vorne.

Alles geschieht rasch, sodass ich mich nicht einmal beklagen kann, im falschen Auto zu sitzen – und im falschen Sitz.

„Wo bleiben Sie denn, Nessa?", fragt Tony und klingt wie die Hupe. Verärgert, gehetzt. „Was war denn da los?"

„Schöttner", sage ich. „Er dreht durch."

„Kann man ihm nicht verdenken, oder?"

Ich schweige.

„Ich habe noch einmal versucht, Jäger zu erreichen."

„Und?"

Er presst die Kiefer aufeinander. „Keine Chance. Sie müssen es unterwegs noch einmal versuchen, Nessa."

„Großartig", sage ich. „Sie hätten mich fahren lassen sollen, dann hätten Sie es selbst versuchen können."

„Ach, halten Sie die Klappe", entgegnet Tony. Mein Seitenblick fängt das Aufblitzen eines frechen Grinsens auf seinem Gesicht ein. „Und halten Sie sich fest."

Tony Yamamoto tritt das Gaspedal durch, und im nächsten Moment wird mir klar, dass er es ernst gemeint hat.

Der Motor brüllt. Tony entfesselt die ganze Antriebskraft, die das Fahrzeug zu bieten hat.

Draußen rauscht die Dunkelheit vorbei.

Im Inneren des Autos herrscht angespanntes Schweigen.

Ich konzentriere mich auf das eine Gefühl – Hoffnung.

In meinem Verstand findet ein einzelner Gedanke Platz. Hoffentlich kommen wir nicht zu spät.

# Kapitel 50

Ihre nackten Fußsohlen berühren die kalten Fliesen. Jennifer versucht, es zu vermeiden. Sie fröstelt ohnehin schon, was jeder sehen kann.

Er und sie.

Sonst ist niemand hier.

Jennifer wünscht sich, ihre Mutter wäre da, würde sie für ihre schiefe Haltung tadeln oder ihr Vater.

Ein seltsames Gefühl. Sinnlos. Die beiden sind nicht da. Jennifer ist allein. Mit ihm. In diesem Raum.

Hier gibt es die gleichen Fliesen, die gleichen weißen Kacheln wie in dem Badezimmer.

Aber dieser Raum ist anders. Noch kälter. Gefühlt und tatsächlich. Jennifer atmet stoßweise. Ihr Atem hängt in der Luft. Zerrissene Nebelfahnen.

Jennifer ist nackt. Frank hat ihr mit einem raschen Schnitt den Baumwollfetzen vom Körper geschnitten.

Langsam umkreist er sie wie ein Hai seine Beute.

Jennifer starrt geradeaus, vorbei an Frank, an diesem perversen Wichser.

Da ist der Tisch.

Entfernt erinnert er sie an einen Operationstisch. Jennifer glaubt, dieser Tisch dient einem anderen Zweck.

Tief in ihrem Inneren hofft sie, dass er für das eigentlich Offensichtliche gedacht ist. Sie betet, dass Frank sie darauf ficken will. Allein dieser Gedanke ist krank. Doch er ist da. Er brennt in ihr wie ein Brandeisen. In ihrem Herzen, ihrem Verstand. In ihrer Seele.

Nur sie glaubt nicht daran.

Irgendwie scheint sich dieser Mistkerl nichts daraus zu machen. Er will etwas anderes.

Man sagt, die Hoffnung stirbt zuletzt, geht es Jennifer wieder durch den Kopf. Das mag stimmen. Letztlich stirbt sie, egal wie sehr man sich daran festklammert. Sie stirbt. Unausweichlich. Wie alles auf der Welt.

Und das ist der Moment.

Frank verpasst ihr einen Stoß in den Rücken.

„Vorwärts!“, sagt er. Die Wärme ist aus seiner Stimme gewichen. Sie tönt kälter. Vielleicht liegt das an den Temperaturen in diesem Raum. Er klingt fordernd, jedoch nicht feindselig. Nicht wütend. Ausdruckslos.

Das ist irgendwie noch schlimmer.

Auf einem Rolltisch aus Metall liegt etwas, abgedeckt unter einem Tuch. Sonst ist der Raum leer und kalt. Beherrscht von diesem Tisch, der Jennifer an einen Operationssaal denken lässt. Oder an einen Hinrichtungsraum. Wieder denkt sie – völlig unpassend – an diese amerikanischen TV-Serien oder an Fotos von diesem Attentäter, den sie damals hingerichtet haben. An diesen Amerikaner, der die Bomben gelegt hat. In Oklahoma. Wie hieß der gleich? Sie war noch jung, ein Teenager. Irgendwie hat sie dieser

Fall fasziniert – und die Hinrichtung. Verdammt, wie hieß der Typ?

Jennifer weiß es nicht, es ist auch völlig gleichgültig. Es ändert nichts an ihrer Situation. Aber sie klammert sich an den Gedanken, an die Frage, wie ein Ertrinkender an einen Baumstamm, weil sie sonst wahnsinnig wird, weil die Gedanken und die Frage, die sich um den Raum, um den Tisch und um Frank drehen, sie sonst irre werden lassen. Und erst die Angst.

OP. Hinrichtungsraum. Das grelle Licht passt zu beidem. Eine einzelne Erkenntnis bohrt sich durch ihr Gehirn.

Hier ist Endstation.

„Vorwärts!", fordert Frank erneut und verpasst ihr wieder einen Stoß. Dieses Mal ist er heftiger.

Jennifer taumelt nach vorne, fängt einen drohenden Sturz ab, indem sie sich an dem Tisch festhält.

Der verdammte Tisch, der verdammte Wichser. Frank. Was für ein scheißnormaler Name für einen solchen Irren.

Jennifer rappelt sich auf, stützt sich an dem Tisch ab – und entdeckt die Schnallen. Vorrichtungen, um jemanden festzubinden. An den Armen, den Füßen und am Kopf.

Nein, nicht um jemanden festzubinden. Um sie, Jennifer, festzubinden. Sie zu fesseln. Um was zu tun?

Das kalte Metall des Tisches brennt sich in ihre Handflächen. Jennifer steht dort, leicht nach vorn gebeugt. Die Beine gespreizt. Wie bei einer Sicherheitskontrolle.

Sie spürt seine Hände. Franks kalte Hände, die sich auf ihre Hüften legen. Sie umklammern, festhalten – und für diese eine Sekunde hofft sie, dass der Wichser sie nur ficken will.

Sie hasst sich dafür. Doch wenn sie die Wahl hat zwischen dieser Möglichkeit und dem, was sie befürchtet, was ihr die Angst unaussprechlich ins Gehirn tackert, nimmt sie das in Kauf.

Aber es geschieht nicht.

„Auf den Tisch", sagt Frank leise.

Jennifer atmet aus, spannt die Beine an, stemmt die Füße in den kalten Boden.

Frank packt fester zu. Seine Fingernägel bohren sich in ihre Haut. In ihr Fleisch.

Der Schmerz ist grell. Solange Jennifer es spürt, lebt sie noch. Oder?

Der Raum beginnt, sich um sie zu drehen. Der Tisch vor ihr pulsiert. Er nimmt alles ein. Dennoch klammert sie sich daran fest.

Doch es ist hoffnungslos. Keine Chance.

„Das dauert mir zu lange", hört sie Frank hinter sich sagen.

Schließlich hievt er sich hoch. Jennifer spürt seinen Atem, der auf ihre nackte Haut trifft, als er sie hochhebt. Ein kurzer Hauch von Wärme, der genauso rasch schwindet wie ihre kleine Rebellion.

Frank knallt sie auf den Tisch. Rücklings liegt sie auf der kühlen Fläche, friert noch mehr. Gänsehaut am ganzen Körper.

Sie schließt die Augen, reißt sie auf.

Frank lächelt. Nicht bösartig, nicht gehässig. Jedoch … wie einstudiert. Es ist kein echtes Lächeln. Mehr eine Maske.

Jennifer wendet den Blick ab. Es ist falsch, wie alles falsch ist. In diesem Raum. In ihrem Leben. Das, was davon übrig ist.

Wie lange noch?

Frank packt ihre Handgelenke. Er macht sich daran zu schaffen. Sie hört Metall klappern. Schnallen. Das Geräusch von Leder, das hindurchgezogen wird.

Unausweichlich.

Jennifer reißt die Lider auf, starrt Frank an. Sie atmet schwer, stiert zu ihrer Hand. In einem Anflug von Verzweiflung spannt sie die Muskeln an, ruckt herum, wehrt sich.

„Halt still", zischt Frank ihr durch zusammengebissene Zähne entgegen.

Jennifer hält nicht still. Sie zappelt, nimmt ihre Kraft zusammen.

„Halt still!", brüllt er. Sein Kopf läuft rot an. „Halt endlich still! Du machst alles kaputt!"

Jennifer strampelt mit den Beinen. Franks Hände sind erbarmungslos. Sein Griff ebenso stählern und kalt wie der Tisch, der Raum. Ihre Angst. Alles.

Instinktiv weiß Jennifer, dass es ihr letztes Aufbäumen ist. Ihre letzte Chance.

Wie eine Kuh, ein Lamm, irgendein Tier auf dem Weg zur Schlachtbank.

Schlachtbank.

Jennifer strampelt heftiger. Frank lässt kurz von ihr ab, greift hinter sich, verschwindet aus ihrem Sichtfeld.

Sie atmet durch, will aufspringen. Es geht nicht. Ihre linke Hand ist gefesselt, am Tisch festgeschnallt.

Dann ... spürt sie den Stich.

Ein feiner Schmerz, den sie schon einmal gefühlt hat. Fast augenblicklich erschlaffen ihre Muskeln. Sie geben nach.

Frank lächelt sie an, drückt sie sanft gegen den Tisch und macht sich wieder an sein Werk.

Er weiß, dass er gewonnen hat. Fesselt ihre zweite Hand, ihre Fußgelenke. Eines nach dem anderen.

Jennifer spürt es. Sie weiß, was geschieht – und kann nichts dagegen tun.

Ihr Körper ist schlaff. Ihre Muskeln gehorchen nicht. Ihr Kopf will bersten vor Angst, vor Schmerz, vor … allem.

Nackt liegt sie auf dem Tisch. Ein Lamm auf der Schlachtbank. Nun weiß sie es.

Frank steht über ihr. Eine Hand ruht auf ihrem Bauch. Sein Daumen streicht über ihre nackte Haut. Eine fast liebevolle Geste.

Dafür hätte sie vor Tagen alles gegeben, und wahrscheinlich tut sie das jetzt auch tatsächlich.

Jennifer liegt da, starrt an die Decke. In das kalte weiße Licht.

Sie öffnet den Mund und schreit. Jennifer schreit alles hinaus. Irgendwo muss dieses Scheißgefühl hin, und schreien ist alles, was ihr bleibt.

Ihre Kehle schmerzt. Die Ohren dröhnen. Die gekachelten Wände werfen verzerrte Echos zurück.

„Hör auf!", brüllt Frank.

Jennifer hört nicht auf. Sie holt Luft, atmet, wie sie vielleicht noch nie geatmet hat. Tief in ihre Brust, die sich zuckend senkt und hebt. Möglicherweise ist es das letzte Mal, dass sie atmen kann.

Und dann schreit sie erneut. Sie schreit, bis ihr alles wehtut. Der Hals, der Rachen, sogar die Zähne.

Das Licht geht aus.

Es ist still.

Jennifer schweigt. Sie weiß nicht, wieso. Es ist einfach passiert.

Kalt und dunkel. Von irgendwoher kommt ein schwacher Lichtschein. Schemenhaft erkennt Jennifer ihren Peiniger in der Dunkelheit.

Sie atmet. Atmet immer noch. Jennifer rüttelt an ihren Fesseln.

Sinnlos.

„Das kannst du dir sparen", sagt Frank. Er klingt anders. Abweisend, kalt. Überlegen, aber auch verärgert. „Du kommst hier nicht weg. Und dieses Geschrei kannst du dir sparen."

„Mach mich los."

Sie hört ihn lachen. „Nein, das geht nicht. Du musst dich beruhigen. So geht es nicht. Ich mag nicht, wenn ihr so schreit."

Ihr?

Jennifer spürt ihrem stockenden Atem nach. Ihrem Herz, das in ihrer Brust flattert.

Frank tritt nah an sie heran, legt wieder eine Hand auf ihren Körper.

Jennifer zuckt zusammen, als er ihre Brust berührt. Wieder der streichelnde Daumen. Sein warmer Atem auf ihrer Haut.

„Du musst dich wirklich beruhigen", flüstert Frank ihr ins Ohr. „Ich lasse dich für eine Weile allein. Du verdirbst alles. Den Augenblick – und das Fleisch."

# Kapitel 51

In Filmen sind diese Momente mit dramatischer Musik unterlegt. Im Hintergrund zucken Blitze am dunklen Himmel. Es herrscht Vollmond, und ein Käuzchen schreit irgendwo in der Finsternis.

In der Realität ist es bloß kalt. Es beginnt zu regnen, und es ist fast völlig still. Man hört nichts. Nur die Regentropfen, die auf das Wagendach klatschen. Den eigenen Atem. Den eigenen Herzschlag.

Ich starre auf mein Telefon. Kein Empfang. Nicht ein einzelner Balken. Tony Yamamoto schüttelt den Kopf, zeigt mir sein Smartphone. Bei ihm genauso. Abgeschnitten von der Außenwelt.

Ich versuche es dennoch, wähle Jägers Nummer, und weiß, dass es sinnlos ist. Fakten zu verleugnen, führt zu nichts, und die Anzeige des Geräts ist ein Fakt.

Tony seufzt. „Bleibt wohl nichts anderes, als auf Sauer zu hoffen."

Ich nicke und wünsche mir, ich könnte mehr tun als das. Leise drücke ich die Autotür ins Schloss.

Vor uns liegt das Haus. Alt. Herrschaftlich zeichnen sich die Umrisse kaum sichtbar gegen die Dunkelheit ab.

Ich weiß nicht, was ich erwartet habe. Eine Burg? Eine Festung? Sicherheitskameras?

Ich vermag es nicht zu sagen. Allerdings hatte ich etwas anderes erwartet als eine niedrige, brüchige Gartenmauer und ein kleines Metalltor, das schief in den Angeln hängt.

Hier rechnet keiner damit, dass jemand einsteigt. Oder es kümmert niemanden.

„Wenn wir das Grundstück betreten, handeln wir widerrechtlich", sagt Tony.

Ich blinzle. „Wie schon in der Sekunde, als wir uns die Daten des Flirtportals durch Ihre Freundin Kim haben besorgen lassen."

Tony schießt mir einen undeutbaren Blick zu. „Haben Sie schon einmal daran gedacht, was passiert, wenn Sie falschliegen?"

„Nein", flüstere ich. „Und wenn, geht das auf meine Kappe."

„Was ist mit Beweiskraft?", fragt er. „Vor Gericht wird das alles mehr als schwierig, wenn genau geschaut wird, wie alles zustande kam."

„Tony", sage ich. „Das ist nicht mein erstes Rodeo."

„Ich meine nur", sagt er und zieht seine Waffe. „Es geht nicht einfach darum, die Mistkerle zu schnappen. Sie müssen auch verurteilt werden."

Mir läuft ein kalter Schauer über den Rücken. Ich beobachte, wie Tony das Magazin prüft, den Schlitten zurückzieht. Es klackt metallisch.

„Haben Sie eine Waffe, Nessa?"

Ich nicke kaum merklich. „Machen Sie sich um Gerichtsurteile und Beweiskraft keine Sorgen. Ich bin mir sicher, am Ende finden sich genug Beweise, dass unser Eindringen und die Internetsache keine Rolle mehr spielen."

Tony zuckt mit den Schultern. „Ihre Ruhe möchte ich haben."

Meine Finger zucken zum Armband.

„Besser nicht", flüstere ich und nicke Richtung Haus. „So wie ich das einschätze, ist Gefahr im Verzug. Wir sind die Polizei, Tony, und müssen nach dem Rechten sehen. Haben Sie nicht auch gerade diesen Schrei gehört?"

„Ich höre den Regen. Bislang hatten Sie meist recht, Nessa. Ich denke, die Fakten sprechen für sich. Also, ja, da muss wohl ein Schrei gewesen sein."

Wir steigen über die Gartenmauer. Tony hält die Waffe bereit. Ich folge ihm. Wenn ich eines nicht in meinem Rücken will, ist das eine schussbereite Pistole. Ganz gleich, wer sie führt.

Ich spüre das Gewicht meiner eigenen Waffe im Holster, doch ich weigere mich, sie zu ziehen. Ich will sie nicht benutzen, will mich nicht gezwungen sehen, sie zu benutzen. Nicht noch einmal. Nicht schon wieder.

Tony deutet mir den Weg.

Meine Augen gewöhnen sich rasch an die Dunkelheit. Ich erkenne mehr und mehr von dem Haus.

Vernagelte Fenster im Erdgeschoss. Bei Licht betrachtet, ist dieser Bau vermutlich eine einzige Bruchbude.

Eine weitläufige Wiese umgibt das Gebäude. Die niedrige Mauer verliert sich in der Dunkelheit.

Der Boden ist matschig, klammert sich bei jedem Schritt mit einem saugenden Geräusch an den Schuhen fest. Weiter hinten beginnt der Wald.

Wir erreichen eine Tür.

Tony gibt mir ein Zeichen. Ich umfasse den Türgriff. Das Metall fühlt sich kalt in der Handfläche an. So leise wie möglich drücke ich die Klinke nach unten. Dennoch knarrt es. Hochfrequentes Quietschen.

Nichts passiert.

„Verschlossen", sage ich.

Tony presst die Lippen aufeinander, nickt. Wieder gibt er mir ein Zeichen.

„Fenster", sagt er.

Tatsächlich finden wir ein paar, die nicht mit Brettern vernagelt sind.

„Glauben Sie, er weiß, dass wir da sind?", flüstert Tony.

Ich zucke mit den Schultern. „Kommt darauf an, wo er sich befindet und was er gerade tut. Fifty-fifty, würde ich sagen. Aber so oder so, wir müssen da hinein, oder nicht?"

Tony schweigt, hält den Kopf schräg.

Ein paar Sekunden lang ist es still. Er wendet sich ab, schützt sich mit seiner Jacke, holt aus.

Im nächsten Augenblick zerspringt die Fensterscheibe klirrend. Scherben verteilen sich auf dem Boden, reflektieren glitzernd das schwache Mondlicht, das für die einzige karge Beleuchtung sorgt.

Ich schiebe Scherben mit dem Fuß beiseite, während Tony die verbliebenen Bruchstücke mit dem Lauf seiner Pistole aus dem Rahmen klopft.

„Das war ziemlich laut", flüstere ich.

„Sie haben keine bessere Idee eingebracht, Nessa." Tony macht sich daran, durch das Fenster zu steigen. „Schneiden Sie sich nicht. Kriegen Sie das hin?"

Ich antworte nicht, folge ihm durch das Loch in der Wand ins Haus.

Muffige, feuchte Luft schlägt mir entgegen. Irgendwie riechen diese alten Häuser immer nach schimmligen Socken.

Drinnen ist es beinahe stockfinster.

Ich blinzle mehrfach. Allmählich kann ich wieder Umrisse erkennen. Möbel, alt und schwer.

„Wirkt gar nicht, als würde hier jemand leben", flüstert Tony.

„Wer weiß, vielleicht benutzen sie nur das Obergeschoss", sage ich. „Oder er."

„Sie glauben, dass die Mutter und die Schwester nicht mehr leben."

Es ist keine Frage. Mehr eine Feststellung. Und so falsch liegt Tony nicht damit.

„Kommen Sie", sage ich. „Suchen wir nach einem Weg nach unten."

„Nach unten?"

„Ja", sage ich. „Fangen wir im Keller an."

„Ist das so ein Gefühl?"

„Nein, ich denke, er braucht Abgeschiedenheit. Vielleicht etwas wie Kühlvorrichtungen. Und Platz."

„Und aus dem Keller dringen Schreie eher schlecht nach draußen", sagt Tony.

Die Gänge ziehen sich endlos hin. Dunkelheit und der muffige Geruch. Jeder verwinkelte Flur, jedes Zimmer, alles wirkt verwahrlost, verlassen. Manches wie konserviert, als hätte seit langer Zeit diese Zimmer niemand mehr betreten.

Andere Räume sind mit Plastiktüten und Pappkartons vollgemüllt.

Wenn das einmal eine Pension war, ist das verdammt lange her. Hier hat schon vor einiger Zeit jemand die Kontrolle verloren.

„Scheint, er hat sein ganzes Organisationstalent auf seine Taten fokussiert", sage ich.

Tony nickt, weist in eine Richtung. „Da vorne ist eine Treppe."

Die Stufen sind schmal, ausgetreten. Sie führen hinab, und in diesem Augenblick beschleicht mich das Gefühl, mich einem Schlund zu nähern.

Nietzsches sprichwörtlicher Abgrund liegt vor uns. Jedoch hat der alte Herr nichts davon erwähnt, wie es ist, hinunterzusteigen.

Ein dunkles Loch, das uns zu verschlingen droht. Mit jedem Schritt wird es kälter.

Tony lehnt sich gegen eine Wand, deutet auf eine Tür.

Ich strecke die Hand aus, umfasse den Knauf.

Wider Erwarten lässt er sich drehen. Leises Klacken, das Schloss geht nicht auf.

Ich rucke daran. Noch einmal.

Die Tür knarrt, springt auf.

Ein weiterer Flur. Mehr Dunkelheit.

Mehrere Türen gehen zu den Seiten ab. Hier unten wirkt alles neuer, gepflegter. Fast bewohnt. Die Luft ist kalt, dafür trockener als im Erdgeschoss.

Die erste Tür zu unserer Linken erregt meine Aufmerksamkeit. Sie ist aus Metall. Zwei Lampen glimmen fahl auf Augenhöhe neben dem Zugang. Gelb und grün.

Ich atme tief ein und wieder aus.

„Was ist das?“, fragt Tony im Flüsterton.

Ich lege die flache Hand an das Metall. Kalt. Kälter als das. Leeres Schlucken.

„Ein Kühlraum“, sage ich tonlos.

Eisiger Hauch hängt in der Luft. Kälte kriecht in die Lungen, und der Atem schwebt wie feiner Nebel zwischen Regalen, die bis zur Decke reichen. Blasses Licht taucht den Raum in ein fahles Blau.

„Sehen Sie sich das an“, sage ich.

Tony steht hinter mir. Seine Anwesenheit und vor allem die der Waffe in meinem Rücken sind mir schmerzlich bewusst.

„Nein“, sagt Tony.

Ich werfe einen Blick über die Schulter. Tony steht im Türrahmen, die Waffe auf Hüfthöhe, mit beiden Händen umklammert. Ein Bein in der Kammer, das andere auf dem Flur.

„Das Letzte, was ich will, ist, in diesen Raum zu gehen“, sagt er. „Am Ende schließt der Irre uns noch hier ein. Nein, aber nein danke.“

Ich nicke stumm, wende mich wieder dem Grauen zu, das vor mir liegt und mich umgibt.

Auf den Regalböden liegen in Plastikfolien eingeschlagene Körper. Durch die dichte Folie kann ich nicht viel erkennen. Das muss ich auch nicht. Ich weiß, was ich vor mir habe.

Ich strecke die Hand aus, berühre das Plastik. Spüre unter meinen Fingerspitzen, was sich darunter befindet.

Hart, gefroren.

Totes Fleisch.

Ich weiß, es ist unnötig. Weiß, es muss nicht sein. Doch ich kann nicht anders. Mit zittrigen Fingern schlage ich eine Folie zurück, reiße und zerre daran, bis das Plastik nachgibt.

Alles, was ich sehe, ist Fleisch. So gibt es kaum einen Unterschied. Wenn es tot ist, ist Fleisch einfach Fleisch. Es könnte vom Schwein stammen oder vom Rind.

Aber das ist es nicht.

Es ist auch nicht Lamm oder was immer Menschen zu essen bereit sind.

Meine Finger tasten weiter. Ich muss es wissen. Muss sichergehen, obwohl ich weiß, was mich erwartet.

Ich reiße eine weitere Folie zurück.

Dann habe ich Gewissheit.

Ich starre in die offenen toten Augen einer jungen Frau. In dem schwachen Licht in der Kühlkammer wirkt ihre Haut blau. Ihre Augäpfel sind blind und milchig.

Ich zwinge mich zu einem trockenen, schmerzhaften Schlucken, ziehe die Folie weiter zurück. Oberhalb der Brust, oder was davon noch übrig ist, habe ich genug.

Ich stolpere nach hinten.

„Hey", zischt Tony. „Nicht umfallen, Nessa."

Ich halte mich am Regal fest, taumle wie ein angeschlagener Boxer. Es ist kein Boxhieb, der mich getroffen hat.

Es ist der kalte, harte Schlag der Schuld.

Ich sehe sie vor mir. Sie spiegelt sich in den toten Augen dieser Frau. Ich spüre es in der Kälte, die in der Luft hängt.

„Was ist?", fragt Tony.

Ich schweige, sage nichts. Kann nichts sagen.

Tonnenschwere Gewichte drücken auf meine Schultern.

„Wir sind zu spät", flüstere ich, fast lautlos.

„Ist das?“ Tony nennt ihren Namen nicht, spricht es nicht aus. Er wagt es genauso wenig wie ich.

„Nein“, sage ich. „Das ist nicht Jennifer. Aber hier liegen vielleicht zehn Frauen. Oder ihre Teile. Zehn Frauen, Tony. Für die sind wir zu spät. Einfach zu spät.“

„Das ist nicht Ihre Schuld“, sagt Tony.

„Doch“, sage ich. „Es ist meine Schuld. Und Ihre und die Schuld aller, die weggeschaut haben. Wir sind alle schuldig, Tony.“

Ich sehe ihn an, er starrt zurück, hält die Waffe fest, als könnte ihn das davor bewahren abzustürzen.

„Diese toten Frauen belegen unser Versagen“, sage ich.

Tony schweigt.

„Der Täter ist so organisiert vorgegangen“, sage ich. „Ich weiß nicht, was passiert ist, dass er die Kontrolle verloren hat. Er hätte immer so weitermachen können, wenn er nicht an Sandra Lauen oder Jennifer Schöttner geraten wäre. Das ist unser einziges …“

Ich wage es nicht auszusprechen.

„Glück?“, sagt Tony.

Schweigen. Stille. Der kalte Raum – und die toten Frauen.

„Er hat das schon sehr lange getan, Tony. Man hätte ihn wohl nie geschnappt, wenn nicht der völlige Kontrollverlust eingetreten wäre. Wie bei …“

„… Ihrer Mutter?“, ergänzt Tony meinen Satz. „Kommen Sie, Nessa. Hier können wir nichts ausrichten. Suchen wir nach Jennifer.“

Ich nicke, reiße mich von dem Anblick der beladenen Regale los. „Sie haben recht, Tony. Wir …“

Weiter komme ich nicht. Ein Schrei zerfetzt die Stille.

# Kapitel 52

Wir hasten aus dem Raum, verschließen die schwere Metalltür. Die Lämpchen springen von Rot auf Gelb und auf Grün.

„Kommen Sie", sagt Tony Yamamoto und richtet die Waffe nach vorne.

Die Flure beginnen, sich um mich zu drehen. Ich schüttle den Kopf, versuche, den Schwindel loszuwerden.

Es war dieser Schrei. Nur der eine. Danach herrscht Stille.

Meine Gedanken explodieren, rasen im Kreis. Es ist sinnlos. Ein einzelner Schrei kann alles bedeuten.

Alles und nichts.

Ich muss weiter.

„Wo bleiben das verdammte SEK und Ihre Leute?", zische ich.

Tony starrt und lauscht. „Sch!"

Einmal mehr schießt mir durch den Kopf, dass ich nicht für diesen Mist gemacht bin.

Daten, Fakten, Bilder, Fotos. Auch Vernehmungen.

Alles kein Problem.

Doch das hier? Das kalte Fleisch unter meinen Fingern. Und die Waffe in Tonys Händen. Es spielt keine Rolle, dass er sie nicht auf mich richtet. Allein ihre Anwesenheit macht mich unruhig.

Wer mit Waffen hantiert, muss damit rechnen, dass Unfälle passieren – oder Schlimmeres.

Das Bild des Bootshauses und der blitzenden Klinge steigt vor meinem geistigen Auge auf. Die Erinnerung hat mich fest im Griff.

Andererseits habe ich keine Wahl. Vor allem Jennifer hat keine, und um sie geht es. Im Augenblick geht es nur um sie, darf es nur um sie gehen.

Genau deshalb mache ich diese Scheiße mit. Das ist meine Aufgabe.

Hastig ziehe ich mein Handy hervor, schalte das Display ein. Kein Empfang. Natürlich nicht. Wir sind im Keller, und selbst oben gab es nicht einen verfluchten Balken auf der Anzeige.

Was, verdammt, erwarte ich?

Die Zeit drängt. Jennifers Uhr läuft ab. Die Stille drückt auf meine Trommelfelle.

„Vielleicht sollten wir uns trennen“, sage ich.

„Was?“

„Vielleicht sollten wir uns trennen, Tony. Soweit wir wissen, ist der Täter allein.“

„Und Sie denken, das ist eine gute Idee, Nessa? Finden wir erst mal Jennifer.“ Er streckt die Hand aus, fasst nach der nächsten Türklinke. „Kommen Sie.“

Ich folge ihm. Raum für Raum schleiche ich hinter ihm her.

Wir entdecken ein Bad mit Dusche. Weiße Kacheln überall und einen weiteren Raum, der im Dunkeln liegt. Ein Verlies, wie es scheint.

In jedem Zimmer ist es das Gleiche. Die Räume sind leer.

„Wo ist sie, verflucht?“, fragt Tony. „Oder er?“

Eine der Antworten finden wir im nächsten Raum, hinter der nächsten Tür.

Wimmern dringt nach draußen auf den Flur. Tony hält die Waffe höher.

„Hey“, sagt er. „Jennifer? Jennifer Schöttner?“

Die Reaktion besteht aus weiterem erstickten Wimmern und fast lautlosem Weinen.

Ich taste neben der Tür an der Wand entlang. Endlich finden meine Finger, was sie suchen.

Ich betätige den Schalter.

Grelles Licht flammt auf.

Ich erkenne sie sofort. Das blonde Haar. Die traurigen Augen. Nur dass jetzt die blanke Panik darin zu erkennen ist.

„Tony Yamamoto, Polizei“, sagt Tony. „Wir holen Sie hier heraus.“

Jennifer starrt uns an. Sie zittert, liegt festgeschnallt auf einem Tisch.

Mit unruhigen Händen mache ich mich an den Fesseln zu schaffen. Es dauert eine gefühlte Ewigkeit, bis ich sie alle lösen kann.

Vorsichtig berühre ich Jennifer an der Schulter. Sie zuckt zurück.

„Alles okay?“, frage ich, und erst dann fällt mir auf, dass das die dämlichste Frage des Jahrtausends sein könnte.

Jennifer antwortet nicht.

„Wo ist der Kerl?“, fragt Tony. „Wo ist Abel?“

„Frank?“, krächzt Jennifer.

Ich nicke.

„Keine Ahnung", presst Jennifer hervor. „Er ..."

Weiter kommt sie nicht.

„Schon gut", sage ich und widerstehe dem Drang, sie erneut anzufassen. Ich streife meine Jacke ab, reiche sie ihr. „Ziehen Sie das über."

Sie nickt, packt das Kleidungsstück, schlingt es um die Schultern und verhüllt ihre Brüste. Zu mehr reicht es nicht.

„Er hat mich gezwungen", flüstert sie.

„Hat er Sie vergewaltigt?", fragt Tony.

Jennifer schüttelt den Kopf. Tränen rollen ihre Wangen hinab. „Er hat mich zum Essen gezwungen. Ich habe Schreie gehört. Ich weiß nicht, wann. Verdammt, ich weiß nicht mal, welcher Tag heute ist. Haben Sie noch eine andere Frau gefunden?"

Tony und ich tauschen einen Blick.

„Bringen Sie Jennifer nach draußen", sage ich.

„Was? Das ist eine saublöde Idee, Nessa. Was ist mit Abel?"

Ich schlucke. „Nach dem suche ich weiter. Bringen Sie Jennifer weg."

„Das ist keine gute Idee, Nessa."

„Ich weiß", sage ich. „Ich komme klar. Versuchen Sie noch mal, Jäger oder das SEK zu erreichen. Kann doch nicht sein, dass die so lange brauchen."

Tony starrt mich an. „Das gefällt mir nicht. Es ist wirklich eine verdammt saublöde Idee."

Ich zwinge mich zu einem Lächeln. „Danke für die Blumen, Tony. Das weiß ich, aber wir haben keine Wahl, oder?"

Tony Yamamoto stößt ein animalisches Geräusch aus, das an ein wütendes Knurren erinnert. „Lassen Sie sich nicht umbringen, Nessa."

„Ich gebe mein Bestes." Ich nicke den beiden zu.

Dann blicke ich ihnen hinterher. Tony hält in der einen Hand die Waffe, die andere umfasst Jennifer am Handgelenk.

Ich frage mich, was mich geritten hat, die verdammte Heldin spielen zu wollen.

Wenigstens sollte Jennifer so in Sicherheit sein. Wenigstens eine, die gerettet werden konnte. Wenigstens ein Versprechen, das ich halten kann.

# Kapitel 53

Das Kellergeschoss lasse ich hinter mir. Das Erdgeschoss scheint ein verwahrloster Ablageort für Müll und Unrat aller Art zu sein.

Nachdem ich es umrundet habe, finde ich eine Treppe, die nach oben führt. Sie ist breiter als die Kellertreppe, aber genauso abgetreten und abgenutzt.

Stufen knarren unter meinen Schritten.

Jeden Moment erwarte ich, dass ich in den Lauf einer Waffe oder auf die Schneide einer Axt oder dergleichen blicke.

Tony Yamamoto hatte recht. Es war eine blöde Idee.

Es ist auch die Neugier, die mich vorwärtstreibt. Ich muss diesen Kerl sehen. Diesen Mann, den ich gejagt habe. Ich muss ihn ansehen, mit ihm reden.

Lieber wäre mir das Ganze in einem Vernehmungsraum. Das hebe ich mir für später auf. Hoffentlich.

Ich entdecke eine angelehnte Tür. Für den Bruchteil einer Sekunde geht mir durch den Kopf, dass es eine Falle sein könnte.

Wahrscheinlich habe ich weder aus meinen Erfahrungen noch aus *Star Wars* etwas gelernt.

Widerwillig ziehe ich meine Waffe, lehne mich gegen das Türblatt, spähe durch den Spalt in den Raum.

Es muss sich um ein Schlafzimmer handeln. Ich erkenne ein Bett, eine Tagesdecke mit Blümchenmuster.

Sanftes Licht einer Nachttischlampe. Einen Rollstuhl – und darin eine Frau.

Ich drücke die Tür weiter auf, schiebe mich in das Schlafzimmer.

Die Frau im Rollstuhl bemerkt mich offenbar nicht. Reglos sitzt sie da, starrt stumm und apathisch vor sich hin.

Sie ist älter, in den Vierzigern vielleicht oder Anfang fünfzig.

Ihr Haar ist zu einem strengen Pferdeschwanz gebunden. Ihr Gesicht wirkt mehr wie eine Maske. Starr, fast leblos.

Ich atme durch die Nase aus, schiebe meine Pistole ins Holster.

Mir fällt die Ähnlichkeit der Person mit einer anderen auf. Dann vernehme ich eine Stimme, deren warmer, fast freundlicher Klang im Gegensatz zu den Worten erscheinen, die sich wie Befehle anhören.

„Lassen Sie meine Schwester in Ruhe. Setzen Sie sich aufs Bett."

Instinktiv hebe ich die Hände, drehe mich langsam um. Der Mann ist älter als auf dem Foto. Seine Stirn höher, was sie noch breiter erscheinen lässt. Der knochenstarke Kiefer. Die Augen, die tief im Schädel liegen.

In der Hand hält er ein Fleischermesser, richtet es auf mich.

„Los!", fordert er und schiebt mit Nachdruck das Messer nach vorne.

Ich nicke, drehe mich ein wenig, taste mich schrittweise nach hinten, bis ich das Bett an den Waden und die Bettkante in den Kniekehlen spüre.

„Setzen“, sagt er.

Ich tue, was er verlangt. „Frank Abel, nehme ich an?“

Er antwortet nicht, geht zu der Frau im Rollstuhl und belauert mich bei jedem Schritt.

„Ich bin Nessa Wolf“, sage ich.

„Sind Sie allein?“

Ich nicke.

„Was sind Sie für eine? Polizistin? Haben Sie eine Waffe? Was wollen Sie hier?“, fragt Abel. Er hält das Messer auf mich gerichtet, tastet mit einer Hand meine Beine ab, greift nach der Pistole in meinem Holster, zieht sie heraus und nimmt sie an sich.

Ich schlucke. Jetzt bin ich schutzlos. Auf eine seltsame Art fühle ich mich befreit ohne das Ding. Außerdem habe ich noch eine Waffe.

„Ich habe Ihren Keller entdeckt, Frank“, sage ich. „Ihren Vorrat.“

„Sie verstehen das nicht“, sagt Abel.

Ich befeuchte meine Lippen, zwinge mich, das vorgehaltene Messer zu ignorieren.

Abel ist mir körperlich in jeder Hinsicht überlegen, ob er diese Waffe hat oder nicht. Aber wir reden – und solange wir reden, spielen wir auf meinem Spielfeld.

Ich muss ihn im Gespräch halten und hoffen, dass Jäger und sein verdammtes SEK tatsächlich auf dem Weg sind.

„Erklären Sie es mir, Frank“, sage ich.

Er lacht. „Und Sie glauben, dass das etwas bringt? Was sind Sie für ein komischer Vogel?“

„Ich bin Fallanalytikerin, Frank.“

Er nickt, als wüsste er sofort, was das heißt. Vielleicht tut er das auch.

Frank Abel baut sich hinter dem Rollstuhl seiner Schwester auf, legt die Hände auf ihre Schultern und dabei – fast beiläufig – die Klinge an ihren Hals.

„Ich dachte schon, ihr kommt nie", sagt er und wirkt beinahe enttäuscht. „Und dann kommt nur eine. Sie sind nicht mal eine richtige Polizistin, oder?"

„Ansichtssache", sage ich. „Ich bin Profilerin. Ich berate die örtliche Polizei, mache Analysen."

Abel nickt und starrt auf die Pistole, die er mir abgenommen hat. „Dass es so etwas wirklich gibt."

„Sie gibt es ja auch", sage ich.

„Sie wissen nicht, wie das ist", entgegnet Abel. „Die Belastung. Die Last. All die Jahre. Das hier." Die Finger der freien Hand krampfen sich um die Schulter der Frau.

Sie wirkt wie eine Puppe. Völlig abwesend.

„Was ist mit ihr?", frage ich.

Abel zuckt mit den Schultern. „Woher soll ich das wissen?"

„War sie nicht in Behandlung? Waren Sie nie mit ihr beim Arzt?"

„Das ist nicht meine Sache", sagt Abel. „Ich habe mich gekümmert. Alles andere … Da müssen Sie meine Mutter fragen."

„Wo ist Ihre Mutter, Frank?"

Er schüttelt den Kopf, lächelt. Seine Stimme klingt noch immer sanft. Warm und weich. In seinen Augen blitzt der Abglanz seines Irrsinns auf. „Sie ist bei mir. In mir. Für immer. Ich fürchte, sie kann Ihre Fragen nicht mehr beantworten."

„Ist es das, weshalb Sie es getan haben?", frage ich. „Dass sie nicht weggehen? Sind Sie einsam?"

Ein Ruck geht durch Abels Körper. Die Klinge drückt bedrohlich gegen den Hals seiner Schwester, was mir inzwischen mehr Sorge bereitet, als würde er das Messer auf mich richten. „Sie gehen alle weg. Immer. Wissen Sie, wie es ist, wenn man allein ist?“

Ich nicke.

„Ich glaube Ihnen nicht!“

„Aber so ist es, Frank“, sage ich, und es ist die Wahrheit. Schmerzhafte kalte Wahrheit. „Ich kenne Einsamkeit.“

„Was sind Sie für eine Schlampe?“, fragt er. „Eine beschissene Psychiaterin?“

Ich schüttle den Kopf. „Nein, ich sagte bereits, ich bin Profilerin. Ich versuche zu verstehen, warum Menschen wie Sie diese Dinge tun.“

„Was habe ich denn getan?“

Ich straffe die Schultern, atme tief. „Sagen Sie es mir.“

„Ich habe dafür gesorgt, dass sie bei mir bleiben“, sagt er im Brustton der Überzeugung. „Die Frauen. Und Mutter. Es gibt nur einen Weg. Sonst gehen sie alle fort. Familie bindet. Wir sind alle eine Familie. Die Frauen auch. Sie haben alle gegessen. Alle. Mit Freude und Genuss. Das ist etwas, das Sie nicht verstehen können.“

Ein saurer Geschmack sammelt sich in meinem Mund.

Da hat Abel wahrscheinlich recht. Ich will es gar nicht verstehen, muss es aber. Mein Zwang, meine Sucht nach Verständnis ist vielleicht genauso groß wie seine Zwänge, selbst wenn mir dabei hundeelend wird.

„Was ist mit Sandra Lauen geschehen?“, frage ich. „Der Frau, die Sie angefahren haben.“

Abel atmet schwer. Er scheint kurz davor, unter der Last zusammenzubrechen. Ich hoffe, dass ich mich nicht irre.

„Ich wollte sie gehen lassen", sagt er. „Es ging nicht. Sie wissen nicht, wie das ist. Dieser Drang."

„Der Drang zu töten?"

„Nein." Abel lacht. „Nein, verdammt, Sie raffen gar nichts, oder? Es geht nicht ums Töten. Ich hasse es. Das habe ich immer. Es ist bloß ... Ich kann nicht aufhören. Kann sie nicht gehen lassen. Ich leide."

Mir dreht es fast den Magen um.

„Was ist es dann, Frank?", frage ich. „Helfen Sie mir zu verstehen."

„Warum?"

„Ich möchte es gerne verstehen."

„Es ... es ist die Verantwortung, wissen Sie?"

„Wegen Ihrer Schwester?"

Er nickt, schließlich scheint ihm das Messer in der Hand einzufallen.

Ich beiße mir auf die Lippen.

Abel richtet die Klinge auf mich, legt sie wieder an den Hals seiner Schwester.

„Das ist es, was mich zurückhält", flüstert er. „Ich habe geglaubt, ich muss aufhören, muss ... Ich weiß es nicht. So geht es nicht weiter. Jetzt weiß ich, was ich tun muss. Es ist die Verantwortung."

„Frank ...", sage ich.

Er lächelt mich an, richtet meine Pistole auf mich. „Mal ehrlich, das ist doch kein Leben, oder?"

Seine Muskeln spannen sich an, die Finger krampfen sich um den Messergriff.

„Frank, nein!" Ich springe auf.

Alles geschieht viel zu schnell – und gleichzeitig sehr langsam.

Etwas kracht. Berstendes Holz. Splitterregen, der über mir niedergeht.

Instinktiv ducke ich mich, kauere mich zusammen.

Ein Knall. Der Geruch von Schießpulver.

Abel starrt mich überrascht an, sinkt auf die Knie.

Das Messer rutscht ihm aus den Händen. Die Pistole fällt zu Boden und unter das Bett.

Ohne zu überlegen, greife ich nach dem Messer, umklammere es mit zittrigen Fingern.

„Nessa!"

Mein Kopf ruckt herum.

Ich blinzle heftig. „Tony?"

Er steht im Türrahmen, der nun leer ist, weil sich Tony durch die geschlossene Tür geworfen hat. Die Splitter liegen überall. In der Hand hält er seine Pistole.

„Wo ist Jennifer?", frage ich.

„Draußen", sagt Tony und tritt näher an Abels reglosen Körper heran. „Im Auto. In Sicherheit."

„Gut", sage ich und lege das Messer auf der altmodischen geblümten Bettdecke ab. „Sehr gut."

Tony beugt sich über Abel, hält die Waffe nach wie vor auf ihn gerichtet.

„Ist er tot?", frage ich.

Tony fühlt Abels Puls, schüttelt den Kopf. „Er atmet noch."

„Gut", sage ich.

Gar nichts ist gut.

Mit der Kraft der Verzweiflung, oder was immer Abel antreibt, geht ein Ruck durch seinen Körper. Er wirft sich herum, packt Tonys Bein.

Abel bohrt seine Zähne hinein, beißt sich an Tonys Wade fest.

Tony schreit auf, lässt die Pistole fallen.

Der Teppich dämpft den Aufprall. Nur ein kurzes Klopfen ist hörbar.

Ich starre geradeaus, weiß nicht, was geschieht. Weiß nicht, wie das möglich ist.

Der Atem stockt in meiner Brust.

Ich weiß, ich muss etwas tun. Doch meine Beine wollen sich nicht bewegen. Ich bin wie gelähmt.

Tony und Abel ringen miteinander. Aus einer Schusswunde an Abels Schulter fließt Blut.

Tony blutet seinerseits am Bein.

„Nessa!", schreit er. „Verdammt!"

Abels Hände packen ihn. Irgendwie gelingt es ihm, Abel einen Schlag mit dem Ellenbogen zu verpassen.

Ein trockenes Knacken kündet vom Brechen seines Nasenbeins. Dann brüllt er los.

„Nessa!", schreit Tony. „Das Messer!"

Das Messer.

Meine Gedanken kriechen durch meinen Verstand wie Nacktschnecken durch Sommergras.

Das Messer.

Verdammt, ich bin hierfür nicht gemacht.

Das Handgemenge auf dem Fußboden ist zu einem wilden Kampf entbrannt. Irgendwie hat sich der Rollstuhl in Bewegung gesetzt. Doch die Frau darin rührt sich kein bisschen.

Endlich fällt es mir ein.

Das Messer.

Ich sehe es. Es liegt auf der Bettdecke.

Das Blümchenmuster, die verblassten Farben.

Ich blicke auf meine Hände, sehe ihnen zu, wie sie sich um den Griff des Messers schließen.

Ohne Emotion, ohne Regung. Kein Gefühl. Keine Erregung. Nicht einmal mehr Furcht.

Ich packe das Messer, drehe mich um.

Abel bekommt langsam Oberwasser, beißt Tony ins Handgelenk. Er schreit auf. Seine Augen sind weit.

Abel greift nach Tonys Kehle.

Er röchelt.

Noch einmal starre ich auf das Messer, fühle mich weit entfernt. Bin nicht im Raum. Nicht hier.

Nicht in meinem Körper.

Dann stoße ich zu.

Ich ramme das Messer in Abels Rücken, spüre, wie das Klingenblatt eindringt, sich einen Weg durch Sehnen, Muskeln, Gewebe und Fleisch bahnt.

Ich ziehe es heraus. Warme Flüssigkeit an meinen Fingern. Noch einmal steche ich zu.

Abels Griff verliert seine Heftigkeit. Tony holt keuchend Luft.

Mit aller Kraft stemme ich mich gegen den Messergriff. Abel sackt zusammen. Ich zerre an dem Messer, reiße es aus Abels Rücken.

Er sinkt zur Seite.

Tony stößt ihn weg, springt auf die Füße und brüllt mich an. „Nessa!“

Ich drehe den Kopf, blicke in Tonys weite Augen.

„Lassen Sie das Messer fallen“, flüstert er rau.

Herzschläge vergehen. Zehn Sekunden oder nur eine. Ich weiß es nicht. Schließlich öffnen sich meine Finger. Die Waffe fällt hinunter, landet auf dem Teppich.

Ich starre darauf und auf das Blut am Boden und an meinen Fingern. Abwesend, als hätte ich noch nie Blut gesehen.

Ich blinzle, lecke über meine Lippen.

Es geht alles ganz schnell. Polizisten in Schwarz mit Schutzwesten, Helmen und kurzläufigen Maschinenpistolen fluten den Raum.

Kommandos. Präzision.

Sie sichern Abel, knien auf seinem Rücken. Handschellen klicken metallisch.

Meine Hände zittern. Ich verstehe nicht, was ich damit getan habe.

Jemand schiebt Abels Schwester im Rollstuhl aus dem Raum.

Tonys Stimme. Wie aus weiter Ferne.

Jemand rüttelt an meiner Schulter. Es ist Tonys Stimme, die mich ins Hier und Jetzt zurückholt.

„Alles klar, Nessa?"

Ich nicke, schüttle seine Hand ab.

„Verdammt", sage ich. „Was habe ich getan?"

„Das Richtige", sagt Tony und lächelt. „Das Richtige, Nessa."

Ich sinke aufs Bett. Mechanisch sehe ich den Beamten zu, die routiniert ihre Arbeit machen.

„Das SEK kam gerade rechtzeitig", sagt er.

Ich nicke. „Ein wenig früher wäre schön gewesen."

„Ich habe übrigens Abels Mutter gefunden, glaube ich."

Ich hebe den Kopf.

„In einem der anderen Zimmer. Ähnlich wie hier. Auch ein Schlafzimmer. Nur irgendwie … noch älter."

„Seine Mutter ist tot", sage ich ausdruckslos.

„Ja", antwortet Tony. „Vielleicht hätte ich es anders sagen sollen. Ich habe gefunden, was von ihr übrig ist."

„Und das heißt was?"

Er schüttelt den Kopf. „Für den Augenblick habe ich genug von dieser Scheiße, Nessa. Gehen wir an die frische Luft. Ich muss hier raus."

„Gute Idee, Tony, verdammt gute Idee. Dieses Haus ist bedrückend."

# Kapitel 54

Es ist der Geruch des Morgens, frisch und unverbraucht, der am Ende der Dunkelheit wartet, lange bevor sich das Tageslicht blicken lässt.

Ich stehe am Rand des Grundstücks, einen Fuß auf die niedrige Mauer gestützt.

Das Gelände ist in pulsierendes Blaulicht getaucht. Routiniertes Treiben. Mehrere Krankenwagen. Abel hat überlebt, wurde mit einem Rettungswagen und Polizeieskorte ins Krankenhaus gebracht. Dasselbe Krankenhaus, in dem Sandra Lauen liegt.

Überall huschen Polizisten umher, Beamte in weißen Schutzanzügen. Wir befinden uns an einem Tatort.

Dieses Mal hatte ich selbst Blut an den Händen.

Es ist längst abgewaschen, aber ich glaube, ich kann es noch fühlen. Riechen. Schmecken.

Jäger stapft auf mich zu, hält mir eine große fleischige Hand hin. Ich zögere und kann sie nicht ergreifen. Unbeholfen steht der Mann da.

„Sie hatten recht, Wolf. Ich habe mich geirrt."

Einen Moment lang sehen wir uns an. Schließlich nicke ich ihm zu.

Er erwidert die Geste. Mehr gibt es nicht zu sagen.

Jäger wendet, widmet sich seiner Aufgabe, was immer diese nun ist.

„Sie hätten ruhig etwas netter zu ihm sein können“, sagt Tony, dessen Anwesenheit ich nicht bemerkt habe. „Es ist das erste Mal, dass er sich entschuldigt, jedenfalls seit ich hier bin.“

„Mag sein“, sage ich. „Eine Entschuldigung rettet nichts und niemanden, oder?“

Tony nickt, macht eine Geste, die das Haus und das Grundstück umschließt. „Sie rücken mit Baggern an. Das ganze Gelände wird auf den Kopf gestellt.“

„Schon etwas gefunden?“

Tony legt die Stirn in Falten. „Genug. Zu viel. Knochen. Überreste. Teilweise Jahre alt, wenn nicht Jahrzehnte. Marie ist schon hier irgendwo und tut, was sie kann. Aber da wird es einige Rechtsmediziner brauchen.“

„Marie?“, frage ich und blinzle. „Nicht mehr Marie-Theres Neidhart?“

Tony beachtet es nicht weiter, nickt. „Ich frage mich, wie der Kerl das so lange verbergen konnte. Man sieht ihm das gar nicht an.“

„Was?“

„Ich weiß nicht“, sagt Tony. „Das Böse?“

Maries Stimme tönt hinter uns. „Vielleicht weil es so etwas wie das Böse nicht gibt. Bloß Menschen. Knochen, Fleisch. Ein Gehirn. Und noch ein paar andere Teile. Ich will Sie beide nicht langweilen, doch es sind nur Menschen. Alles Gute, alles Schlechte. Am Ende sind es einfach Menschen.“

„Ziemlich erschreckend, nicht wahr?“, sage ich.

Marie neigt den Kopf. „Wie geht es Ihnen?“

Ich zucke mit den Schultern. „Spricht sich schon herum, wie?“

„Allerdings. Vielleicht sollten Sie sich etwas Ruhe gönnen.“

„Vielleicht“, sage ich. „Machen Sie noch weiter?“

Marie schüttelt den Kopf. „Nur bis Verstärkung aus der Kreisstadt da ist. Das ist nicht mein Job. Das können die ohne mich. Und das ’Monster‘ ist gefasst, oder?“

„Das hoffe ich“, antworte ich. „Ich will diesen Ort nicht wiedersehen.“

Marie lächelt, sieht zu Tony. „Vielleicht bleibe ich noch für ein Wochenende. Jetzt lasse ich Sie erst mal allein.“

Ein flüchtiges Grinsen huscht über mein Gesicht, und ich vermute, Tony ist froh, dass es noch dunkel ist.

„Danke, Nessa“, sagt er.

„Wofür?“

„Sie haben mir da drinnen den Hintern gerettet. Dachte nicht, dass es so weit kommt.“

„Ich auch nicht“, sage ich. „Und eigentlich haben Sie mir den Hintern gerettet.“

Tony zuckt mit den Schultern und lässt den Blick schweifen. „Ich habe einfach meinen Job gemacht.“

„Sie haben einen verdammt guten Job gemacht, Tony. Nicht nur heute.“

Er nickt. „Das alles ist ziemlich erschreckend.“

„Ja“, sage ich. „Allerdings.“

„Sind Sie okay?“

Ich schweige, überschaue das Grundstück, die Polizeiwagen.

„Nein“, sage ich. „Aber das ist nichts Neues.“

# Kapitel 55

„Ich hoffe, Sie tragen mir nichts nach“, sage ich.

Frank Abel sieht mich an. Da ist nichts in seinem Blick. Keine Wut, keine Angst.

Gar nichts.

Seine Hände sind gefesselt, liegen gefaltet auf dem Tisch. Seine Wunden genäht, versorgt. Ein dicker Verband unter der Kleidung kündet noch von der Schusswunde.

Ein paar Tage sind vergangen. Ein wenig Zeit. Die Presse hat in Abel ein gefundenes Fressen gesehen. Der deutsche Dahmer, so haben sie ihn genannt. Aber sie kennen nicht alle Fakten und wissen nicht, dass Abel nicht der deutsche Dahmer ist.

Er ist schlimmer.

Und um wie viel schlimmer er ist, wissen auch wir möglicherweise noch nicht, weil Abel die meiste Zeit schweigt. Ob es weitere Opfer gab? Wir haben keine Ahnung.

Ich lasse es mir nicht nehmen, Abel selbst zu besuchen, um ein paar Fragen zu stellen.

Harald Kern begleitet mich. Die Wände sind kahl, weiß. Keine Fenster. An der Tür steht ein bewaffneter Aufseher.

Keine Spiegel. Kein sonstiger Unsinn, den man aus dem Fernsehen kennt.

Abel lächelt. „Dass Sie mich geschnappt haben oder dass Sie mich niedergestochen haben?"

„Beides", sage ich.

„Nein", sagt er und zuckt mit den Schultern. „Nein. Ich denke, Sie haben getan, was Sie tun mussten. Und ich das, was ich tun musste."

„So könnte man es sehen", entgegne ich.

„Sie hätten kein zweites Mal zustechen müssen, oder?"

„Ich weiß nicht", sage ich. „Musste ich?"

Abel bleckt die Zähne. „Ich hätte es getan."

Das entstehende Schweigen ist unangenehm. Doch ich will nicht diejenige sein, die es bricht.

„Warum sind Sie hier?", fragt Abel schließlich.

„Ich kann Fragen ohne Antworten nicht ausstehen", sage ich. „Ich habe die Fragen und Sie hoffentlich die Antworten."

Er macht eine abschätzige Geste, zieht eine Grimasse und stößt einen undefinierbaren Laut aus.

„Bekommen Sie Medikamente?"

Er zuckt mit den Schultern. „Ich bin mir sicher, die mischt man mir ins Essen. Ironisch, nicht?"

„Mag sein", sage ich. „Wie ist es hier? Das Essen, meine ich?"

Abels Augen blitzen auf. „Fad."

Kern schaltet sich in das Gespräch ein.

„Sie könnten uns helfen, Herr Abel. Es ist mühevoll, nachdem wir Ihr Grundstück auf den Kopf gestellt haben, den ganzen Wald umzugraben. Und es gibt etliche offene Fragen." Er legt eine Reihe von Fotos, Gesichter von Frauen, auf den Tisch und breitet sie vor Abel aus. „Kennen Sie diese Frauen?"

Abel starrt geradeaus.

„Kommen Sie, Frank", sage ich. „Wenn Sie sich kooperativ zeigen, könnte Ihnen das helfen, denken Sie nicht?"

Er lächelt, beachtet die Bilder nicht.

„Es ist völlig belanglos, wo sie sind", sagt er, „weil sie bei mir sind, und das können Sie nicht ändern."

„Mag sein", sage ich. „Wollen Sie nicht dennoch helfen? Es gibt Familien, die sicherlich gerne wüssten, wo die Körper ihrer Angehörigen sind oder was mit ihnen geschehen ist."

„Das interessiert mich nicht", sagt Abel. „Ich habe Ihnen schon genug geholfen. Ich war … kooperativ. Sonst hätten Sie mich nie geschnappt. Sie wären jetzt nicht hier. Und ich auch nicht."

„Bereuen Sie das?", frage ich. „Bereuen Sie irgendetwas?"

Abel überlegt. Seine Stirn zeigt scharfe Falten.

„Ich war nie ein guter Esser", sagt er. „Eine ziemliche Verschwendung. Das schöne Fleisch. Ich wünschte, ich hätte etwas davon hier. Am Ende spielt das keine Rolle. Sie sind alle bei mir. Sie alle. Das kann mir niemand nehmen."

Ich atme tief ein und wieder aus. Bitterkeit befällt mich, und es gibt nichts, was ich tun könnte.

Abel ist ein ziemlich krankes Arschloch, doch er hat recht. Ich hätte ihn nicht geschnappt, wenn der Zwischenfall mit Sandra Lauen nicht geschehen wäre. Diese Frau hat einen hohen Preis bezahlt. Das einzig Gute daran ist, dass sie tatsächlich aufgewacht ist. Sie wird eine intensive Rehabilitation vor sich haben und einen schweren Kampf gegen einen anderen Gegner. Eine lange Zeit. Sie wird nie mehr, wie sie gewesen ist, aber sie wird leben, zumindest für eine Weile.

„Warum haben Sie Sandra Lauen gehen lassen?", frage ich.

Er leckt sich über die Lippen. „Ich bin nicht verrückt, wissen Sie? Es war ihr Geruch. Etwas stimmte nicht mit ihr. Sie ist krank, nicht wahr? Wahrscheinlich ist sie schon so gut wie tot. So oder so. Ein Jammer, dass sie mir nicht früher begegnet ist."

Ich sehe Kern an, dann Abel. „Wissen Sie was, Harald? Ich habe das Interesse verloren. Sperren Sie den Mistkerl ein. Er macht mich krank. Ich ertrage das nicht mehr."

„Wie Sie wollen", sagt Kern und sammelt die Fotos ein. „Es wird mühsam werden, aber wir finden die Antworten."

Abel lehnt sich auf seinem Stuhl zurück, lächelt still.

„Was ist?", frage ich. „So happy, dass Sie hier sind?"

„Kennen Sie diese Jugendlichen, die oft im Wald herumhängen?"

„Was ist mit denen?"

Seine Handfesseln klappern.

„Sie wollen Antworten?", sagt er. „Fragen Sie doch mal diese Jungs im Wald, wie ihnen das Grillfleisch geschmeckt hat."

# Kapitel 56

Ich weiß, es ist ein Fehler. Ich weiß es, während ich hier sitze. Ich weiß es einfach. Ich könnte aufstehen und gehen. Ich bleibe. Warum tue ich mir das an?

Warum tun sich Menschen überhaupt etwas an? Oder anderen?

Oder essen sie?

Hastig fahre ich mir mit beiden Händen übers Gesicht.

Der Fall Abel ist abgehakt. Irgendwann wird dem Mann der Prozess gemacht. Und ich muss aussagen. Aber der Fall ist gelöst. Das Monster aus der Nachbarschaft ist eingefangen.

Die Menschen bleiben zurück. Ratlose Gesichter. Viele Fragen.

Auch mich wird das beschäftigen. Ganz sicher.

Und in irgendeiner kalten, schlaflosen Nacht wird Frank Abel zurückkehren. Er wird mich heimsuchen. In meinem Kopf wird der Mann süffisant lächeln, und ich werde auf das Blut an meiner Hand starren, als wäre es nach wie vor da. Ich werde mir wünschen, noch einmal oder zweimal zugestochen zu haben.

Auf der anderen Seite, denke ich, ist jemand wie Abel besser damit gestraft, bis ans Ende seiner Tage im Gefängnis zu sitzen. Ob er bereut oder nicht, spielt keine Rolle.

Jedenfalls hoffe ich das. Es liegt nicht an mir, darüber zu richten.

Das Gleiche gilt für meine Mutter. Weggeschlossen. Für immer. Ich wünschte, ich könnte das auch mit meinen Gedanken tun.

Mein Nacken schmerzt, trägt die ganze Erschöpfung und Frustration der vergangenen Woche.

Charly hatte angeboten, mich zu begleiten, doch wer sollte dann auf die Katzen aufpassen?

Ein paar Stunden schaffen sie schon, meint Charly, und er hat wahrscheinlich recht.

Irgendwie habe ich das Gefühl, ich muss das allein durchziehen.

Außerdem wollte ich ihm das nicht zumuten. Diesen Raum, dieses Zimmer. Diese Justizvollzugsanstalt. Warum mute ich es also mir zu?

Im Zimmer ist es still. Die Luft riecht nach nichts. Eine Reihe schmuckloser Stühle. Ein Tisch mit abgegriffenen Zeitschriften, die vor Monaten aktuell gewesen sein mögen. Es gibt zwei Türen. Eine führt nach draußen, auf den Gang, die andere nach drinnen.

Eine Beamtin in Uniform steht daneben. Stumm. Sie beachtet mich nicht.

Die Sitzschale knarrt, als ich aufstehe. Meine Sohlen quietschen, während ich die paar Schritte zum Fenster gehe.

Ich lege die Hand an die Scheibe, sie fühlt sich kalt an.

Man kann den nahen Winter beinahe spüren. Vielleicht fällt bald der erste Schnee und bedeckt das Chaos, das mir gerade über den Kopf zu wachsen droht.

Ganz anders als im *Rosenhof*, wo alles still und ganz weit weg erschien. Auch dorthin hatte das Grauen einen Weg gefunden.

Das hier ist die Großstadt. Alles ist größer. Von allem gibt es mehr. Mehr Menschen, mehr Schatten.

Mehr Ungeheuer.

Mehr Fragen, dafür weniger Antworten. Am Ende bleibt die Suche, und die endet nie.

Die Tür zum Flur öffnet und schließt sich. Ich höre das Klopfen der kurzen, schnellen Schritte.

Ich drehe mich nicht um, weiß ohnehin, wer das ist. Meine Hand klebt an der kühlen Scheibe, und fast bin ich entschlossen, mich nicht von dem Glas zu lösen, als würde das irgendetwas ändern.

„Sind Sie bereit?", fragt Marlene Grimm, die ich einmal als Mutter kennengelernt habe und die jetzt die Anwältin meiner Mutter ist.

Nein. Das werde ich nie sein. Aber das sage ich ihr nicht.

Ich schweige.

Nun löse ich mich doch von der Glasscheibe. Mein Blick weicht dem von Marlene Grimm aus. Das ist mir zu kompliziert. Ein chaotisches Bündel aus Mutter-Tochter-Verwicklungen.

Zu nah, zu schwierig. Ein unangenehmer Anruf, den man wegdrückt. Ein Brief, der schwerer wiegt, als er dürfte, und den man liegen lässt, in der Hoffnung, dass er in dem Wust aus Rechnungen und Werbung verschwindet und sich von selbst erledigt.

Diese Hoffnung ist hier fehl am Platz.

„Eine Frage, Nessa", sagt Marlene Grimm. „Wieso haben Sie Ihre Meinung geändert?"

Was antworte ich darauf? Sage ich ihr die Wahrheit? Nur was wäre die Wahrheit?

War es Marlene mit ihrer nervtötenden Beharrlichkeit in der Vertretung meiner Mutter? Charly mit seinem guten Zureden? Am Ende waren es vielleicht gar Frank Abel und sein krankhaftes Gefühl für Verantwortung gegenüber seiner Schwester. Das, was ihn in gewisser Weise zu Fall gebracht hat.

Ich weiß es nicht – und ein Teil von mir will es nicht wissen.

Vor allem sage ich Marlene nicht, dass ich nach allem, was mit Abel vorgefallen ist, wissen muss, ob ich anders bin als sie. Wenn ich die Augen schließe, sehe ich immer noch Abels Blut an meinen Händen. Spüre es auf meiner Haut.

Ich muss das tun. Muss es herausfinden, ob ich anders bin als meine verdammte Mutter. Anders als Killer-Angie.

Und dazu muss ich ihr gegenübertreten.

„Bringen wir das einfach hinter uns", sage ich.

Marlene Grimm sieht mich an mit dieser undurchdringlichen Miene aus Kälte und Perfektion. Wenn sie enttäuscht sein sollte, zeigt sie es nicht. Tief im Inneren wird ihr Ego ihr die Antwort liefern, die es braucht. Was immer ich sage, ändert nichts.

Die Anwältin nickt.

Zwei Schritte zur Tür. Ein Herzschlag, dem meine Brust zu eng ist.

Ich strecke den Arm. Meine Hand legt sich an den Türknauf. Kalt und schwer. Metall. Mein Blick sucht den der Beamtin neben der Tür, sie weicht mir aus. Diese Frau wird mir keine Hilfe sein. Jedenfalls nicht, solange Killer-Angie, meine Mutter, nicht versucht, mich oder die Anwältin umzubringen.

Von Marlene Grimm kann ich erst recht nichts erwarten. Sie ist nur der verlängerte Arm meiner Mutter.

Hier. Hinter dieser Tür.

So nah war ich ihr nicht, seit ich ein Mädchen war.

Das bin ich nicht mehr.

Ich bin hier – und weiß nicht, was ich tue, wenn ich dieser Frau, die sich meine Mutter nennt, in die Augen sehe.

Vielleicht muss die Beamtin ja auch einschreiten, um meine Mutter vor mir zu beschützen. Wer weiß das schon?

Die Grimm nickt erst der Frau, dann mir zu. „Gehen wir."